James Dashner

DIE AUSERWÄHLTEN
PHASE NULL

Aus dem Englischen
von Ilse Rothfuss

CHICKEN
HOUSE

PROLOG

NEWT

An dem Tag, als sie seine Eltern töteten, schneite es.

Ein Unfall, hieß es später, aber er war dabei gewesen und wusste, dass es kein Unfall war.

Zuerst war der Schnee gekommen, fast wie ein kaltes weißes Omen, das vom grauen Himmel fiel.

Er wusste noch, wie seltsam das war: Die brütende Hitze hing seit Monaten über der Stadt – Monate, die zu Jahren wurden, eine endlose Reihe von Tagen aus Schweiß, Schmerz und Hunger.

Newt und seine Familie überlebten. Die Hoffnung am Vormittag ging nachmittags in Kampf und Gezeter über, mit all den grässlichen Geräuschen, wenn sie irgendwie an Essen kommen mussten. Auf die langen heißen Tage folgte am Abend die Benommenheit. Dann saß er bei seiner Familie und schaute zu, wie das Licht am Himmel verblasste und die Welt langsam vor seinen Augen verschwand. Jedes Mal fragte er sich, ob es mit der Dämmerung am nächsten Morgen zurückkommen würde.

Manchmal kamen die Irren. Sie kannten weder Tag noch Nacht. Aber seine Familie redete nicht darüber. Weder seine Mutter noch sein Vater, und er selbst schon gar nicht. Vielleicht aus Angst, sie allein durch das Eingestehen ihrer Existenz herbeizurufen, wie bei einer Geisterbeschwörung. Nur Lizzy, seine zwei Jahre jüngere Schwester, die allerdings doppelt so mutig war wie er, brachte es fertig, über die Irren zu reden. Als wäre sie die Einzige, die klug genug war, um nicht auf diesen dummen Aberglauben hereinzufallen.

Dabei war sie noch so klein.

Eigentlich hätte er der Mutigere sein müssen; er hätte seine kleine Schwester trösten müssen. *Hab keine Angst, Lizzy. Der Keller ist abgeschlossen; die Lichter sind aus. Die bösen Leute wissen nicht, dass wir hier sind.* Aber ihm fehlten jedes Mal die Worte. Er umarmte Lizzy, drückte sie ganz fest an sich, als wäre sie sein Teddybär, sein Kuscheltier, das ihm Trost spenden sollte. Lizzy tätschelte ihm dann den Rücken.

Er liebte seine Schwester so sehr, dass ihm das Herz wehtat. Er drückte sie noch fester, genoss es, wie ihre kleine Hand ihn zwischen den Schulterblättern klopfte.

Oft schliefen sie so ein, in der Ecke des Kellers zusammengerollt, auf den alten Matratzen, die Dad die Treppe heruntergeschleppt hatte. Mom hatte immer eine Decke über sie gelegt, trotz der Hitze – es war ihre Art, gegen Den Brand zu rebellieren, der alles zerstört hatte.

Als sie an jenem Morgen aufwachten, erlebten sie ein kleines Wunder.

»Kinder!«, rief Mom.

Er hatte geträumt, irgendetwas von einem Fußballspiel, in einem leeren Stadion wirbelte der Ball über den grünen Rasen des Spielfelds auf ein offenes Tor zu.

»Kinder! Wacht auf! Kommt, seht euch das an!«

Er öffnete die Augen, sah seine Mutter an dem kleinen Fenster stehen, dem einzigen in dem Kellerraum. Sie hatte das Brett abgemacht, das Dad am Abend zuvor darübergenagelt hatte, so wie er es jeden Tag bei Sonnenuntergang machte. Ein weiches graues Licht fiel auf das Gesicht seiner Mutter. Ihre Augen waren von ehrfürchtigem Staunen erfüllt und ein Lächeln, wie er es schon lange nicht mehr an ihr gesehen hatte, ließ ihr Gesicht aufleuchten.

»Was ist?«, murmelte er und kam auf die Füße. Lizzy rieb sich die Augen, gähnte und folgte ihm zu Mom. Sie schaute unentwegt in das graue Licht hinaus.

Er erinnerte sich an jedes Detail in diesem einen Moment: Als er mit zusammengekniffenen Augen hinausblinzelte, um sich an das Licht zu gewöhnen, schnarchte sein Vater noch wie ein Bär. Die Straße draußen war leer, keine Irren waren unterwegs. Der Himmel war wolkenverhangen, eine Seltenheit in dieser Zeit. Und er erstarrte, als er die weißen Flocken sah.

Sie fielen aus dem Grau, wirbelten und tanzten, spotteten der Schwerkraft und flirrten nach oben zurück, bevor sie wieder herunterrieselten.

Schnee.

Schnee.

»Was zum Teufel …?«, stieß er leise hervor, einen Fluch, den er von seinem Vater gelernt hatte.

»Wie kann es schneien, Mommy?«, fragte seine kleine Schwester. Ihre Augen waren plötzlich hellwach und strahlten so vor Glück, dass es ihm einen Stich ins Herz gab. Er griff nach unten und zog sie zärtlich an ihrem Zopf. Sie war die Sonne in seinem elenden Leben, das Einzige, was ihn aufrecht hielt.

»Ach, na ja«, antwortete Mom. »Was die Leute so alles reden. Das ganze Wettersystem des Planeten ist angeblich aus den Fugen, wegen der Sonneneruptionen. Lasst uns das hier einfach genießen, ja? Es ist doch ein Wunder, oder?«

Lizzy antwortete mit einem glücklichen Seufzen.

Er konnte den Blick nicht von den Schneeflocken abwenden und fragte sich, ob er so etwas je wiedersehen würde. Die Flocken schwebten in der Luft, tänzelten schließlich herunter und schmolzen, sobald sie irgendwo auftrafen. Nasse Sommersprossen auf der Fensterscheibe.

So standen sie zu dritt da, schauten hinaus in die Welt, bis Schatten über die obere Hälfte des Fensters fielen, die aber sofort wieder verschwanden.

Er reckte den Hals, um nachzusehen, wer oder was da vorbeigegangen war, aber es war zu spät. Im nächsten Moment hämmerte es laut an die Haustür oben. Dad war blitzschnell auf den Füßen, noch bevor das Geräusch verhallt war. Hellwach und bereit zum Kampf.

»Habt ihr jemanden gesehen?«, fragte er mit krächziger Stimme.

Die Freude in Moms Gesicht war erloschen, hatte den vertrauten Sorgen- und Kummerfalten Platz gemacht. »Nur einen Schatten. Sollen wir aufmachen?«

»Nein«, sagte Dad. »Ganz bestimmt nicht. Betet, dass sie weggehen, wer immer es sein mag.«

»Aber vielleicht brechen sie dann die Tür auf«, flüsterte Mom. »Das würde ich jedenfalls machen. Sie denken wahrscheinlich, das Haus ist verlassen und es gibt vielleicht irgendwo noch ein paar Konserven.«

Dad sah sie lange an und in seinem Kopf arbeitete es, während die Sekunden vorübertickten.

Bumm, bumm, bumm. Die erneuten harten Schläge gegen die Tür ließen das ganze Haus erbeben, als wären die Eindringlinge mit einem Rammbock am Werk.

»Du bleibst hier«, sagte Dad ernst. »Bleib bei den Kindern.«

Mom wollte etwas erwidern, bremste sich aber und sah zu ihrer Tochter und dem Sohn. Sie waren das Wichtigste in ihrem Leben. Sie zog sie an sich, als könnten ihre Arme sie beschützen, und er schmiegte sich an ihren warmen Körper, ließ sich tatsächlich beruhigen. Er hielt sie ganz fest, als Dad leise den Keller verließ, die Treppe hinaufging und über die knarzenden Dielen zur Haustür schlich.

Stille.

Die Luft wurde schwer und drückend. Lizzy fasste nach

seiner Hand. Ausnahmsweise fand er die richtigen Worte, um sie zu trösten.

»Keine Angst«, flüsterte er kaum hörbar. »Es sind wahrscheinlich nur irgendwelche Leute, die Hunger haben und was zu essen suchen. Dad wird ihnen was abgeben, dann ziehen sie weiter. Wirst schon sehen.« Er drückte ihre Finger, legte seine ganze Liebe in diese Geste hinein, obwohl er kein Wort von dem glaubte, was er gesagt hatte.

Plötzlich Lärm.

Die Tür krachte auf.

Laute, wütende Stimmen.

Ein Krachen, dann ein Wummern, dass die Bodendielen bebten.

Schwere, unheilvolle Tritte.

Dann stürmten sie die Treppe herunter. Zwei Männer – nein, drei – und eine Frau. Vier insgesamt. Sie waren auffallend gut gekleidet und sahen weder nett noch gefährlich aus. Nur todernst.

»Sie haben die Nachricht ignoriert, die wir Ihnen geschickt haben«, sagte einer der Männer und blickte sich im Kellerraum um. »Es tut mir leid, aber wir brauchen das Mädchen. Elisabeth. Es tut mir wirklich leid, aber wir haben keine Wahl.«

Und da ging die Welt für ihn unter. Eine Welt, die sowieso schon viel zu traurig für ein Kind war. In der angespannten Stille kamen die Eindringlinge näher. Dann griffen sie nach Lizzy, packten sie an ihrem T-Shirt, stießen Mom weg – die vor Angst schrie und ihr kleines Mädchen festhielt.

Er stürmte vorwärts und schlug auf die Rücken und Schultern der Männer ein. Völlig sinnlos. Als würde eine Maus einen Elefanten angreifen.

Der Blick in Lizzys Augen während dieses ganzen Irrsinns – er würde ihn nie vergessen. Etwas Kaltes, Hartes zersplitterte in seiner Brust, zerriss ihm das Herz. Er konnte es nicht ertragen. Mit einem gellenden Schrei stürzte er sich erneut auf die Eindringlinge und schlug mit aller Kraft auf sie ein.

»Schluss jetzt!«, brüllte die Frau. Eine Hand peitschte durch die Luft, klatschte ihm ins Gesicht, dass es wie Feuer brannte. Einer der Angreifer schlug seine Mutter auf den Kopf, sie fiel sofort um. Dann eine Art Donnerschlag, ganz nah und überall um ihn herum zugleich. In seinen Ohren hallte es, er taumelte rücklings an die Wand, behielt dabei den Albtraum im Blick.

Einer der Männer, ins Bein geschossen.

Sein Dad in der Tür, Gewehr in der Hand.

Seine Mom kreischend, sie rappelte sich vom Boden auf und stürzte sich auf die Frau, die jetzt ebenfalls ihre Waffe gezückt hatte.

Dad feuerte zwei weitere Schüsse ab. Metallisches Klirren, Patronenhülsen, die auf Betonboden fielen. Beides Fehlschüsse.

Mom zerrte die Frau an der Schulter.

Die Frau wehrte sie mit dem Ellbogen ab, schoss, wirbelte herum, feuerte weitere drei Mal.

Die Luft wurde dick, alle Geräusche in dem Chaos verstummten, die Zeit stand plötzlich still.

Er sah alles ganz genau und ein Abgrund tat sich unter ihm auf, als seine Eltern beide zu Boden stürzten.

Ein langer Moment verging, keiner rührte sich, Mom und

Dad am allerwenigsten. Sie würden sich überhaupt nie mehr rühren.

Alle Augen richteten sich auf die verwaisten Kinder.

»Nehmt alle beide mit, verdammter Mist«, sagte einer der Männer schließlich. »Den Jungen können sie als Kontrollperson gebrauchen.«

Er würde nie vergessen, wie der Mann auf ihn zeigte, so gleichgültig, als wählte er eine Suppenkonserve in der Speisekammer aus. Er stürzte zu Lizzy und zog sie in seine Arme. Aber die Fremden rissen sie weg.

28.11.221 | 09:23 Uhr

1

Stephen. Stephen.

Mein Name ist Stephen.

Unablässig hämmerte er es sich ein, seit sie ihn vor zwei Tagen von seiner Mom weggeholt hatten. Er erinnerte sich genau an die letzten Momente mit ihr, an jede einzelne Träne, die über ihr Gesicht gelaufen war, jedes Wort, jede warme Berührung. Obwohl er noch klein war, hatte er verstanden, dass es besser für ihn war. Er hatte mit angesehen, wie die Krankheit seinen Dad in einen gewalttätigen Irren verwandelte, voller Wut, Hass und Verzweiflung. Stephen hätte es nicht ertragen, seine Mom so leiden zu sehen.

Aber der Trennungsschmerz fraß ihn auf. Ein grausames, grenzenloses Meer, das ihn verschlungen und in seine eisigen Tiefen hinuntergezogen hatte.

Er lag zusammengerollt auf dem Bett in seinem kleinen Zimmer, die Knie an die Brust gezogen, die Augen fest zugekniffen, aber der Schlaf kam nur in Schüben, ein kurzes Abtauchen in Albtraumwelten voll düsterer Wolken und schreiender Tiere. Er konzentrierte sich mit aller Kraft.

Stephen. Stephen. Stephen. Mein Name ist Stephen.

Zwei Dinge musste er festhalten, das spürte er: seine Erinnerungen und seinen Namen. Den Vornamen würde er nicht hergeben, auch wenn sie ihm seinen Nachnamen zu stehlen versuchten. Seit zwei Tagen drängten sie ihn seinen neuen Namen zu akzeptieren. *Thomas.*

Er hatte sich geweigert und verzweifelt an die sieben Buchstaben geklammert, die seine Eltern für ihn ausgewählt hatten. Er reagierte einfach nicht, wenn sie ihn »Thomas« nannten. Tat so, als hätte er nichts gehört oder fühle sich nicht angesprochen. Das war nicht einfach, wenn meistens zwei Leute im Raum standen.

Stephen war noch keine fünf und er kannte von der Welt nicht viel mehr als Schmerz und Dunkelheit. Bis ihn diese Leute hier mitgenommen hatten.

Und jetzt wollten sie ihm unbedingt klarmachen, dass es noch schlimmer kommen konnte, dass jede neue Lektion, die er lernen musste, noch härter und grausamer war als die vorherige.

Ein Summen ertönte, die Tür sprang auf und ein Mann kam herein. Er trug einen grünen Overall, eine Art Strampler für

Erwachsene. Und er sah so dämlich darin aus, dass Stephen es ihm am liebsten gesagt hätte. Aber nach seinen letzten Erfahrungen mit diesen Leuten hielt er lieber den Mund. Sie verloren allmählich die Geduld mit ihm.

»Komm mit, Thomas«, sagte der Mann.

Stephen, Stephen, Stephen. Mein Name ist Stephen.

Er rührte sich nicht, hielt die Augen geschlossen. Hoffentlich hatte der Mann nicht gesehen, dass er kurz gelinst hatte, als er hereingekommen war. Es war jedes Mal ein anderer. Keiner von ihnen war unfreundlich zu ihm, aber besonders nett waren sie auch nicht. Eher distanziert, als wären sie mit ihren Gedanken woanders, weit weg von dem kleinen Jungen in dem Bett hier.

Der Mann wiederholte seinen Befehl, ohne die Ungeduld in seiner Stimme zu verbergen. »Los, steh auf, Thomas. Ich hab keine Zeit für solche Spielchen, okay? Sie machen uns die Hölle heiß, dass wir es zu Ende bringen sollen. Du bist offenbar der Letzte, der sich noch gegen seinen Namen sträubt. Also, sei so gut, Junge. Du willst dich doch nicht wegen diesem Firlefanz mit uns anlegen, nachdem wir dich vor dem Horror da draußen gerettet haben?«

Vor lauter Anstrengung stillzuhalten wurde Stephens Körper ganz steif, so dass er bestimmt nicht wie ein Schlafender aussah. Er hielt die Luft an, bis er nicht mehr konnte und Atem holen musste. Dann gab er sich geschlagen, wälzte sich auf den Rücken und starrte dem Fremden direkt in die Augen.

»Sie sehen so dumm aus«, sagte er.

Der Mann konnte seine Verblüffung nicht verbergen. Ein Lächeln huschte über sein Gesicht. »Wie bitte?«

Stephen kochte vor Wut. »Ich hab gesagt, Sie sehen dumm aus in Ihrem bescheuerten Anzug. Und ich mache nicht einfach alles, was Sie mir sagen, okay? Wer hört schon auf jemand, der so rumläuft? In einem *Männerstrampler?* Und nennen Sie mich nicht ›Thomas‹. Ich bin Stephen.«

Das alles kam in einem einzigen Atemzug heraus und Stephen musste erneut tief Luft holen, was nicht gut war, weil es ihn vielleicht schwach aussehen ließ.

Der Mann lachte, aber es klang eher belustigt als abfällig. Trotzdem hätte Stephen ihm am liebsten etwas an den Kopf geknallt.

»Mir wurde gesagt, du hättest so was …« Der Typ hielt inne und warf einen Blick auf sein Notebook, das er in der Hand hielt, »… ähm … ›liebenswert Kindliches‹. Kann ich bisher nicht bestätigen.«

»Da wusste ich ja auch noch nicht, dass ich meinen Namen hergeben soll«, schnaubte Stephen. »Den Namen, den ich von meiner Mom und meinem Dad bekommen habe. Und den ihr mir stehlen wollt.«

»Von einem Dad, der völlig hinüber ist?«, sagte der Mann. »Der so krank war, dass er deine Mom fast totgeprügelt hat? Und von einer Mom, die uns angefleht hat dich mitzunehmen, weil sie von Tag zu Tag kränker wurde? Ja? Meinst du *die?*«

Stephen bebte vor Wut, sagte aber nichts.

Der Kerl kam näher an sein Bett und ging in die Hocke. »Hör mal, du bist noch ein Kind. Und intelligent bist du auch. Hochintelligent sogar. Außerdem bist du immun gegen Den Brand. Also spricht eine ganze Menge für dich.«

Stephen hörte die Drohung in seiner Stimme. Worauf immer der Mann hinauswollte, es war bestimmt nichts Gutes.

»Du wirst gewisse Dinge einfach aushalten und dich damit trösten müssen, dass es Wichtigeres gibt als dich«, fuhr er fort. »Wenn wir in den nächsten Jahren keine Heilung finden, stirbt die Menschheit aus. Und deshalb stehst du jetzt auf, Thomas, und verlässt mit mir dieses Zimmer. Ich sage es dir zum allerletzten Mal.«

Der Mann wartete eine Sekunde, ohne ihn aus den Augen zu lassen, dann stand er auf und ging zur Tür.

Stephen verließ das Bett und folgte ihm.

28.11.221 | 09:56 Uhr

2

Draußen traf Stephen zum ersten Mal auf ein anderes Kind. Ein Mädchen mit braunem Haar, ein bisschen älter als er. Aber vielleicht täuschte er sich – er hatte nur einen kurzen Blick auf sie erhascht, bevor sie von der Frau, die sie begleitete, in ihr Zimmer bugsiert wurde. Die Tür fiel zu, als er mit dem Mann im Strampler vorbeiging, und er konnte gerade noch das Schild auf dem weißen Lack lesen: 31 K.

»Teresa macht es nichts aus, einen neuen Namen anzunehmen«, sagte der Mann, während sie den langen, schummrigen Flur entlanggingen. »Vielleicht ist sie ja sogar froh, dass sie ihren alten vergessen kann.«

»Und wie hieß sie vorher?«, fragte Stephen fast schon höflich, weil es ihn brennend interessierte. Wenn das Mädchen so schnell eingeknickt war, wollte wenigstens er sich ihren Namen merken – vielleicht wurden sie ja Freunde.

»Du hast genug damit zu tun, deinen eigenen Namen nicht zu vergessen«, sagte der Mann. »Ich würde mir an deiner Stelle keinen fremden aufhalsen.«

Ich vergesse ihn nie, schwor Stephen sich. *Egal, was passiert.*

In einem Winkel seines Gehirns registrierte er, dass seine Einstellung sich bereits geändert hatte, wenn auch kaum spürbar. Er beharrte nicht mehr darauf, dass er Stephen hieß, sondern schwor nur noch, dass er seinen Namen nie vergessen würde. Hatten sie ihn auch schon kleingekriegt?

Nein! Fast hätte er es laut hinausgeschrien.

»Und Sie? Wie ist Ihr Name?«, fragte er schnell, um Zeit zu gewinnen.

»Randall Spilker«, sagte der Mann, während er zügig weiterging. Sie bogen um eine Ecke und kamen zu einer Reihe von Aufzügen. »Ich war nicht immer so ein Dreckskerl, glaub mir. Die Welt, die Leute, für die ich arbeite …«, er schwenkte vage seine Hand herum, »das alles hat mein Herz in einen kleinen schwarzen Kohleklumpen verwandelt. Dein Pech.«

Stephen antwortete nicht, weil er sich fragte, wo der Mann ihn hinbringen würde. Ein melodisches Läuten kündigte den Aufzug an, sie stiegen ein.

Stephen saß auf einem seltsamen Stuhl mit diversen eingebauten Geräten, die sich in seine Beine und seinen Rücken bohrten. Kabellose Sensoren, jeder davon kaum fingernagelgroß, waren an seinen Schläfen fixiert, an seinem Hals, seinen Handgelenken, seinen Armbeugen und an seiner Brust. Er starrte auf die Konsole neben ihm, die piepsend und summend offenbar Daten abspeicherte. Der Mann im grünen Strampler saß auf einem anderen Stuhl und beobachtete ihn, seine Knie nur zentimeterweit von Stephens entfernt.

»Tut mir leid, Thomas. Normalerweise würden wir nicht so schnell zu solchen Mitteln greifen«, sagte Randall, der jetzt freundlicher klang als zuvor im Flur und in Stephens Zimmer. »Wir würden dir Zeit lassen, bis du den neuen Namen freiwillig annimmst, so wie Teresa. Aber Zeit ist ein Luxus, den wir uns nicht mehr leisten können.«

Er hielt ein winziges silbernes Instrument hoch, das an einem Ende abgerundet war und am anderen Ende eine scharfe Spitze hatte.

»Nicht bewegen«, sagte er und beugte sich vor, als wollte er Stephen etwas ins Ohr flüstern. Und ehe Stephen wusste, wie ihm geschah, zuckte ein scharfer Schmerz durch seinen Hals, direkt unter dem Kinn, als bohrte sich etwas in seine Kehle. Er schrie, aber da war es schon vorbei – genauso plötzlich, wie es angefangen hatte. Jetzt rauschte nur noch die Panik durch seine Adern und ließ sein Herz rasen.

»W-was w-war das?«, stotterte er und wollte von dem Stuhl aufstehen, mit dem er fest verkabelt war.

Randall stieß ihn mühelos auf seinen Sitz zurück; er war ja schließlich doppelt so groß und breit wie Stephen.

»Das ist ein Schmerzstimulator, Junge. Und keine Angst, der löst sich auf und wird aus deinem Kreislauf geschwemmt. Mit der Zeit. Und bis dahin wirst du ihn dann nicht mehr brauchen.« Er zuckte die Schultern, als wollte er sagen: *Was soll man machen?* »Aber wir können dir jederzeit einen neuen einpflanzen, wenn du uns dazu zwingst. Und jetzt beruhige dich.«

Stephen brauchte eine Weile, bis er wieder sprechen konnte. »Und was macht das mit mir?«

»Tja, kommt ganz drauf an … Thomas. Wir haben noch einen langen Weg vor uns, du und ich. Wir alle. Aber jetzt, fürs Erste, nehmen wir eine Abkürzung. Einen Waldweg sozusagen. Du brauchst mir nur deinen Namen zu sagen.«

»Das ist leicht. Stephen.«

Randall ließ seinen Kopf in die Hände fallen. »Also los«, sagte er. Seine Stimme war kaum mehr als ein erschöpftes Flüstern.

Stephen hatte bis zu diesem Moment keine Schmerzen gekannt, außer von den Schrammen und Beulen, die er sich beim Spielen geholt hatte. Deshalb fehlten ihm die Worte für den Sturm, der jetzt in seinem Körper lostobte, für die Höllenqualen in seinen Adern und Muskeln. Wieder wusste er nicht, wie ihm geschah. Er konnte nur schreien, Schreie, die kaum sein Ohr erreichten, als sein Verstand auch schon abschaltete und ihn erlöste.

Schwer atmend und schweißüberströmt kam Stephen wieder zu sich. Er saß noch immer auf dem Stuhl, aber jetzt war er mit weichen Lederriemen fixiert. Jeder einzelne Nerv in seinem Körper vibrierte noch von den Schmerzen, die ihm Randall zugefügt hatte und die von dem Chip in seinem Hals noch verstärkt worden waren.

»Was …«, wisperte er heiser. Seine Kehle brannte wie Feuer, weil er sich vermutlich die Seele aus dem Leib geschrien hatte. »Was?«, wiederholte er, während sein Verstand fieberhaft versuchte die Puzzleteile zusammenzufügen.

»Du wolltest ja nicht hören«, sagte Randall mit einem vagen Hauch von Mitleid in der Stimme. Oder sogar einem Anflug von schlechtem Gewissen. »Wir haben keine Zeit für dumme Spielchen. Tut mir leid, wirklich. Aber wir werden das wiederholen müssen. Ich denke, du hast jetzt begriffen, dass wir nicht bluffen. Du musst deinen Namen akzeptieren, das ist für alle hier wichtig.« Der Mann sah weg und schwieg lange, die Augen auf den Boden gesenkt.

»Wie können Sie mir so was antun?«, krächzte Stephen. »Ich bin doch noch ein Kind!« Aber es klang nicht rebellisch oder vorwurfsvoll, sondern nur kläglich, das merkte er selbst.

Und er wusste auch, wie Erwachsene auf so eine Mitleidstour reagierten: Entweder sie wurden weich und gaben ein bisschen nach oder sie wurden noch viel unerbittlicher, um die Schuldgefühle, die in ihnen aufstiegen, zu übertönen. Randall gehörte zur zweiten Sorte. Mit hochrotem Kopf brüllte er ihn an:

»Du musst nur deinen Namen akzeptieren, das ist alles! Jetzt, sofort – ich dulde keine Faxen mehr. Also, wie ist dein Name?«

Stephen war klug genug, um keinen aussichtslosen Kampf zu führen. Er gab fürs Erste klein bei, zumindest tat er so. »Thomas. Mein Name ist Thomas.«

»Ich glaub dir nicht.« Randalls Augen waren zwei schwarze Löcher. »Noch mal.«

Stephen wollte antworten, aber Randall hatte nicht ihn gemeint. Der Schmerz kam zurück, schneller und härter. Diesmal hatte er kaum Zeit, ihn wahrzunehmen, bevor er das Bewusstsein verlor.

»Wie heißt du?«

Stephen konnte kaum sprechen. »Thomas.«

»Ich glaub dir nicht.«

»Nein.« Stephen wimmerte.

Der Schmerz war keine Überraschung mehr, genauso wenig wie die Dunkelheit danach.

»Wie heißt du?«

»Thomas.«

»Vergiss das nie.«

»Nein.« Stephen weinte, seine Schultern bebten vor Schluchzen.

»Wie heißt du?«

»Thomas.«

»Hast du sonst noch einen Namen?«

»Nein. Nur Thomas.«

»Wurdest du irgendwann anders genannt?«

»Nein. Nur Thomas.«

»Und du wirst deinen Namen nie vergessen? Nie einen anderen benutzen?«

»Nein.«

»Okay. Dann geb ich dir jetzt eine letzte Erinnerung.«

Später lag er wieder zusammengekauert auf seinem Bett. Die Welt draußen war weit weg, stumm. Er hatte keine Tränen mehr, sein Körper war taub, außer einem unangenehmen Kribbeln. Es war, als sei alles in ihm eingeschlafen, sein ganzes Wesen. Er dachte daran, wie Randall ihm gegenübergesessen hatte, das Gesicht von widerstreitenden Gefühlen verzerrt – Wut, Mitleid, Schuld –, während er ihm weiter Schmerzen zufügte.

Ich werde es nie vergessen, schwor er sich. *In meinem ganzen Leben nicht.*

Und in Gedanken hämmerte er sich die vertrauten Worte ein, die ihm aber irgendwie verändert vorkamen, obwohl er nicht genau sagen konnte, warum.

Mein Name ist Thomas. Thomas. Thomas.

28.02.222 | 09:36 Uhr

3

»Bitte stillhalten.«

Der Arzt war nicht gemein zu ihm, aber auch nicht gerade nett. Er saß einfach da, distanziert, professionell. Ein unauffälliger Typ: mittelalt, mittelgroß, mittelkräftig, kurzes dunkles Haar. Thomas schloss die Augen und spürte, wie die Nadel mit einem kurzen Pikser in seine Vene glitt. Komisch, dass er sich immer noch davor fürchtete, Woche für Woche, obwohl es in Sekundenschnelle vorbei war. Danach strömte nur noch diese eisige Kälte durch seinen Körper.

»Na also«, sagte der Arzt. »Hat doch gar nicht wehgetan.«

Thomas schüttelte den Kopf, er brachte keinen Ton heraus.

Das Sprechen fiel ihm schwer seit dem Zwischenfall mit Randall. Genauso wie Essen, Schlafen und praktisch alles andere. Erst seit ein paar Tagen wurde es besser, Schritt für Schritt kam er darüber hinweg. Sobald auch nur der Hauch einer Erinnerung an seinen wahren Namen in ihm aufstieg, schaltete er seinen Verstand ab, um nur ja nie wieder solche Schmerzen aushalten zu müssen. Der Name Thomas war okay. Er würde sich daran gewöhnen.

Blut, so dunkel, dass es fast schwarz wirkte, stieg in dem engen Röhrchen von seiner Armbeuge in die Phiole auf. Er hatte keine Ahnung, wozu die Tests gut sein sollten, aber das hier war nur eine der unzähligen Blutentnahmen – manche täglich, andere wöchentlich.

Der Arzt stoppte den Blutfluss und versiegelte das Fläschchen. »Gut, das war's.« Er zog die Nadel heraus. »Jetzt schieben wir dich noch in den Scanner und sehen uns dein Gehirn an.«

Thomas erstarrte. Die Angst griff mit eisigen Fingern nach seinem Herzen. Eine Angst, die ihn lähmte, sobald das Wort »Gehirn« fiel.

»Na, na«, schimpfte der Arzt, als er sah, wie Thomas sich versteifte. »Wir machen das doch jede Woche. Ist nur Routine – nichts, wovor du dich fürchten musst. Wir müssen regelmäßig die Aktivität dort oben aufzeichnen, okay?«

Thomas nickte und kniff einen Moment die Augen zu. Ihm war zum Heulen. Er sog die Luft ein und kämpfte mit den Tränen.

Dann stand er auf und folgte dem Arzt in ein anderes Zimmer. Eine gigantische Maschine wartete dort, wie ein riesiger

Elefant, mit einer Röhre in der Mitte und einem flachen Bett darin, auf das man ihn gleich schieben würde.

»Also, rauf mit dir.«

Thomas ließ diese Prozedur schon zum vierten oder fünften Mal über sich ergehen; er wusste, dass es zwecklos war, sich dagegen zu wehren. Also setzte er sich auf das Bett, legte sich flach auf den Rücken und starrte zu den hellen Lichtern an der Decke hinauf.

»Die Klopfgeräusche kennst du ja schon«, sagte der Arzt, »kein Grund zur Sorge. Das ist alles normal. Gehört zum Spiel.«

Es klickte, dann ein mahlendes Geräusch in der Maschine und Thomas' Bett glitt in den Rachen der Röhre.

Thomas saß allein an einem Schreibtisch. Mr Glanville, sein Lehrer, stand vorne an der Tafel – ein mürrischer grauer Mann, der kaum noch Haare auf dem Kopf hatte. Außer an den Augenbrauen, die so buschig waren, als hätten sie jeden einzelnen Follikel in seinem restlichen Körper an sich gezogen. Es war die zweite Stunde nach der Mittagspause und Thomas hätte mindestens drei seiner Zehen für ein kleines Nickerchen gegeben. Einfach auf den Boden legen und schlafen – nur fünf Minuten.

»Weißt du noch, worüber wir gestern gesprochen haben?«, fragte Mr Glanville.

Thomas nickte. »VWIS.«

»Ja, das ist richtig. Und wofür steht es?«

»Vorhaben zur Wiederbeschaffung von Informationen nach den Sonneneruptionen.«

Mr Glanville lächelte zufrieden. »Sehr gut. Und jetzt …« Er drehte sich zur Tafel um und schrieb die Buchstaben NNK darauf. »N … N … K … Das steht für Nacheruptive Notstandskoalition, die das Ergebnis von VWIS war. Erst als man so viele Länder wie möglich miteinbezogen und genügend Mitarbeiter gewonnen hatte, konnten die Gründer eine Strategie gegen die katastrophalen Auswirkungen der Sonneneruptionen entwickeln. VWIS hatte die Aufgabe, diese Auswirkungen zu erforschen und die Betroffenen zu registrieren, während die NNK eine Heilung zu finden versuchte. Langweile ich dich, mein Junge?«

Thomas schreckte hoch. Er hatte gar nicht gemerkt, dass sein Kopf heruntergesunken war. Vielleicht war er sogar eine Sekunde lang eingedöst.

»Entschuldigung«, murmelte er und rieb sich die Augen. »VWIS. NNK. Hab ich mir gemerkt.«

»Hör mal, Junge.« Mr Glanville machte ein paar Schritte auf ihn zu und baute sich direkt vor ihm auf. »Ich weiß, andere Fächer sind interessanter. Mathe, Naturwissenschaften, Sport.« Er beugte sich zu ihm vor und durchbohrte ihn mit seinem Blick: »Aber du musst unsere Geschichte verstehen. Du musst wissen, was uns hierhergebracht hat, wie es zu dieser Katastrophe kommen konnte. Du wirst nie einen Weg in die Zukunft finden, wenn du nicht weißt, wo du herkommst.«

»Ja, Sir«, antwortete Thomas fügsam.

Mr Glanville richtete sich wieder auf und funkelte ihn über seine Nase hinweg an. Er suchte vergeblich nach einem Anzeichen von Sarkasmus in Thomas' Gesicht. »Also gut. Kenne deine Vergangenheit. Zurück zu NNK. Es gibt viel zu diskutieren.«

Während der Lehrer nach vorne zur Tafel zurückging, kniff Thomas sich in den Arm, so fest er konnte, um sich irgendwie wach zu halten.

»Brauchst du mehr Zeit, um es noch mal durchzugehen?«

Thomas schaute zu Ms Denton auf. Sie hatte dunkle Haare und dunkle Haut und war sehr schön. Freundliche, kluge Augen. Die vermutlich intelligenteste Person, die er bisher kennengelernt hatte. Das zeigte sich schon an den kniffligen Aufgaben, die sie ihm in »Kritisches Denken« gab.

»Ich hab's jetzt, glaube ich.«

»Dann sag es mir. Und vergiss nicht …«

Thomas fiel ihr ins Wort und zitierte den Spruch, den er schon tausendmal von ihr gehört hatte: »Man muss das Problem besser kennen als die Lösung, sonst wird die Lösung zum Problem.« Er war ziemlich überzeugt, dass das nur Geschwafel war, nichts weiter.

»Sehr gut«, lobte sie ihn übertrieben, als wäre sie überrascht, dass er sich ihre Worte gemerkt hatte.

»Ein Mann im Zug hat sein Ticket verloren. Mit ihm warten einhundertsechsundzwanzig Fahrgäste auf dem Bahnsteig. Es sind neun Gleise, fünf nach Süden und vier nach Norden. In den nächsten zweiundfünfzig Minuten werden vierundzwanzig Züge ankommen und abfahren. In dieser Zeit strömen weitere fünfundachtzig Fahrgäste in den Bahnhof. Mindestens sieben steigen in jeden ankommenden Zug ein, aber nie mehr als achtzehn.«

So ging es volle fünf Minuten weiter, eine Aufgabe nach der anderen. Es war schon verdammt schwer, die einzelnen Parameter überhaupt im Kopf zu behalten, und jetzt sollte er den Mist auch noch lösen!

»... wie viele Leute bleiben auf dem Bahnsteig zurück?«, beendete er die Aufgabenstellung.

»Sehr gut«, sagte Ms Denton. »Drei ist die magische Zahl. Du hast dir alles richtig gemerkt und das ist der erste Schritt zur Lösung. Und? Bekommst du's heraus?«

Thomas schloss die Augen und ratterte in Gedanken die Zahlen herunter. In diesem Fach wurde alles im Kopf gelöst, keine Hilfsmittel, nichts Schriftliches. Das forderte seinen Geist wie sonst nichts, auf solche Aufgaben war er ganz wild.

Schließlich öffnete er die Augen: »Siebenundachtzig.«

»Falsch.«

Er rechnete ein zweites Mal alles durch, dann sagte er hoffnungsvoll: »Einundachtzig.«

»Falsch.«

Thomas krümmte sich vor Enttäuschung. Nach ein paar weiteren Fehlschlägen ging ihm plötzlich auf, dass die Lösung vielleicht gar keine Zahl war. »Das Problem ist, dass ich nicht weiß, ob der Mann, der das Ticket verloren hat, in den Zug eingestiegen ist oder nicht. Und ob andere auf dem Bahnsteig mit ihm gefahren sind, und wenn ja, wie viele.«

Ms Denton lächelte.

»Jetzt kommen wir der Sache schon näher.«

25.12.223 | 10:00 Uhr

4

In den zwei Jahren, seit Thomas seinen Namen hatte hergeben müssen, war er von morgens bis abends beschäftigt gewesen. Medizinische Tests und Unterricht füllten seine Tage. Mathe, Naturwissenschaften, kritisches Denken und andere geistige und körperliche Herausforderungen – mehr, als er sich je hätte träumen lassen. Er hatte jede Menge Lehrer erlebt und war von Wissenschaftlern aller Art untersucht worden, aber Randall war nie mehr aufgetaucht. Nicht mal sein Name wurde erwähnt und Thomas wusste nicht, was er davon halten sollte. War Randalls Job damit erledigt gewesen und sie hatten ihn laufenlassen? Oder war er krank geworden? Vielleicht hatte er Den Brand bekommen? Oder die Einrichtung verlassen, in der Thomas betreut wurde, weil ihn seine Schuldgefühle plagten und er nicht darüber hinwegkam, dass er einen kleinen Jungen, der noch nicht mal in die Schule ging, gefoltert hatte?

Thomas hätte Randall am liebsten ein für alle Mal aus seinem Kopf verbannt, aber er geriet immer noch in Panik, wenn ein Mann in grüner Arbeitskluft um eine Ecke bog. Jedes Mal war sein erster Gedanke: *Randall!*

Zwei Jahre lang nichts als Bluttests und Check-ups, ständige medizinische Überwachung, Schulstunde um Schulstunde … und die Denksportaufgaben. Jede Menge davon. Aber keine echte Information.

Bis zu diesem Tag.

Thomas war gut gelaunt aufgewacht. Er hatte geschlafen wie ein Bär. Als er sich angezogen und gefrühstückt hatte, tauchte eine Frau auf, die er nicht kannte, und riss ihn aus seinem normalen Tagesablauf. Er wurde zu einem »wichtigen Meeting« gebracht. Thomas stellte der Frau keine Fragen. Er war jetzt ungefähr sieben – alt genug, um nicht alles blind zu glauben, was die Erwachsenen ihm erzählten. Außerdem wusste er nach zwei Jahren in dieser Einrichtung, dass er sowieso keine Antwort bekommen hätte. Es gab andere Möglichkeiten, an Informationen zu gelangen. Er musste nur geduldig sein und Augen und Ohren offen halten.

Thomas lebte schon so lange hier, dass er sich kaum noch an die Welt draußen erinnern konnte. Er kannte nur die weißen Wände, die Bilder, an denen er im Flur vorbeikam, die verschiedenen Monitore mit ihren blinkenden Infos in den Labors, die fluoreszierenden Lichter, das weiche Grau seiner

Bettlaken, die weißen Fliesen seines Schlaf- und Badezimmers. Und er war die ganze Zeit nur mit Erwachsenen zusammen gewesen. Niemals hatte er mit Gleichaltrigen gesprochen, kein einziges Wort.

Dabei gab es hier andere Kinder, das wusste er. Ab und zu sah er das Mädchen, das neben ihm wohnte. Dann kreuzten sich ihre Blicke ein, zwei Sekunden lang, bevor sie in ihrem Zimmer verschwand. Das Schild an ihrer Tür war für ihn gleichbedeutend mit ihrem Namen geworden: Teresa. Er hätte sie zu gern kennengelernt.

Sein Leben war todlangweilig. Das bisschen Freizeit, das ihm blieb, verbrachte er mit alten Videos und Büchern. Jede Menge Bücher, das Einzige, wozu er ungehindert Zugang hatte. Die riesige Büchersammlung, die er benutzen durfte, war sein Rettungsanker, der ihn davor bewahrte, verrückt zu werden. Letzten Monat hatte er alles von Mario Di Sanza verschlungen und sich sämtliche Klassiker reingezogen. Sie spielten alle in einer Welt, die für ihn genauso unverständlich wie faszinierend war.

»Wir sind gleich da«, sagte seine Begleiterin, als sie eine kleine Eingangshalle mit zwei Wächtern an der Tür betraten. Die Frau redete mit einer Stimme, die ihn an eine Computersimulation denken ließ. »Kanzler Anderson wird gleich bei dir sein.« Sie machte auf dem Absatz kehrt, ohne ihn auch nur anzusehen, und ließ ihn bei den beiden Männern zurück.

Thomas studierte seine neuen Bewacher. Sie trugen beide offiziell aussehende Uniformen über prallen Schutzwesten und ihre Gewehre waren riesig. Irgendwie waren sie anders als die Wachen, die Thomas bisher kannte. Quer über ihrer Brust prangte der Schriftzug ANGST. Das hatte Thomas noch nie gesehen.

»Was bedeutet das?«, fragte er und zeigte auf die Schrift. Aber er bekam nur ein flüchtiges Zwinkern und die Andeutung eines Lächelns als Antwort, gefolgt von einem harten Blick. Oder vielmehr zwei harten Blicken. Thomas lebte schon so lange unter Erwachsenen, dass er viel selbstbewusster auftrat und manchmal sogar richtig frech wurde, wenn ihm danach war. Aber die beiden hatten offensichtlich nicht die Absicht, Small Talk mit ihm zu machen, also setzte er sich auf einen Stuhl neben die Tür.

ANGST. Wie merkwürdig. Es musste … was? Warum sollte ein Wächter mit so einem Wort auf seiner Uniform herumlaufen? Thomas verstand es nicht.

Hinter ihm ging die Tür auf, und er schreckte hoch. Thomas drehte sich um und studierte den Mann, der auf ihn zukam – mittelalt, mit dunklem, bereits ergrauendem Haar und dunklen, lila schimmernden Tränensäcken unter den müden braunen Augen. Aber etwas an ihm verriet Thomas, dass er jünger war, als er aussah.

»Ah, Thomas«, begrüßte der Mann ihn betont fröhlich. »Ich bin Kevin Anderson, der Kanzler dieser fantastischen Einrichtung.« Er lächelte, aber sein Blick blieb düster.

Thomas stand verlegen da. »Ähm, hallo – freut mich Sie kennenzulernen.« Er wusste nicht, was er sonst sagen sollte. Obwohl er meistens gut behandelt wurde, quälte ihn noch immer die Erinnerung an Randall, ganz zu schweigen von der entsetzlichen Einsamkeit, die an ihm zehrte. Er wusste ja nicht, warum er hier war oder warum dieser Mann ihn sprechen wollte.

»Komm in mein Büro«, sagte der Kanzler. Er trat beiseite und schwenkte seinen Arm, als wollte er einen Preis enthüllen. »Setz dich auf einen der Stühle vor meinem Schreibtisch. Wir haben viel miteinander zu besprechen.«

Mit gesenktem Kopf drückte Thomas sich an Anderson vorbei ins Büro, irgendwie darauf gefasst, dass der Mann ihn im Vorbeigehen schlagen würde oder etwas Ähnliches. Zielstrebig ging er zum nächsten Stuhl und setzte sich, dann blickte er sich rasch um. Er saß vor einem großen Schreibtisch in Holzoptik (bestimmt kein echtes Holz), an dessen vorderem Rand ein paar Bilder aufgereiht waren, die Thomas natürlich nicht sehen konnte. Leider. Er hätte gern einen Blick auf Andersens Privatleben geworfen. Abgesehen von ein paar elektronischen Geräten, den Stühlen und einer Workstation, die im Schreibtisch eingebaut war, herrschte gähnende Leere im Zimmer.

Der Kanzler fegte hinter ihm herein und setzte sich auf die andere Seite des Schreibtischs. Er tippte ein paar Symbole auf dem Bildschirm seiner Workstation an, lächelte erfreut und lehnte sich in seinem Sessel zurück, die Finger unter seinem Kinn aneinandergelegt. Ein langes Schweigen senkte sich über den Raum, während Anderson Thomas studierte, was diesen noch mehr verunsicherte.

»Weißt du, was heute ist?«, sagte der Kanzler schließlich.

Thomas hatte es den ganzen Morgen zu verdrängen versucht, aber die Erinnerungen an das einzige schöne Weihnachten, das er je erlebt hatte, waren nur noch leuchtender in ihm aufgestiegen. Es machte ihn so traurig, dass ihn buchstäblich jeder Atemzug schmerzte, als hätte man ihm einen spitzen Stein in die Brust gebohrt.

»Heute fangen die Weihnachtsferien an«, sagte er und versuchte sich seine Niedergeschlagenheit nicht anmerken zu lassen. Eine winzige Sekunde lang stieg ihm der Duft von Kiefernnadeln in die Nase und er spürte den Geschmack von Apfelmost auf der Zunge.

»Genau«, sagte der Kanzler und verschränkte die Arme, als sei er stolz auf Thomas' Antwort. »Und heute ist der große Tag. Das Beste von allem, was? Weihnachten feiert doch jeder irgendwie, ob er nun religiös ist oder nicht. Und hey, machen wir uns nichts vor – wer ist heutzutage schon religiös? Außer den Apokalyptikern natürlich.«

Anderson verstummte einen Augenblick und starrte ins Leere. Thomas hatte keine Ahnung, wovon der Mann redete. Oder wollte er den Jungen, der ihm gegenübersaß, noch unglücklicher machen, als er sowieso schon war?

Plötzlich schreckte der Kanzler aus seiner Trance hoch und beugte sich mit gefalteten Händen auf seinem Schreibtisch vor. »Weihnachten, Thomas. Familienfest. Leckeres Essen. Wärme. Und Geschenke. Vor allem die Geschenke! Kannst du dich erinnern, was das schönste Weihnachtsgeschenk war, das du je bekommen hast?«

Thomas musste wegschauen und seine Augen verdrehen, um die Tränen zurückzudrängen. Er weigerte sich auf diese gemeine Frage zu antworten, auch wenn Anderson es vielleicht gar nicht böse gemeint hatte.

»Einmal«, fuhr der Kanzler fort, »als ich noch ein Junge war, nicht ganz so alt wie du jetzt, habe ich ein Fahrrad bekommen.

Glänzend grün. Die Lichter des Weihnachtsbaums spiegelten sich in dem makellosen Lack. Magie, Thomas. Die reine Magie. Nichts im späteren Leben kann das jemals toppen, glaub mir – schon gar nicht, wenn du mal so ein verschrobener alter Mann bist wie ich.«

Thomas, der sich wieder gefangen hatte, starrte den Kanzler so gehässig an, wie er nur konnte. »Meine Eltern sind vermutlich tot. Und natürlich hab ich auch mal ein Fahrrad bekommen, aber ich musste es zurücklassen, als ihr mich weggeholt habt. Ich werde nie mehr Weihnachten feiern, dank Dem Brand. Warum müssen Sie mir das auch noch unter die Nase reiben?« Nachdem er seiner Wut freien Lauf gelassen hatte, ging es ihm entschieden besser.

»Genau, Thomas«, sagte der Kanzler. »Ich mache das ganz bewusst, damit du begreifst, wie wichtig es ist, dass wir alles, aber auch ALLES tun, damit unser Projekt ein Erfolg wird. Damit die Krankheit besiegt wird – um jeden Preis.«

Er lehnte sich in seinem Sessel zurück, drehte sich um fünfundvierzig Grad und starrte an die Wand.

»Ich will mein Weihnachten wiederhaben.«

25.12.223 | 10:52 Uhr

5

Die Stille, die sich daraufhin ausbreitete, war so drückend, dass Thomas am liebsten aufgesprungen und hinausgestürmt wäre. Irgendwann kam ihm sogar die absurde Idee, dass Anderson vielleicht gestorben war – und dass er nun in Totenstarre vor ihm saß, die Augen glasig und aufgerissen.

Aber Andersons Brust hob und senkte sich im Rhythmus seiner Atemzüge, während er weiter an die Wand starrte.

Thomas bedauerte ihn schon fast. Und er hielt die Stille nicht mehr aus. »Ich auch«, sagte er. »Ich will mein Weihnachten auch wiederhaben.« Es war die Wahrheit – einfach und trotzdem unmöglich.

Aber Anderson schien ganz vergessen zu haben, dass Thomas noch da war. Sein Kopf schnellte herum, als er Thomas' Stimme hörte. »Ich … tut mir leid«, stotterte er und drehte sich wieder zum Schreibtisch um. »Was hast du gesagt?«

»Ich will auch, dass wieder alles normal ist«, sagte Thomas. »So wie früher, bevor ich auf die Welt gekommen bin. Aber das passiert nicht, oder?«

»Doch, Thomas, es kann wieder so werden.« In Andersons Augen schimmerte ein Licht auf. »Die Welt ist in einem katastrophalen Zustand, aber wir können eine Heilung finden. Das Wetter wird sich irgendwann normalisieren, es wird schon besser … Die Cranks sterben vielleicht aus; alle unsere Simulationen sagen uns, dass sie sich gegenseitig auslöschen werden. Es gibt noch genügend Gesunde und wir können unsere Welt wieder aufbauen, wir müssen nur verhindern, dass die Gesunden sich mit dieser verfluchten Seuche anstecken …«

Er starrte Thomas an, als warte er auf eine Antwort. Aber Thomas hatte keine.

»Weißt du, wie unsere Einrichtung heißt, Thomas?«, fragte der Kanzler.

Thomas zuckte die Schultern. »Sie haben gerade ANGST erwähnt und die Wachen draußen haben das Wort auf ihrer Uniform stehen. Heißt das hier wirklich so?«

Der Kanzler nickte. »Manchen Leuten passt das nicht, aber ich finde es absolut logisch. Es erklärt, was wir hier machen.«

»Um jeden Preis …« Thomas zitierte die Worte, die der Kanzler zuvor verwendet hatte, um ihm zu zeigen, dass er verstanden hatte. Obwohl er es insgeheim bezweifelte.

»Um jeden Preis.« Anderson nickte. »Richtig.« Seine Augen

blitzten. »ANGST steht für ABTEILUNG NACHEPIDEMISCHE GRUNDLAGENFORSCHUNG SONDEREXPERIMENTE TODESZONE. Der Name soll die Leute daran erinnern, warum es uns gibt, was unser Ziel ist und wie wir es erreichen wollen.« Er hielt inne und fügte nachdenklich hinzu: »Ich glaube nicht, dass die Welt sich irgendwann von selbst regeneriert. Unser Ziel ist, die Menschheit zu retten. Was hätte es sonst für einen Sinn?«

Er sah Thomas eindringlich an und wartete erneut auf eine Antwort. Thomas' Herz schlug inzwischen so schnell, dass er kaum die Hälfte von dem verstand, was Anderson von sich gab. Der Ausdruck »Todeszone« jagte ihm eine Höllenangst ein. Was in aller Welt sollte das bedeuten? Das klang fast noch schlimmer als »Sonderexperimente«.

Thomas hatte sich vorgenommen diesen Leuten jede Menge Fragen zu stellen, sobald er Gelegenheit dazu hatte. Nun saß er da und die Fragen wurden nicht weniger, sondern mehr. Aber von einem bestimmten Punkt an war es ihm egal. Er war müde, wütend und verwirrt. Er wollte nur noch zurück in sein Zimmer und allein sein.

»Wir werden in den nächsten Jahren alle Hände voll zu tun haben«, fuhr der Kanzler fort. »Wir haben ein paar junge Überlebende hierhergebracht – Kinder wie dich – und wir sind jetzt weit genug, um mit der Arbeit anzufangen. Wir werden verstärkt Tests durchführen, um zu sehen, wer von unseren Prob…, unseren Schülern es ganz an die Spitze schafft. Und an deiner Stelle würde ich mich anstrengen, Thomas. Als Immuner bist du natürlich im Vorteil, aber hier ist mehr als die Biologie gefragt, um erfolgreich zu sein. Wir haben wahrhaft

Großes vor – fantastische Gebilde müssen geschaffen werden, biomechanische Labors … Wunder des Lebens … Das alles wird letztendlich zur Kartografierung der Todeszone führen. Wir werden herausfinden, welche Unterschiede die Immunität bewirkt, und dann eine Heilung entwickeln. Da bin ich mir ganz sicher.«

Mit leuchtenden Augen hielt er inne. Thomas saß stocksteif da und zwang sich ruhig zu atmen. Anderson wurde ihm langsam unheimlich.

Der Kanzler merkte, dass er zu weit gegangen war, und stieß einen Seufzer aus. »Also, ich schätze, das reicht fürs Erste. Du wirst älter, Thomas, und du schneidest besser in den Testprogrammen ab als die meisten anderen. Wir halten große Stücke auf dich und ich wollte dich endlich einmal persönlich kennenlernen. Du darfst von jetzt an mehr erwarten, Junge … Du bekommst mehr Freiheiten und wirst eine wichtigere Rolle bei ANGST spielen. Klingt doch gut, oder?«

Thomas nickte, ehe er sich bremsen konnte. Es klang wirklich gut. Hier war es manchmal wie im Gefängnis und er wollte nur noch raus. Vielleicht hatte sich gerade eine Tür geöffnet?

»Darf ich Sie noch etwas fragen?«, sagte er, weil ihm dieser grässliche Ausdruck nicht aus dem Kopf ging: *Todeszone.*

»Ja, natürlich.«

»Was bedeutet … ›Todeszone‹?«

Zu seiner Überraschung lächelte Anderson. »Ah, entschuldige. Ich dachte, du wüsstest das. So nennen wir das Gehirn, weil dort Der Brand den größten Schaden anrichtet, indem er irgendwann das Leben der Infizierten zerstört. Und dagegen kämpfen wir. Wir sehen es als Schlachtfeld. Die Todeszone.«

Thomas verstand nur annähernd, was er damit meinte. Aber die Erklärung ließ ihn aufatmen.

»Also ist das abgemacht?«, sagte Anderson. »Bist du bereit deinen Beitrag zu den Aufgaben zu leisten, denen wir uns verschrieben haben?«

Thomas nickte.

Der Kanzler trommelte ein paarmal mit einem Finger auf den Schreibtisch. »Fantastisch. Dann darfst du jetzt in dein Zimmer zurückgehen und dich ausruhen. Dir steht Großes bevor.«

Ein Anflug von Begeisterung stieg in Thomas auf, aber gleich darauf schämte er sich, obwohl er selbst nicht sagen konnte, warum.

Thomas wurde von derselben Frau in sein Zimmer zurückgebracht, die ihn abgeholt hatte, und diesmal konnte er seine Neugier nicht bezähmen. Im letzten Moment, ehe die Tür zuging, quetschte er seine Hand in den Spalt und hielt sie auf.

»Ähm, Entschuldigung«, sagte er hastig. »Kann ich Sie mal was fragen?«

Die Frau sah ihn zweifelnd an. »Das ist keine gute Idee, fürchte ich. Alles hier steht unter strenger Bewachung. Tut mir leid.« Sie wurde rot.

»Aber …« Thomas suchte nach Worten. »Dieser Typ … Kanzler Anderson … er hat was von großen Dingen gesagt, die uns bevorstehen. Gibt es hier noch mehr von meiner Sorte? Sind das alles Kinder? Und wann treffe ich endlich mal einen von ihnen?« Er hasste sich für die Hoffnung, die in ihm aufstieg. »Zum Beispiel das Mädchen von nebenan … Teresa. Wann seh ich die endlich mal?«

Die Frau seufzte, in ihren Augen lag aufrichtiges Mitgefühl. »Ja, es gibt noch viele andere, aber für dich ist jetzt das Wichtigste, dass du bei den Tests gut abschneidest, dann lernst du irgendwann auch die anderen kennen. Ich kann mir vorstellen, wie einsam du sein musst. Und es tut mir so leid, wirklich. Vielleicht ist es ein Trost für dich, dass ihr alle im selben Boot sitzt. Aber das wird sich bald ändern, ich verspreche es dir.« Sie wollte die Tür schließen, aber Thomas hielt sie erneut auf.

»Wie lange noch?«, fragte er und es klang so verzweifelt, dass er sich schämte. »Wie lange muss ich noch allein bleiben?«

»Ach, nur …« Die Frau seufzte wieder. »Nicht mehr lange, wie ich schon sagte. Vielleicht ein Jahr.«

Thomas riss schnell seine Hand weg, als sie die Tür zuwarf. Er stürzte durch sein Zimmer, krümmte sich auf seinem Bett zusammen und kämpfte gegen die Tränen an.

Ein ganzes Jahr.

12.03.224 | 07:30 Uhr

6

Früher Morgen, das Klopfen an der Tür. Pünktlich wie die Uhr. Nicht immer dasselbe Gesicht, aber immer zur selben Zeit. Trotzdem hoffte Thomas auf jemand Bestimmtes – auf die netteste Ärztin in dieser Einrichtung. *Weitaus* die netteste. Sie war es gewesen, die ihn vor knapp drei Monaten zum Kanzler gebracht hatte. Aber leider kam meistens jemand anderes.

Heute jedoch nicht. Heute stand sie vor der Tür, als er aufmachte.

»Dr. Paige!« Er konnte nicht sagen, warum sie ihm sympathisch war, er fühlte sich einfach wohl in ihrer Gesellschaft. »Hi.«

»Hi, Thomas. Weißt du was?«

»Was?«

Mit einem warmen Lächeln sagte sie: »Du wirst mich von jetzt an viel öfter sehen. Ich wurde dir zugeteilt. *Nur* dir. Na, was sagst du?«

Thomas war begeistert. Obwohl er Dr. Paige erst ein paarmal gesehen hatte, war sie schon fast wie eine Freundin für ihn. Trotzdem brachte er nur ein »Cool« heraus, um seiner Freude Ausdruck zu verleihen.

»Megacool.« Wieder ein Lächeln, das genauso aufrichtig war wie das von Ms Denton. »Du kannst dich freuen, Thomas – auf dich wartet viel Gutes. Auf uns beide.«

Thomas hätte fast wieder »cool« gesagt, aber er bremste sich gerade noch.

Dr. Paige deutete auf den Rollwagen an ihrer Seite. »Frühstück gefällig?«

Thomas konnte es sich nicht erklären – wenn Dr. Paige ihm Blut abnahm, spürte er nicht mal das Piksen der Nadel. Normalerweise machte das einer ihrer Assistenten, aber hin und wieder übernahm sie den Job selbst.

Während er zuschaute, wie sein Blut in das Röhrchen glitt, fragte er: »Und? Was finden Sie über mich heraus?«

Dr. Paige schaute auf: »Wie bitte?«

»Na, mit den ganzen Tests, die Sie machen. Was finden Sie dabei heraus? Sie sagen mir nie was. Bin ich noch immun? Helfen Ihnen meine Daten? Bin ich gesund?«

Dr. Paige verschloss das Glasröhrchen und zog die Nadel aus Thomas' Arm. »Ja, doch, du hilfst uns sehr. Je mehr wir über deinen Körper und deinen Gesundheitszustand erfahren, desto besser. Durch die Tests mit dir und den anderen finden wir heraus, *was* genau wir untersuchen müssen … Worauf wir uns konzentrieren müssen, um eine Heilung zu finden. Du bist *wertvoll,* wie sie immer sagen. Jeder von euch ist es.«

Thomas freute sich. »Sagen Sie das nur, damit ich mich gut fühle?«

»Nein, gar nicht. Wenn wir diesen Virus eines Tages stoppen können, verdanken wir es dir und den anderen. Du kannst stolz darauf sein.«

»Okay.«

»Und jetzt auf die Tretmühle. Mal sehen, wie schnell wir deinen Herzschlag auf über eins fünzig hochjagen können.«

»Der Alltag der Menschen veränderte sich dramatisch, weil es die Gesellschaft auf eine ungeahnte Weise zusammenschweißte …«

Mrs Landon, eine kleine mausgraue Frau mit blendend weißen Zähnen, schwafelte über die kulturellen Auswirkungen der Zelltechnik, als Thomas die Hand hob, um ihren Redefluss zu unterbrechen. Er langweilte sich zu Tode. Das Thema kannte er längst in- und auswendig.

»Ähm, ja?« Mrs Landon brach mitten im Satz ab.

»Wann reden wir endlich mal über die Erfindung des Flat Trans?«

»Warum? Hab ich das gesagt?«

»Ja, glaub schon. Auf jeden Fall klingt es viel spannender als … dieser ganze Krempel.« Thomas lächelte, um seinen Worten das Kränkende zu nehmen.

Mrs Landon verschränkte die Arme. »Wer ist hier die Lehrerin?«

»Sie.«

»Und wer weiß am besten, was wir an welchem Tag durchzunehmen haben?«

Thomas lächelte wieder, ohne zu wissen, warum. Er mochte Mrs Landon, so langweilig sie auch war. »Sie.«

»Sehr gut. Also wie gesagt, die Gesellschaft hat sich enorm verändert, als plötzlich jeder Mensch auf der Welt …«

Ms Denton bewies eine Engelsgeduld. Thomas studierte jetzt schon seit über dreißig Minuten die bizarr geformten Blöcke auf dem Tisch, ohne auch nur einen davon zu berühren. Stattdessen nahm er sie alle nacheinander ins Visier und prägte sie sich ins Gedächtnis ein. Versuchte die Aufgabe so anzupacken, wie seine Lehrer es ihm beigebracht hatten.

»Brauchst du eine Pause?«, fragte Ms Denton schließlich. »Du musst sowieso gleich zu deiner nächsten Stunde.«

Selbst ihre Geduld hatte Grenzen. »Da kann ich auch später hingehen. Mr Glanville ist das egal.«

Ms Denton schüttelte den Kopf. »Keine gute Idee. Wenn dir die Zeit davonläuft, überstürzt du die Dinge. Und dafür bist du noch nicht weit genug. Vorläufig genügt es, wenn du dir die Zeit nimmst, die du brauchst. Und wenn es Tage dauert. Streng dein Gehirn an, visualisiere heute Nacht im Bett, was du tagsüber abgespeichert hast.«

Thomas wandte seinen Blick von den Blöcken ab und lehnte sich auf seinem Stuhl zurück. »Warum machen wir überhaupt diese ganzen Puzzles? Ist doch nur ein Spiel.«

»Glaubst du das wirklich?«

»Nein, nicht wirklich. Es trainiert mein Gehirn besser als alle anderen Fächer.«

Ms Denton lächelte, als hätte er ihr gerade gesagt, dass sie die klügste Lehrerin der ganzen Schule sei. »Das ist goldrichtig, Thomas. Und jetzt ab zu Mr Glanville. Du darfst ihn nicht warten lassen.«

Thomas stand auf. »Okay. Bis später dann.«

Er ging zur Tür, drehte sich aber noch einmal zu ihr um. »Übrigens, es sind sieben überzählige Teile – die gehören nicht dazu.«

Ms Denton lächelte noch strahlender, falls das überhaupt möglich war.

Blutentnahme um Blutentnahme.

Schulstunde um Schulstunde.

Puzzle um Puzzle.

Tag für Tag.

Monat für Monat.

02.09.224 | 07:30 Uhr

7

An diesem Tag kam das Klopfen an der Tür vielleicht ein paar Sekunden später als sonst.

Als Thomas öffnete, stand ein Fremder vor ihm. Ein kahlköpfiger Mann, der nicht gern hier zu sein schien. Oder auch nur am Leben. Seine Augen waren rot und verquollen und er runzelte die Stirn auf eine Art, die sich in jeder Falte seines zerknitterten Gesichts fortsetzte.

»Wo ist Dr. Paige?«, fragte Thomas irritiert. Er hasste seinen ewig gleichen Alltag, aber jede Abweichung davon machte ihn irgendwie nervös. »Ist sie okay?«

»Darf ich erst mal reinkommen?«, sagte der Mann und

nickte zu dem Essenswagen, den er dabeihatte. In seiner Stimme schwang nichts von der Wärme mit, die Dr. Paige ausstrahlte.

»Ähm, ja.« Thomas trat beiseite und zog die Tür weiter auf. Der Mann rollte den Wagen an ihm vorbei zum Schreibtisch.

»Iss das lieber auf«, sagte er. »Du brauchst heute viel Kraft.«

Thomas gefiel dieser Ton nicht. »Warum? Außerdem haben Sie mir meine Frage noch nicht beantwortet: Was ist mit Dr. Paige?«

Der neue Betreuer richtete sich auf, wie um sich größer zu machen, und verschränkte die Arme. »Was soll mit Dr. Paige sein? Sie ist okay. Und gewöhne dir bitte an respektvoll und höflich mit Erwachsenen zu sprechen.«

Thomas lag eine scharfe Antwort auf der Zunge – das war seine Spezialität –, aber er hielt den Mund und beschwor im Stillen sein Gegenüber, sich in Luft aufzulösen.

»Du hast eine halbe Stunde«, sagte der Mann, ohne ihn aus den Augen zu lassen. Thomas schauderte unter seinem kalten, ausdruckslosen Blick. »Punkt acht bin ich zurück und hole dich ab. Du kannst mich Dr. Leavitt nennen. Ich bin einer der Psychologen.«

Endlich brach er den Blickkontakt ab und verschwand im Flur draußen, nachdem er leise die Tür hinter sich geschlossen hatte.

Ich bin einer der Psychologen.

Thomas wusste nicht, was das bedeutete, obwohl er den Ausdruck schon öfter gehört hatte. Hunger hatte er auch nicht. Aber er setzte sich hin und frühstückte trotzdem.

Punkt acht klopfte Dr. Leavitt wieder an die Tür, lauter als nötig. Thomas hatte sich Zeit zum Frühstücken gelassen und hätte gern noch eine Stunde länger herumgetrödelt. Oder einen halben Tag. Oder einen ganzen Monat. Hauptsache, er musste nicht mit diesem Neuen mitgehen. Hoffentlich war Dr. Paige nicht aus irgendeinem Grund ganz verschwunden. Der Gedanke war so schrecklich, dass er ihn schnell verdrängte.

Als er die Tür öffnete, stand Dr. Leavitt draußen, genauso faltig und glatzköpfig wie eine halbe Stunde zuvor.

»Also, gehen wir«, sagte er kurz angebunden.

Schweigend gingen sie den Flur entlang. Thomas warf im Vorbeigehen einen sehnsüchtigen Blick auf Teresas Tür. *31 K.* Wie oft hatte er dieses Schild schon studiert und sich gewünscht, die Tür würde aufgehen, damit er sich mit dem Mädchen anfreunden konnte! Warum nur hielt man sie alle getrennt voneinander – doch nicht nur aus Schikane? Das würde Dr. Paige doch niemals zulassen, oder?

»Hör mal«, sagte Dr. Leavitt und holte Thomas in die Gegenwart zurück, zu den weißen Wänden des Flurs, den fluoreszierenden Lichtern über ihnen. »Ich muss mich entschuldigen. Ich war vorhin ein bisschen unfreundlich. Tut mir leid. Das Projekt heute ist ziemlich aufwendig, es hängt eine Menge davon ab.« Er lachte schnaubend, ein erstickter Laut, der Thomas an einen galvanisierten Frosch erinnerte. »Man könnte sagen, ich stehe verdammt unter Druck.«

»Schon okay«, sagte Thomas. Mehr wusste er nicht zu sagen. »Jeder hat mal 'nen schlechten Tag«, fügte er nervös hinzu.

Warum war der Typ so gestresst? Er war doch nicht für die Tests verantwortlich?

»Ja«, sagte Dr. Leavitt. Es klang aber mehr wie ein Grunzen.

Sie betraten den Aufzug und Dr. Leavitt drückte den Knopf für die neunte Etage. Dort war Thomas noch nie gewesen. Irgendwie war es unheimlich. Neunter Stock. Wäre es vielleicht weniger gruselig gewesen, wenn Dr. Paige ihn begleitet hätte? Thomas wusste es nicht.

Die Tür glitt mit einem fröhlichen Klingelton auf und Dr. Leavitt bog nach links ab. Thomas folgte ihm und nahm flüchtig einen Schreibtisch vor einer gläsernen Trennwand wahr. Dahinter blinkten Monitore und andere Geräte. Dieses Stockwerk sah nach einer Krankenstation aus.

Vielleicht war Dr. Paige tatsächlich etwas zugestoßen und Dr. Leavitt brachte ihn jetzt zu ihr?

Thomas fragte so höflich und beiläufig wie möglich: »Können Sie mir sagen, was heute ansteht?«

»Nein«, antwortete Leavitt und zögerte einen Moment »Tut mir leid, Junge.«

Thomas folgte ihm an dem vorderen Schreibtisch und der Glaswand vorbei durch den Gang. Sie passierten zahlreiche Türen, doch abgesehen von den Monitoren vor jedem Zimmer, die offenbar medizinische Daten anzeigten, entdeckte er keinerlei Hinweise. Die Türen waren alle nummeriert, aber geschlossen, und die Milchglaswände hinter zugezogenen bodenlangen Vorhängen verborgen. Thomas hätte schwören können, dass er Stimmen in einem der Räume hörte. Ein scharfer Schrei ließ ihn zusammenzucken. Diesmal hatte er sich ganz sicher nicht verhört.

Er ging weiter, bis der nächste Schrei hinter ihnen durch

den Flur schallte. Thomas blieb stehen und drehte sich in die Richtung um, aus der der Schrei gekommen war.

»Geh weiter!«, befahl Dr. Leavitt. »Kein Grund zur Sorge.«

»Was passiert da?«, fragte Thomas. »Was ist los mit dem …«

Dr. Leavitt packte Thomas am Arm, nicht so fest, dass es wehtat, aber auch nicht gerade sanft. »Alles gut, Junge. Du musst mir vertrauen. Geh einfach weiter. Wir sind gleich da.«

Thomas gehorchte.

Sie hielten vor einer Tür an, die genauso aussah wie alle anderen, mit einem Monitor davor, der ein elektronisches Kurvenblatt voller Informationen zeigte. Leider war die Schrift so klein, dass Thomas im Vorbeigehen nichts erkennen konnte. Dr. Leavitt studierte das Blatt einen Augenblick und griff dabei nach der Klinke, um die Tür zu öffnen. Im selben Moment kam Bewegung auf.

Als Thomas sich umdrehte, torkelte ein Junge aus einer offenen Tür; er trug ein Krankenhaushemd und hatte den Kopf bandagiert. Zwei Pfleger stützten ihn.

Der Junge war offenbar bis oben hin mit Medikamenten vollgepumpt. Im nächsten Moment sackte er einfach zusammen. Mühsam kam er wieder auf die Füße und wehrte sich gegen die beiden Pfleger, die ihn gerade noch gestützt hatten. Thomas starrte ihn an. Schon wieder kippte der Junge um, dann torkelte er wie ein Betrunkener auf die Füße und versuchte wegzulaufen. Gefährlich schwankend kam er auf Thomas zu.

»Geh da nicht rein«, lallte er. Sein Haar war dunkel, er hatte asiatische Gesichtszüge und war höchstens ein Jahr älter als Thomas. Das Gesicht war verschwitzt und gerötet und auf seinem Kopfverband breitete sich ein roter Fleck direkt über dem Ohr aus.

Thomas starrte ihn entsetzt an, aber schon im nächsten Moment schob sich Dr. Leavitt zwischen ihn und den anderen, der weiter auf ihn zugetorkelt kam. Einer der beiden Pfleger, die hinter ihm her waren, brüllte: »Minho! Halt! Du bist nicht in der Verfassung …« Der Rest verhallte ungehört.

Minho. Der Junge hieß Minho. Jetzt kannte er schon zwei Namen.

Minho rumpelte gegen Dr. Leavitt, fast als hätte er ihn nicht gesehen. Seine Augen waren starr auf Thomas gerichtet und glänzten vor Angst und Benommenheit.

»Lass das nicht mit dir machen!«, brüllte er und wehrte sich gegen Dr. Leavitt, der seine Arme um ihn geschlungen hatte. Minho war viel zu klein und schmächtig, um sich aus Leavitts Griff zu winden, aber er versuchte es trotzdem.

»Was …«, sagte Thomas zu schnell. Dann setzte er noch einmal an und fragte lauter: »Was geht hier vor?«

»Sie stopfen uns irgendwelches Zeugs in die Birne«, rief Minho ihm zu, seinen wilden Blick immer noch auf Thomas geheftet. »Und sie haben uns versprochen, dass es nicht wehtut, aber das stimmt nicht. Es tut höllisch weh! Diese beknackten, verlogenen …«

Der Junge verstummte, als einer der Pfleger ihm etwas in den Hals spritzte, das ihn sofort erschlaffen ließ. Er sackte zu Boden. Sekunden später schleppten sie ihn den Gang entlang zurück in das Zimmer, aus dem er herausgestürzt war, seine Füße schleiften leblos hinter ihm her.

Thomas drehte sich zu Dr. Leavitt um. »Was haben sie mit ihm gemacht?«

Leavitt blieb erstaunlich ruhig. Er sagte nur: »Nichts Schlimmes. Das ist nur eine Reaktion auf das Narkosemittel. Kein Grund zur Sorge.«

Das war offenbar sein Lieblingssatz.

Thomas wäre am liebsten weggerannt. Fieberhaft spielte er Fluchtpläne durch, während er Dr. Leavitt in ein anderes Zimmer folgte. Die Tür fiel hinter ihm zu.

Ich bin ein Feigling, dachte er. *Nicht wie dieser Minho. Der traut sich was!*

Der Raum sah definitiv nach Krankenzimmer aus. Zwei Betten standen darin, durch Vorhänge voneinander abgetrennt. Die auf der linken Seite waren offen und gaben den Blick auf ein frisch bezogenes Bett frei. Rechts waren die Vorhänge zugezogen und verbargen den Patienten dahinter. Thomas konnte eine schattenhafte Gestalt hinter dem dünnen Stoff erkennen. Der Raum war mit medizinischer Ausrüstung vollgestopft, supermoderne Hightech-Geräte, alles vom Feinsten, wie in den Labors, die er von all den Tests kannte.

Dr. Leavitt stand bereits an einem der Monitore, überflog Tabellen und gab Daten ein.

Thomas wandte seine Aufmerksamkeit den zugezogenen Vorhängen zu oder vielmehr dem Bett dahinter. Dr. Leavitt war mindestens zwei Meter von ihm entfernt und in die Daten auf dem Bildschirm vertieft.

Ich muss wissen, wer hinter dem Vorhang ist. Es war wie ein Zwang, gegen den er nicht ankam.

Links von ihm beugte Dr. Leavitt sich gerade näher zum Bildschirm, wohl um etwas Kleingedrucktes zu lesen. Thomas nützte die Gelegenheit. Er schlich zu dem geschlossenen Vorhang auf der rechten Seite, zog ihn beiseite und stürzte zu dem Bett dahinter. Dort lag ein zweiter Junge mit kurzem blondem Haar, die Augen geschlossen, die Decke bis zum Kinn hochgezogen. Wie der Blitz war Dr. Leavitt an seiner Seite und zerrte an dem Vorhang herum. Dann packte er Thomas am Arm und riss ihn vom Bett weg.

Aber Thomas hatte den Jungen gesehen. Und zweierlei war ihm aufgefallen:

Erstens hatte dieser Junge einen Verband über den Ohren, mit einem leuchtend roten Fleck, der sich auf einer Seite ausbreitete.

Zweitens hieß er Newt. Thomas hatte es von den Monitoren abgelesen.

Newt. Das war schon der Dritte.

Jetzt kannte er drei Namen.

02.09.224 | 08:42 Uhr

8

»Was hast du dir bloß dabei gedacht?«, schimpfte Dr. Leavitt. Er führte Thomas zu dem leeren Bett. »Wir haben medizinische Protokolle zu befolgen, unsere Sicherheitszonen zu beachten und wir müssen äußerste Sorgfalt walten lassen. Ist dir das denn nicht klar?«

Thomas lachte ihm fast ins Gesicht. »Ähm, nein«, sagte er, in der Hoffnung, dass es nicht sarkastisch klang. Er war doch erst zehn. Woher sollte er so was denn wissen?

»Dieser Junge ist frisch operiert. Er ist noch sehr schwach. Und dann die Keime. Davon hast du doch gehört?« Dr. Leavitt blieb erschreckend ruhig. »Viren wie Der Brand?«

»Ich bin immun«, sagte Thomas. »Das sind wir hier doch alle, oder?«

»Die meisten von euch, ja …« Dr. Leavitt brach ab, seufzte, kniff sich in den Nasenrücken. »Ach, egal. Aber bitte geh nicht wieder hinter diesen Vorhang. Hast du verstanden?«

Thomas nickte.

»Also. Ich muss dich jetzt vorbereiten.« Dr. Leavitt streckte seine Hände aus und blickte sich im Zimmer um, als müsse er sich orientieren. »Der Chirurg ist in einer halben Stunde hier.«

Thomas wurde flau im Magen. »Also dieser Junge, dieser Minho … hat er die Wahrheit gesagt? Macht ihr was Schlimmes mit meinem Kopf?«

»Nichts Schlimmes.« Die Ungeduld in Dr. Leavitts Stimme war nicht zu überhören. Er öffnete eine Schublade und zog ein Leinenhemd heraus. »Etwas Wichtiges. Und wie ich schon sagte, Minho hat das Narkosemittel nicht vertragen. Das kommt selten vor. Wir werden bei dir etwas vorsichtiger dosieren, das verspreche ich.« Er hielt inne und drehte sich zu Thomas um. »Hör mal, Junge, du weißt, was auf dem Spiel steht. Du weißt, dass du immun gegen Den Brand bist, und du weißt auch, dass die Menschheit vom Aussterben bedroht ist. Das ist doch richtig: Du weißt das alles?«

Thomas hatte nur eine Antwort darauf: »Ja.«

»Na, dann verstehst du auch, warum es so wichtig ist, dass du mithilfst.« Dr. Leavitt warf ihm das Krankenhaushemd zu. »Wir erforschen die Todeszone der Immunen, um ein Heilmittel zu finden. Du bist immun. Und heute pflanzen wir dir ein kleines Gerät in den Kopf, mit dessen Hilfe wir herausfinden können, was an dir anders ist. Du erholst dich schnell davon, glaub mir, und dann wirst du froh sein, dass wir deine Vitalfunktionen effizienter überwachen können. Du wirst von jetzt an längst nicht mehr so oft gepikst.« Letzteres sagte er mit gespielter Fröhlichkeit. »Also, ist doch gar nicht so schlimm, oder?«

Thomas zuckte halbherzig die Schultern und nickte.

Der Mann wollte ihm einreden, dass es das Vernünftigste der Welt sei, einem zehnjährigen Jungen das Gehirn aufzuschneiden? Wie abartig war das denn?

Thomas schaute auf das Hemd hinunter, das er in den Händen drehte.

»Dort drüben ist ein Badezimmer.« Dr. Leavitt zeigte auf eine Tür in der Ecke. »Zieh dich um und leg dich ins Bett. Ich gebe dir mein Wort, dass alles gut gehen wird. Du bekommst eine Narkose und spürst überhaupt nichts. Vielleicht etwas Kopfschmerzen in den nächsten Tagen, das ist alles. Und dagegen haben wir Pillen. Okay?«

»Okay.« Thomas ging einen Schritt auf das Badezimmer zu, als er ein Mädchen draußen im Gang schreien hörte. Er sah Dr. Leavitt an, der seinen Blick auffing. Einen langen Augenblick standen sie da und warteten darauf, dass einer von ihnen etwas sagte oder machte. Thomas brach schließlich den Bann.

Blitzschnell war er an der Tür, riss sie auf und hechtete in den Gang hinaus, Leavitt dicht auf den Fersen. Keine zwei Meter vor ihm lief eine vertraute Szene ab. Zwei Pfleger – ein Mann und eine Frau – zerrten ein Mädchen mit braunen Haaren den Gang entlang, sie schrie und trat dabei wie wild um sich. Das war *sie*. Das Mädchen aus Zimmer 31 K. Teresa.

Und dann machte Thomas etwas völlig Sinnloses: Er rannte ihr nach. Die Angst in ihrem Gesicht, in ihren Augen gab ihm den Rest und der ganze aufgestaute Horror brach aus ihm hervor.

»Lasst sie los!«, schrie er, während Leavitt im selben Moment hinter ihm herbrüllte, dass er sofort zurückkommen sollte.

Die Pfleger drehten sich zu Thomas um und starrten ihn neugierig, ja, vielleicht sogar amüsiert an. Das brachte Thomas nur noch mehr in Rage. Er rannte schneller, obwohl er wusste, dass er keine Chance hatte. Aber wenigstens konnte er Teresa zeigen, dass sie ihm nicht egal war.

Im letzten Moment hechtete er in die Luft, die Arme ausgestreckt wie Superman, um die Pfleger auf den Boden zu reißen …

Einer der beiden wehrte ihn mit dem Arm ab und traf Thomas voll am Kopf. Ein scharfer Schmerz durchzuckte seine Wange und sein Ohr, dann schlug er einen Salto, landete mit voller Wucht auf dem Boden und knallte mit der Nase an die Wand, heftig genug, dass ihm schwarz vor Augen wurde. Er wälzte sich herum und schaute hoch. Die Pfleger musterten ihn kopfschüttelnd, als fragten sie sich, was in aller Welt in ihn gefahren war. Auch Teresa wehrte sich jetzt nicht mehr, aber in ihrem Gesicht zeichnete sich etwas Neues ab: Ehrfurcht. Staunen. Oder war da vielleicht sogar der Hauch eines Lächelns?

Thomas fühlte sich plötzlich ganz erhaben.

Dann tauchte Dr. Leavitt auf und beugte sich über ihn, eine Spritze in der Hand. »Ich dachte, wir hätten uns verstanden, Junge. Glaub mir, ich hätte dir das hier gern erspart.« Er ging in die Knie, stach die Nadel in Thomas' Hals und drückte den Spritzenkolben mit dem Daumen herunter.

Thomas sah zu Teresa. Sie fing seinen Blick auf. Dann sackte er weg, die Welt verschwamm bereits vor seinen Augen, als Teresa weggezerrt wurde, aber er hörte sie deutlich rufen:

»Eines Tages sind wir die Großen!«

Verrückte Träume verfolgten Thomas.

Er sauste mit einer Art Flugmaschine, die auf seinen Rücken geschnallt war, durch die Luft und sah die Erde unter sich, die verbrannt und verwüstet dalag, ein toter Planet. Kleine Gestalten liefen über den Sand, wurden größer und kamen immer näher. Flügel blitzten auf, dann hässliche Gesichter und ausgestreckte Arme – blutrünstige Monster, die nach ihm griffen.

Zum Glück wachte er auf, bevor sie ihn zerfetzten.

Der nächste Traum war schön: Thomas mit seiner Mom und seinem Dad. Ein Picknick am Fluss. Er wusste nicht, ob es eine Erinnerung oder nur ein Wunschtraum war, aber er ließ sich einfach hineinsinken wie in ein warmes Bad. Die Szene löste eine tiefe Traurigkeit in ihm aus, die hoffentlich lange, lange anhalten würde. Er wollte sich erinnern.

Später träumte er von Teresa, dem geheimnisvollen Mädchen, das praktisch Tür an Tür mit ihm wohnte. Nur ein einziger Satz war zwischen ihnen gefallen.

Eines Tages sind wir die Großen!

Er klammerte sich an diese Worte und in seinen Träumen rief Teresa sie ihm immer wieder zu. Der Satz war so cool, so rebellisch. Er liebte Teresa dafür. In seinem Traum saß er ihr gegenüber – er auf seinem Bett, sie auf einem Stuhl daneben. Sie redeten nicht, waren einfach nur … zusammen. Er sehnte sich so verzweifelt nach einer Freundin, dass er hoffte, die Operation würde ewig dauern, damit er für immer in diesem Traum bleiben konnte.

Aber dann rief Teresa seinen Namen, immer wieder, nur war es nicht ihre Stimme. Irgendwo in seinem Hinterkopf wusste er, was vorging, und sein Herz krampfte sich vor Kummer zusammen. Je mehr er diesen trügerischen Moment festzuhalten versuchte, desto schneller verblasste er. Bald war nur noch Dunkelheit um ihn und eine Stimme, die seinen Namen sagte. Immer wieder. Zeit, aufzuwachen.

Er öffnete die Augen und blinzelte in die grellen Lichter der Krankenstation. Eine Frau schaute auf ihn herunter. Dr. Paige.

»Dok…«, fing er an, aber sie brachte ihn schnell zum Schweigen.

»Psst, nicht reden«, sagte sie lächelnd und alles war okay. Dr. Paige würde ihm nichts Böses antun. Nie im Leben. »Die Narkose wirkt noch nach. Dir ist sicher schwindlig. Bleib einfach liegen, entspann dich und genieße die Medizin.« Sie lachte, was bei ihr nicht so oft vorkam.

Thomas war in einem angenehmen Schwebezustand. Leicht und friedlich. Der ganze Zwischenfall mit Teresa erschien ihm jetzt beinahe komisch. Was die beiden Pfleger wohl gedacht hatten, als plötzlich dieser Junge im Gang auf sie zugestürmt und in die Luft gesprungen war wie Tarzan? Wenigstens hatte er Teresa gezeigt, dass ihm etwas an ihr lag. Tapfer. Das hatte er gut gemacht. Er seufzte glücklich.

»Wow«, sagte Dr. Paige und sah von dem Monitor auf, den sie studiert hatte. »Du scheinst dir meinen Rat zu Herzen zu nehmen.«

»Was habt ihr mit mir gemacht?«, lallte Thomas mühsam.

»Oh, jetzt missachtest du meinen anderen Rat – ich sagte, nicht reden!«

»Was ... habt ihr gemacht?«, wiederholte Thomas.

Dr. Paige drehte sich um und setzte sich zu ihm aufs Bett. Die Bewegung der Matratze löste irgendwo in seinem Körper einen Schmerz aus. Einen dumpfen, fernen Schmerz.

»Der Psychologe wird dir doch gesagt haben, was wir mit dir machen, oder nicht?«, sagte sie. »Dr. Leavitt?« Sie blickte sich schnell um, als wollte sie sich überzeugen, dass er nicht im Zimmer war. Thomas nickte. »Aber ...«

»Ich weiß. Es klingt schrecklich. ›Etwas eingepflanzt bekommen‹.« Sie lächelte wieder. »Aber du hast doch gelernt mir ein bisschen zu vertrauen, oder?«

Thomas nickte wieder.

»Auf lange Sicht ist es so besser für dich, für uns alle. Wir können deine Todeszonenaktivitäten jetzt viel schneller und effizienter messen. Außerdem musst du nicht mehr so oft ins Labor zur Datensammlung. Jetzt wird das alles sofort aufgezeichnet, in Echtzeit. Du wirst froh sein, dass wir das gemacht haben, glaub mir.«

Thomas sagte nichts. Erstens weil er nicht sprechen konnte. Und zweitens ergab es Sinn, was Dr. Paige sagte – meistens jedenfalls. Er fragte sich nur, warum Minho und Teresa so ausgerastet waren. Vielleicht war die Operation bei ihnen nicht so glattgelaufen.

Dr. Paige stand vom Bett auf und tätschelte Thomas' Arm. »Gut, junger Mann. Lass dich jetzt wieder in deinen Medikamentenschlaf fallen. Du wirst in den nächsten Tagen noch viel schlafen müssen. Genieße die Ruhe.«

Sie ging ein paar Schritte in Richtung Tür, drehte sich aber noch einmal um und kam zurück. Sie beugte sich herunter und wisperte ihm etwas ins Ohr, aber er hatte bereits die Augen geschlossen und driftete weg. Im Halbschlaf fing er noch die Worte »Überraschung« und »besonders« auf.

Er hörte noch, wie Dr. Paiges Schritte sich entfernten und die Tür zufiel.

07.10.224 | 12:43 Uhr

9

Thomas' Kopf heilte viel schneller, als er erwartet hatte. Im Nullkommanichts war er wieder in seinem Zimmer und ging in seinen Unterricht, als wäre nichts geschehen. Seit seiner Operation hatte er nichts mehr von Teresa, Minho oder dem Jungen namens Newt gesehen. Auch sonst war ihm niemand begegnet. Manchmal hörte er Stimmen im Gang, aber sie waren so weit weg, dass er nicht erkennen konnte, woher sie kamen. Es waren jedenfalls Kinderstimmen und Thomas fragte sich allmählich, was mit ihm wohl nicht stimmte: Warum wurde er die ganze Zeit isoliert, während die anderen offenbar ungehindert miteinander kommunizieren konnten?

Eine holprige Linie über seinem Ohr markierte die Stelle, an der er aufgeschnitten worden war. Aber inzwischen wuchsen wieder Haare darüber und er dachte kaum noch daran. Bald würde er auch nichts mehr spüren. Manchmal zuckte ein tiefer, hallender Schmerz durch seinen Kopf, als hätte eine Hand hineingegriffen und mit aller Kraft zugedrückt. Aber wenn er Dr. Paige oder einen seiner Lehrer nach dem Implantat fragte, wurde ihm immer nur gesagt, was er bereits wusste – dass der Chip sein System analysiere –, und jedes Mal wurde er sofort darauf hingewiesen, dass er jetzt viel weniger Tests über sich ergehen lassen musste. Darüber war er natürlich froh.

Dr. Paige versicherte ihm unablässig, dass es gute Gründe gab, warum er weiterhin isoliert blieb, und dass ANGST vor allem seine Sicherheit im Blick habe. Die Außenwelt sei ein sehr, sehr gefährlicher Ort – alles strahlenverseucht und voller Cranks – und deshalb müssten sie die Krankheit erst besser verstehen, ehe Thomas mit den anderen zusammenkommen durfte. Er sei schließlich ein ganz besonderer Fall. Mehr verriet Dr. Paige nicht. Stattdessen brachte sie ihm ständig neue Bücher und einmal sogar ein mobiles Entertainment Pad, so dass er wohl kaum an ihrem guten Willen zweifeln konnte. Bestimmt würde sie ihn nicht anlügen, nur um ihn zu beruhigen. Dr. Paige war die Sonne in seinem seltsamen Leben – sobald sie erschien, ging es ihm besser.

Eines Tages wachte er mit bohrenden Kopfschmerzen und einer schweren Benommenheit auf, die mit nichts vergleichbar war, was er bisher erlebt hatte. Er musste seine ganze Willenskraft aufbieten, um sich aus dem Bett zu hieven und sein Vormittagsprogramm hinter sich zu bringen.

Mittags legte er sich hin. Als es an die Tür klopfte, hatte er das Gefühl, gerade erst eingeschlafen zu sein. Erschrocken sprang er auf, weil er dachte, er hätte seinen Nachmittagsunterricht versäumt. Die plötzliche Bewegung löste die nächste Schmerzwelle aus. Sie krachte voll durch seinen Schädel.

Er raste zur Tür und das Herz sackte ihm in die Hose, als er Dr. Leavitt im Gang draußen stehen sah; das Licht spiegelte sich unheilvoll auf seiner Glatze.

»Oh«, rutschte es Thomas heraus, ehe er sich bremsen konnte.

»Hallo, Junge«, sagte Dr. Leavitt in seiner üblichen trockenen Art. »Heute Nachmittag haben wir eine große Überraschung für dich. Ich glaube, es wird dir gefallen.«

Thomas starrte ihn an und ihm wurde schwindlig. Dr. Leavitts Worte lösten ein derart starkes Déjà-vu-Gefühl in ihm aus, dass er zu träumen glaubte.

»Okay«, sagte er und versuchte sein Unbehagen zu verbergen. Jede Abweichung von seinem immer gleichen Tagesablauf war ihm ja eigentlich willkommen. »Was ist es denn?«

Dr. Leavitt setzte ein seltsames, nervöses Lächeln auf. »Wir … die Psychologen …«, jetzt lächelte er fast verschmitzt, »sind der Meinung, dass du nun auch mit anderen interagieren solltest. Und wir dachten, wir fangen mit … ähm … Teresa an. Na, was sagst du? Würdest du sie gern kennenlernen und hin und wieder mit ihr reden? Vielleicht läuft es ja ein wenig besser als eure erste, ähm, inoffizielle Begegnung.« Er lächelte noch breiter, aber seine Augen blieben ernst.

Thomas schrie fast auf vor Freude. Es war lange her, dass ihn etwas so vom Hocker gerissen hatte. Ja, natürlich wollte er sie kennenlernen! Er wünschte sich nichts sehnlicher!

»Ja«, sagte er. »Unbedingt. Das würde mir gefallen.«

Im Flur draußen überwältigte ihn erneut dieses merkwürdige Déjà-vu-Gefühl, als hätte er genau denselben Weg schon einmal zurückgelegt, mit genau demselben Ziel.

Dr. Leavitt begleitete ihn zu einem kleinen Büro auf seiner Etage. Es war völlig unmöbliert, außer einem leeren Schreibtisch und ein paar Stühlen auf beiden Seiten. Das Mädchen, Teresa, saß bereits auf einem der Stühle und begrüßte Thomas mit einem schüchternen Lächeln.

Diesmal war das Gefühl noch stärker als zuvor, es warf ihn fast um. Alles an dieser Episode – das Zimmer, Teresa, die Beleuchtung – fühlte sich so vertraut an, dass er es unmöglich zum ersten Mal erleben konnte. Er war so verwirrt, dass er kaum noch klar denken konnte.

»Setz dich«, sagte Dr. Leavitt und deutete ungeduldig auf einen Stuhl.

Thomas riss sich zusammen. Er setzte sich und Dr. Leavitt ging aus dem Zimmer und zog die Tür fast ganz hinter sich zu. »Wir hielten es für angemessen, euch mal ein bisschen miteinander plaudern zu lassen«, sagte er und fügte mit einem flüchtigen Lächeln hinzu: »Viel Spaß, ihr beiden.« Dann schloss er die Tür ganz. Erneut stieg das vertraute Gefühl in ihm auf.

Thomas konnte seinen Blick kaum von der Stelle lösen, an der gerade noch Dr. Leavitt gestanden hatte. Er war zu verlegen, um Teresa ins Gesicht zu sehen, und fühlte sich äußerst unbehaglich. Er hatte sich so auf dieses Treffen gefreut und jetzt wäre er am liebsten davongestürzt, überwältigt von der Heftigkeit seiner Gefühle.

Schließlich drehte er sich auf seinem Stuhl um, und als er ihr einen verstohlenen Blick zuwarf, merkte er, dass sie ihn anstarrte.

»Hey.« Mehr brachte er nicht heraus.

»Hi«, antwortete Teresa, wieder mit einem schüchternen Lächeln. Ein Lächeln, das Thomas schon einmal gesehen hatte, vor diesem Tag, in genau demselben Raum, das hätte er schwören können.

Aber jetzt war nicht der Moment, über dieses seltsame Gefühl nachzudenken – dazu war später noch Zeit genug. »Warum haben sie uns hier reingebracht?«, sagte er und deutete um sich herum.

»Weiß nicht. Wir sollen uns kennenlernen und miteinander reden, nehme ich an.«

Entweder hatte Teresa seine Frage nicht verstanden oder ihre Antwort sollte ironisch sein. »Wie lange bist du schon hier?«

»Seit ich fünf bin.«

Thomas sah sie an, versuchte ihr Alter zu erraten und gab auf. »Also …«

»Vier Jahre«, sagte sie.

»Was? Du bist erst neun?«

»Ja. Warum? Wie alt bist du?«

Thomas zögerte. Wusste er überhaupt, wie alt er war? »So alt wie du.« Das musste ungefähr hinkommen. »Du wirkst nur älter, das ist alles.«

»Ich werde bald zehn. Und du? Bist du nicht genauso lange hier?«

»Ja.«

Teresa rutschte auf ihrem Stuhl herum, winkelte ein Bein ab und setzte sich darauf. Es sah nicht sonderlich bequem aus, aber Thomas war froh, dass sie sich offenbar entspannte. Ihm ging es ähnlich – je mehr er redete, desto mehr verblasste das verstörende Déjà-vu-Gefühl.

»Warum sind wir isoliert?«, fragte Teresa. »Ich höre die ganze Zeit andere Kinder schreien und lachen. Und ich hab die große Cafeteria gesehen. Da ist Platz für Hunderte von uns!«

»Dann kriegst du dein Essen auch aufs Zimmer?«

Teresa nickte. »Dreimal am Tag. Das meiste schmeckt wie Klo.«

»Ach, und wie schmeckt Klo? Schon mal probiert?« Er hielt den Atem an, in der Hoffnung, dass sie nicht sauer über seinen dummen Witz war.

»Kann jedenfalls nicht schlimmer sein als der Fraß, den wir hier vorgesetzt bekommen«, antwortete Teresa schlagfertig.

Thomas lachte laut und das fühlte sich gut an. »Hey, du hast Recht.«

»Irgendwas muss an uns anders sein.« Teresa wurde wieder ernst, was Thomas ein bisschen dämpfte. »Meinst du nicht auch?«

Er nickte und versuchte einen intelligenten, wissenden Blick aufzusetzen. Er hatte sich noch nie Gedanken darüber gemacht, wollte es aber nicht zugeben. »Ja, ich schätze schon. Ich schätze, es gibt einen Grund, warum wir von den anderen getrennt sind. Aber wie sollen wir herausfinden, was das genau ist, wenn wir noch nicht mal wissen, warum wir überhaupt hier sind?« Er hielt inne und hätte sich am liebsten auf die Zunge gebissen: Er hatte zweimal »Ich schätze« gesagt und der Rest war auch nur dummes Geschwafel.

Teresa fand das offenbar nicht. »Ich weiß. Und wie ist dein Leben so? Besteht es auch nur aus Unterricht und Tests, vom Wecken bis zum Schlafengehen?«

»So ungefähr.«

Teresa nickte, dann sagte sie abwesend: »Die erzählen mir ständig, wie schlau ich bin.«

»Mir auch. Komisch.«

»Ich glaube, das hängt alles mit Dem Brand zusammen. Haben deine Eltern sich angesteckt, bevor ANGST dich abgeholt hat?«

Die ganze Freude, die allmählich in Thomas aufgestiegen war, wurde schlagartig abgewürgt. Er sah seinen Dad vor sich, das Gesicht von Hass und Wut verzerrt, und seine Mom, die für immer Abschied von ihm nehmen musste, obwohl er erst fünf war. Schnell verbannte er die Bilder aus seinem Kopf.

»Ich will nicht darüber reden«, knurrte er.

»Warum nicht?«, fragte Teresa.

»Darum.«

»Also gut. Ich auch nicht.« Sie schien nicht sauer zu sein.

»Aber warum sind wir jetzt hier drin?« Wieder zeigte Thomas auf das kahle Zimmer. »Im Ernst, was sollen wir hier?«

Teresa verschränkte die Arme und ließ ihr Bein wieder auf den Boden fallen. »Reden. Einen Test bestehen. Keine Ahnung. Tut mir leid, wenn ich dich langweile.«

»Was? Bist du jetzt sauer?«

»Nein, nicht sauer. Nur enttäuscht. Ich hatte mich so darauf gefreut, endlich einen Freund zu finden.«

Thomas hätte sich am liebsten auf die Zunge gebissen. »Tut mir leid. Ich auch – ich hab mich auch darauf gefreut.«

Er hatte es vermasselt. Schlimmer hätte diese erste Begegnung nicht laufen können.

Teresa lächelte wieder und er atmete auf. »Dann haben wir den Test vielleicht bestanden. Wahrscheinlich wollten sie nur wissen, ob wir miteinander auskommen.«

»Egal«, sagte Thomas und lächelte zurück. »Ich stelle mir längst keine Fragen mehr.«

Nach einer langen Pause sagte Teresa: »Also ... Freunde?«

»Freunde.«

Teresa streckte ihre Hand über den Schreibtisch. »Gib mir die Hand drauf.«

»Okay.« Thomas beugte sich vor und nahm ihre Hand.

Teresa lehnte sich in ihrem Stuhl zurück, ihr Gesichtsausdruck veränderte sich wieder. »Hey, tut dein Gehirn auch manchmal so weh? Also kein normaler Kopfschmerz, sondern irgendwo ganz, ganz tief in deinem Schädel?«

Thomas sah sie fassungslos an. »Was? Du auch? Ja, Mann!«

Er wollte ihr von seinen Kopfschmerzen an diesem Morgen

erzählen – vielleicht sogar von diesem Déjà-vu-Gefühl –, aber sie legte schnell einen Finger an ihre Lippen.

»Psst, da kommt jemand. Wir reden später darüber.«

Thomas wunderte sich, woher sie das wusste. Er hörte nichts, aber kaum hatte Teresa zu Ende gesprochen, da klopfte es auch schon. Eine Sekunde später ging die Tür einen Spaltbreit auf und Dr. Leavitt streckte den Kopf herein.

»Hallo, Kinder«, sagte er fröhlich und schaute von einem zum anderen. »Zeit ist um für heute. Wir bringen euch jetzt in eure Zimmer zurück. Das lief sehr gut, finden wir. Ihr werdet also noch oft die Gelegenheit haben, euch besser kennenzulernen.«

Thomas und Teresa wechselten einen Blick.

Thomas wusste nicht, ob er die Botschaft in ihren Augen richtig interpretierte, aber er war sich ziemlich sicher, dass er eine Freundin gefunden hatte.

Sie standen auf und gingen zu Dr. Leavitt. Thomas war dankbar für diesen kurzen Moment und hoffte, dass sie sich bald wiedersehen durften, so wie Dr. Leavitt es versprochen hatte.

An der Tür blieb Teresa stehen und stellte Dr. Leavitt eine Frage. Oder vielmehr zwei. Danach war der Mann wie ausgewechselt.

»Was ist ein Blockaden-Trigger? Und stimmt es, dass sieben Kinder bei der Implantation gestorben sind?«

Thomas blieb die Luft weg. Er drehte sich zu Teresa um, während Leavitt nach einer Antwort suchte.

»Wie …«, fing er an und verstummte, als ihm klar wurde, was auch Thomas begriffen hatte: Teresa war über etwas Großes gestolpert. Etwas Wahres. »Woher in aller Welt hast du diesen Unsinn?«

Auch Thomas wunderte sich. Wie kam Teresa an solche Informationen? Er hatte nie etwas davon gehört.

Teresa zuckte die Schultern. »Manchmal reden die Leute, wenn sie denken, dass wir nichts hören.«

Dr. Leavitt war alles andere als erfreut, aber er blieb ruhig. »Ja, und manchmal hört man nicht die ganze Geschichte, wenn man etwas aufschnappt. Du solltest dich nicht um Dinge kümmern, die dich nichts angehen, verstanden?«

Er machte auf dem Absatz kehrt und ging auf den Gang hinaus, ohne sich darum zu kümmern, ob sie ihm folgten oder nicht. Aber sie blieben ihm dicht auf den Fersen.

»Hey, das ist ein gutes Gefühl«, flüsterte Teresa Thomas zu. »Mit meinem neuen Freund durch den Flur zu gehen.«

Thomas warf ihr einen Blick zu, halb ungläubig, halb belustigt. »Ich fass es nicht. Erst lässt du diese Bombe mit den toten Kindern hochgehen und jetzt tust du, als wäre nichts passiert? Du bist verrückt, echt.«

Er versuchte das Ganze ins Lächerliche zu ziehen, damit sie nicht merkte, wie schockiert er über ihre Frage war. Das konnte doch nur ein dummes Gerücht sein?

Teresa gab keine Antwort. Sie küsste ihn auf die Wange und sprintete an Dr. Leavitt vorbei den Gang hinunter.

Thomas' Herz klopfte vor Freude – es war toll, eine Freundin zu haben. Aber als er ihr nachschaute, kehrten seine Ängste zurück. Was war heute mit ihm passiert? Erst der wahnsinnige Kopfschmerz, dann das unheimliche Déjà-vu-Gefühl … Er war noch immer ganz benommen, hatte das Gefühl, jeden

Moment umzukippen. Als wäre er nicht mehr im Einklang mit der Erddrehung.

Er wehrte sich mit aller Kraft gegen die schlimmstmögliche Erklärung.

Nicht Der Brand. Nur das nicht!

14.10.224 | 11:37 Uhr

10

Eine Woche später, direkt nach einer besonders kniffligen Denksportaufgabe bei Ms Denton, saß Thomas zum zweiten Mal mit Teresa in dem kleinen Raum. Zum Glück musste er diesmal nicht gegen dieses seltsame Gefühl ankämpfen.

Die vergangene Woche war die längste seines Lebens gewesen. Ständig hatte er sich gefragt, wann er Teresa wiedersehen durfte. Dr. Paige und die anderen Betreuer hatten ihm nur gesagt, dass er sie bald treffen würde. Eine ganze Woche hatten sie ihn auf die Folter gespannt, und obwohl er oft mit dem Gedanken gespielt hatte, über sein unheimliches Déjà-vu-Erlebnis zu sprechen, brachte er nie den Mut dazu auf. Er wollte nicht, dass die ANGST-Leute ihn für übergeschnappt hielten.

»Hey, schön, dass wir uns sehen«, sagte Teresa, um ein Gespräch in Gang zu bringen.

Dr. Leavitt hatte gerade das Zimmer verlassen, ohne auf ihre Frage einzugehen, wie viel Zeit sie diesmal hatten.

»Ja, das finde ich auch«, sagte Thomas.

Er wollte nicht über dieses unerklärliche Gefühl beim letzten Mal sprechen und schlug schnell ein anderes Thema an. »Hey, ich musste die ganze Zeit an die Kinder denken, die angeblich … gestorben sind. Ist das wirklich wahr? Ach, und Dr. Paige tut immer so, als müssten wir froh sein, dass sie uns getrennt halten … Verstehst du das? Und da sind noch viele andere Dinge, über die ich gern reden würde.«

»Hey, nicht alles auf einmal.« Teresa grinste ihn an. Dann warf sie einen besorgten Blick an die Decke und spähte in alle vier Ecken hinauf. »Wir müssen aufpassen, was wir sagen. Ich meine, wir werden natürlich beobachtet. Oder zumindest belauscht.«

»Vielleicht beides«, sagte Thomas laut und höhnisch. »Hallo! Haalllooooo, ihr alten Säcke!« Er winkte in alle Richtungen, als würde er eine Parade abnehmen, und wunderte sich selbst über seinen plötzlichen Übermut.

Teresa prustete los und Thomas lachte mit. Sie lachten und lachten, gut zwei Minuten lang, weil sie sich immer wieder neu anstachelten, wenn einer von ihnen endlich aufgehört hatte. Aber Thomas war klug genug, um zu wissen, dass er nur lachte, weil er nicht an die toten Kinder denken wollte.

»Wir lassen uns nicht den Spaß verderben, okay?«, sagte

Teresa, als sie sich endlich gefangen hatten. »Das ist *unsere* Zeit und wir sagen, was wir wollen. Falls ihnen das einen Kick gibt, bitte ...«

»Amen.« Thomas schlug auf den Schreibtisch.

Teresa zuckte zusammen, dann lachten sie wieder los. »Also das mit den Kindern ... Ich weiß nicht. Wahrscheinlich nur ein Gerücht. Hoffe ich jedenfalls. Vielleicht hab ich da was falsch verstanden. Oder sie haben über etwas geredet, das vor unserer Zeit passiert ist. Ich wollte diesen Leavitt bloß ein bisschen provozieren.«

Thomas hoffte inständig, dass sie ihm die Wahrheit sagte.

»Also ... Gibt es irgendwas Neues oder Aufregendes in deinem Leben?«, fragte Teresa.

»Nicht dass ich wüsste. Ich esse, gehe in meinen Unterricht, lasse jede Menge medizinische Tests über mich ergehen. Ach, und ich schlafe natürlich. Das ist so ungefähr alles.«

»Bei mir genauso.«

»Im Ernst? Schocker.«

Lächeln. Pause. Schließlich beugte Teresa sich vor und stützte ihre Ellbogen auf den Schreibtisch.

»Ich weiß nichts über andere Kinder oder sonst irgendwelche Geheimnisse, aber eins steht fest: Unser Kopf müsste längst verheilt sein, oder?«

Auf diese Frage war Thomas nicht gefasst. »Ähm, ja schon«, stotterte er und berührte die verborgene Narbe über seinem linken Ohr. »Sieht jedenfalls so aus. Unsere brillanten Gehirne sind absolut in Ordnung, da bin ich mir sicher.«

»Du meinst das, was ANGST die Todeszone nennt?«

Thomas nickte. Er hatte das Wort hier und da gehört, wusste

aber nicht viel darüber. »Ja. Hört sich an, als hätten sie es aus einem Videospiel geklaut. Aber Dr. Paige sagt, dort richtet Der Brand den größten Schaden an.«

»Komisch, dass wir immun sind, oder? Ich meine, es müsste doch das Coolste der Welt sein, dass wir keine Angst haben müssen, uns eines Tages in blutrünstige Irre zu verwandeln?«

»Ja, genau.«

»Na, und was haben wir davon? Nichts. Außer dass wir in dieser bescheuerten Einrichtung gelandet sind. Die sollten sich ÖDE nennen statt ANGST. Es macht mich noch wahnsinnig, den ganzen Tag im Zimmer eingesperrt zu sein.«

Thomas schaute auf die Tür und überlegte einen Augenblick. »Ist es wirklich so schlimm da draußen? Dürfen wir deshalb nicht raus?«

»Ja, ehrlich – muss schlimm sein. Die Strahlung lässt angeblich nach, aber in manchen Gegenden ist sie noch ziemlich hoch. Ich kann mich gut an das grelle weiße Licht vor dem Berk draußen erinnern, mit dem ich hergekommen bin. Ich wurde durch einen Flat Trans geschickt und dann mit einem Berk eingeflogen – mit fünf. Kannst du dir das vorstellen?«

Thomas erinnerte sich nur an das große Flugzeug, das ihn hergebracht hatte. Es war cool gewesen, obwohl er so verzweifelt war. Ein Berk war etwas für Superreiche, ganz zu schweigen von einem Flat Trans. Thomas hatte noch nie einen betreten, aber wenn ANGST einen Flat Trans hatte, mussten sie im Geld schwimmen.

»Wann war das? Wann haben sie dich durch den Flat Trans geschickt?«, fragte er.

Teresas Gesicht verdüsterte sich. »Kann mich kaum dran erinnern. Ich bin irgendwo im Osten geboren. Hab meine Eltern verloren und wurde gerettet …« Sie senkte den Blick und verstummte. Vielleicht ein Thema für das nächste Mal.

»Hey«, sagte Thomas, um sie abzulenken. »Wegen diesem komischen Kopfschmerz – den hab ich auch manchmal.«

Teresas Blick wanderte wieder zur Decke hinauf, scannte alle vier Ecken. Dort war nichts zu sehen, aber Kameras konnten überall versteckt sein, das wussten sie beide. Und Mikrofone. ANGST konnte Hunderte von Mikros in einem Raum wie diesem hier unterbringen. Mal ganz abgesehen von ihren Gehirnimplantaten – sie konnten ja nicht wissen, was diese Dinger alles aufzeichneten.

Teresa stand auf, packte ihren Stuhl und kam auf die andere Seite des Schreibtischs. Sie stellte den Stuhl direkt neben den von Thomas, so dicht wie nur möglich. Dann setzte sie sich und lehnte sich an ihn, presste ihre Schulter gegen seine.

Sie flüsterte ihm ins Ohr, so leise, dass er es kaum hörte. Ihr Atem streifte seine Haut und sein ganzer Körper fing an zu kribbeln.

»Wir bleiben so, bis sie uns stoppen, okay«, wisperte sie.

Thomas nickte und flüsterte zurück: »Ja, gut.« Es war ein schönes Gefühl, so eng aneinandergeschmiegt zu sitzen.

»Also der Schmerz in meinem Kopf«, fing Teresa an, »das ist eigentlich mehr wie ein Jucken. Als wäre da was drin, das ständig juckt, ohne dass ich mich kratzen kann. Macht mich manchmal fast wahnsinnig. Ich würde am liebsten mit einer Nadel reinfahren, um an die Stelle zu kommen, verstehst du?«

Thomas war sich nicht sicher. Das klang noch verrückter als sein Déjà-vu-Gefühl.

»Ich glaube, bei mir ist es so ähnlich«, sagte er halbherzig.

Teresa lachte und lehnte sich einen Augenblick zurück. »Perfekte Antwort«, sagte sie laut. Dann beugte sie sich wieder vor und wisperte: »Ich weiß, es klingt verrückt, aber hör mir trotzdem zu: Da drin ist etwas, das nicht genutzt wird. Ich hab das Wort ›Trigger-Schalter‹ gehört, als ich aus der Narkose aufgewacht bin. Und genau so fühlt es sich an: wie ein Trigger, der ausgelöst werden muss, oder ein Schalter, den man umlegen kann. Ergibt das Sinn?«

Thomas nickte langsam. Dr. Paige hatte etwas Ähnliches gesagt, oder? Sie hatte von »besonders« gesprochen, daran erinnerte er sich dunkel, aber es konnte auch ein Traum gewesen sein. Die Implantate waren ihm ein absolutes Rätsel.

Teresa fuhr mit angestrengter Miene fort: »Es fühlt sich an, als wäre etwas mit meinem Gehirn verbunden. Etwas, das vorher nicht da war. Ich habe nächtelang im Bett gelegen und mich so wahnsinnig konzentriert, dass ich *davon* Kopfschmerzen bekam.«

»Und worauf hast du dich konzentriert?«, fragte Thomas. Er platzte fast vor Neugier.

»Mein Gehirn als Werkzeug einzusetzen. Als ob ich mit meinem Geist etwas Materielles heraufbeschwören könnte, um das Implantat zu steuern. Verstehst du? So was Ähnliches wie ein Haken, der den Trigger auslöst. Kannst du mir folgen?«

»Natürlich nicht«, sagte Thomas.

Sie wich vor ihm zurück und verschränkte frustriert die Arme.

Er berührte ihren Ellbogen. »Aber umso mehr fasziniert es mich.«

Teresa zog die Augenbrauen hoch.

»Du wirkst völlig normal auf mich«, fuhr er fort. Sie lachte. »Und ich glaube, Dr. Paige hat mir neulich was Ähnliches zu erklären versucht. Das gibt mir echt zu denken. Mit anderen Worten: Ich bin stinkeneugierig.«

Teresa nickte, mehrmals, und sah unglaublich erleichtert aus. Sie richtete sich auf und beugte sich wieder zu seinem Ohr herüber.

»Ich arbeite weiter dran. Danke, dass du nicht denkst, ich habe Den Brand, nach allem, was ich dir erzählt habe. Aber im Ernst – diese Leute haben eine irre Technik, zum Beispiel Flat Trans und Berks …« Sie hielt inne und schüttelte leicht den Kopf. »Also, was ich sagen wollte: Diese Dinger, die sie uns in den Kopf gepflanzt haben, sind vielleicht irgendwie in unser Bewusstsein integriert. In unser Denken. So was in der Art spukt mir im Kopf rum.«

Thomas war ganz benommen von diesem Trommelfeuer an faszinierenden Informationen, über die er noch gründlich nachdenken musste. Er flüsterte ihr ins Ohr: »Ich versuche es auch. Ist wenigstens mal was anderes – freu mich schon drauf.«

Teresa stand auf, ein warmes Lächeln im Gesicht. Sie trug ihren Stuhl auf die andere Seite des Schreibtischs zurück und setzte sich wieder.

»Wenn wir uns nur öfter sehen könnten!«, sagte sie.

»Ja, das finde ich auch. Hoffentlich sind sie nicht sauer auf uns, weil wir die ganze Zeit geflüstert haben.«

»Ach, lass doch die alten Knacker.« Teresa lachte. »Habt ihr gehört, ANGST?«, brüllte sie. »Wir reden von euch. Glaubt ja nicht, ihr könntet uns stoppen. Na, was ist, ihr Schnarcher? Wacht endlich aus eurem Mittagsschlaf auf und bewegt eure alten Knochen!«

Thomas kicherte die ganze Zeit, aber dann klopfte es an die Tür und sie erstarrten beide.

»Oh, Mann«, wisperte Thomas.

Die Tür öffnete sich knarzend und Dr. Leavitt kam herein. Ein Blick in sein Gesicht und Thomas' Angst löste sich in Luft auf: Der Mann wirkte kein bisschen wütend.

»Wieder eine Sitzung vorbei«, verkündete er. »Aber bevor ihr zu eurem normalen Tagesablauf zurückkehrt, möchten wir euch beiden etwas zeigen. Etwas, das euch von den Socken haut, glaubt mir.«

Thomas stand auf. Er wusste nicht, was er von Leavitts Reaktion halten sollte, und blieb auf der Hut. Auch Teresa stand auf, einen ängstlichen Ausdruck im Gesicht. Vielleicht mussten sie zum Kanzler, um sich einen Verweis abzuholen?

Aber Dr. Leavitt schien aufrichtig begeistert. Er zog die Tür weiter auf. »Also, Kinder! Macht euch auf ein Wunder gefasst.«

14.10.224 | 13:48 Uhr

11

Leavitt ging mit Thomas und Teresa zum Lift und sie fuhren ins Kellergeschoss hinunter – wo Thomas noch nie gewesen war –, dann lotste er sie durch einen langen Flur mit einer weiteren Aufzugreihe am Ende. Sie waren jetzt in einem völlig anderen Teil des Gebäudekomplexes.

Thomas und Teresa hatten unterwegs kein Wort gesagt, nur unablässig fragende Blicke gewechselt.

Endlich, als der Arzt erneut auf einen Abwärtsknopf drückte, konnte Thomas sich nicht länger bremsen.

»Was wollen Sie uns denn so Tolles zeigen?«, platzte er heraus.

»Oh, na ja«, sagte Dr. Leavitt. »Ich fürchte, es steht mir nicht zu, euch die Überraschung zu verderben. Das ist über meiner Gehaltsstufe, versteht ihr?« Er stieß ein bellendes Lachen aus, das laut durch den Gang hallte. »Dafür sind wichtigere Leute zuständig … sie werden euch das … Projekt zeigen. Ich gebe meine Meinung zu diesen Dingen ab, bin aber nicht in die tatsächliche … Realisierung involviert.« Er klang irgendwie immer kleinlauter.

Dann läutete der Aufzug und rettete ihn vor weiteren Erklärungen.

Die Tür ging auf und vier Personen standen im Lift. Thomas sog die Luft ein. Er erkannte Kanzler Anderson und Dr. Paige. Die anderen beiden, ein Mann und eine Frau, waren auffällig gut gekleidet und wirkten irgendwie hochoffiziell.

»Da sind sie«, sagte Dr. Leavitt, drehte sich um, ohne auf eine Antwort zu warten, und entfernte sich in dem Gang, durch den sie gekommen waren.

Dr. Paige streckte ihre Hand aus, um die Tür aufzuhalten. »Kommt rein, Thomas und Teresa. Wir sind sehr glücklich, dass wir euch das heute zeigen dürfen.«

»Ja, das ist wahr«, stimmte Kanzler Anderson zu. Er gab Thomas, der als Erster eintrat, die Hand, dann Teresa. »Wir warten seit einer Ewigkeit auf grünes Licht von den Psychologen, dass ihr bereit seid – und nun ist es so weit.«

»Was ist denn los?«, fragte Teresa. »Warum diese ganze Geheimniskrämerei?«

Die Tür glitt zu, Dr. Paige drückte auf einen Knopf und der Lift setzte sich in Bewegung. Ein leises Summen erfüllte die Luft. Thomas verstand nicht, wie sie immer noch abwärtsfahren konnten statt aufwärts – sie waren doch mit dem anderen Lift schon im Kellergeschoss gelandet. Eine dumpfe Angst stieg in ihm auf.

Kanzler Anderson schenkte ihnen ein warmes Lächeln. »Nichts, worüber ihr euch Sorgen machen müsst«, sagte er. »Wir dachten, wir können euch unser Vorhaben am besten erklären, indem wir es euch einfach zeigen. Ihr werdet gleich sehen, wovon wir reden.«

»Aber warum gerade wir?«, fragte Teresa. »Hier sind außer uns noch viele andere Kinder, das wissen wir. Wir hören sie durch die Wände. Warum sind wir isoliert? Zeigen Sie den anderen das hier auch?«

Die Frau, die Thomas nicht kannte, trat vor. Sie war klein, dunkelhaarig und blass. »Also, Kinder, ich möchte mich erst einmal vorstellen. Ich bin Katie McVoy, stellvertretende Vize-Präsidentin mit besonderen Befugnissen. Ich bin für das Projekt verantwortlich, das ihr gleich zu sehen bekommt. Und das hier«, sie zeigte auf ihren Begleiter, einen ernsten Mann mit dunkler Haut, grauem Haar und Designer-Bart, »ist Julio Ramírez, unser gegenwärtiger Security-Chef.«

Während sie sich reihum höflich lächelnd die Hand gaben, fragte Thomas sich, was der Ausdruck »gegenwärtig« wohl zu bedeuten hatte. Eine seltsame Art, den Security-Chef vorzustellen. Fast, als würde er seinen Job nicht lange behalten.

»Und nun zu euren Fragen«, fuhr Ms McVoy fort. »Einige von euch haben viel größere Fortschritte bei den Tests, die wir hier durchführen, und im Unterricht gemacht als der Durchschnitt. Und da wir praktisch denkende Menschen sind, wie es in der heutigen Welt unerlässlich ist, nützen wir die Vorteile, die uns eure Intelligenz und eure Fähigkeiten bieten. Was ihr heute sehen werdet, ist in gewisser Weise eine Belohnung. Ihr seid die Ersten.«

»Das ist richtig«, pflichtete Anderson mit einem strahlenden Lächeln bei. »›Belohnung‹ ist ein gutes Wort dafür. Ihr beide habt alle unsere Erwartungen übertroffen, zusammen mit zwei anderen. Ihr seid die idealen Kandidaten für das, was in den nächsten beiden Jahren ansteht, damit wir unser Projekt zu Ende bringen können. Wir müssten jetzt bald … Ah, da sind wir.«

Nachdem sie ewig gefahren waren und praktisch bis zum Erdmittelpunkt vorgedrungen sein mussten, hielt der Lift endlich an. Nach allem, was er gerade gehört hatte, war es Thomas noch mulmiger geworden. Wer waren die anderen beiden Kinder, die Anderson erwähnt hatte? Würde er sie jetzt gleich kennenlernen? Das war momentan das Einzige, was ihn interessierte. Die ständige Einsamkeit nagte an seinem Herzen, forderte ihren Tribut. Aber irgendwie klang das alles zu schön, um wahr zu sein. Konnte er diesen Leuten wirklich trauen?

Er war so in seine Gedanken vertieft, dass er gar nicht merkte, wie die Lifttür aufging. Alle anderen waren hinausgegangen, nur Teresa stand noch auf der Schwelle und winkte ihn ungeduldig heraus. Wahrscheinlich hatte sie Angst, dass die ganze Aktion gestoppt würde, wenn er nicht endlich aufwachte und sich in Bewegung setzte.

Thomas gab sich einen Ruck und trat aus dem Lift in einen riesigen Raum, etwa so groß wie eine Sporthalle, dessen freiliegende Leitungen von blauen Lichtern beleuchtet wurden.

Der Raum war leer, bis auf unzählige lose Kabel und Röhren und jede Menge Kisten und Baumaterial. Eine Ecke war als Büro eingerichtet, mit diversen Monitoren und Workstations, die den ganzen Bereich in ihren elektrischen Glanz tauchten.

»Das hier«, fing Kanzler Anderson an, »wird die Kommandozentrale für unsere ›Labyrinthversuche‹, wie wir es nennen. Die Technik ist vom Feinsten – supermodern, das Beste, was es gibt. In ein paar Monaten wird das hier fertig gebaut sein, aber für die beiden Labyrinthe brauchen wir natürlich noch zwei, drei Jahre. Vielleicht auch vier.«

Er blickte sich stolz in dem Raum um, aber als er sich wieder Thomas und Teresa zuwandte, erstarrte er irgendwie. Vielleicht weil Thomas ihn so verständnislos ansah?

Bevor er den Mund aufmachen konnte, fragte Teresa: »›Labyrinthversuche‹?«

Kanzler Anderson wollte antworten, schien aber nicht sofort die richtigen Worte zu finden. Ms McVoy sprang für ihn ein und sagte mit aalglattem Lächeln:

»Ich fürchte, unser geschätzter Kanzler hat in seinem Enthusiasmus etwas vorgegriffen, aber das macht nichts. Seht ihr die Tür dort drüben? Dahinter führt eine Treppe zu einer vorläufigen Beobachtungsplattform. Wir möchten euch zuerst etwas zeigen, dann erklären wir euch, welchem Zweck es dient. Seid ihr bereit?«

Thomas war mehr als bereit, er starb fast vor Neugier. Er nickte heftig und Teresa sagte gleichzeitig: »Ja, klar.«

Die Gruppe ging auf die Tür zu, auf die Ms McVoy gezeigt hatte, der schweigsame Ramírez bildete dabei das Schlusslicht. Immer wieder drehte der Security-Chef sich um, als sei er auf Ärger gefasst. Sie gingen an einer langen Wand voll riesiger Ladedocks entlang, die in großen Abständen angeordnet und so breit waren, dass ein Bus dazwischengepasst hätte.

»Wofür sind die?«, fragte Thomas, als sie bereits den halben Raum durchquert hatten.

Ms McVoy setzte zu einer Antwort an, aber der Kanzler schnitt ihr das Wort ab. »Immer schön der Reihe nach«, sagte er freundlich und warf der Frau einen Blick zu, den Thomas nicht entschlüsseln konnte. »Einiges ist noch in der Entwicklungsphase, ihr versteht sicher, dass wir das nicht so gern zeigen möchten.«

Thomas war zu aufgeregt, um sich weiter den Kopf darüber zu zerbrechen. Später, wenn er in seinem Bett lag, würde er Zeit genug haben, um die Flut von Informationen zu verarbeiten, die da über ihn hereinbrach.

Er folgte Anderson durch die Tür und die kleine Gruppe stieg vier Treppen hinauf. Auf dem obersten Absatz, direkt vor einer gepanzerten Metalltür, drängten sich alle zusammen. Ms McVoy tippte einen Sicherheitscode auf einen Bildschirm ein. Es zischte laut, dann öffnete sich die Tür mit einem gewaltigen, dumpfen Klirren. Anderson und Ms McVoy stießen sie weit auf und traten beiseite, um Thomas und Teresa als Erste durchzulassen.

Thomas' Erwartungen waren inzwischen ins Unermessliche gestiegen, obwohl er sich absolut nichts Konkretes vorstellen konnte. Aber was er jetzt vor sich sah, ließ sein Herz einen Schlag lang aussetzen. Die aufgehende Tür hatte einen Luftzug ausgelöst, der aus dem gewaltigen offenen Areal vor ihnen entwich. Thomas stand da wie angewurzelt, während die Luft über ihn hinwegstrich und er den Moment stumm in sich aufnahm.

Er stand auf einer Plattform gegenüber einer Höhle, die so gigantisch war, dass sein Geist ihre Dimensionen kaum erfassen konnte. Der Hohlraum war aus der Erde gesprengt worden, das konnte er sehen, die Decke nach oben offen, aus rau behauenem Fels, mit einer Unzahl von riesigen, blinkenden Lichtern gesprenkelt, die den ganzen Raum ausleuchteten. Das war an sich schon eine Meisterleistung, aber noch umwerfender waren die Stahlträger, die außen ganz herumliefen und vermutlich dazu dienten, die gewaltige Decke abzustützen. Sie glitzerten im Widerschein der grellen Scheinwerfer oben – und sie waren *unterirdisch.*

Was völlig unmöglich schien – trotzdem war es so. Die Höhle musste eine Ausdehnung von mehreren Quadratmeilen haben und so hoch sein wie ein Wolkenkratzer. Aufgestapeltes Baumaterial – Holz, Stahl und Stein – war über die riesige Fläche verteilt. In der Ferne, vielleicht zwei Meilen entfernt, wurde eine gigantische Mauer hochgezogen, deren skelettähnliches Gerüst bis unter die Decke reichte.

Thomas stieß die Luft aus, die er die ganze Zeit angehalten hatte, ohne es zu merken. Er war fassungslos. Was in aller Welt war das? Es sah wie ein riesiger unterirdischer Abszess aus, so gewaltig, dass es gegen jedes Naturgesetz verstieß. Wie war es möglich, dass diese Decke nicht einstürzte?

Er schaute zu Teresa, die mit großen, ehrfürchtigen Augen auf die Höhle starrte.

»Ihr habt sicher viele Fragen«, sagte Ms McVoy. »Und wir werden sie euch alle beantworten, eine nach der anderen. Für euch wird sich jetzt einiges ändern. Ihr werdet immer mehr erfahren und sehr beschäftigt sein.«

»Womit?«, fragte Teresa.

Kanzler Anderson ließ es sich nicht nehmen, diese Frage selbst zu beantworten.

»Ihr werdet uns helfen das hier aufzubauen.«

14.10.224 | 14:34 Uhr

12

Ein paar Minuten später saßen sie in einem kleinen Konferenzraum mit Ms McVoy, Dr. Paige und Mr Ramírez, der bisher kein Wort gesagt hatte. Der Kanzler hatte sich verabschiedet, aber nicht, ohne noch einmal zu betonen, wie stolz und glücklich er sei, Thomas und Teresa nun auf den nächsten Level bringen zu können. »Ms McVoy wird sich alle Zeit der Welt nehmen, um eure Fragen zu beantworten«, hatte er ihnen versichert.

Aber Thomas wusste nicht wo anfangen. Nach den gewaltigen Dimensionen der Höhle, die er gerade gesehen hatte, erschien ihm der kleine Raum hier viel zu eng und stickig.

Er versuchte seine Gedanken zu ordnen, aber noch immer konnte er nicht glauben, dass so etwas möglich war. Ein Jahrhundertwerk – der reine Wahnsinn.

»Gut«, sagte Ms McVoy, die Hände anmutig vor sich auf dem Tisch gefaltet. »Ihr könnt euch denken, dass das, was ihr gerade gesehen habt, nicht an einem Tag entstanden ist. Es ist vielmehr der krönende Abschluss einer mehrjährigen intensiven Entwicklungsarbeit. Ich kann euch in dieser einen Sitzung nicht alles erklären. Aber ich schlage vor, ihr stellt mir Fragen, dann sehen wir, wo uns das hinführt. Einverstanden?«

Thomas und Teresa nickten.

»Gut. Teresa, willst du anfangen?«

»Was in aller Welt soll das darstellen?«, sagte Teresa. Die erste und naheliegendste Frage.

Ms McVoy nickte, als hätte sie nichts anderes erwartet. »Was ihr gesehen habt, ist eine von zwei natürlichen Höhlen, die wir in diesem Gebiet gefunden und dann für unser Vorhaben erheblich vergrößert haben.«

»Was für ein Vorhaben?«, fragte Thomas.

»Ein Labyrinth. Oder eigentlich zwei. Wie gesagt, es gibt zwei Höhlen.«

»Warum?«, fragte Teresa. »Warum bauen Sie *zwei* Labyrinthe?«

»Als Versuchsgelände. Eine geschützte Umgebung, in der wir eine lange Liste von Reaktionen in unseren Probanden stimulieren wollen, körperliche wie emotionale. Es wäre viel zu riskant, solche Tests auf offenem Gelände durchzuführen, nicht nur wegen der verseuchten Natur oder potenzieller Crank-Überfälle und anderer naheliegender Risiken. Die

Welt ist im Moment ein sehr gefährlicher Ort. Aber natürlich brauchen wir auch ein geschlossenes Testgelände, um die Stimuli effizient kontrollieren zu können.«

Thomas konnte kaum fassen, was er da hörte.

»Thomas?«, sagte Ms McVoy. »Willst *du* die nächste Frage stellen?«

»Ich …« Er suchte nach Worten. »Ich kapier das nicht. Ein Labyrinth? Zwei Labyrinthe? Was soll denn da drin getestet werden? Und *wen* wollen Sie testen?«

»Das ist kompliziert, wie gesagt. Aber im Prinzip brauchen wir eine groß angelegte Umgebung, die wir ohne störende Außeneinwirkungen kontrollieren können. Unsere Ärzte und Psychologen halten die Höhle für das perfekte Gelände, um unser Vorhaben zu realisieren.« Sie lehnte sich seufzend zurück. »Aber ich schweife ab. Die einfache Antwort ist: Wir werden weiterführen, was wir angefangen haben. Immune Personen testen, ihre Gehirnfunktionen und ihre Biologie studieren – herausfinden, wie sie mit dem Brand-Virus leben können, ohne unter den verheerenden Symptomen zu leiden. Mit anderen Worten, wir suchen eine Heilung, Thomas. Wir möchten diesem sinnlosen Sterben um uns herum ein Ende machen.«

»Aber wie können wir Ihnen dabei helfen, diesen Ort aufzubauen?«, fragte Teresa. »Wie haben Sie das gemeint?«

»Genau wie ich es gesagt habe«, antwortete Ms McVoy mit einem warmen Lächeln. »Wir werden Thomas und dich dafür einsetzen, zusammen mit zwei weiteren Kandidaten in eurem Alter, vielleicht auch noch ein paar anderen. Aber ihr vier seid allen haushoch überlegen … Ihr habt viel, viel besser abgeschnitten, als wir es je von so jungen Probanden erwartet hätten … Und das wollen wir nutzen. Wie gesagt, wir denken praktisch, weil unsere Ressourcen begrenzt sind. Wir haben nicht die Absicht, eure Talente zu vergeuden. Die Planung, die Entwürfe, das Errichten dieser beiden Labyrinthe werden äußerst schwierig sein.«

Thomas fehlten immer noch die Worte. Er war wie gelähmt, saß einfach nur da. Teresa verstummte jetzt ebenfalls, vielleicht weil sie sich genauso überfordert fühlte.

»Ihr helft uns doch, oder?«, fragte Ms McVoy.

Dr. Paige, die den ganzen Nachmittag über geschwiegen hatte, schaltete sich jetzt ein: »Das ist eine Ehre für euch und eine einmalige Chance, Kinder. Ich weiß, die Welt ist momentan in einem schlimmen Zustand, aber dieses Projekt wird euch vielleicht sogar Spaß machen. Nehmt es als Herausforderung. Wir setzen große Hoffnungen in euch. Genauso wie in Aris und Rachel, die beiden anderen Elite-Kandidaten.«

Nach langem Schweigen sagte Ms McVoy: »Und? Was meint ihr?«

Thomas wusste, dass sie keine Wahl hatten. Vermutlich wartete harte Arbeit auf sie. Aber das Projekt klang auch spannend. Etwas ganz Neues, endlich Abwechslung in seinem ewig gleichen Tagesablauf.

»Ja, klar«, sagte er und konnte nur mühsam seine Begeisterung verbergen.

»Ja, gut.« Teresa klang viel ernster.

Ms McVoy stand auf und gab ihnen die Hand. »Es wird euch Spaß machen, glaubt mir. Und ihr werdet damit von Tag zu Tag wichtiger für die Arbeit von ANGST.« Das Letzte sagte sie, als wäre es die größte Ehre, die ihnen jemals zuteilwerden konnte.

Als sie den Konferenzraum verließen und den Gebäudekomplex über zahllose Gänge, Treppen und Aufzüge durchquerten, um zu ihren Zimmern zurückzukommen, hallten Ms McVoys Abschiedsworte in Thomas' Kopf wider: *Ihr werdet damit von Tag zu Tag wichtiger für die Arbeit von ANGST.*

Er wusste nicht, was er davon halten sollte.

Dr. Paige hatte ihm den restlichen Tag freigegeben, damit er sich ausruhen und über alles nachdenken konnte. Jetzt lag er auf seinem Bett und starrte an die Decke. In Wahrheit wäre er viel lieber bei Teresa geblieben, um mit ihr darüber zu reden. Ihm schwirrte der Kopf von den vielen umwälzenden Dingen, die er an diesem Tag gesehen und gehört hatte, und er hätte Teresa gebraucht, um das Ganze zu verarbeiten.

Er schaute auf seine Tür. Sie war abgeschlossen, wie immer. Solange er denken konnte, verschloss sie sich automatisch, wenn sie zugefallen war. Allerdings hatte er es schon lange nicht mehr ausprobiert – das letzte Mal vor vielen Monaten, vielleicht sogar ein, zwei Jahren. Er war einfach immer davon ausgegangen, dass die Tür verschlossen war, und hatte sich nicht weiter darum gekümmert. Aber jetzt hatte er einen Grund, es auszuprobieren.

Er wälzte sich aus dem Bett und ging zur Tür. Langsam streckte er die Hand aus, als hätte er Angst, von einem Stromschlag getötet zu werden, wenn er den Türknauf berührte. Er packte ihn, drehte daran.

Die Tür sprang auf.

Thomas stieß sie wieder zu und stürzte zu seinem Bett zurück. Das Herz klopfte ihm bis zum Hals. Er schaute sich um, dachte an die zahlreichen Überwachungsmethoden von ANGST – Kameras, Mikrofone, Sensoren, weiß der Teufel was. Manches konnte man sehen, anderes hätte man niemals vermutet. Die Furcht, die ihn schüttelte, war nicht rational – er hatte doch nur die Tür einen Spaltbreit geöffnet und sofort wieder geschlossen. ANGST hatte ihn meistens gut behandelt. Randall war eine ferne Erinnerung. Woher dann diese plötzliche Kälte in seinen Knochen?

ANGST überwachte jede seiner Bewegungen, davon war er überzeugt. Vielleicht war die Tür deshalb nicht verschlossen. Vielleicht *wollten* sie sogar, dass er aus seinem Zimmer schlich, damit sie ihn beobachten und sehen konnten, was er machte. Oder war das die Belohnung dafür, dass er die ganze Zeit brav in seinem Zimmer geblieben war? War er deshalb mit Teresa und den beiden anderen Kandidaten zum nächsthöheren Level aufgestiegen?

Es dauerte lange, bis sein Herzschlag sich beruhigte und der Schweiß auf seinem Gesicht und seinen Armen verdunstet war. Er schaute zur Tür und redete sich ein, dass er sich noch nicht entschieden hatte. Aber das stimmte nicht und er wusste es. Nichts und niemand würde ihn daran hindern, das Gebäude zu erkunden. Es sei denn, sie schlugen ihn bewusstlos.

Aber er musste vorsichtig sein. Lieber warten, bis es Nacht wurde.

Die Angst verwandelte sich in pure Abenteuerlust.

Die Stunden schleppten sich dahin.

Thomas versuchte zu schlafen, um fit für den Ausflug zu sein. Aber es dauerte eine Ewigkeit, bis er endlich eindöste. Dann kam das Essen und er wurde aus dem Schlaf gerissen. Er schlang es hinunter, legte sich zurück ins Bett und schlief endlich ein.

Als er hochschreckte, war es dunkel. Er warf einen Blick auf die Uhr, voller Panik, dass er die ganze Nacht verschlafen hatte, aber es war erst kurz nach zwölf.

Er duschte schnell, um seine Schläfrigkeit fortzuspülen, und zog sich an. Dann stand er wieder vor der Tür, zögernd und voller Zweifel. Er konnte alles vermasseln mit dieser Aktion. Vielleicht sogar seine Chance, an diesem irren Projekt mitzuarbeiten. Dann würden die gigantischen unterirdischen Labyrinthe ohne ihn gebaut werden und er durfte auch sicher nicht mehr mit Teresa und den anderen zusammen sein.

Er seufzte, ärgerte sich, dass ihm bereits der Schwung abhandenkam. Vielleicht hatte die Tür eine Zeitschaltung und war jetzt abgeschlossen? Aber im Ernst, er konnte doch nicht bestraft werden, nur weil er eine blöde Tür aufmachte und sich in den Gang hinauswagte. Er würde einfach einen Blick risikieren und wieder umkehren, wenn ihm mulmig wurde.

Plötzlich klickte es und die Tür ging ein paar Zentimeter nach innen auf.

Im ersten Moment begriff er nicht, was da gerade passierte. Er starrte auf seine Hände, als hätten sie sich selbstständig gemacht und von allein den Türknauf umgedreht. Aber sie hingen reglos an seinen Seiten, die Handflächen total verschwitzt. Nein, da hatte jemand die Tür von außen geöffnet.

Thomas spähte um die Tür herum und zuckte zurück, als ein wildfremder Junge ihn anstarrte. Er war ungefähr in seinem Alter … und … nein, doch kein Fremder. Er hatte ihn nur nicht gleich erkannt, weil er keinen Verband mehr über seinem blonden Haarschopf trug und jetzt etwas älter aussah.

»Hey, ich bin Newt«, flüsterte der Junge. »Und ich weiß verdammt gut, wer du bist. Deshalb wollte ich mir dich endlich mal schnappen. Komm, ich zeig dir was.«

15.10.224 | 00:58 Uhr

13

Thomas' Verstand raste. Tausend Dinge gingen ihm in zwei, drei Sekunden durch den Kopf, ehe er Newt antwortete. Was sollte er jetzt machen? Mit dem Jungen gehen oder ihm die Tür vor der Nase zuschlagen? Und warum tauchte Newt ausgerechnet in dieser Nacht auf, in der er entdeckt hatte, dass die Tür nicht verschlossen war, und selbst auf Erkundungstour gehen wollte? An Zufälle zu glauben war in einer Einrichtung wie ANGST der glatte Selbstmord – alles konnte ein Test sein oder was auch immer. Was wollte der Junge ihm zeigen? War es eine Falle? Sollte er ihn vielleicht erst mal in sein Zimmer bitten und ihn aushorchen? Was, wenn …

»Okay«, sagte er schließlich und trat auf den Gang hinaus. Er zog die Tür hinter sich zu und checkte kurz den Knauf, ob sie sich verschlossen hatte. Aber das war nicht der Fall. Er drehte sich zu Newt um und fragte: »Können wir Teresa mitnehmen? Sie wohnt gleich nebenan.«

Newt schnaubte. »Das hier ist keine Pyjamaparty, Mann.« Aber dann fügte er mit verschmitztem Grinsen hinzu: »Ehrlich gesagt hab ich sie schon geweckt, bevor ich zu dir gekommen bin. Sie zieht sich gerade an. Hol sie ab und dann los. Wir haben nur ein, zwei Stunden.«

Thomas ging zu 31 K hinüber und öffnete die Tür. Er konnte es immer noch nicht fassen: Alle Türen unverschlossen? Im Ernst?

Teresa saß voll angezogen an ihrem Schreibtisch, als er hereinkam. Sie stand sofort auf, offensichtlich startklar, da erkannte sie Thomas.

»Was …?«, fing sie an, beendete aber ihren Satz nicht. »Weißt du …« Auch dieser Satz blieb unfertig in der Luft hängen.

»Ich weiß nur, dass ein Typ namens Newt draußen wartet«, sagte Thomas. »Und dass er uns was zeigen will. Ich glaube, wir sollten mitgehen.«

Teresa war an seiner Seite und riss die Tür auf, noch bevor er zu Ende geredet hatte.

»Na dann«, sagte er und folgte ihr auf den Gang hinaus.

»Noch mal hallo«, begrüßte Teresa Newt, der mit einem freundlichen Nicken antwortete.

»Wir haben von euch beiden gehört«, sagte Newt, »und auch von Aris und Rachel.« Der Junge sah so offen und freundlich aus, dass Thomas' Misstrauen sich in Luft auflöste.

»Was soll das alles?«, fragte er. »Bist du sicher, dass es okay ist? Was ist, wenn sie uns schnappen?«

»Klar ist es okay, du Memme«, schnaubte Newt. »Was sollen sie schon machen, wenn sie uns schnappen? Sie sperren dich in deinem Zimmer ein, das ist alles.«

Aber Thomas wusste es besser: Sie würden ihm das tolle neue Projekt wegnehmen. Er versuchte Teresa mit den Augen zu sagen: *Ist vielleicht keine gute Idee.*

»Okay, das ist ein Argument«, sagte Teresa mit einem herausfordernden Blick zu Thomas, um ihm zu signalisieren, dass ihr Entschluss feststand. »Also, gehen wir.« Sie hielt inne. »Ähm, Moment mal – wohin überhaupt?«

Newt schnaubte durch die Nase. »Nur nichts überstürzen. Zuerst begrüßen wir Alby und Minho.«

Zwei neue Namen. Jetzt konnte Thomas nicht mehr Nein sagen.

Schweißüberströmt lief er hinter Newt und Teresa durch diverse Gänge und Türen, treppauf und treppab. Wozu brauchten sie ein Labyrinth, wo sie doch diesen Irrgarten von einem Hauptquartier hatten? Er war darauf gefasst, dass jeden Moment Dr. Leavitt oder jemand noch Schlimmeres um die Ecke biegen und sie auf frischer Tat ertappen würde. Heute hatte es endlich den Anschein gehabt, dass sein Leben sich zum Guten wendete, und das wollte er nicht aufs Spiel setzen. Aber andererseits konnte er sich das hier nicht entgehen lassen. Es war ein gutes Gefühl, etwas zu riskieren, sich so weit aus dem Fenster zu lehnen.

Endlich kamen sie unten im Kellergeschoss vor der letzten Tür an. Sie trug die Aufschrift *WARTUNG*.

»Das ist unser Lieblingsversteck«, verkündete Newt stolz. Er öffnete die Tür und scheuchte sie in einen großen, staubigen Raum, der mit Holztischen und Putzmitteln vollgestopft war, mit Kisten und jeder Menge anderem Krempel.

»Was geht, Herrschaften?«

Der Gruß kam von Minho, dem Jungen, den Thomas an dem verrückten Operationstag im Gang gesehen hatte. Jetzt war Minho entschieden fröhlicher – damals hatte er wie ein Irrer herumgeschrien, als würde gleich die Welt untergehen. Ob er sich noch daran erinnerte?

»Sag nicht immer ›Herrschaften‹«, knurrte ein anderer. Er war dunkelhäutig und älter und hatte die intelligentesten Augen, die Thomas je gesehen hatte. »Das ist nicht komisch und es geht mir auf den Wecker.«

Minho kratzte das nicht. Er kam zu ihnen, ein strahlendes Lächeln im Gesicht, und umarmte erst Thomas, dann Teresa, die beide nicht darauf gefasst waren. Aber es fühlte sich gut an, das musste Thomas zugeben. Dr. Paige war nett, okay, aber so viel Wärme hatte er seit Jahren nicht mehr zu spüren bekommen, vermutlich seit sie ihn seiner Mom weggenommen hatten.

Auch Teresa wirkte überwältigt, hatte das gleiche glückliche Lächeln im Gesicht wie er. Sie hatten tatsächlich Spaß!

»Ihr seid cooler, als ich dachte«, sagte Minho und trat zurück. »Ich war auf zwei Nerds mit fettigen Haaren und Hasenzähnen gefasst, die Shakespeare zitieren und uns Matheaufgaben auf die Hände schreiben. Aber ihr seht eigentlich ganz normal aus.«

»Danke?« Thomas ließ es als Frage in der Luft hängen.

Jetzt trat der andere Junge vor und stieß Minho beiseite. »Ich bin Alby«, sagte er. »Hallo, ihr. Minho hat ausnahmsweise mal Recht. Wir wussten echt nicht, was wir von euch beiden Überfliegern halten sollten, nach den ganzen Gerüchten, die hier in Umlauf sind. Deshalb haben wir euch hergeholt. Wollten euch ein bisschen auschecken. Freut mich, dass ihr gar nicht so übel seid – auf den ersten Blick jedenfalls.«

Diesmal sagte Teresa »Na, danke!«. Alle lachten und das Eis war gebrochen.

»Also«, sagte Thomas und hatte keine Ahnung, wo er anfangen sollte, »wie lange spioniert ihr uns schon hinterher? Das hier ist ja offenbar nicht das erste Mal.«

»Nein«, gab Alby zu. »Ist auf die Dauer einfach zu öde, immer ihre ganzen Regeln zu befolgen und alles zu tun, was sie uns sagen. Und okay, wahrscheinlich wissen sie, was wir machen – wir sind ja keine Idioten. Aber solange sie nicht antanzen und uns verbieten nachts durch die Gänge zu schleichen, tun wir's auch.« Er drehte sich zu Minho und Newt um. »Stimmt's, Jungs?«

Minho johlte begeistert und Newt streckte den Daumen hoch.

»Was sind das für Gerüchte über uns, von denen ihr ständig redet?«, fragte Teresa. »Und warum sind wir von euch getrennt? Ihr seid ja offenbar schon länger zusammen. Thomas und ich haben uns erst vor Kurzem kennengelernt.«

Sie sah ihn an und ihr Blick verriet ihm, dass sie fast das Labyrinth erwähnt hätte, sich aber im letzten Moment noch gebremst hatte. Das Labyrinth musste vorerst ihr Geheimnis bleiben.

Newt, der auf einem Schemel an der Wand saß, beantwortete Teresas Frage: »Wir haben ehrlich gesagt keine Ahnung, was an euch so besonders sein soll – oder an diesen beiden anderen. Sonst essen alle in der Cafeteria und gehen in dieselbe Klasse und das schon seit über einem Jahr. Ich schätze, ihr seid entweder viel schlauer als wir oder viel dümmer.«

»Viel schlauer natürlich.« Teresas freche Bemerkung brachte eine Sekunde lang alle aus der Fassung, aber dann klatschte Alby in die Hände und lachte.

»Mann, ihr gefallt mir«, sagte er.

»Okay«, sagte Minho, »ich würde euch ja gern erzählen, dass wir euch aus reiner Herzensgüte hier runtergeschleppt haben, aber das ist natürlich Quatsch. Ihr könnt euch denken, dass es einen Grund dafür gibt.«

»Na klar«, sagte Teresa schnell.

Minho nickte anerkennend. »Gut. Gut. Wir haben Ideen. Pläne. Nichts Festes. Nichts allzu Verrücktes. Aber Wissen ist nun mal Macht und wir haben das Gefühl, dass wir im Dunkeln tappen, solange wir euch beide nicht näher kennen. Obwohl es eine Weile dauern wird, bis wir euch komplett vertrauen können. Das versteht ihr doch, oder?«

»Ja, klar«, antwortete Thomas. »Wir sagen euch, was wir wissen, und ihr sagt uns, was ihr wisst.«

Minho lächelte. »Nett. Aber wir wollen nicht vorgreifen. Wir werden noch oft Gelegenheit zum Reden haben. Vorerst möchten wir euch einfach kennenlernen und euch vielleicht ein bisschen rumführen. Bisschen Spaß haben. Der ernste Teil kann warten – ein paar Wochen oder so. Bis wir euch besser kennen. Okay?«

Thomas und Teresa sahen einander an und zuckten die Schultern. Dann drehten sie sich um und sagten Ja.

Newt sprang von seinem Schemel auf und ging zur Tür. »Okay, dann nix wie raus hier, bevor wir noch den Stubenkoller kriegen«, sagte er. »Ich weiß einen guten Platz, wo wir mit der Besichtigungstour anfangen können – also los, zeigen wir ihnen Gruppe B!«

15.10.224 | 02:03 Uhr

14

Thomas hatte noch nie von einer Gruppe B gehört und horchte auf. Ihm fiel auf, dass Newts Gesicht sich verdüsterte, als er die Gruppe erwähnte, und selbst Alby und Minho senkten den Kopf.

Das war seltsam und stachelte Thomas' Neugier nur noch mehr an.

Newt führte die kleine Gruppe – sie waren jetzt zu fünft – durch den Kellergang zu einer unmarkierten niedrigen Tür, die Thomas nur bis zur Hüfte reichte. Sie war verriegelt und mit einem Vorhängeschloss gesichert, aber das Schloss war schon seit einer Ewigkeit aufgebrochen, dem angesetzten

Rost nach. Dieser Teil des ANGST-Komplexes schien ziemlich abgelegen zu sein. Newt bückte sich, öffnete die kleine Tür und kroch durch. Thomas warf Alby einen fragenden Blick zu und Alby beugte sich vor, um ihm etwas ins Ohr zu flüstern.

»Das ist so eine Art Ritual für uns.«

Teresa war näher getreten, um mitzuhören. »Newt denkt sich immer irgendwelche Gründe dafür aus. Die haben seine kleine Schwester dort drüben, versteht ihr, und wenn er einfach sagen würde, er will sie besuchen … Also, wir haben schon vor Monaten kapiert, dass es besser ist, wenn wir mitspielen, sonst macht er uns die Hölle heiß. Alles klar? Familienmensch. So was kennt von uns sonst keiner mehr. Los, kommt.«

Der Weg war staubig, führte über Leitern und durch schmierige Gänge, die kaum breiter als Thomas' Hüften waren. Laut Minho war es vor Jahren ein geheimer Fluchtweg gewesen. Niemand wusste genau, wozu das Gebäude ursprünglich gedient hatte, bevor es von ANGST übernommen wurde.

Endlich erreichten sie ihr Ziel, eine Art Loft mit schmutzigen Fenstern, die den Blick auf eine riesige Baracke voller Schlafkojen freigaben. Schlafkojen, in denen Kinder lagen. Thomas scannte die Reihen. Kein einziger Junge war darunter, soweit er es nach der Haarlänge und den halb im Kissen vergrabenen Gesichtern beurteilen konnte.

Was hatte das zu bedeuten? Er war geschockt von dem Kontrast zu seinem und Teresas Einzelzimmern.

»Wir sind Gruppe A«, erklärte Alby. »Und das hier ist Gruppe B. Bei uns gibt's nur Jungs und bei denen nur Mädchen. Keine Ahnung, wie Aris und Teresa da reinpassen sollten. Ich meine, es macht schon Sinn, dass sie uns trennen. Wer weiß …«

»Dann schlaft ihr Jungs auch in solchen Stockbetten?«, fragte Teresa.

»Ja«, antwortete Minho. »Aber ich würde liebend gern zu Gruppe B überwechseln. Erinnert mich dran, dass ich einen Antrag stelle.«

»Warum sind wir …« Thomas verstummte. Die Frage erübrigte sich und er wollte nicht als Angeber dastehen.

»Was Besonderes?«, sagte Alby. »Das wüssten wir auch gern.«

»Aber wie es aussieht, wisst ihr mehr als wir«, sagte Teresa nachdenklich. Ihr Kopf arbeitete auf Hochtouren, das spürte Thomas. Er hätte gern mal einen Blick hineingeworfen, um zu sehen, was da so alles herumwirbelte.

Sein Blick fiel auf Newt, der ein Stück von ihm entfernt an einem Fenster stand und hinausspähte. Thomas ging zu ihm hinüber.

»Was schaust du da an?«, fragte er, obwohl er es bereits wusste.

Newt schniefte und Thomas merkte erst jetzt, dass er weinte.

»Siehst du sie?«, murmelte Newt und tippte mit der Fingerspitze auf die Glasscheibe. »Letzte Reihe, Dritte von links.«

Thomas sah ein Mädchen, das sich unter der Decke zusammengerollt hatte, die Arme um ihr Kissen geschlungen, über das die dunklen Haare fielen. »Ja, ich seh sie. Deine Schwester?«

Newt starrte ihn überrascht an. »Ja, genau. Lizzy heißt sie.«

Eine lange Pause entstand und Newt ließ den Kopf an die Fensterscheibe sinken. »Also jedenfalls war das früher mal ihr Name. *Ihren* werde ich nie vergessen, auch wenn sie uns noch so sehr unsere neuen Namen einbläuen mit ihrer verdammten Gehirnwäsche!«

»Wie heißt sie denn jetzt?«, fragte Thomas.

»Sonya.« Newts Stimme triefte vor Bitterkeit. »Kannst du dir das vorstellen? Diese Idioten nennen sie Sonya!«

Er hustete. Oder schluchzte. Seine Augen glitzerten in der Dunkelheit. »Und diese ANGST-Typen sind so was von fies. Ich darf nicht zu ihr und muss so tun, als hätte ich alles vergessen, sonst … werde ich bestraft.«

Thomas starrte ihn entsetzt an. Er musste sofort an Randall denken und eine unbändige Wut erfasste ihn. Auf diese Leute, die hinter diesem ganzen Albtraum steckten. Auf ANGST. Da stand dieser Junge, kaum ein paar Meter von seiner Schwester entfernt, und durfte sich nicht mal anmerken lassen, dass er sie kannte!

»Ich hab gemacht, was sie verlangt haben. Ich hab meinen wahren Namen nie mehr benutzt«, fuhr Newt fort. »Ich glaube, ich war einer der Letzten, die sich noch gewehrt haben. Aber ihren werde ich nie vergessen. Nur über meine Leiche.«

»Das tut mir leid«, flüsterte Thomas. Er wusste nicht, was er sonst sagen sollte. Er dachte an seine Mom, stellte sich vor, wie es wäre, wenn sie in einer der Schlafkojen dort unten liegen würde … Unmöglich. Er würde die Scheibe einschlagen und runterspringen … Wie zum Teufel sollte man das aushalten?

Newt richtete sich auf und wischte sich die Tränen ab. Er schämte sich nicht, dass Thomas ihn weinen sah.

»Aber so ist das nun mal, Tommy«, sagte er mit bebender Stimme. »Die Welt draußen ist vor die Hunde gegangen. Warum sollte es hier drinnen anders sein? Wenigstens kann ich sie sehen, ihren Schlaf bewachen. Die meisten würden sich eine Hand abhacken, wenn sie das von einem ihrer Leute sagen könnten, die tot oder verschwunden sind. So läuft es nun mal.«

Er redete mit ihm, als seien sie alte Freunde.

Teresa trat hinter Thomas und schmiegte sich an seinen Rücken.

»Alles okay?«, fragte sie.

»Ja«, sagte er. »Newt hat mir seine Schwester dort unten gezeigt.«

»Wir dürfen unser Glück heute Nacht nicht zu sehr auf die Probe stellen«, sagte Alby. »Und es ist besser, wenn wir noch 'ne Mütze Schlaf kriegen, bevor der Wecker klingelt. Morgen geht's weiter. Okay?«

Alle waren einverstanden.

Schweigend gingen sie zurück und Thomas kam es diesmal viel länger vor als auf dem Hinweg. Er hatte gehofft, dass sie Zeit zum Reden finden würden und sich gegenseitig erzählen konnten, was sie so machten, aber das musste jetzt warten.

Sie sagten einander Gute Nacht, dann trennten sich ihre Wege.

Thomas kam ohne Zwischenfälle zu seinem Zimmer und verabschiedete sich hastig von Teresa, aus Angst, dass jemand im Gang auftauchte. Schnell ging er hinein und warf sich in voller Montur aufs Bett. Er schlief schneller ein, als er es nach allem, was passiert war, für möglich gehalten hatte.

In dieser kurzen Nacht träumte er von Newt und Sonya. Oder von Newt und Lizzy.

Die nächsten Tage vergingen in einem Wirbel aus neuen Eindrücken und Entdeckungen, bis er tief erschöpft war. Thomas schlief höchstens noch drei Stunden pro Nacht. Das Wecken am Morgen war wie ein Dolchstich in seinen Schädel und sein Kopf dröhnte den ganzen endlosen Schultag über. Er wartete nur darauf, dass Dr. Paige oder Dr. Leavitt oder einer der anderen Lehrer seine nächtlichen Eskapaden entdeckten, oder noch schlimmer, dass ihn ein bewaffneter ANGST-Wächter abholte und in eine Zelle sperrte. Aber niemand verlor ein Wort darüber.

In der zweiten Erkundungsnacht waren sie auf ein riesiges Labor mit bestialisch stinkenden Tanks voll dampfender Flüssigkeiten gestoßen, mindestens zwei Dutzend davon. Selbst in der tiefsten Nacht arbeiteten Angestellte in Schutzanzügen an den Containern und führten alle möglichen Tests durch. Ein paarmal erhaschten sie einen Blick auf eine Kreatur, die wie ein großer Fisch aussah, oder wie Tentakel, die sich im Dampf bewegten und in der Horrorflüssigkeit nach oben drängten. Der Anblick brachte sogar Newt aus der Fassung, der hier angeblich schon seit Monaten herumspionierte.

In der dritten Nacht erkundeten sie die Verwaltungsbüros und ertappten einen Mann und eine Frau beim Knutschen. Alby konnte Minho nur mit Mühe davon abhalten, aus seinem Versteck zu springen und das ahnungslose Paar zu Tode zu erschrecken. Thomas war fast ein bisschen enttäuscht, dass er ihn nicht machen ließ.

Die vierte und fünfte Nacht brachten neue Abenteuer – noch mehr Labors, die Cafeteria, eine riesige Sporthalle, von der Thomas nichts gewusst hatte. Außerdem stießen sie auf eine Krankenstation, in der komplizierte maskenähnliche Gebilde über jedem Bett hingen. Ein Gewirr aus Kabeln und Schläuchen ragte aus den Masken hervor, wie die Beine von Riesenspinnen, und sie waren an ein Arsenal von Überwachungsmonitoren angeschlossen. Thomas wäre gern noch länger geblieben, um sich dieses ganze Equipment genauer anzusehen, aber Alby scheuchte sie rasch wieder hinaus. Zum ersten Mal wirkte er gestresst – dicke Schweißtropfen standen auf seiner Stirn. Offenbar hatte ihn etwas halb zu Tode erschreckt.

Es machte Spaß. War spannend, ein toller Nervenkitzel und irgendwie aufputschend. Noch nie hatte Thomas sich so lebendig gefühlt, seit ANGST ihn von seiner Mutter weggenommen hatte. Und er spürte, wie das Vertrauen zwischen ihm und den anderen Jungen wuchs, obwohl er immer noch keine Vorstellung hatte, was sie im Schilde führten. So als sei der eigentliche Zweck ihrer Zusammenkünfte in den Hintergrund getreten, je mehr sie sich miteinander anfreundeten.

Alby, Minho, Newt, Teresa.

Thomas hatte *Freunde*!

20.10.224 | 00:15 Uhr

15

Newt hatte angekündigt, dass er noch etwas Besonderes für sie auf Lager hatte, aber immer wenn Thomas oder Teresa davon anfingen, spielte er den Geheimnisvollen und hielt sich zwei Finger an den geschlossenen Mund, eine Geste, die sie langsam ziemlich nervte. Es machte ihm diebischen Spaß, sie auf die Folter zu spannen, das war offensichtlich.

Der Wartungsraum im Keller war immer ihr Treffpunkt, egal was sie in der jeweiligen Nacht vorhatten. Der staubige alte Raum war zu einer Art Sanktuarium für ihre Gruppe geworden. In dieser fünften Nacht tauchte Newt nicht mehr bei Thomas und Teresa auf, um sie abzuholen – sie kannten jetzt den Weg – und Thomas fand es mit jedem Mal schöner und aufregender, durch die dunklen Gänge von ANGST zu schleichen.

Er klopfte leise an Teresas Tür, die sofort aufging. Teresa streckte den Kopf heraus und spähte den Gang entlang, um zu checken, ob die Luft rein war.

»Okay.« Sie kam zu ihm heraus und schloss die Tür hinter sich. Mit einem strahlenden Lächeln fragte sie: »Hey, was meinst du, was kommt heute Nacht dran?«

Thomas machte Newts Finger-an-die-Lippen-Geste und Teresa stieß ihn unsanft in die Rippen.

»Autsch«, sagte er trocken und sie gingen schneller.

Minho und Alby rauften gerade miteinander, als sie in den Wartungsraum kamen. Im ersten Moment dachte Thomas, dass sie sich ernsthaft in die Haare geraten waren, aber dann brach Alby in johlendes Gelächter aus, nachdem er es geschafft hatte, Minho unter lautem Grunzen auf den Rücken zu schleudern.

»Ha, diesmal nicht, du Pfeife!«, brüllte Alby. Er presste seinen Unterarm gegen Minhos Brust und Newt schlug dreimal auf den Boden.

Alby sprang auf, die Arme triumphierend in die Luft gestreckt.

Minho kam auf die Füße und klopfte sich den Staub ab. Er stieß ein paar Flüche aus, die Thomas nur von seinem Vater kannte, dann fügte er ein widerstrebendes »Gut gemacht« hinzu. Alby nahm es als Kompliment. Er hatte gewonnen.

»Okay«, sagte Newt, hob die Arme über den Kopf und gähnte laut. »Dann mal los, Leute.«

»Und was ist jetzt die ominöse Überraschung heute Nacht?«, fragte Thomas. »Wo gehen wir hin?«

Newt schaute zur Decke. »Okay, wir haben jetzt so ziemlich alles durchgemacht, was es hier zu sehen gibt.«

Thomas musste sich beherrschen, um nicht zu Teresa zu schauen. In Wahrheit hatten Newt und die anderen natürlich keine Ahnung, was direkt unter ihren Füßen lag. Vertrauen hin oder her, die Labyrinthhöhle musste vorläufig ihr Geheimnis bleiben. Das Merkwürdige war nur, dass die anderen trotz allem Herumschleichen noch nicht von selbst darauf gestoßen waren. Noch dazu, wo es angeblich *zwei* Labyrinthe gab. Irgendwann hätten die Jungs doch darüber stolpern müssen.

»Tommy?«

Thomas merkte, dass Newt ihn mit hochgezogenen Augenbrauen anstarrte.

»Oh, sorry«, sagte er verlegen. »War kurz nicht da. Was hast du gesagt?«

Newt schüttelte den Kopf. »Du musst aufpassen, Thomas. Ich hab gefragt, ob ihr das große Unbekannte draußen sehen wollt?«

Sie kletterten eine Leiter hinauf, die hinter einer Wand aus Schlackenbeton verborgen war und deren ursprünglicher Zweck Thomas völlig schleierhaft blieb. Das Gebäude war lange vor der Entstehung von Organisationen wie ANGST gebaut worden und die Leiter hatte etwas Unheimliches an sich, als wäre sie ohne Wissen der ursprünglichen Planer oder Besitzer hier deponiert worden. Für welche finsteren Zwecke auch immer.

Der Staub zwang Thomas zum Husten, als sie Sprosse um Sprosse erklommen, immer weiter und weiter hinauf. Er hatte das Pech, als Letzter zu gehen, so dass vier Leute über ihm den losen Schmutz und die Steine und was sich sonst im Lauf der Zeit alles angesammelt hatte, auf ihn herunterkickten. Sogar zwei Nägel fielen herab, einer verfehlte nur knapp sein Auge.

»Könntet ihr mal ein bisschen vorsichtiger auftreten da oben?«, rief er nun schon zum zweiten Mal im Flüsterton zu den anderen hoch. Die einzige Antwort war ein schadenfrohes Kichern und Thomas war ziemlich sicher, dass es von Minho kam.

Endlich, nachdem sie mindestens zehn Stockwerke hochgeklettert waren, erreichten sie einen stählernen Absatz, kaum groß genug für alle fünf. Eine schwere Metalltür, abgerundet und verrostet, steckte wie ein hässlicher Zahn in der Zementwand zu ihrer Linken. Das Einzige, was an der Tür nicht uralt aussah, war die Klinke. Sie war vom vielen Gebrauch ganz glänzend und silbrig.

»Sagt mal, wie oft habt ihr das schon gemacht, Jungs?«, fragte Teresa.

»Ein Dutzend Mal?«, antwortete Alby. »Oder vielleicht fünfzehn? Weiß auch nicht. Aber ihr habt ja keine Ahnung, wie toll es ist, mal frische Luft zu schnappen. Ihr werdet es gleich selber merken. O Mann, und erst das Meeresrauschen in der Ferne! Das kann nichts und niemand toppen.«

»Ich dachte, die Außenwelt ist verwüstet«, sagte Thomas. In seinem Bauch flatterte ein ganzer Schmetterlingsschwarm. »Nichts als Ödland. Strahlung, Hitze und so? Ganz zu schweigen von solchen Lappalien wie den Sonneneruptionen?«

»Oder Cranks«, fügte Teresa hinzu. »Woher wisst ihr, dass dort draußen keine Cranks sind?«

»Jetzt aber mal halblang!« Minho hob beschwichtigend eine Hand. »Haltet ihr uns für komplette Idioten oder was? Ich meine, wären wir fünfzehnmal da rausgegangen, wenn die Cranks uns jedes Mal 'nen Finger abgekaut hätten oder wenn uns von der Strahlung die Eier verdampft wären? Also echt!«

Newt wedelte mit seinen Fingern vor Thomas' Gesicht herum. »Sind alle noch dran, wie du siehst. Und mit den Eiern ist auch alles okay.« Thomas prustete los und versprühte jede Menge Spucke um sich herum.

»Tut mir leid«, sagte er und wischte sich den Mund an seinem Ärmel ab.

Alby ging ernsthafter auf ihre Frage ein: »Es wird besser da draußen. Außerdem sind wir hier hoch oben im Norden, wo es nie so schlimm war. Wir haben sogar schon ein paarmal Schnee in den Bäumen gesehen.«

»Schnee?«, wiederholte Teresa so geschockt, als hätte er von Aliens gesprochen. »Im Ernst?«

»Ja.«

»Genug gequasselt«, sagte Newt. »Minho, mach die Tür auf.«

»Zu Befehl, Sir!«, bellte Minho. Er packte den Griff und drückte ihn grunzend vor Anstrengung herunter. Laut quietschend schwang die Tür nach außen auf.

Eine steife Brise fegte in den Leitereinstieg herunter, als die aufgestaute Luft aus dem Gebäudekomplex entwich. Thomas' Kleider wurden von dem Luftzug aufgewirbelt und ein Schauer lief ihm über den Rücken. Er war so ungeduldig, konnte es kaum noch erwarten. Minho trat als Erster hinaus, gefolgt von Alby. Dann winkte Newt Teresa, und sie trat hinaus, aber nicht ohne Thomas einen letzten Blick zuzuwerfen, den er nicht deuten konnte.

»Du gehst als Nächster«, sagte Newt zu Thomas. »Aber stoß dir nicht den Kopf an, ja?«

Thomas duckte sich unter dem niedrigen Türrahmen hindurch und trat auf eine weite Betonplattform in die frische, kühle Luft hinaus. Sämtliche Erinnerungen an die Zeit vor ANGST, als er noch ins Freie hatte hinausdürfen, drängten in sein Gedächtnis zurück, brachten Wärme, Hitze, Schweißgeruch mit sich. Es war seltsam, aber wunderbar, die frische Luft zu atmen – Alby hatte nicht zu viel versprochen – und die Meereswellen an die Felsklippen in der Ferne donnern zu hören.

»Na, was sagst du?«, fragte Minho.

Thomas schaute sich um, obwohl er im Dunkeln nicht viel sehen konnte. Lichter schienen von irgendwo oben herunter und verfinsterten seine Sicht noch mehr. Er konnte nur die Plattform ausmachen, ein Geländer am Rand, und dahinter ein Meer aus Schwärze. Der Himmel war mit blassen Sternenpünktchen übersät.

»Kann nicht viel sehen«, sagte Thomas nach langem Schweigen. »Aber Mann, fühlt sich das gut an!«

»Sag ich doch«, triumphierte Alby. Thomas hörte das Lächeln in seiner Stimme.

»Da drüben ist ein Abflussrohr«, sagte Newt und lehnte sich über das Geländer in der Ecke der Plattform. »Mit Kerben drin, siehst du? Da kann man leicht dran runterklettern, nur das Raufsteigen hinterher ist ziemlich anstrengend. Na ja, bisschen schwitzen kann nicht schaden.«

»Wir zeigen ihnen den Wald«, sagte Minho. »Vielleicht haben wir Glück und sehen ein Reh. Und vielleicht dürfen wir es sogar streicheln.«

Thomas wusste nie genau, ob Minho Witze machte oder nicht. Er redete immer im selben Tonfall, mit einem leicht belustigten Unterton, egal was er sagte.

Alby kraxelte über das Geländer und machte sich an den Abstieg. Newt ließ Thomas diesmal als Zweiten gehen. Seine Finger schmerzten, als er die Einkerbungen im Abflussrohr umklammerte. Zum Glück war der Weg nach unten längst nicht so weit wie der Aufstieg auf der Leiter drinnen.

Als Thomas' Füße endlich auf der weichen Erde auftrafen, kam es ihm vor, als würde er einen fremden Planeten betreten. Er stand neben Alby, während sie auf die anderen warteten. Schnee war keiner zu sehen, aber die schneidende Kälte in der Luft deutete auf welchen hin.

»Was ist da draußen?«, fragte Thomas und zeigte auf die weite, offene Fläche, die in die dunkle Wand des Waldes überging. »Können wir wirklich da rausgehen? Ich meine, warum sollten wir dann zurückkommen?«

»Vertrau mir«, antwortete Alby, »wir haben lange darüber nachgedacht. Wir haben sogar mit dem Gedanken gespielt, eine Ladung Essen zu horten und abzuhauen. Aber … Wie groß sind denn unsere Chancen, Mann? Wer weiß, wie lange wir durchhalten würden. Und vor allem haben wir es doch gut dort drinnen. Wir bekommen genug zu essen, es ist warm, keine Cranks … Was nicht heißt, dass das Thema komplett vom Tisch wäre.« Er schien noch mehr auf dem Herzen zu haben, sagte aber nicht mehr.

Teresa sprang als Letzte vom Ende des Abflussrohrs herunter. Thomas sah, wie Alby den Mund aufmachte, um etwas zu sagen, aber im selben Moment flammten überall grelle Lichter auf, begleitet von einem rhythmischen Klacken, als würden in schneller Folge riesige Schalter umgelegt. Thomas beschirmte seine Augen, wirbelte im Kreis herum, konnte aber nichts sehen in dem blendenden Licht.

Blinzelnd machte er schließlich drei dunkle Gestalten aus, die sich im grellen Licht abzeichneten. Sie kamen näher, über eine Art Handwaffe gebeugt, und jetzt sah Thomas, dass sie Uniformen und Helme trugen. Eine vierte Gestalt tauchte hinter ihnen auf und Thomas erstarrte, als sie näher kam. Diesen Mann hatte er seit dem Tag seiner Namensgebung nicht mehr gesehen.

Randall. Aus dem grünen Strampler war er offenbar herausgewachsen.

»Ihr habt hier draußen nichts verloren, Kinder«, sagte er in beinahe traurigem Ton. »Aber ich glaube nicht, dass ich euch das erst sagen muss. Ihr seid schlau genug, um von allein draufzukommen. Ich fürchte, wir werden euch eine kleine Lektion über die Gefahren der Außenwelt erteilen müssen. Vielleicht wisst ihr dann ein bisschen besser zu schätzen, was ANGST für euch tut.« Er redete in einem seltsamen Rhythmus, als würde er etwas vortragen, das er auswendig gelernt und eingeübt hatte.

Dann zeigte er auf Newt. »Der da ist nicht immun – bringt ihn in sein Zimmer zurück und ruft einen Arzt, der ihn testen soll. Pronto!«

Als einer der Wächter auf Newt zuging, seufzte Randall laut und schwenkte eine Hand zu Thomas und den anderen herum.

»Und die hier bringt ihr in die Crank-Gruben.«

20.10.224 | 02:09 Uhr

16

Thomas und Teresa hielten sich an der Hand, ohne dass Thomas sagen konnte, wie es dazu gekommen war. Sie standen nebeneinander, von derselben Panik erfasst. Eine Wächterin trat zu ihnen.

»Keine Angst«, wisperte sie. »Randall will euch nur schnell eine Lektion erteilen, wie gefährlich es da draußen für euch ist. Das ist zu eurem Besten und es ist bald vorbei. Okay?«

Thomas nickte. Die Worte »Crank« und »Grube« hallten in seinem Kopf wider. Wie oft hatte er schon von den Cranks gehört – Menschen, die Den Brand hatten, für die es keine Rettung gab. Die nur noch blutrünstige Tiere waren.

Was hatte Randall gemeint? Wo wurden sie hingebracht?

»Komm jetzt«, sagte die Wächterin und fasste ihn sanft am Arm. »Wenn ihr kooperiert, seid ihr im Handumdrehen wieder in eurem sicheren Zimmer und könnt noch eine Runde schlafen.«

Teresa quetschte seine Hand, bis es wehtat. Aber Thomas nickte, dann folgten sie der Wächterin auf einen Pfad, der dem Grundriss des Gebäudekomplexes folgte. Ein zweiter Wächter eskortierte Alby und Minho, die genauso kleinlaut waren.

Der dritte Wächter blieb beim Gebäude. Newt stand neben ihm, den Blick gesenkt, das Gesicht undurchdringlich. Thomas hielt nach Randall Ausschau, aber der telefonierte ein paar Meter von seinem Freund entfernt.

Er verlor sie aus den Augen, als sie um eine Ecke bogen, aber ihm ging nicht aus dem Kopf, was Randall über Newt gesagt hatte – dass er nicht immun sei. Erst allmählich wurden ihm die ungeheuerlichen Konsequenzen bewusst, die sich daraus ergaben. Aber warum war Newt überhaupt hier, wenn er kein Muni war?

Teresas Stimme riss ihn aus seinen Gedanken.

»Können Sie uns nicht sagen, wo wir hingehen?«, fragte sie. »Was sind die Crank-Gruben?« Sie gingen weiter, immer dem Pfad nach. Die Frau antwortete nicht, genauso wenig wie der Wächter, der nur ein paar Schritte hinter ihnen mit Alby und Minho folgte. Das Rauschen des Ozeans und der Geruch nach Salz und Kiefern erfüllte die Luft.

»Antworten Sie«, sagte Thomas. »Bitte. Wir haben nichts Falsches gemacht – wir wollten nur das Gelände erkunden. Sind wir Gefangene, oder was?«

Wieder nur Schweigen.

»Jetzt sagen Sie doch was!«, brüllte Teresa.

Die Wächterin drehte sich zu ihnen um. »Glaubt ihr, mir macht das Spaß?«, fauchte sie. Dann blickte sie sich rasch um wie jemand, der Angst hat, beim Stehlen ertappt zu werden. Mit gesenkter Stimme fügte sie hinzu: »Tut mir leid. Wirklich – macht einfach, was ich euch gesagt habe, dann wird alles viel leichter. Wir wollen doch nur, dass ihr begreift, wie wichtig es für euch ist, drinnen zu bleiben.«

Dann drehte sie sich um und führte sie weiter am Rand des Gebäudekomplexes entlang. Keiner sagte mehr etwas.

Schließlich kamen sie zu einer Straße, die sich rechts durch Felder schlängelte und danach in den Wald führte, der in der Ferne aufragte. Links kreuzte sie das ANGST-Hauptquartier und mündete in eine steile Rampe, die unter das Gebäude führte. Ohne zu zögern, trat die Wächterin auf den Asphalt und wandte sich nach links zu dem dunklen Tunnel, der etwa zehn Meter vor ihnen lag.

Thomas folgte ihr, den Blick nach oben gerichtet. Er sah die hohen Granitwände, das blasse Sternengesprenkel am dunklen Himmel darüber. Er hatte sich so darauf gefreut, den Mond zu sehen.

Die Straße führte abwärts und bald waren sie unterhalb des Gebäudes, in einem breiten Gang ohne Lichter. Vermutlich hatte man sie ausgeschaltet. Dieser Ort hier würde normalerweise niemals unbeleuchtet bleiben.

Ein Geräusch ließ Thomas mitten in der Bewegung erstarren. Es war grauenhaft, ein menschlicher Laut, halb Schreien, halb Stöhnen. Oder doch nicht menschlich? Die Härchen in

Thomas' Nacken und auf seinen Armen sträubten sich vor Entsetzen.

Auch die Wächterin blieb stehen und drehte sich zu ihnen um. Es war so dunkel, dass Thomas kaum ihre Umrisse ausmachen konnte. Sie zog eine Taschenlampe hervor, knipste sie an, leuchtete damit in ihre Gesichter, dann nach links. Ein klappriges Eisengitter war zu sehen, mit einer Kette und einem Vorhängeschloss um die Stangen. Wortlos ließ der andere Wächter Alby und Minho stehen, ging hinüber, zog einen Schlüssel heraus und öffnete das Schloss. Das Klirren der Kette, die er von den Stangen abwickelte, hallte durch den Tunnel. Er ließ sie auf den Boden fallen und öffnete das Tor.

»Rein mit euch«, sagte er. »Das hier soll euch nur Angst machen – die können euch nicht wirklich was tun. Ehrenwort.«

»Was ist da drin?«, fragte Thomas.

»Cranks«, sagte die Wächterin in freundlichem Ton, was in krassem Widerspruch zu der Bedeutung des Wortes stand. »Manchmal müssen wir euch daran erinnern, wie schrecklich diese Krankheit ist.«

»Sie tun euch nichts«, wiederholte der Mann. Seine Stimme klang ernst. »Sie werden euch eine Höllenangst einjagen, aber sie können euch nichts tun.«

»Los, kommt, Leute«, sagte Minho und marschierte an dem Wächter vorbei. »Lasst uns mal nachsehen, was es mit diesem Höllenloch auf sich hat.«

Thomas wollte nicht da rein. Sämtliche Albträume, an die er sich erinnern konnte, stiegen in ihm auf. Aber Teresas Unerschrockenheit brachte ihn zur Besinnung. Sie ging hinter Minho durch das Tor, dann kam Alby. Thomas folgte ihnen.

20.10.224 | 02:28 Uhr

17

Die Dunkelheit war das Schlimmste. Die Wächterin hinter ihnen hatte ihre Taschenlampe zwar weiterhin angeschaltet, aber der Strahl verlor sich in schwarzem Nebel. Schritt für Schritt mussten sie tiefer hinein, gingen über knirschenden Kies auf einem engen Pfad entlang, der zu beiden Seiten von einem Eisengitter gesäumt war. Die Stangen ragten in einem Abstand von ungefähr fünfzehn Zentimetern vom Boden auf, mit zwei langen Querstangen an der Ober- und Unterseite. Thomas lauschte angestrengt in die Dunkelheit, aber nichts deutete darauf hin, dass hinter diesen Gitterzäunen irgendetwas war.

»Mann, ist das gruselig!«, sagte Minho leise, obwohl es entsetzlich laut in der Stille hallte. »Alby, nimm meine Hand!«

»Klappe, Idiot!«, fauchte Alby.

Ihre Füße knirschten über den Kies, lösten ein Echo aus, das fast wie Tuscheln klang. Thomas geriet immer mehr in Panik, je weiter sie vordrangen. Er musste sich zusammenreißen, um nicht einfach kehrtzumachen und zurückzulaufen.

Sie gingen weiter.

Irgendwann kamen sie zu einer Backsteinmauer, an der die beiden Eisengitter endeten. Eine Sackgasse. Thomas' Panik stieg ins Grenzenlose.

»Was jetzt?«, fragte er, wütend über den weinerlichen Ton in seiner Stimme, der seine Angst nur zu deutlich verriet. »Gehen wir zurück?«

»Was denn sonst?«, sagte Teresa. »Vielleicht war das nur ein Test, ob wir auch machen, was sie uns …«

Minho hielt einen Finger an seine Lippen und brachte sie zum Schweigen. Er lauschte mit gesenktem Kopf. In dem Schummerlicht, das hinter ihnen in den Tunnel drang, sah er einen Augenblick aus wie ein Gespenst.

»Da kommt was«, flüsterte er. »Von da hinten.« Er zeigte auf die Stangen an der linken Seite der Backsteinmauer.

Thomas wirbelte herum und starrte in die Dunkelheit hinter dem Zaun. Er lauschte angestrengt in die Richtung, in die Minho gezeigt hatte. Da hörte er es. Obwohl sie alle vier stocksteif dastanden und kaum zu atmen wagten, hallten Schritte durch den Gang. Knirsch, knirsch, knirsch. Auch von hinten glaubte Thomas etwas kommen zu hören, zitternd schnellte er herum. Aber auf einmal war das Geräusch überall, es schien aus allen Richtungen zu kommen. Und es wurde lauter.

»Cranks«, wisperte Alby. »Sie sperren sie in dieses gruselige Verlies unter ihrem eigenen Hauptquartier. Reizend.«

Mehrere Gestalten kamen in Sicht, passend zu den schlurfenden Schritten. Lebende Leichen.

»Ich glaube, die sind normalerweise woanders«, murmelte Minho. »Sonst hätten sie sich doch sofort an die Gitter gedrängt, als wir reingekommen sind. Ich bin sicher, die wurden gerade freigelassen wie eine Horde wilder Tiere, damit sie uns einen kleinen Besuch abstatten.«

Qualvolles Stöhnen und unverständliches Gebrabbel drang von den heranschlurfenden Cranks zu ihnen. Und es wurde immer lauter. Thomas und seine Freunde waren definitiv entdeckt worden.

Und dann, als würde ein Schalter umgelegt, füllte sich der Raum mit einem Höllenlärm: Kreischen, Angstschreie, Brüllen. Klatschende Schritte, als die Cranks auf das Gitter zustürzten. Thomas zitterte vor Angst, ein Grauen, das ihn zu verschlingen drohte, genau wie die anderen um ihn herum. Die Cranks warfen sich krachend gegen das Gitter, eine Flut von Körpern, und ständig drängten neue nach, zerquetschten fast die vorderen. Unzählige Arme griffen durch die Stangen, Hände öffneten und schlossen sich, grapschten vergeblich nach Thomas und seinen Freunden.

Thomas stand in der Mitte des Gangs, Teresa direkt neben ihm, Alby und Minho waren ein paar Schritte entfernt. Alby kehrte der Backsteinmauer den Rücken zu und riss fassungslos seinen Kopf von links nach rechts, von rechts nach links.

Minho stand vor ihm, in Kampfhaltung, als hätten sie auch nur die geringste Chance, wenn die Gitter unter dem Massenansturm nachgaben.

Thomas schaute auf die Cranks, die alle so hinüber waren, dass ihn zugleich Grauen und Mitleid erfüllten. Die Augen der Kreaturen waren völlig leer, ihre Gesichter und Arme mit Kratzern und Wunden bedeckt, teilweise hing das Fleisch in Fetzen herunter. Ihre Kleider waren schmutzig, blutig, zerrissen. Einige schrien, andere schluchzten, Tränen strömten ihnen über die Gesichter. Wieder andere brabbelten verzweifelt vor sich hin, ohne dass man auch nur ein Wort davon verstehen konnte. Und alle, alle grapschten nach ihnen, streckten ihre Arme nach ihnen aus, als seien sie ihre einzige Hoffnung, dieser grauenhaften Krankheit zu entkommen, die ihren Verstand zerstört hatte.

Plötzlich tauchte eine Frau auf, die sich mit letzter Kraft nach vorne gekämpft hatte. Ihr Gesicht war erstaunlich sauber, sie starrte Thomas direkt an und ihre Lippen bewegten sich, als legte sie sich die Worte zurecht, die sie sagen wollte. Und dann redete sie, mit stockender, bebender Stimme.

»Meine Babys meine Babys meine Babys meine Babys.« Immer nur diese beiden Wörter, und sie weinte und schluchzte dabei die ganze Zeit. Dann attackierte sie plötzlich das Gitter wie ein tollwütiger Gorilla, warf sich zähnefletschend dagegen, immer wieder, bis sie erschöpft zu Boden fiel. Es war, als hätte sie sich selbst k. o. geschlagen. Andere Cranks stiegen über die Frau hinweg, um ihren Platz einzunehmen. Eine entsetzliche Traurigkeit überwältigte Thomas, eine schwarze Verzweiflung, die sein ganzes Herz ausfüllte.

»Ich glaube, wir haben unsere Lektion gelernt!«, rief Alby. »Los, lasst uns zurückgehen!«

Thomas schüttelte den Kopf. Er war wie hypnotisiert von diesem Albtraum, erstarrt vor Grauen. Es war schlimmer als alles, was er im Lauf der Jahre über die Krankheit gehört hatte, ja, schlimmer noch als der Anblick seines eigenen Vaters, der am Ende zu einem unberechenbaren Irren geworden war. Er hatte es einfach nicht glauben können, bis er es jetzt leibhaftig vor sich sah.

»Komm, Thomas!«, brüllte Minho. Die anderen standen neben ihm, in der Mitte des Weges, ein gutes Stück außer Reichweite der ausgestreckten Crank-Arme.

Thomas nickte, die Angst ließ allmählich nach, er versank nur immer tiefer in dieser schwarzen Traurigkeit. War mit seiner Mom dasselbe passiert? Hatte sie in ihrem Wahn unablässig nach ihrem Jungen gerufen?

Seine Füße klebten förmlich am Kies fest. Er konnte sich immer noch nicht rühren.

»Thomas«, wisperte Teresa ihm ins Ohr. »Es ist okay. Deshalb sind wir hier. Wir helfen dabei, eine Heilung zu finden. Um alle anderen vor dem hier zu bewahren.«

Ihre Stimme zündete ein Licht in seiner Seele an und er fand langsam wieder zu sich. Er kehrte um, ging den Weg zurück, den sie gekommen waren. Teresa war direkt hinter ihm. Ihre Hand lag auf seinem Rücken, als wollte sie ihn stützen.

Die Cranks drängten jetzt von beiden Seiten gegen die Gitter, eine ungeheure, aufgepeitschte Masse. Nur die Eisenstäbe bewahrten sie davor, von ihnen zerfetzt und als Mitternachtssnack verschlungen zu werden.

Thomas schaute die Gestalten auf der linken Seite an, dann die rechts. Es waren Menschen, trotz allem, und er suchte nach Merkmalen, die jeden von ihnen zu einem unverwechselbaren Individuum machten: Gesicht, Haarfarbe, Körperform. Etwas, das sie aus dieser gesichtslosen Masse von tobenden Irren heraushob, die nicht wussten, was sie taten.

Als Thomas den Blick nach vorne richtete, stand dort jemand, nur wenige Meter von ihm entfernt. Erschrocken hielt er an, so dass Teresa von hinten gegen ihn prallte. Die Angst würgte ihn in der Kehle.

Ein Mann. Er hatte keinerlei Ähnlichkeit mit den Cranks hinter den Gittern, sah aber auch nicht gesund aus. Sein blondes Haar war fettig und ungekämmt, seine Kleider waren zerknittert, seine Augen blutunterlaufen. Wunden hatte er keine, soweit Thomas sehen konnte, und er stand einfach da, aufrecht, still, ruhig. Aber das Merkwürdigste war die kleine Schultafel, die er in seine Armbeuge geklemmt hatte. Wortlos nahm er sie und schrieb mit Kreide etwas darauf. Dann hielt er die Tafel hoch, damit Thomas und seine Freunde es lesen konnten. Die drei Worte glühten förmlich im schummrigen Licht:

ANGST ist gut.

20.10.224 | 03:14 Uhr

18

Der Fremde zeigte auf die Tafel und nickte ernst; seine Lippen bebten, als würde er jeden Moment in Tränen ausbrechen. Er nahm die Tafel herunter und klemmte sie wieder in seine Armbeuge.

Thomas öffnete den Mund, um etwas zu sagen. Aber der Mann drehte sich um und ging weg. Was blieb ihm anderes übrig, als ihm zu folgen, wenn er nicht noch tiefer in die Crank-Grube hineinwollte? Zu beiden Seiten heulten und kreischten die Cranks, knirschten mit den Zähnen und grapschten nach ihnen. Aber der Lärm trat für Thomas in den Hintergrund, so gebannt war er von dem Fremden.

Er folgte ihm, durchquerte den geschlossenen Gang, bis ihm bewusst wurde, dass die grässlichen Geräusche verstummt waren. Endlich hatte der Mann das Tor zum Hauptgang erreicht. Er öffnete es und ging hinaus. Dort wartete er auf Thomas und die anderen hinter ihm, dann schloss er das Tor wieder. Die Wächter rührten sich nicht von der Stelle und sahen schweigend zu. Dann trat einer von ihnen vor, nahm die Kette hoch und versperrte das Tor wieder. Der Lärm der Cranks war nur noch ein fernes Echo, das alles und nichts bedeuten konnte.

Thomas und die anderen standen stumm da, hatten sich zu einem schützenden Kreis zusammengedrängt. Alby und Minho waren ernster als sonst, Teresa wirkte genauso erschüttert wie Thomas. Er konnte seinen Blick nicht von dem Mann mit dem absurden Schild lösen. *ANGST ist gut.*

Während Thomas grübelte, trat der Unbekannte näher zu ihnen, bis er nur noch wenige Schritte entfernt war. Er sah ihnen sekundenlang in die Augen, einem nach dem anderen, dann machte er zum ersten Mal den Mund auf.

»Ihr fragt euch vermutlich, wer ich bin«, sagte er mit überraschend fröhlicher Stimme, die Thomas einen Schauer über den Rücken jagte. »Und das zu Recht. Ihr habt die Bürde gesehen, die ich tragen muss, die Last, die ich mit mir herumschleppe. Drei Worte, meine Freunde. Nur drei Worte. Aber ich hoffe, heute Nacht habt ihr gelernt, dass es die wichtigsten Worte der Welt sind.«

»Wer sind Sie?«, sagte Alby, eine Frage, die allen auf den Nägeln brannte. »Ähm … arbeiten Sie hier?«

Der Mann nickte. »Mein Name ist John Michael. Ich …« Er hielt inne, um zu husten, presste eine Hand auf seine Brust.

»Ich war früher sehr … wichtig für diese Organisation. Vor langer Zeit. *Ich* war das, versteht ihr? Ich habe die Überlebenden eingesammelt. Die Anführer. Hab sie hierhergebracht. Ich hatte die Idee, meine Freunde. Ich hatte … die … Idee!« Das letzte Wort brüllte er regelrecht und der Speichel flog ihm vom Mund.

Thomas wich einen Schritt zurück, die anderen ebenfalls.

»Aber dann, versteht ihr«, fuhr John Michael fort und seine Augen funkelten ein bisschen wilder, seine Ausdrucksweise wurde ungehobelter, »dann hab ich Den Brand bekommen. Ich habe so hart gekämpft, um die Menschheit zu retten.« Er ließ den Kopf sinken, die Tränen liefen ihm über die Wangen. »Es ist so ungerecht, dass ausgerechnet ich mich angesteckt habe. Bald werde ich bei denen dort leben …« Sein Blick wanderte an ihnen vorbei oder vielmehr durch sie hindurch, zu den Käfigen auf der anderen Seite der Tür. Den Gruben.

»Aber dann …«, sagte er. »Nein … nein, wir werden so ein würdeloses Ende für mich nicht zulassen. Nicht für mich, den Gründer der Nachepidemischen Notstandskoalition, der für das Überleben der Organisation gekämpft hat, der unablässig gepredigt hat, wie wichtig ANGST ist. Würdet ihr einen solchen Mann in die Grube werfen? Ich frage euch: Würdet ihr das tun?«

John Michael war jetzt völlig außer sich, starrte Thomas direkt an. »Du da – würdest du das tun?«

Thomas schüttelte entschieden den Kopf. Er konnte das alles kaum noch aushalten.

John Michael ging, nein, wankte noch einen halben Schritt näher und sein ganzes Gesicht glänzte vor Tränen.

»Ich bin nicht hier, um euch um einen Gefallen zu bitten. Ich bin hier, um euch zu sagen, dass es in dieser Sache keine Wahl gibt. Es ist eure … eure Pflicht, Menschen wie mir zu helfen. *Künftigen* Menschen. Habt ihr verstanden?«Er sprach beschwörend, mit einer herzzerreißenden Traurigkeit in der Stimme.

Die Wachen in der Nähe unternahmen nichts, sie standen da wie Wachsfiguren. Ihre Augen waren in der Dunkelheit kaum zu erkennen.

»Wir … haben verstanden«, sagte Teresa mit einer bewundernswerten Ruhe. »Es tut uns leid, dass Sie infiziert sind. Die meisten von uns hatten kranke Eltern, wir wissen also, was das heißt.«

John Michaels Gesicht verwandelte sich schlagartig in eine abscheuliche, bebende rote Fratze. Er kochte offensichtlich vor Wut, seine Augen traten aus den Höhlen und er stieß einen Schwall von Flüchen aus.

»Unsinn!«, brüllte er. »Ihr habt doch keine Ahnung, wie schrecklich es ist! Sonst würdet ihr nicht einfach weglaufen und euch um eure einzige Heilungschance bringen!«

Der Mann war jetzt außer Rand und Band. Thomas fragte sich, wie lange er diesen ganzen Horror überhaupt noch aushalten konnte. Da schoss plötzlich Minho an ihm vorbei und baute sich direkt vor John Michael auf. Erstaunlicherweise griff keiner der Wächter ein.

»Wir wollten nicht weglaufen«, stieß Minho mit bebender Stimme hervor. »Und es ist nicht okay, wie Sie uns behandeln.«

»Was glaubst du, wer du …« Mitten im Satz sprang John Michael mit ausgestreckten Armen nach vorne und packte

Minho an der Kehle, bevor dieser auch nur einen Finger rühren konnte. Sie fielen zu Boden, John Michael warf sich auf Minho, würgte ihn mit aller Kraft und drückte ihn fest auf den Boden.

Minho wehrte sich verzweifelt, trat um sich, bäumte sich auf, zerrte an den Händen des Mannes, bis er nur noch röcheln konnte. Thomas wollte irgendwie helfen, aber Alby schlug ihn weg, stürzte sich auf John Michael, rammte ihn mit der Schulter und stieß ihn von Minho herunter. Minho rang keuchend nach Luft.

Jetzt wälzten sich Alby und John Michael auf dem Boden und jeder versuchte mit aller Kraft den anderen festzunageln. Schließlich hockte John Michael rittlings auf Alby, so wie zuvor auf Minho. Thomas war wie gelähmt, Minho dagegen sprang auf die Füße, um seinem Freund beizustehen. Er stieß John Michael weg und hatte so viel Schwung drauf, dass der Kerl mit voller Wucht zu Boden krachte.

Das brachte die Wachen endlich auf Trab und sie beendeten den Kampf.

»Okay«, sagte die nette Wächterin mit ruhiger Stimme. »Das reicht jetzt. Es geht ihm nicht gut, wie ihr seht.«

Weder Minho noch Alby reagierten.

Die Wächterin nahm ihr Gewehr hoch und sagte lauter: »Stopp! Alle beide!«

Thomas und Teresa schafften es, ihre Freunde um die Hüften zu packen und von dem Crank wegzuzerren. Bald standen alle keuchend da und starrten auf diesen Erwachsenen hinunter, der sich am Boden wälzte, schwach und weinerlich wie ein Baby. Er blutete aus der Nase. Aber auf einmal – und wieder waren sie völlig überrumpelt, genau wie die entsetzt dreinblickenden Wachen – kam er erstaunlich schnell auf die Knie hoch und faltete seine Hände vor der Brust, so fest, dass seine Fingerknöchel weiß hervortraten.

»Bitte«, flehte er mit zittriger Stimme, »bitte verurteilt mich nicht. Rettet mich, ich bitte euch! Und wenn nicht mich, dann wenigstens die, die nach mir kommen. Bitte, ich flehe euch an. Bitte, bitte, bitte!« Seine Worte waren bald nur noch ein Winseln und die Tränen strömten ihm übers Gesicht, als hätte jemand einen Wasserhahn hinter seinen Lidern aufgedreht. Seine Schultern bebten, Arme und Hände zitterten, seine Brust wurde von Schluchzen geschüttelt.

»Bitte, bitte rettet uns. Bitte findet ein Heilmittel.« Die letzten Worte flüsterte er nur noch. Seine Augen schlossen sich langsam und er fiel auf den Hintern zurück. »Bitte, bitte, bitte, bitte«, schluchzte er erstickt und bebte am ganzen Körper.

In diesem Moment tauchte Randall aus der Dunkelheit auf, als hätte er die Szene irgendwo tief im Dunkeln verborgen beobachtet. Wortlos trat er vor und baute sich direkt vor John Michael auf.

»Das ist das Leben, das euch erwartet«, sagte Randall. »Wenn ihr nicht immun seid, natürlich, und bis wir eine Heilung gefunden haben. Ansonsten gibt es nur zwei Möglichkeiten. Entweder ihr werdet eins von diesen … Monstern, die ihr in den Käfigen gesehen habt, oder ihr macht Schluss, ehe ihr vollends hinüber seid, und setzt eurem elenden Leben ein Ende. Und genau darum hat dieser Mann mich gebeten, wenn die Zeit dafür gekommen sei. Ich hoffe, euch ist klar, wie viel Mühe es ihn gekostet hat, heute Nacht ein paar zusammenhängende Sätze herauszubringen.« Er drehte sich ruckartig zu den Wächtern um. »Bringt sie wieder rein. Ich glaube, unser Freund hier hat sein Limit erreicht.«

Randall zog eine Pistole aus seinem Gurt und entsicherte sie.

»Was machen Sie da?«, fragte Thomas.

Randall gab keine Antwort, aber das war auch nicht nötig.

20.10.224 | 04:01 Uhr

19

Niemand sagte etwas. Nicht ein Wort. Sie gingen ins Hauptgebäude und wurden eingecheckt. Thomas und seine Freunde blieben stumm wie Fische. Die beiden Wächter begleiteten sie zu einem Lift und sie fuhren mehrere Stockwerke hinauf. Dann durchquerten sie ein paar Flure und kamen zu einem weiteren Aufzug, der sie ebenfalls weiter nach oben brachte. Minho und Alby wurden als Erste von einem der Wächter aus dem Aufzug eskortiert. Sie nickten flüchtig zum Abschied, die Augen voller Traurigkeit. Thomas und Teresa nickten zurück und warteten still, bis die Türen wieder zuglitten. Tief in Gedanken fuhr Thomas die restlichen Stockwerke hinauf.

Endlich, nach einer Ewigkeit, wie ihm schien, standen sie vor ihren Zimmertüren, in Begleitung der Wächterin.

»Da sind wir«, sagte sie, die ersten Worte, die seit dem Vorfall im Tunnel fielen. Und es klang so harmlos, dass Thomas wütend wurde.

»Wie konnte er das tun?«, stieß er hervor und zuckte zusammen, als seine Stimme durch den Gang hallte. »Einfach einen Mann in den Hinterkopf schießen?« *Und einen kleinen, nicht mal fünfjährigen Jungen foltern,* hätte er am liebsten hinzugefügt, aber er verkniff es sich.

Die Frau seufzte resigniert, als sei es zu kompliziert, ihre Meinung dazu in Worte zu fassen. »Mr Michael, der Mann, ohne den wir heute nicht hier wären, hat ihn selbst darum gebeten.«

Sie schloss Thomas' Zimmertür auf. »Also, komm jetzt. Bettzeit. Wird eine Weile dauern, bis ihr eure Freunde wiederseht, okay? Schlaf jetzt noch ein bisschen.«

»Wie lange?«, fragte Thomas, den diese Ankündigung völlig aus der Fassung brachte. Trotz allem, was passiert war, hatte er keine Sekunde lang damit gerechnet, dass er seine Freunde nicht mehr sehen durfte.

»Ein paar Jahre, soviel ich weiß. Auf euch wartet viel Arbeit und dazu muss man ausgeschlafen sein. Also … vorläufig keine Partys mehr. Ist zu eurer eigenen Sicherheit.« Sie drehte sich auf dem Absatz um und verschwand den Gang hinunter.

Thomas ging in sein Zimmer, schloss die Tür hinter sich, lehnte sich dagegen und starrte auf den öden Raum, in dem er sein ganzes bisheriges Leben bei ANGST verbracht hatte.

Die Worte der Wächterin hatten ihn tief getroffen. Dass er

seine Freunde nicht mehr sehen durfte, war schlimmer als alles, was er in dieser Nacht erlebt hatte.

Ein paar Jahre. Seine alten Ängste kamen wieder hoch. Was, wenn sie ihm auch die Freundschaft mit Teresa verboten? Oder ihm den Job wegnahmen, den sie ihm vor die Nase gehalten hatten – beim Aufbau des Labyrinths mitzuhelfen. Ms McVoy hatte gesagt, ANGST sei auf jede verfügbare Hilfe angewiesen, und daran änderte ihr Ausflug heute Nacht doch nichts?

Er legte sich ins Bett, konnte aber nicht einschlafen. Nach seiner Uhr war es bald Zeit fürs Frühstück und ihm schwirrte der Kopf von allem, was er heute Nacht gesehen und gehört hatte. Er schloss die Augen und grübelte darüber nach, was diese Organisation namens ANGST für ihn bedeutete, im Guten wie im Schlechten. Und natürlich dachte er an die Cranks, die er in dieser Nacht aus nächster Nähe gesehen und gehört hatte – ihre leeren Augen, ihre zerrissenen Kleider, ihre dumpfen Verzweiflungsschreie. Er dachte an John Michael und an das jämmerliche Ende, das sein Leben genommen hatte.

Aber vor allem dachte er an Den Brand. Diesen verdammten Brand.

ANGST wollte eine Heilung dafür finden und er sollte ihnen dabei helfen. Wie konnte er das nicht wollen?

Sein Schädel dröhnte, als es an die Tür klopfte. Frühstück. Es war Dr. Paige.

Thomas fragte sie, ob sie von den Ereignissen in der letzten Nacht gehört hatte.

Sie lächelte nur – ein sehr, sehr trauriges Lächeln.

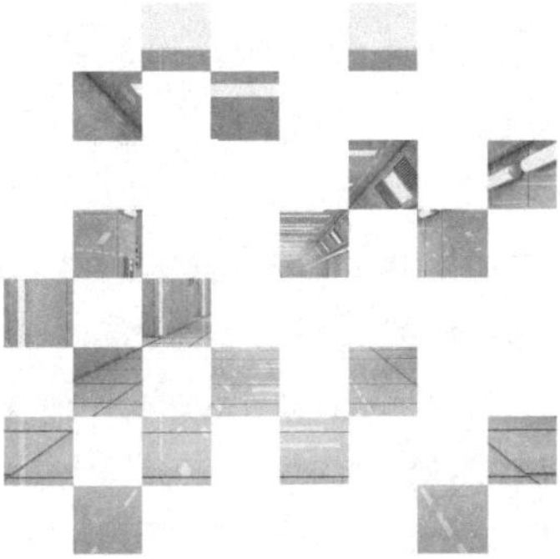

11.05.225 | 18:13 Uhr

20

Einige Monate später erlebte Thomas einen rabenschwarzen Tag.

Es begann mit einer Reihe medizinischer Tests, Thomas musste mehr als sonst über sich ergehen lassen. Blut wurde ihm abgenommen, natürlich, aber auch Plasma, dann musste er fünfundvierzig Minuten auf die Tretmühle, mit Hunderten von Sensoren am Körper, jedenfalls fühlte es sich für ihn so an. Während der ganzen Prozedur hatte er Magenkrämpfe, so heftig, als würde er von einem Messer durchbohrt. Im Lauf des Tages wurden sie immer schlimmer. Dann kamen Kopfschmerzen dazu und er musste Mr Glanville bitten die Stunde vorzeitig abzubrechen. Der Lehrer sah ihn vorwurfsvoll an. Wenig später erhielt er eine Nachricht von Ms Denton, die ihm mitteilte, wie sehr sie es bedauere, dass er einen Teil seines Unterrichts versäumt hatte. Die Botschaft war klar.

Seit dem angeblichen Fluchtversuch waren seine Lehrer und das übrige ANGST-Personal deutlich distanzierter, sogar Dr. Paige – ihr Lächeln war nicht mehr ganz so warmherzig und echt wie früher. Und in ihren Augen lag immer etwas Verhaltenes, als gäbe es tausend Dinge, von denen er nichts wusste und die sie ihm gern gesagt hätte. Was offenbar nicht möglich war.

Die Magenkrämpfe und Kopfschmerzen hätte Thomas gern in Kauf genommen, wenn er nur seine Freunde zurückbekommen hätte. Er konnte kaum an sie denken, ohne dass es ihm die Kehle zuschnürte. An die abenteuerlichen Nächte, in denen sie für kurze Zeit ihr einsames Dasein als Probanden von ANGST vergessen konnten. Selbst die Treffen mit Teresa gab es seit einiger Zeit nicht mehr, was seine Befürchtung bestätigte, dass er den Job in der Höhle vergessen konnte.

Die Nächte im Wartungsraum waren jedenfalls in weite Ferne gerückt. War das wirklich schon so lange her oder hatte irgendeine kosmische Katastrophe das Vergehen der Zeit verändert, ins Grenzenlose ausgedehnt?

Thomas lag auf dem Bett, sein Abendessen stand noch auf dem Schreibtisch, er hatte es nicht angerührt. Seit Stunden hatte er kaum etwas zu sich genommen und sein Magen sorgte dafür, dass er nichts bei sich behielt. Er war in jeder Hinsicht leer.

Trotz seiner Erschöpfung, konnte er nicht einschlafen. Er schloss nur die Augen und lauschte auf seinen eigenen Atem.

In seinem Kopf summte etwas.

Er setzte sich auf, sah sich im Zimmer um. Da war ein Summen, irgendwo tief in seinem Kopf, der schon den ganzen Tag höllisch schmerzte … oder nein, eigentlich hatte er es eher gespürt als gehört. Er schüttelte den Kopf und presste seine Finger an die Schläfen. Dann stand er auf, um Dr. Paige zu rufen und um ein Schlafmittel für die Nacht zu bitten, aber das Summen kam wieder, diesmal noch stärker.

Thomas ließ sich aufs Bett fallen, rollte sich zu einer Kugel zusammen und hielt sich die Hände über den Kopf. Das Summen schmerzte nicht, es war nur seltsam, so fremd irgendwie. Was hatte ANGST sich jetzt schon wieder für einen hirnrissigen Test ausgedacht?

Summ. Summ. Summ.

Jedes Mal lauter und stärker, als würde etwas von seinem Körper Besitz ergreifen; es machte ihm Angst, ließ ihn an die Cranks denken. Verrückt werden. Dinge hören und sehen, die nicht da sind.

Vielleicht haben sie uns angelogen? Vielleicht sind wir gar nicht immun? Newt ist nicht immun, haben sie gesagt. Konnte es sein, dass …

SUMM.

Er wälzte sich auf den Rücken und starrte an die Decke, die Hände immer noch an die Schläfen gepresst, als würde das etwas nützen. Dr. Paige. Er musste Dr. Paige rufen.

Thomas.

Diesmal war es kein Summen, sondern eine Stimme. Aber auch wieder nicht. Ein Vibrieren, ein Rasseln des Geistes, eine Störung, die sich anfühlte, als hätte sich das Summen zu einem Wort verdichtet. Langsam stand er auf, die Hände ausgestreckt, um nicht aus dem Gleichgewicht zu kommen.

Thomas, ich bin's, Teresa.

Er war übergeschnappt. Definitiv. Er hörte Stimmen, die gar nicht da waren, das älteste und häufigste Symptom.

»Ähm …«, sagte er laut.

Funktioniert es? Sag, funktioniert es?

Das letzte Wort knallte zwischen seine Augen wie ein Blitz. Vor Schmerz sackten ihm die Beine weg und er brach auf dem Boden zusammen. Noch nie hatte sich die Welt so flüssig angefühlt, als existierte nichts Festes, keine Form, keine Substanz.

»Teresa?«, fragte er laut und verwirrt. »Teresa?«

Keine Antwort. Wie denn auch? Er war gaga. Er hatte Den Brand. Bald würde er zum Crank werden. Sein Leben war vorbei.

Hör mir zu. Wieder die Stimme, und die Worte galoppierten wie Pferde durch seinen Geist. *Wenn du mich hören kannst, schlag auf deine Tür. Ich werde es hören.*

Thomas zog sich auf die Knie hoch. Er hatte nichts mehr zu verlieren, also kroch er zur Tür, während die Welt um ihn herum schwankte und schlingerte. Es war verrückt: Die seltsame Stimme in seinem Kopf war eher wie eine *Präsenz* und er konnte es nicht erklären, aber es fühlte sich nach Teresa an.

Mit letzter Kraft schleppte er sich zur Tür, die turmhoch über ihm aufragte, als er sich davorkniete.

Thomas?, meldete sich die Stimme. *Thomas, bitte. Bitte sag mir, dass es funktioniert. Ich hab Monate gebraucht, um den Dreh rauszukriegen. Wenn du mich hörst, dann hämmere an deine Tür!*

Die letzten Worte brüllte sie, eine weitere Salve von Schlägen in seinem Schädel, so schmerzhaft wie von Eispickeln.

Thomas versuchte sich zu stabilisieren, hob die Hände, um sie auf die Tür zu legen, dann ballte er die Fäuste. Was er da machte, war vielleicht der letzte Nagel in seinem Brand-Sarg. Wenn er sich täuschte, war es die Bestätigung dafür, dass er wirklich übergeschnappt war.

Wieder die Stimme. Teresa.

Thomas? Thomas? Mach endlich!

Er riss beide Fäuste hoch und knallte sie an die Tür, hämmerte dagegen, als wäre sie das letzte Hindernis auf seinem Weg in die Freiheit. Mitgefangen, mitgehangen. Das hatte er in einem der Klassiker gelesen, die sie ihm gegeben hatten. Gute zehn Sekunden lang trommelte er mit beiden Fäusten auf die harte Oberfläche, bis ihm die Knöchel wehtaten und der Schmerz in seine Arme hochschoss.

Dann sackte er wieder auf den Boden, schwer atmend. Er hörte Rufe im Flur, Schritte. Da kam jemand, um nach ihm zu sehen. Aber vorher tauchte ein letzter Satz in seinem Geist auf.

Gut, ich hab's, sagte Teresa und irgendwie transportierte die Stimme ihren Triumph. *Ich zeig dir später, wie es geht.*

Die Tür schwang auf und Dr. Paige stand über ihm.

»Was in aller Welt ist in dich gefahren?«

12.05.225 | 19:44 Uhr

21

Der nächste Tag war die reine Folter für Thomas. Er konnte es kaum erwarten, Teresa in Fleisch und Blut zu sehen, und sei es auch nur für zehn Minuten. Oder fünf. Hauptsache, er konnte ihr in die Augen schauen und sie fragen: Warst du das? Er würde es ihr sofort ansehen und brauchte dringend die Bestätigung. Beim Frühstück, beim Check-up und auf dem Weg in seine Unterrichtsstunden – unablässig wälzte er dieselbe Frage in seinem Kopf:

Bin ich verrückt?

Er hatte sogar versucht mit Dr. Paige über seine Ängste zu sprechen, als sie ihn morgens abgeholt hatte.

»Woher wissen Sie überhaupt, dass ich immun bin?«, hatte er die Ärztin gefragt und sie dabei scharf gemustert.

»Das ist ganz einfach«, hatte sie unbeirrt erklärt, während sie neben ihm den Gang entlangging. »Es gibt spezifische Marker im Blut, in der DNA und der Rückenmarksflüssigkeit, die bei allen Immunen gleich sind. Die Marker fehlen bei den Nicht-Immunen. Wir mussten ziemlich lange forschen, um diesen Punkt zu klären, aber das steht inzwischen fest.«

Thomas dachte darüber nach. Es klang auf jeden Fall überzeugend.

»Außerdem«, fügte Dr. Paige hinzu, »haben wir durch dich und die anderen immunen Versuchspersonen, die wir gefunden haben, eine doppelte Bestätigung.«

»Wie meinen Sie das?«

»Nun, wir konnten anhand von Gehirnscans feststellen, dass der Virus sich in dir eingenistet hat, dass er sich gewissermaßen einen Rückzugsort in dir geschaffen hat, ohne deine Physis, deine geistigen Fähigkeiten und Körperfunktionen im Mindesten zu beeinträchtigen. Du trägst den Virus nun schon seit Jahren unverändert in dir. Falls es sich nicht um eine extreme Mutation des Virus handelt – und wir haben keinerlei Hinweis darauf gefunden –, können wir mit fast hundertprozentiger wissenschaftlicher und medizinischer Genauigkeit sagen, dass du immun bist.«

Thomas nickte. Er war ziemlich sicher, dass sie die Wahrheit sagte. »Und wenn sich morgen plötzlich Brand-Symptome bei mir zeigen würden, wären sie dann schockiert? Und wie sehr? Auf einer Skala von eins bis zehn?«

Dr. Paige warf ihm einen Blick zu. »Zehn, Thomas. Mehr, als wenn dir ein drittes Ohr wachsen würde. Aber warum fragst du das alles?«

Thomas blieb stehen und sah sie an. »Dr. Paige, bin ich wirklich immun? Können Sie das schwören – bei Ihrem Leben? Schwören Sie mir, dass das kein Test ist oder etwas in der Art? Ich weiß, wie wild ihr auf Tests seid. Und wer sagt mir, dass ich nicht wie Newt bin? *Nicht* immun?«

Dr. Paige schenkte ihm ein Lächeln und wie immer ging es ihm gleich besser. »Ich schwöre es, Thomas. Bei den Gräbern der vielen geliebten Menschen, die ich verloren habe. Ich schwöre, dass ich dich nicht belogen habe. Du bist immun, soweit wir das mit unseren wissenschaftlichen Methoden feststellen können. Und ich würde niemals zulassen, dass dein Leben in Gefahr gebracht wird, wodurch auch immer.«

Thomas sah ihr in die Augen. Er glaubte ihr und eine ungeahnte Wärme erfüllte ihn, als wäre ein winziges Stück des Schutzwalls, den er um sich errichtet hatte, gerade abgebröckelt.

»Warum willst du das alles wissen?«, fragte Dr. Paige erneut. »Was ist los?«

Fast hätte er ihr die Wahrheit gesagt. Dass er eine Stimme in seinem Kopf gehört hatte. Aber er bremste sich gerade noch.

»Träume«, sagte er. »Ich träume immer, dass ich verrückt werde. Und das Schlimmste ist, dass ich es noch nicht mal merke. Gibt es eigentlich Cranks, die sich darüber im Klaren sind, dass sie den Verstand verloren haben? Und woher wissen wir, dass wir keine Cranks sind?«

Dr. Paige nickte, als sei das eine völlig legitime Frage. »Das gehört wohl eher in deine Philosophiestunde, Thomas. Ab nächsten Monat, soviel ich weiß.«

Sie ging weiter, das Thema war abgehakt.

Thomas saß in seinem Zimmer und dachte über das Gespräch mit Dr. Paige an diesem Morgen nach. Seit er wach war, wartete er darauf, dass Teresa wieder mit ihm redete, obwohl er sich zugleich davor fürchtete. Vielleicht ein weiteres Anzeichen, dass er durch die Infektion den Verstand verloren hatte?

Aber je mehr er darüber nachdachte, desto mehr tendierte er dazu, Dr. Paige zu glauben. Entweder hatte sie die Wahrheit gesagt oder sie war eine fantastische Schauspielerin. Aber Thomas war zu müde, um sich noch länger den Kopf darüber zu zerbrechen. Er schaltete das Licht aus, in der Hoffnung, dass der Schlaf ihn wider Erwarten überwältigen würde.

Kaum eine Stunde später, als er schon halb eingedöst war, meldete sich Teresa.

Thomas, bist du da?

Er war nicht geschockt wie beim ersten Mal, vielleicht weil er darauf gewartet hatte. Und das Summen war auch ausgeblieben.

Seine Schläfrigkeit war wie weggeblasen. Thomas setzte sich auf, verließ das Bett und ging zu seinem Schreibtisch.

»Ich bin da«, sagte er laut, obwohl er sich total bescheuert dabei vorkam. Er hatte keinen blassen Schimmer, wie er ihr im Geist antworten sollte.

Ich spüre, dass du mir zu antworten versuchst. Es sind die Implantate in unseren Köpfen – ich hab die ganze Zeit drüber nachge-

dacht, was sich dadurch verändert hat, und als ich es geschafft hatte, zu dir durchzudringen, hab ich es begriffen.

Thomas saß da und nickte mit dem Kopf wie ein Wackeldackel. Seltsamerweise fühlte es sich bereits ganz normal an, dass Teresa telepathisch mit ihm kommunizierte.

Konzentrier dich, fuhr sie fort. *Du musst deinen Geist ausloten und das Fremdobjekt darin aufspüren, dann fokussierst du dich darauf, bohrst dich durch. Ich weiß, du wirst das nicht verstehen, bevor du es versucht hast.*

Ihre Worte sprudelten jetzt wie eine Quelle und es war zwar nicht mehr quälend, aber immer noch unheimlich.

»Okay«, sagte Thomas, obwohl sie ihn nicht hören konnte.

Versuch es heute Nacht vor dem Einschlafen, sagte Teresa. *Ich nehme ab jetzt jeden Abend Kontakt zu dir auf, bis ich dich höre. Gib nicht auf!*

Thomas spürte den Nachdruck, den sie auf die letzten drei Worte legte. Die Dringlichkeit.

»Okay«, sagte er wieder. Dann legte er sich ins Bett zurück, denn er wusste, dass er in dieser Nacht nichts mehr von ihr hören würde. Er begann mit seinem eigenen Geist zu experimentieren.

Die folgenden Tage und Nächte arbeitete er daran und stieß dabei häufig an seine Grenzen. Es war unglaublich quälend, das Schlimmste, was er bis jetzt durchgemacht hatte. Ihm standen nur geistige Werkzeuge zur Verfügung, nichts Materielles. Schade, dass er kein Skalpell nehmen und seinen Schädel damit öffnen konnte, dann hätte er nur lange genug herumstochern müssen, um auf etwas zu stoßen, einen altmodischen Lichtschalter zum Beispiel, den man einfach anknipsen konnte. Stattdessen musste er die Augen schließen und mit Fingern herumtasten, die nur in seiner Fantasie existierten.

Irgendwann wurde es besser und er konnte seine Gedanken und Gefühle als etwas betrachten, das sich auf geistiger Ebene manipulieren ließ. Und von da an machte er Fortschritte. Er leerte seinen Kopf und konzentrierte sich auf nichts, bis es plötzlich klar wurde: Da war etwas, das nicht zu ihm gehörte. Er drang weiter vor, stemmte sich dagegen und dachte immer nur das eine Wort, das er senden wollte: Teresa.

Eines Nachts hörte, nein, spürte er, wie Teresa seine Botschaft empfing. Sie zuckte offenbar, als hätte er sie mit einem Viehtreiber angestupst.

Thomas johlte vor Freude in seinem Bett: Er hatte es fast geschafft, das wusste er. Hoffentlich hatte er ihr nicht allzu sehr wehgetan.

Mach weiter, sagte Teresa in seinem Kopf. *Du bist fast durch. Und pass auf, dass du mir beim nächsten Mal nicht die Augäpfel verschmorst.*

Thomas hatte keine Ahnung, was das heißen sollte, aber er lächelte trotzdem.

Und versuchte es weiter.

09.03.226 | 20:12 Uhr

22

Ich kann nicht schlafen, sagte Thomas in Teresas Kopf. Fast ein Jahr war vergangen, seit er gelernt hatte die implantierte Telepathie voll zu beherrschen.

Ist ja auch erst kurz nach acht, antwortete Teresa. *Und du bist doch kein Tattergreis, soviel ich weiß, oder?*

Hey, ich brauch meinen Schönheitsschlaf. Meinst du, es ist einfach, so ein Prachtexemplar von einem Gesicht in Schuss zu halten?

Teresa schnaubte, was sich ähnlich wie das Summen anfühlte, das er bei ihren ersten Kommunikationsversuchen wahrgenommen hatte. *Ja, klar, mir werden jedes Mal die Knie weich, wenn ich dich sehe.*

Also nie.

Genau.

Eine lange Pause entstand, aber das Tolle an dieser Form der Telepathie war, dass sie spürten und wussten, was immer dem anderen gerade durch den Kopf ging, auch wenn sie nicht kommunizierten. Nach monatelanger Übung kam es Thomas fast so vor, als wäre Teresa im selben Raum mit ihm. Es war jeden Abend sein Highlight und er freute sich den ganzen Tag darauf, auch wenn er meistens zu beschäftigt war, um viel daran zu denken.

Was macht der Plan?, sagte er schließlich, weil er wusste, dass er sie damit auf die Palme bringen konnte. Er fragte sie jeden Abend dasselbe, um sie ein bisschen zu ärgern. Aber diesmal kam nicht die übliche gereizte Antwort.

Ich glaube, ich hab's raus, sagte sie.

Thomas setzte sich auf. *Wirklich?*

Nein, nicht wirklich. Na los, hol dir deinen Schönheitsschlaf, Süßer.

Thomas verdrehte die Augen und er spürte, dass Teresa seine Reaktion empfangen hatte.

Obwohl ihre Zimmertüren unverschlossen blieben, wusste Thomas, dass sie überwacht wurden, eine Spätfolge ihres Trips in die Außenwelt. Sie hatten danach ein paarmal versucht zu ihren Freunden zu schleichen, aber sobald sie ihre Zimmer verließen, tauchte ein Wächter auf und sagte ihnen freundlich, aber bestimmt: »Geht bitte zurück. Es ist zu eurem Besten.« Immer war alles zu ihrem Besten.

ANGST beschäftigte zwar keinen Sternekoch, aber trotzdem gehörte das Essen zu den wenigen Dingen in Thomas' Leben, auf die er sich freute. Zumindest stimmte die Quantität, auch wenn die Qualität manchmal zu wünschen übrig ließ, was Thomas nur recht sein konnte. Er war voll im Wachstum und fast immer hungrig.

Aber vielleicht würde es außer den Mahlzeiten bald noch mehr geben, worauf er sich freuen konnte.

Teresa hatte sich in letzter Zeit immer mehr auf Computer und Informationssysteme spezialisiert – sie hatten inzwischen unterschiedliche Stundenpläne – und ihr war irgendwie zu Ohren gekommen, dass der materielle Bau der beiden Labyrinthe nahezu abgeschlossen war. Demnächst würde ANGST ihre Hilfe in Anspruch nehmen, beim Programmieren des falschen Himmels zum Beispiel, oder beim Testen der Trompe-l'Œuil-Technik. Aris und Rachel, die sie immer noch nicht kennengelernt hatten, würden ebenfalls an dem Projekt mitwirken.

Teresa hatte ein Talent für systemanalytische Lösungsansätze, so dass sie hauptsächlich darin ausgebildet wurde. Und sie war viel besser auf diesem Gebiet, als die ANGST-Leute ahnten.

Viel, viel besser.

Wir schaffen das, verkündete sie eines Morgens und riss Thomas aus dem tiefsten Schlaf.

Benommen rieb er sich die Augen und zerbrach sich gar nicht erst den Kopf, was sie damit sagen wollte. Er würde es noch früh genug erfahren. Wie immer.

Ich kenne das Kamera-Überwachungssystem in- und auswen-

dig. Hab alle Aufnahmen rausgesucht, die wir für die Nacht in eine Schleife legen müssen, dann hab ich es zurückverfolgt und alle meine Spuren gelöscht. Ist alles fertig.

Jetzt war Thomas hellwach. Er lachte beinahe laut auf vor Begeisterung, aber gleichzeitig hatte er eine Höllenangst. Ihre Strafe, als sie das letzte Mal außerhalb des Zimmers erwischt worden waren – die Crank-Grube –, verfolgte ihn immer noch. Trotzdem, die Sehnsucht nach seinen Freunden war so groß, dass er dafür alles in Kauf genommen hätte.

Bist du sicher, dass sie uns nicht erwischen?, fragte er.

Todsicher. Ich weiß, wo die Wachen stationiert sind. Und alle anderen schlafen. Das Licht ist nachts so weit runtergedimmt, dass man die Schleifen praktisch nicht erkennen kann. Wird schon alles gut gehen.

Hundertprozentig?

Neunundneunzig.

Das reicht.

Dann ziehen wir heute Nacht los.

In zwanzig Sekunden öffnest du deine Tür, okay?, sagte sie um Mitternacht in seinem Kopf. *Ich will so schnell wie möglich in deinem Zimmer sein.*

Thomas machte, was sie sagte, und in weniger als einer halben Minute war sie in seinem Zimmer. Zum ersten Mal kam kein ANGST-Angestellter durch seine Tür, sondern eine Freundin. Ehe er wusste, wie ihm geschah, schlang er seine Arme um Teresa und hielt sie ganz fest, als hätte er Angst, dass sie wieder verschwinden würde, wenn er sie losließ. Teresa umarmte ihn genauso stürmisch.

Mann, bin ich froh, dass du da bist!, sagte er, immer noch in ihrem Kopf, weil er so daran gewöhnt war.

Statt einer Antwort drückte Teresa ihn noch fester an sich.

Endlich – leider – ließ sie ihn los. Thomas ließ sich auf sein Bett plumpsen, Teresa setzte sich an seinen Schreibtisch.

»Lass uns noch ein paar Minuten warten, damit wir sicher sein können, dass die erste Schleife angesprungen ist«, sagte Teresa und lächelte erwartungsvoll. Er hatte sie noch nie so entschlossen gesehen.

»Was machen wir, wenn sie uns erwischen?«, fragte Thomas. Er genoss es, endlich wieder normal mit ihr reden zu können. »Das würde uns doch total zurückwerfen. Ich meine, wir arbeiten bald intensiver an den Labyrinthen mit und so. Sollen wir das wirklich aufs Spiel setzen? Was ist, wenn sie uns den Job wegnehmen?«

Aber er redete gegen eine Wand – Teresa verdrehte nur die Augen. Der Erkundungstrip war gebongt und damit basta.

Ein paar Minuten saßen sie schweigend da, dann sagte Teresa in seinem Kopf:

Also, gehen wir. Und wir verständigen uns im Kopf, okay? Nur für alle Fälle. Das Video wird super funktionieren, aber wer weiß, wer uns hört, wenn wir laut reden. Wir sprechen nur, wenn wir auf die anderen stoßen, und dann auch nur flüsternd. Okay?

Ja, gut, antwortete er.

Sie öffneten seine Zimmertür, spähten in beide Richtungen und schlichen hinaus.

Ich hab alles perfekt getimt, sagte Teresa. *Wenn ich sage, dass wir zum nächsten Bereich weitergehen, keine Diskussionen, okay? Sonst werden wir noch geschnappt, wenn die Schleifen auslaufen.*

Thomas nickte, dann rannten sie, bis ihre Kehlen brannten.

Sie bogen um ein paar Ecken, fuhren mit dem Lift, dann neue Abzweigungen – dabei immer wieder anhalten und sichergehen, dass ihnen niemand hinterherkam.

Im Sektor der Gruppe B machten sie den ersten Halt. Sie wollten Aris und Rachel dort treffen, die zum Glück Schilder an den Türen hatten. Aber als Teresa an Aris' Tür klopfte, kam keine Antwort. Auch bei Rachel klopften sie vergeblich.

Teresa überlegte. *Die beiden haben entweder einen festen Schlaf oder sie sind extrem ANGST-hörig. Oder sie sind ausgebüxt, so wie wir.*

Thomas nickte. *Ja, wahrscheinlich. Sollen wir dann überhaupt zu Newt und den anderen gehen?*

Teresa nickte und Thomas übernahm die Führung.

Sie schlichen durch die Gänge, treppauf, treppab, heilfroh über das heruntergedimmte Licht. Teresa teilte Thomas das Muster mit, das sie anhand der Aufnahmeschleifen entworfen hatte, um die beste Route zu finden, sowie die Punkte, an denen sie anhalten und warten mussten. Endlich nahmen sie die letzte Biegung vor dem Sektor der Gruppe A und blieben wie angewurzelt stehen. Thomas hielt die Luft an. Im Gang kauerte ein kleiner Junge, vielleicht sieben oder acht Jahre alt und ein bisschen pummelig. Er lehnte mit dem Rücken an der Wand, die Arme um seine Knie geschlungen, dicke Tränen strömten ihm übers Gesicht. Als er Thomas und Teresa sah, wurde er weiß wie ein Gespenst und sprang auf die Füße.

»T-t-tut m-mir l-leid«, stotterte er. »B-bitte verp-petzt mich nicht!«

Thomas ging langsam zu ihm und legte ihm beruhigend

eine Hand auf die Schulter. »Ist gut, Mann, wir sind auch ausgebüxt. Wegen uns musst du keine Angst haben.«

»Wie heißt du?«, fragte Teresa. Ihr ganzer Plan war gefährdet, aber der Junge war noch so klein, so unschuldig, so voller Angst.

Wieder brach der Junge in Tränen aus, dann schluchzte er: »Die wollen, dass ich mich Charles nenne.«

Thomas schüttelte den Kopf. »Das ist so was von lahm. Wir nennen dich Chuck, okay?«

17.05.226 | 02:42 Uhr

23

»Wohnst du in der Schlafbaracke?«, fragte Thomas den Jungen.

»Schlafbaracke? Nein. Ich hab ein eigenes Zimmer. Jedenfalls vorläufig.«

Teresa sah Thomas an, und er wusste, was sie dachte, auch ohne Telepathie. Warum hatte der Junge ein eigenes Zimmer?

»Ist das hier in der Nähe?«, fragte Teresa. »Vielleicht können wir da reingehen und ein bisschen reden.« Sie schaute wieder zu Thomas. »Wir könnten noch ein paar andere Freunde mitbringen. Würde dir das vielleicht helfen?«

Chuck nickte erleichtert. Er hatte wohl gedacht, dass er nie wieder Freunde finden würde. Bereitwillig drehte er sich um und führte sie zu seinem Zimmer. Thomas setzte sich auf den Schreibtischstuhl und Teresa ging zu Newt, Alby und Minho. Die Aufnahmeschleifen ließen ihnen noch ein paar Stunden Zeit, bis sie in ihre Zimmer zurückmussten.

Chuck warf sich auf sein Bett. Thomas zog den Schreibtischstuhl zu ihm hin und setzte sich.

»Wie lange bist du schon hier?«, fragte er.

»Ein paar Wochen. Ich weiß nicht, ob meine Eltern Bescheid wissen. Ich weiß ja nicht mal, ob sie Den Brand haben!«

Er fing wieder an zu schluchzen und Thomas wusste nicht, was er tun sollte.

»Ist ja gut«, sagte er, um den Jungen zu trösten – ein kläglicher Versuch. »Teresa und ich sind schon seit Jahren hier. Man gewöhnt sich dran. Das mit dem neuen Namen ist echt hart, ich weiß, aber danach wird es besser. Jedenfalls solange man im Großen und Ganzen macht, was sie wollen.«

Das schien Chuck nicht zu beruhigen. Wieder kullerten Tränen über sein Gesicht.

»Was machen die mit mir?«, fragte er schniefend. »Bis jetzt haben sie mich ungefähr eine Million Mal mit einer Nadel gepikst.«

»Na ja, okay, das wird noch ewig so weitergehen. Aber auch daran gewöhnt man sich.« Chuck konnte froh sein, dass er noch nichts von den Implantaten wusste. »Meistens ist es wie in der Schule. Du gehst in den Unterricht, lernst jede Menge Zeugs. Und das macht Spaß, echt. Außerdem findest du neue Freunde.« Wieder fragte sich Thomas, warum sie den Kleinen in einem Einzelzimmer untergebracht hatten und nicht in den Schlafkojen bei den anderen Jungs der Gruppe A.

Chuck setzte sich auf die Bettkante. Offenbar hatten ihn Thomas' Schilderungen neugierig gemacht. Jetzt bombardierte er Thomas mit Fragen.

»Weißt du, warum wir immun sind? Hatten deine Eltern Den Brand? Hast du gesehen, wie sie verrückt geworden sind? Hast du noch Geschwister?« Immer mehr Fragen sprudelte Chuck hervor, ohne Thomas Zeit zu lassen, auch nur eine einzige davon zu beantworten. Zum Glück ging die Tür auf und Thomas wurde erlöst. Alby kam hereinspaziert, hinter ihm Minho, dann Newt und schließlich Teresa.

»Hey, was geht, Tommy?«, rief Newt. Er strahlte vor Freude über das unerwartete Wiedersehen. Thomas wusste nicht mehr genau, wie lange es her war, seit sie sich zum letzten Mal im Wartungsraum versammelt hatten. »Du siehst verdammt gut aus für drei Uhr morgens.«

»Und wer ist der Neue da?«, fragte Minho.

Alby war etwas taktvoller. Er ging zu Chuck, gab ihm die Hand. »Ich bin Alby. Und du?«

»Chuck. Bin gerade erst gekommen.«

Alby nickte. »Cool, Mann. Du kommst wahrscheinlich bald zu uns in die Schlafbaracke. Das wird lustig, glaub mir. Bei uns gibt's jede Menge Spaß und Spiele.«

Das war die netteste Lüge, die Thomas je gehört hatte.

Die nächsten Stunden vergingen mit Reden, Blödeln, Lachen und Zukunftsträumen, von denen niemand glaubte, dass sie jemals in Erfüllung gehen würden. Aber es war ein gutes Gefühl, einfach abzuhängen und eine Weile so zu tun, als hätten sie tatsächlich eine Zukunft, in der sie machen konnten, was immer sie wollten.

Für Thomas war es die schönste Nacht, seit er von seinen Freunden getrennt worden war, er war mit sich und der Welt im Reinen. Sie redeten und redeten, oft alle auf einmal, und vieles musste wiederholt werden, weil es im allgemeinen Gelächter unterging. Chuck weinte und jammerte nicht mehr, sondern strahlte wie ein Kind auf seiner Geburtstagsparty. Thomas freute sich darüber.

Diese Einrichtung hier – ANGST –, es hätte alles noch tausendmal schlimmer kommen können. Zumindest hatte er nicht mit ansehen müssen, wie seine Mom vom Brand zerstört wurde, ganz zu schweigen von den grauenhaften Zuständen in der Außenwelt. ANGST hatte ihn vor einem bestialischen Tod durch die Cranks bewahrt, ihm war also viel erspart geblieben. Er führte hier ein behütetes Leben.

Und was war der Preis dafür? Langeweile? Ein paar Tests? Dass er sich mit einer Gruppe Erwachsener herumschlagen musste, die nicht immer wussten, wie man mit Kindern umgeht? Na und? Jetzt war er mit seinen Freunden zusammen und lachte und redete, alles war gut. Und hey, ein Heilmittel gegen Den Brand – was war falsch daran?

»Tommy?«, fragte Newt und riss ihn aus seinen Gedanken. »Ich kann buchstäblich sehen, wie deine Rädchen da oben rattern.« Er tippte ihm an die Schläfe. »'n Königreich für deine Gedanken.«

Thomas zuckte die Schultern. »Ich weiß nicht. Wir denken immer … also *ich* denke immer, wie schrecklich es ist, dass ANGST uns von unseren Familien getrennt hat.«

»Ja«, sagte Alby mit einem schiefen Grinsen. Er fragte sich offensichtlich, worauf Thomas hinauswollte.

»Aber ich bin mir nicht mehr so sicher, ob das stimmt.«

Chuck horchte auf. »Dann ist ANGST also nicht schlecht?«

Die Stimme des kleinen Jungen klang so hoffnungsvoll, dass es Thomas die Kehle zuschnürte.

Er sah die anderen an, dann sagte er zu Chuck: »Einmal hat ein Mann uns eine Botschaft übermittelt, die wir nie vergessen werden: ›ANGST ist gut‹. Vielleicht hat unser Leben mehr Sinn, als wir die ganze Zeit gedacht haben. Wir dürfen nicht vergessen, dass man immer das große Ganze im Auge behalten muss.«

Wow, was für tiefgründige Gedanken, sagte Teresa in seinem Kopf. *Du siehst richtig süß aus, wenn du philosophierst.*

Hey! Nicht vor den anderen! Thomas versuchte sie telepathisch anzubrüllen und registrierte mit einem Anflug von Stolz, dass sie zusammenzuckte.

»Thomas, Mann«, sagte Alby, »jetzt driftest du schon wieder weg. Starrst in die Luft wie ein Idiot.«

Thomas ging zu viel im Kopf herum, als dass er alles in Worte fassen konnte. »Ich meine ja nur, dass wir die Dinge relativieren müssen. Wir sind hier in Sicherheit, haben genug zu essen und sind vor den Cranks geschützt.«

»So wie du redest, könnte man meinen, wir sind in einem verdammten Feriencamp«, brummte Newt.

»Es könnte tatsächlich viel schlimmer sein«, entgegnete Thomas. »Ganz zu schweigen von der Tatsache, dass wir versuchen die Menschheit zu retten, falls ihr diese Kleinigkeit vergessen habt.«

»Also dich, Newt«, fügte Alby hinzu. »Ich will nicht erleben, wie du eines Tages zum Crank wirst.«

Das brachte Newt sofort zum Schweigen. Selbst Teresa sah traurig aus. Thomas hatte allen die Laune verdorben, obwohl er doch versucht hatte das Positive an ihrer elenden Lage zu sehen.

Er schaute zu Minho, der seit geraumer Zeit nichts mehr gesagt hatte. Finster saß er mit dem Rücken zur Wand und starrte auf den Boden. Als er Thomas' Blick auffing, stand er auf.

»Ihr könnt euch so viele Illusionen über ANGST machen, wie ihr wollt«, sagte er. »Dass es alles für einen guten Zweck ist, dass wir anständig behandelt werden. Aber ich kaufe euch das nicht ab. Anscheinend bin ich der Einzige hier, der noch vorhat …« Minho verstummte mitten im Satz und schüttelte den Kopf. »Ich geh jetzt in mein Zimmer. Man sieht sich.«

Wie der Blitz war Minho an der Tür und riss sie auf, bevor die anderen sich fassen konnten.

Alby fand als Erster die Sprache wieder. »Wovon redest du?«, fragte er schnell, um Minho aufzuhalten.

Minho kehrte ihnen den Rücken zu. »Wir haben immer von unserer Flucht geredet, bevor Thomas und Teresa aufgetaucht sind«, sagte er, ohne sich umzudrehen. »Und was mich betrifft, ich hab das nie aus dem Blick verloren. Wir sollten freiwillig hier sein und nicht, weil wir dazu gezwungen werden. Für mich ist es nicht okay, dass sie uns wie Gefangene behandeln. Ich hoffe, ihr kommt mit. Wenn ich so weit bin.«

Dann ging er und schloss die Tür hinter sich.

12.11.226 | 11:21 Uhr

24

Mehr hatte Thomas im letzten halben Jahr von Minhos Fluchtplänen nicht gehört. Sein Leben war in dieser Zeit voller Spaß und Spannung gewesen. Einmal in der Woche manipulierte Teresa die Aufnahmeschleifen der Videokameras und sie versammelten sich in einem ihrer Zimmer oder öfter noch im alten Wartungsraum, der tief unter dem gesamten ANGST-Komplex lag.

Es war immer dieselbe Gruppe: Alby, Minho, Newt, Thomas, Teresa. Und manchmal auch der kleine Chuck, den alle ins Herz geschlossen hatten. Er war drollig, unschuldig und gutmütig und er nahm ihre Witze todernst. Er war der kleine

Bruder, den sie verloren oder in Thomas' Fall nie gehabt hatten.

Manchmal schmuggelten sie Essen in den Keller und setzten sich zu einem Mitternachtsimbiss zusammen. Mit der Zeit vergaßen sie fast, dass sie jemals Angst gehabt hatten. Angst, dass plötzlich Randall oder Ramírez hereinspazierten. Oder dass sie wieder in die Crank-Grube geschickt wurden. Und dann würde es vielleicht keine Gitter geben, die sie schützten.

Die Angst war vergessen. Sie fühlten sich sicher. Es war die schönste Zeit ihres Lebens.

Okay, sagte Teresa in Thomas' Kopf. *Lass mich wissen, wenn du einen roten Punkt genau in der Mitte der Decke aufblitzen siehst.*

Roger, antwortete er.

Kannst du bitte mit diesem Quatsch aufhören?

Thomas unterdrückte ein Lachen. Über ihm ragten himmelhohe Steinmauern auf, die ein Bautrupp mit Schwermaschinen um das gigantische Stahl- und Fiberglasgerüst errichtet hatte. Mindestens die Hälfte des Labyrinths war fertig, ein atemberaubender Anblick. Während Thomas auf Teresas Signal wartete, stellte er sich vor, wie dieser Ort erst aussehen würde, wenn er fertig war, besonders mit der ganzen Illusionstechnik, mit der sie das Gebäude ausstatten wollten. Diese Technik würde mit starken Suggestionen arbeiten, die von den Gehirnimplantaten der Probanden geliefert wurden. Alles würde dreimal so groß und breit und lang wirken. Dabei war es auch so schon gigantisch.

Obwohl Thomas und Teresa bei der Umsetzung des Projekts mitwirkten, erhielten sie nur wenig Informationen von ihren ANGST-Aufsehern, wie die Dinge genau funktionieren sollten, wenn das Labyrinth in Betrieb genommen wurde. Thomas hörte nur ständig den Ausdruck »Variablen« und er wusste, dass die Psychologen jahrelang an diesen Todeszonen-Experimenten gearbeitet hatten.

Er wusste auch, dass es Grausamkeiten geben würde. Sie waren schließlich nicht dumm und nutzten jede Gelegenheit, um mehr über das Projekt herauszufinden. Einmal waren sie auf eine Liste von vorläufigen Variablen gestoßen, die ein paar beunruhigende Begriffe enthielt, zum Beispiel »erzwungener Schmerz« oder »Attacke« oder »Aufhebung von Annehmlichkeiten«. Das Ganze war mit jeder Menge Wissenschaftsjargon vermischt, der ihnen zum großen Teil unverständlich blieb.

Aber das Projekt machte definitiv Fortschritte, wenn auch mit einiger Verzögerung. Eines Tages, nach ein paar Jahren weiterer intensiver Forschung, würde ANGST eine Heilung finden. Dann konnte Thomas stolz darauf sein, dass er seinen Teil dazu beigetragen hatte. Zumindest versuchte er sich das einzureden. Es war einfach und gab ihm ein gutes Gefühl.

Hast du ihn wirklich noch nicht gesehen?, fragte Teresa. Er zuckte zusammen, weil sie ihm mit ihren Worten einen unsanften Rippenstoß geschickt hatte.

Oh! Tut mir leid. Er war ganz in Gedanken versunken gewesen, wie so oft in letzter Zeit. *Ja, ja, ja, da ist ein leuchtend roter Punkt, praktisch direkt über mir.*

Nur praktisch? Oder ist er genau an der richtigen Stelle?

Ähm, also, ehrlich gesagt, nicht ganz – ungefähr drei Meter wei-

ter weg. Und, ähm, da sind noch andere, vielleicht ein Dutzend, und die sind ziemlich verschwommen. Tut mir leid.

Es durfte nur einer sein. Ein einziger roter Punkt, direkt in der Mitte.

Tom, wir müssen das auf die Reihe kriegen, bevor wir uns an das nächstes Projekt machen. Und das hier hängt mir langsam zum Hals raus.

Wem sagst du das? Ich krieg schon Genickstarre vom vielen Hochschauen.

Teresa ging nicht auf seinen lahmen Witz ein. Sie wusste, dass sie ihn damit am meisten ärgern konnte.

Ich versuch's noch mal, sagte sie.

Das ging jetzt schon mindestens zwei Wochen so und sie hatten jede Menge Fehlschläge eingesteckt. Ms McVoy hatte sie für das Sky Project eingeteilt und ihr Job bestand im Programmieren und Finetuning der Systeme, damit die Decke für den Betrachter unten wie ein echter Himmel aussah. Blauer Himmel, Nachthimmel, Sterne, der Lauf der Sonne, alles. Thomas konnte es kaum erwarten, das Ergebnis in all seiner Pracht zu bewundern.

Aber zuerst mussten sie das hier ausbalancieren. ANGST hatte garantiert gewusst, dass sie sich bereits telepathisch verständigten, bevor sie offiziell »informiert« wurden und man ihnen »zeigte«, wie sie damit umgehen mussten. Gesagt hatte niemand etwas. Die Einrichtung konnte ja letztlich nur davon profitieren, dass sie die Technik von allein gemeistert und perfektioniert hatten. Schließlich waren sie dank ihrer Direkt-Kommunikation die perfekten Kandidaten für solche Projekte, von denen es jede Menge zu geben schien.

Teresa projizierte rote Punkte aus tausend verschiedenen Quellen auf die gigantische Oberfläche der Labyrinthhöhle, und solange Thomas sie nicht an einer bestimmten Stelle als einen einzigen Punkt wahrnahm, konnten die Techniker nicht an ihrer Projektions-Software weiterarbeiten.

Eine halbe Stunde später versuchte Teresa es erneut. Diesmal waren nur sechs rote Punkte da und der größte war höchstens ein, zwei Meter von der Mitte entfernt. Jetzt kamen sie der Sache schon näher.

Lass uns das morgen abschließen, sagte Thomas nach diesem letzten Versuch. *Ich muss noch ein Nickerchen vor unserem Treffen mit den Jungs machen.*

Okay.

Nur ein Wort, nicht laut gesprochen, aber er spürte trotzdem ihre Erschöpfung.

Gegen ein Uhr morgens versammelten sie sich im Wartungsraum. Thomas hatte vier oder fünf Stunden fest geschlafen, war aber noch ganz benommen, als Minho irgendein grauenvolles Gebräu herumgehen ließ, das ihm wie Feuer in der Kehle brannte. Alby hatte eine Riesentüte Kartoffelchips dabei; niemand wusste, wo er sie geklaut hatte, und niemand fragte danach. Die salzig-knusprigen Chips schmeckten mitten in der Nacht noch viel besser als sonst und Chuck verputzte wesentlich mehr, als ihm zustand.

»Heute Abend kommt ein Neuer«, sagte Minho, als sie kaum zehn Minuten zusammengesessen hatten.

Thomas' Hand mit dem leckeren Chip erstarrte auf halbem Weg zu seinem Mund. Teresa beugte sich vor, Newt zog die

Augenbrauen hoch. Alby sagte nur: »Wie bitte?« Lediglich Chuck ließ sich nicht beirren. Er mampfte weiter, als hinge die Heilung für Den Brand davon ab.

Minho stand auf, als er ihre überraschten Gesichter sah, und schwenkte einen Arm herum, als wollte er sagen: Regt euch ab, Leute, wo ist das Problem?

»Keine Angst, er ist ein guter Typ.« Minho verstummte, aber seine Augen verrieten, dass er noch mehr auf dem Herzen hatte.

»Ein guter Typ?«, wiederholte Teresa. »Und das reicht dir als Kriterium, um einen Neuen einzuweihen?«

Minhos großspuriges Gehabe war auf einmal wie weggeblasen. »Er heißt Gally. Und er ist … ähm … Ihr erinnert euch doch an den Plan, von dem ich euch erzählt habe. Der Fluchtplan?«

Thomas sank der Mut, als er das hörte. Er hatte angenommen, nein, gehofft, dass diese Schnapsidee längst und für alle Zeiten vom Tisch war.

»Ja, klar erinnern wir uns«, sagte Alby. »Und wir erinnern uns auch an die Crank-Gruben und daran, dass wir hier ein Bett und genug zu essen haben und Wände, die uns vor der Irrenanstalt namens Welt schützen. Also was ist?«

»Gally will mir helfen«, antwortete Minho und blickte sich verlegen im Raum um. »Er müsste jede Sekunde kommen.«

Wie aufs Stichwort klopfte es an die Tür, noch bevor Minho den Mund zumachen konnte.

13.11.226 | 01:34 Uhr

25

Der Junge kam zur Tür herein und Thomas hatte sofort Mitleid mit ihm. Nichts an diesem Gally war irgendwie besonders – schwarzes Haar, groß und dünn, blasse Haut. Er hatte schlechte Zähne, aber das war nicht ungewöhnlich. Thomas war ebenfalls nie beim Zahnarzt gewesen, seit er hier lebte.

Und trotzdem war Gally irgendwie … jämmerlich. Vielleicht lag es an seinem Blick. Wenn man ihm in die Augen schaute, sah man sofort, dass etwas in ihm seit langem zerbrochen war.

»Also Leute, das ist Gally«, stellte Minho ihn vor. »Gally,

das sind meine Freunde. Ein paar von euch kennen dich oder haben dich zumindest schon gesehen. Ich bin sicher, dass wir alle super miteinander auskommen werden.«

»Gut, das«, sagte Newt.

Gally nickte jedem von ihnen freundlich zu und auch sein Lächeln wirkte aufrichtig. Thomas und die anderen lächelten höflich zurück.

Nach langem, verlegenem Schweigen stellte Alby die Frage, die auch Thomas beschäftigte.

»Und wie soll Gally dir bei deinem idiotischen Fluchtplan helfen?«

»Das soll er euch selber erklären«, sagte Minho und klopfte dem Neuen auf den Rücken.

Gally räusperte sich. »Ich arbeite mit ein paar anderen im Gelände draußen. Hauptsächlich Landschaftspflege und so. Holz schlagen, Schnee schaufeln, Sträucher pflanzen. Aber ich mache auch Elektrikerarbeiten, Wartung und so. Wir arbeiten zu dritt unter einem Typ namens Chase.«

»Und was soll das nützen?«, drängte Alby, der keinen Hehl daraus machte, was er von Minhos Fluchtplan hielt. »Willst du Minho im Schubkarren durch den Wald rollen?«

Newt kicherte, fing sich aber gleich wieder. »'tschuldigung«, murmelte er.

Gally lachte mit, statt beleidigt zu sein. »Wenn hier jemand im Schubkarren rumkutschiert wird, dann ich. Minho schuldet mir was.«

»Warum?«, fragte Teresa.

Minho antwortete an Gallys Stelle: »Weil es nur so läuft, und nicht anders.«

Alle starrten Gally an und warteten auf eine Erklärung. Außer Chuck, der auf dem Boden eingeschlafen war, den schmutzigen Haarschopf auf seinem Kopfkissen.

»Chase ist nicht gerade der Hellste bei ANGST, wenn ihr versteht, was ich meine.« Gally redete mit gesenktem Blick. Thomas wusste nicht, was er von ihm halten sollte. »Ich stelle seit Wochen überall so kleine Dinger auf, mit denen man das Sicherheitssystem von ANGST überlisten kann. Das ist kein Hexenwerk, weil ANGST sich im Grund genommen darauf verlässt, dass uns die Cranks oder die schlimmen Zustände draußen in der Welt von einem Fluchtversuch abhalten. Es ist viel schwieriger, in das Hauptquartier hinein- als herauszukommen.«

»Und was willst du mit deiner Freiheit anfangen, wenn du erst in der grenzenlosen Wildnis von Alaska gelandet bist?«, fragte Teresa. »Einen Wagen mieten und irgendwo in Juneau ein schönes Apartment suchen?«

»Ihr könnt euch euren Sarkasmus sonst wohin stecken, Mann«, schnaubte Gally. »Haltet ihr mich für blöd, oder was? Nur weil ich mich nachts nicht rausschleiche und bescheuerte Partys mit den Besen und Schrubbern hier feiere?«

»Reg dich ab, Gally«, sagte Minho beschwichtigend.

Aber Gally riss die Arme hoch. »Die sollen erst mal alle erwachsen werden, verdammte Kacke!«

»Hey!«, brüllte Alby. »Spiel dich gefälligst nicht so auf. Wir haben dich nicht eingeladen.«

»Okay, gut, ich bin draußen«, knurrte Gally und stolzierte zum Ausgang. Minho versperrte ihm den Weg und legte ihm eine Hand auf die Brust. Gally blieb stehen.

Minho blickte sich um. »Na kommt, Leute. Gebt ihm doch wenigstens 'ne Chance. Was glaubt ihr, warum ich monatelang abgewartet habe, um es durchzuziehen? Weil ich geduldig bin und nicht dumm. Gally hat sich was ausgedacht, um mit einem Cousin in Kanada Kontakt aufzunehmen – der wohnt dort irgendwo an der Grenze. Gally verwendet Chase' Transponder-Codes. Auf uns wartet dann jemand ein paar Meilen im Wald drin – die sitzen schon in den Startlöchern.«

Thomas traute seinen Ohren nicht. Minho meinte es tatsächlich ernst. Er wollte abhauen, obwohl sie hier ein privilegiertes Leben führten, verglichen mit den Zuständen draußen.

»Warum?«, fragte Thomas und alle horchten auf. »Sag uns doch einfach, warum, Minho. Wir wissen, dass du nicht dumm bist, und Gally ist es sicher auch nicht. Aber warum wollt ihr abhauen?«

»Weil wir hier Gefangene sind«, antwortete Minho. »Und gegen unseren Willen festgehalten werden. Mehr Gründe brauch ich nicht.«

»Aber dort draußen habt ihr es nicht halb so gut wie hier drin!« Teresa brüllte beinahe. »Und wie könnt ihr einfach kneifen, statt eine Heilung zu suchen und die Welt zu retten?«

Minho warf Teresa einen giftigen Blick zu und zum ersten Mal dämmerte es Thomas, dass er sie vielleicht nicht besonders mochte.

»Das sehen wir anders«, sagte er. »Und wenn ihr es nicht kapiert, dann seid ihr selber schuld. Aber ich lass mir meine Freiheit nicht einfach so wegnehmen.«

»Tut mir leid, das war kein guter Start«, warf Gally ein. »Vielleicht, weil es mich so nervös macht, vor euch allen hier reden zu müssen. Aber ich verspreche euch, dass es funktionieren kann.« Er schaute alle einzeln an und fragte: »Macht jemand von euch mit?«

Grabesstille.

Newt brach das Schweigen. »Wann?«

Minho und Gally antworteten gleichzeitig:

»Morgen Abend!«

14.11.226 | 03:17 Uhr

26

Ein paar Stunden vor Tagesanbruch tauchten sie bei Thomas auf.

Randall, Dr. Leavitt und Ramírez. Die drei Musketiere. Thomas wusste sofort, dass etwas Schlimmes passiert sein musste – oder noch passieren würde –, wenn sie zu dritt anrückten. Trotz seiner Schläfrigkeit war er in Sekundenschnelle auf den Füßen.

»Was ist denn los?«, fragte er.

»Ich habe den Verdacht, dass du genau weißt, was los ist«, erwiderte Randall scharf in die Stille der Nacht. »Deshalb kommst du jetzt mit uns, sofort. Wir brauchen deine Hilfe.«

Thomas wollte eine zweite Frage stellen, aber Dr. Leavitt schnitt ihm das Wort ab.

»Komm, Thomas. Alles wird gut. Tu einfach, was man dir sagt.«

»Schnell jetzt«, drängte Ramírez, das Erste, was Thomas je von dem Sicherheitschef gehört hatte.

Die drei Männer eskortierten ihn durch den Gebäudekomplex, packten ihn immer wieder am Arm, wenn der Gang eine Biegung machte oder wenn sie aus einem Lift traten, obwohl er keinerlei Widerstand leistete. Sie waren nicht direkt grob zu ihm, hatten es aber definitiv eilig.

Vor einer massiv gepanzerten Tür blieben sie stehen. Ramírez drückte seinen Finger auf ein Glaspaneel und nannte seinen Namen. Die Tür ging auf und Randall schubste Thomas hinein.

Thomas wollte wissen, was los war, aber er biss die Zähne zusammen und blieb stumm. Randall war netter als in der Crank-Gruben-Nacht und Thomas wollte keine Grenzen austesten, die er noch nicht zu überschreiten bereit war.

Er blickte sich in dem Raum um, der ihm völlig unbekannt war. Vermutlich war das ein Security-Kontrollzentrum. Eine ganze Wand war mit Monitoren zugepflastert, die alles zeigten – von den medizinischen Räumen bis hin zu den Schlafsälen und den Fortschritten beim Bau des Labyrinths. Seltsamerweise schwankten die Aufnahmen aus dem Labyrinth wild herum, als wären die Kameras auf dem Rücken durchgeknallter Katzen festgeschnallt. In der Mitte des Raums, gegenüber der Monitore, befand sich ein Ausrüstungsdeck mit weiteren Bildschirmen. Mehrere Stühle standen davor. Dort saßen jetzt zwei Wächter, den Blick auf die Monitore an der rechten Wandseite geheftet.

Thomas sah genauer hin und das Herz sackte ihm in die Hose. Der Bildschirm zeigte Minho, der in einem kleinen Raum an einen Stuhl gefesselt war; sein Gesicht war verschrammt und blutig. Er starrte geradeaus und ohne zu blinzeln in die Kamera. Thomas bewunderte seinen trotzigen, entschlossenen Gesichtsausdruck. Er war stolz auf seinen Freund und schämte sich zugleich irgendwie. Er war von Anfang an gegen den Fluchtversuch gewesen und hatte Minho nicht zugetraut, dass er es wirklich durchziehen würde.

»Ich sag's nur ungern«, fing Randall an, »aber dein Freund hat leider nichts aus eurem letzten Fluchtversuch gelernt. Wir waren wohl zu nachsichtig mit ihm, mit euch allen. Jetzt bleibt uns keine Wahl, als die Daumenschrauben anzuziehen. Meinst du nicht auch?«

Thomas starrte Minho an. Minho starrte zurück. War hier vielleicht eine Zwei-Wege-Kamera versteckt? Der Gedanke machte ihn verlegen.

»Schweigen ist unter diesen Umständen nicht die beste Strategie«, mischte sich Dr. Leavitt ein. »Setz dich, dann reden wir. Leute wie Minho und Gally, die es nicht für nötig halten, uns bei unserer Arbeit zu helfen, müssen bestraft werden. Wir hoffen, dass du beim Zuschauen was lernst.«

Ramírez legte eine Hand auf Thomas' Schulter und führte ihn sanft zu einem Stuhl zwischen zwei Wachen.

»Du kannst jetzt gehen – und der andere auch«, sagte Randall.

Im ersten Moment dachte Thomas, dass Randall ihn gemeint hatte, was ziemlich seltsam gewesen wäre, nachdem sie ihn gerade erst hierherverfrachtet hatten. Aber er merkte schnell, dass er sich getäuscht hatte, als die beiden Wachen aufstanden und den Raum verließen.

Ramírez setzte sich links neben Thomas, Dr. Leavitt nahm auf dem rechten Stuhl Platz. Randall trat in den Durchgang zwischen Steuerpult und Wandmonitoren, die Hände hinter dem Rücken verschränkt, als wollte er einen Vortrag halten.

»Thomas«, fing er an, »jetzt mal ehrlich. Du weißt natürlich, dass wir dich und deine Freunde bei euren nächtlichen Ausflügen beobachtet haben, stimmt's? Du bist zwar noch jung, aber viel zu schlau, um dir einzubilden, dass du uns austricksen könntest.«

Thomas öffnete den Mund. Und klappte ihn wieder zu. Doch, genau das hatte er gehofft – dass sie ANGST ausgetrickst hatten. Er verstand nicht, warum sie ihre Zusammenkünfte nicht unterbunden hatten. Und er musste sich eingestehen, dass er sich die ganze Zeit von purem Wunschdenken hatte leiten lassen.

Er nickte.

Randall legte seine Hände auf den äußeren Rand des Steuerpults und beugte sich näher zu Thomas vor. »Also, hör zu«, sagte er. »Wir sind nicht hier, um dich wegen Minhos Fluchtversuch in die Mangel zu nehmen. Wir haben ja gesehen, dass die meisten von euch ihn davon abbringen wollten. Aber aus alldem könnt ihr ein paar wertvolle Lektionen lernen und wir gedenken das für unsere Zwecke zu nutzen.«

Thomas saß wie auf Nadeln. Warum kam der Typ nicht endlich zur Sache?

»Du wirst hier bei uns sitzen und zuschauen, wie wir Minho eine Lektion erteilen. Wir brauchen Zeugen, ehrlich gesagt. Wir möchten, dass es sich herumspricht. Wir können nicht zulassen, dass so etwas noch einmal vorkommt. Unsere Probanden müssen wissen, dass ihre Handlungen Konsequenzen haben.«

»Was soll das heißen? Was haben Sie mit ihm vor?«, rief Thomas voller Angst um seinen Freund.

Randall zuckte bei diesem plötzlichen Ausbruch zusammen, dann fuhr er fort, als hätte er Thomas' Frage nicht gehört: »Wenn wir damit fertig sind, bringen wir Teresa herein und zeigen es ihr ebenfalls. Aric und Rachel werden im Kontrollraum für Gruppe B zusehen. Aber es ist uns wichtig, dass jeder von euch diesen Moment allein erlebt, damit eure Reaktionen auch wirklich authentisch sind und nicht von euren Freunden beeinflusst.«

»Das ist auch in anderer Hinsicht ein großer Schritt«, fügte Dr. Leavitt hinzu. »Bis zu den Labyrinthversuchen ist es höchstens noch ein Jahr, vielleicht zwei, wenn wir im jetzigen Tempo weiterkommen. Und das hier …«, er deutete im Raum herum, »… also davon werdet ihr noch jede Menge zu sehen bekommen, sobald wir den ersten Trupp von Versuchspersonen in die Labyrinthe schicken. Die kleine Bestrafungsaktion hier kannst du als praktische Übung betrachten. Na, wie klingt das?«

Thomas blieb stumm. Er hasste diese herablassende Art.
»Thomas? Was sagst du?«, wiederholte Leavitt.

Eine unbändige Wut stieg in Thomas auf, so heftig, dass er kaum an sich halten konnte. Es war, als loderten Flammen aus seinem Kopf. Aber irgendwie schaffte er es, ein Pokerface aufzusetzen, obwohl er es selbst kaum glauben konnte.

»Ja, gut«, murmelte er.

Randall deutete auf einen anderen Bildschirm, auf dem Minho nicht zu sehen war. Stattdessen konnte Thomas einen undefinierbaren ovalen Behälter ausmachen. An einer Seite hatte er eine Naht, auf der anderen Angeln. Das Ding sah aus wie ein Sarkophag für einen fetten, superreichen Alien.

»Was ist das?«, fragte er, womit er voll in ihre Falle tappte. Bei Thomas siegte leider nur allzu oft die Neugier.

»Das sind Kapseln«, erklärte Randall. »Kapseln für eine biomechanische Kreatur, die das Militär für uns designt hat. Unser vorläufiger Name dafür ist ›Griewer‹. Sie sind noch im Frühstadium ihrer Entwicklung, aber mit dieser letzten Serie haben wir einen Riesenfortschritt gemacht. Wenn ich mich nicht irre, sind wir höchstens noch zwei, drei Modifizierungsetappen vom perfekten Labyrinthmonster entfernt.«

Thomas fiel vor Schreck über dieses beiläufige Statement die Kinnlade herunter – er sah garantiert wie der letzte Idiot aus. Schnell machte er den Mund wieder zu und blinzelte ein paarmal heftig.

»Überrascht dich das?«, fragte Randall.

»Ich … ich … ähm …« Thomas suchte vergeblich nach Worten. »Keine Ahnung, wovon Sie reden. ›Biomechanische Kreaturen‹? ›Labyrinthmonster‹? ›Griewer‹ oder was auch immer?«

Ramírez ergriff das Wort: »Die Details wirst du früh genug erfahren. Wir haben weiß Gott nicht die Absicht, dir das jetzt schon alles aufzutischen, aber da sich nun mal die Gelegenheit ergeben hat … Nun, ich war in dem Ausschuss, der die Entwicklung der lebenden Waffen beschlossen hat, was in jeder Hinsicht eine einzigartige Errungenschaft darstellt.«

»Mit anderen Worten«, fügte Randall hinzu, »wenn wir verstehen wollen, wie das Gehirn der Munis funktioniert, müssen wir jede erdenkliche Empfindung oder Gehirnaktivität, die der Menschheit bekannt ist, in ihnen stimulieren. Und diese Kreaturen werden uns bei den Labyrinthversuchen eine große Hilfe sein. Du solltest mal die Berichte der Psychologen sehen. Hochinteressant.«

Ein dunkler Schatten senkte sich über Thomas und ließ den Raum vor seinen Augen verschwimmen. Es war, als hätte man ihm alle Lebenskraft aus den Knochen gesaugt. Was diese Männer da erzählten, war ein einziger Albtraum und er wurde von Sekunde zu Sekunde schlimmer.

»Gut, dann bringen wir es hinter uns«, sagte Randall. Er streckte die Hand aus und drückte auf einen Knopf. »Los, Alice. Kapsel öffnen.«

Vor Thomas' entsetzten Augen platzte die Naht am einen Ende der ovalen Kapsel auf. Dampfstrahlen zischten aus der Öffnung und trübten jede Sicht auf die Kapsel selbst. Man sah auf dem Bildschirm, wie wirbelnde, strudelnde Nebel den Raum erfüllten. Thomas' Blick huschte zu dem anderen Monitor hinüber, der Minho zeigte, und er sah den ganzen Horror, der sich dort gerade abspielte. Minho hatte den Blickkontakt abgebrochen und spähte ängstlich nach rechts. Nebelranken krochen auf dieser Seite am Boden entlang über den Bildschirm.

Thomas stand auf, er fror bis in die Knochen.

Minho war im selben Raum wie die aufgeplatzte Kapsel.

14.11.226 | 05:52 Uhr

27

»Stopp!«, schrie Thomas. »Stoppt dieses Monster!«

Seine Fantasie lief Amok, als er sich ausmalte, wie dieses … *Ding* gleich zum Vorschein kommen würde. »Ich hab's kapiert, okay?«

»Setz dich!«, bellte Ramírez hinter ihm, packte ihn an den Schultern und drückte ihn auf seinen Stuhl hinunter. Thomas hatte gar nicht gemerkt, dass der Mann sich von seinem Stuhl fortbewegt hatte.

Randall wandte sich von dem nebelerfüllten Bildschirm ab.

»Wie sollen wir je die Kontrolle über dieses Experiment behalten, wenn wir unsere Drohungen nicht wahr machen?«, sagte er. »Wenn wir die Leute davonkommen lassen – falls es überhaupt in unserer Macht steht –, ohne dass sie die Konsequenzen zu spüren bekommen, was sagt das den anderen Probanden? Minho hat seine Entscheidung getroffen. Und jetzt muss alles nach den Regeln ablaufen.«

»Bitte«, wisperte Thomas und spürte, wie ihn der Kampfgeist verließ. Minho, der taffe, waghalsige Minho, der immer einen coolen Spruch auf Lager hatte – jetzt stand ihm das Grauen ins Gesicht geschrieben. Thomas konnte es nicht mehr mit ansehen. Er wandte seine Aufmerksamkeit der Kapsel zu.

Der Nebel hatte sich verzogen und enthüllte den Behälter, dessen beide Hälften auf dem Boden lagen. Thomas beobachtete stumm, wie etwas daraus hervorquoll.

Etwas Unaussprechliches, das seine schlimmsten Albträume in den Schatten stellte. Eine undefinierbare Kreatur, feucht und glitzernd, die an manchen Stellen mit Haarbüscheln bedeckt war. Und was war das? Seltsame Auswüchse aus Metall blitzten auf und mehrere scharfkantige Scheiben ragten aus dem Glibber hervor. Die grausige Kreatur hievte sich über den Rand der Kapselhälfte und schwappte auf den Boden – ein schneckenähnliches Monster von der Größe einer Seekuh.

Schaudernd beobachtete Thomas, wie dieses … dieses Horrormonster manövrierte. Dann schaute er wieder zu Minho, der sich wild in seinen Fesseln aufbäumte und lautlos schrie. Der Nebel war über ihn hinweggeschwappt, hing aber noch im Hintergrund und kroch zur Decke hinauf.

Thomas verlor jede Selbstbeherrschung.

»Stoppt dieses Monster!«, brüllte er und sprang auf. Ramírez war sofort zur Stelle und drückte ihn wieder auf seinen Stuhl. »Das könnt ihr nicht machen!«

Randall drehte den Kopf zu ihm herüber – er hatte Minho aufmerksam beobachtet – und sah ihn müde an.

»Wir haben keine Wahl«, sagte er einfach.

Teresa!, schrie Thomas in seinem Kopf. *Du musst was tun! Sie haben Minho an einen Stuhl gefesselt … und jetzt greift ihn dieses … Ding an … dieses Monster!*

Aber die Worte fühlten sich seltsam hohl in seinem Geist an. Als hätte jemand eine unsichtbare Schranke hochgezogen, an der alles, was er sagte, abprallte.

Na klar, dachte er. *ANGST kann das natürlich abschalten. Die können verdammt noch mal alles machen, was sie wollen.*

Minho kämpfte weiter, schrie und schrie. Er schaffte es, seinen Stuhl zu bewegen, und stieß sich bis an die Wand zurück, die am weitesten von dem Griewer entfernt war. Auf der linken Seite des Bildschirms blitzte etwas auf, eine Art Stachelkugel, die über den Boden ruckelte. Direkt vor Minho hielt das Ding an. Die Metallstacheln glitten in den Glibber zurück und die Kreatur machte sich ganz flach.

Thomas war starr vor Verzweiflung – dieses Monster würde seinen Freund zerfleischen!

»Randall!«, flehte er. »Bitte! Bitte halten Sie dieses Ding auf! Hören Sie mich einfach mal an, und wenn ich es nicht schaffe, Sie zu überzeugen, dann können Sie weitermachen. Bitte.«

Ein Teil der Kreatur ging in die Höhe und statt der Stacheln glitten kleine Metallstäbe hervor, die nur so strotzten vor tödlichen Waffen – Klingen, Sägen und Klauen, die sich öffneten und schlossen.

Mit Tränen in den Augen schaute Thomas zu, wie diese Waffen langsam nach Minhos Körper griffen.

Thomas zwang sich ruhiger zu werden. »Bitte, Randall.«, sagte er. »Minho ist zu wertvoll für so was. Wenn Sie dieses Ding nicht aufhalten, helfe ich Ihnen nicht mehr. Bei nichts. Und es ist mir egal, was Ihre Leute mir antun.«

Die Kreatur hatte ihren Schwerpunkt nach hinten verlagert und ragte jetzt ein gutes Stück über Minho auf. Die Metallarme, die aus dem Glibber geglitten waren, umschlangen Minho, fesselten ihn und drückten ihn gegen die Wand, an die er sich geflüchtet hatte.

»Randall«, sagte Thomas mit fast übermenschlicher Selbstbeherrschung. »Holen Sie Dr. Paige. Die Psychologen. Oder meinetwegen sogar den Kanzler. Rufen Sie alle her! Sie brauchen mich und sie brauchen Minho. Er ist viel zu wichtig für Ihre Tests – Sie können nicht einfach sein ganzes Potenzial verschwenden.«

Die Kreatur hob ihren Sägearm und die Klinge begann zu rotieren, der Arm schob sich näher an Minhos Stirn. Minho drückte verzweifelt seinen Kopf an die Wand, sein Gesicht verzerrte sich vor Grauen.

»Letzte Chance!«, brüllte Thomas. »Wenn er stirbt, könnt ihr mich auch gleich …«

Er verstummte abrupt, als Randall erneut den Knopf drückte.

»Pause«, befahl Randall hektisch, als wäre er bereits zu weit gegangen, als sei die Katastrophe unabwendbar.

Die Kreatur erstarrte und Thomas stieß schaudernd die Luft aus, fiel auf seinen Stuhl zurück und ließ den Kopf in die Hände sinken. Es kostete ihn seine ganze Selbstbeherrschung, nicht in Tränen auszubrechen.

»Sieh ihn dir an«, sagte Randall leise. »Schau auf den Bildschirm.«

Thomas hob den Kopf und starrte auf Minhos Bildschirm.

»Siehst du das?«, fragte Randall. Auch er beobachtete Minho.

Die Kreatur war über Minho drapiert, fast wie eine Decke. »Hab ich dir nicht gesagt, dass wir ganz nah dran sind und die mörderischste Waffe aller Zeiten fast fertig haben?«

Thomas sah nur seinen Freund, der dem Tod gerade noch einmal entkommen war, und diesen Mann, dem die Realität völlig entglitten schien – falls er sie je im Blick gehabt hatte.

»Ich denke, mehr brauche ich nicht zu sagen«, fuhr Randall fort. In seiner Stimme schwang noch immer ein Anflug von Ehrfurcht mit. »Vergiss nie, was du heute gesehen hast. Wie mächtig und gefährlich diese Kreaturen sind. Deine Empathiemuster könnten sich als schwierigstes Puzzleteil für uns erweisen.«

Thomas hörte kaum hin. Wie gebannt starrte er auf Minhos schweißüberströmtes Gesicht. Die Klinge wirbelte noch immer herum, auch wenn sie ein paar Millimeter von Minhos Gesicht entfernt innegehalten hatte. Thomas hielt den Atem an, denn er wusste, dass ein einziges Wort von Randall genügte, um Minhos Leben zu beenden.

Randall drückte wieder auf den Knopf und sagte: »Okay, dann ruf ihn jetzt zurück.«

Sofort zogen sich die Metallarme des Griewers von Minho zurück, falteten sich zusammen und verschwanden in der feuchten, wabbeligen Masse. Der Griewer zerfloss am Boden zu einem flachen Glibberfladen, dann zog er sich zu einer Kugel zusammen, fuhr die Stacheln aus und rollte langsam aus dem Bildschirm. Thomas richtete seinen Blick auf den anderen Bildschirm, in dem die Kreatur erschien und auf die Kapsel zustrebte. Dort fuhr sie ihre Stacheln wieder ein und verschwand in ihrem Behälter. Kurz darauf zischte Dampf hoch, die Kapsel schloss sich und alles wurde still.

Thomas schaute wieder zu Minho, in der Hoffnung, dass wenigstens ein bisschen von seinem alten Kampfgeist zurückgekehrt war.

Aber Minho ließ den Kopf hängen und schluchzte jämmerlich; sein ganzer Körper bebte. Auch Thomas senkte den Kopf. Sein Verstand weigerte sich zu begreifen, was er gerade gesehen hatte.

»Gut, dann bringen wir dich jetzt in dein Zimmer zurück«, sagte Randall. »Wir haben drei weitere Probanden, denen wir zeigen möchten, was du gerade gesehen hast. Ich kann dir nur raten, alles Wichtige aus dieser heutigen Lektion aufzuschreiben.«

Thomas stutzte. »Moment mal … *was?*«

Randall ignorierte ihn. »Wir würden doch nie zulassen, dass Minho von dem Griewer verstümmelt wird, geschweige denn getötet, das ist dir doch klar? Uns kommt es nur darauf an, dass ihr eine wichtige Lektion lernt: Die Regeln müssen eingehalten werden. Jetzt wisst ihr, was euch erwartet, wenn ihr unerlaubt das Gebäude verlasst.«

»Aber …« Thomas war zu erschüttert, um die Frage zu formulieren, die ihm durch den Kopf ging.

Dr. Leavitt, der bisher geschwiegen hatte, sagte: »Mach dir keine Sorgen wegen deiner Reaktion heute, Thomas. Das entsprach ziemlich genau unseren Erwartungen. Und natürlich ist uns nicht entgangen, wie mutig du deinen Freund verteidigt hast. Ein wahres Fest für die Psychologen, das kann ich dir versichern. Jede Menge Daten zu analysieren.«

Thomas fand endlich die Sprache wieder. Randalls Bemerkung hatte ihm buchstäblich den Boden unter den Füßen weggezogen. »Was soll das heißen, dass sie den drei anderen … das hier auch zeigen müssen?«, sagte er zu Randall. Er deutete auf die Bildschirme vorne, auf das Steuerpult, an die Decke. »Sie meinen natürlich die Videos, oder?«

Darauf folgte eine Stille, die sich endlos ausdehnte. *Bitte, bitte*, dachte er. *Sag mir, dass es stimmt. Sag mir, dass ihr ihnen nur die Aufnahmen zeigen wollt.*

»Tut mir leid, nein«, erwiderte Randall endlich. »Es ist wirkungsvoller, wenn Minho das alles noch einmal durchmacht.« Er seufzte. »In so vieler Hinsicht, Thomas.«

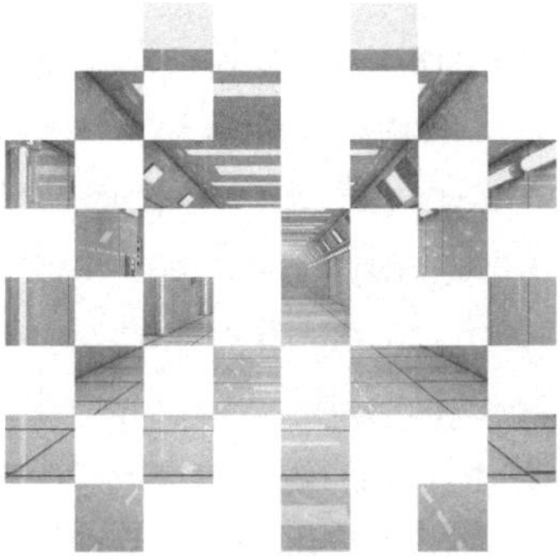

03.04.228 | 07:00 Uhr

28

Thomas knallte die Hand auf seinen Wecker und ließ seinen Arm an der Bettkante heruntersinken. Er hasste das Wecken nach ihren nächtlichen Zusammenkünften im Wartungsraum. Und der Wecker war ein Albtraum für ihn – noch mehr als ein Haus voller Cranks. Voller *hungriger* Cranks.

Das einzig Schöne waren die zehn Minuten, nachdem er auf »Snooze« gedrückt hatte und weiterdösen konnte, bevor der Wecker erneut losging. Es war sein Highlight am Morgen, ein kleines Geschenk, das er sich selbst machte.

Zufrieden rollte er sich ein, auch wenn es nur ein kurzer Aufschub war.

Er hatte Minho über ein Jahr nicht mehr gesehen, obwohl sein Freund den Griewer-Horror überlebt hatte. Körperlich zumindest. Geistig war Minho laut Alby verändert. Er war nicht mehr laut und rebellisch wie früher und das Wort *Flucht* kam nie wieder über seine Lippen. Die Zeit heilte angeblich alle Wunden, aber bei Minho würde es mindestens zwanzig Jahre dauern, wenn Alby nicht übertrieben hatte.

Die Mitglieder des »Wartungsraum-Clubs« trafen sich einmal in der Woche. Alle außer Minho, der sich seit dem schrecklichen Tag nicht mehr blickenließ. Newt sagte, dass Minho sich lieber bei lebendigem Leib auffressen lassen würde, als nachts durch die Flure zu schleichen. Er war nur noch ein Schatten seiner selbst, was Thomas unsagbar traurig machte. Er hatte Minho aufrichtig gemocht und alles an ihrer Situation erschien ihm so ungerecht. Es war kein Wunder, dass Minho sich nach der Horrorshow, die ANGST als *Strafe* bezeichnete, auf nichts mehr einlassen wollte.

Thomas glaubte an die Heilung – oder redete es sich zumindest ein. Aber die Tatsache, dass ANGST sie wie Laborratten behandelte, verwandelte seine Traurigkeit manchmal in Wut. Es gab Tage, da kniete er vor seinem Bett und hämmerte mit beiden Fäusten auf seine Matratze, bis er vor Erschöpfung zusammenbrach. Er wollte nur noch, dass es vorbeiging, dass die Heilung gefunden wurde, und in dieser Hinsicht blieb er zuversichtlich. Dr. Paige behauptete, dass die Daten nur so hereinfluteten.

Vielleicht war ja bald das Ende in Sicht, auch wenn der Horizont noch so fern schien.

Thomas und Teresa waren fast fertig mit dem Labyrinth,

nur ganz leicht im Rückstand gegenüber Gruppe B – das hatte man ihnen zumindest gesagt. Thomas fiel es immer schwerer, dem ANGST-Personal zu glauben. Er blieb weiterhin isoliert, genau wie Teresa, so dass sie auf den neusten Klatsch von Alby, Newt und Chuck, ihrer ergiebigsten Quelle, angewiesen waren. Chuck hatte ein Gehirn wie ein Schwamm und saugte jede noch so winzige Information auf, die er irgendwo mithörte oder belauschte. Er wurde zwar gnadenlos aufgezogen, aber wenn er auspackte, hörten ihm alle zu.

Thomas' tägliche zehn Minuten Galgenfrist endeten in einer Kakofonie von Hupgeräuschen, als sein Wecker wieder losging. Das Ding war schlimmer als die Sonneneruptionen.

Dr. Paige tauchte pünktlich mit dem Frühstück auf. Wie lange kannte er sie jetzt schon? Länger als seine Mom auf jeden Fall. *Jahre*. Aber heute, das sah er sofort, war etwas anders an ihrem Verhalten, ihrem Lächeln. Ein Schmerz hinter der leuchtenden Intelligenz, die aus ihren Augen strahlte.

Thomas hätte gern gefragt, was mit ihr los war, aber sein Verhältnis zu Dr. Paige war seit dem Horror, den Minho durchgemacht hatte, stark abgekühlt. Trotzdem war sie ihm von allen, mit denen er hier zu tun hatte, am liebsten. Es fiel ihm nicht leicht, die Mauer zwischen ihnen aufrechtzuerhalten, obwohl sie nur dünn war und der Mörtel, der sie zusammenhielt, bereits bröckelte.

»Wie geht's dir, Thomas?«, fragte Dr. Paige und stellte sein Frühstück auf den Schreibtisch. »Arbeitstag heute, was?«

Thomas nickte, dann setzte er sich zum Essen hin. Normalerweise redeten sie ein bisschen über die Tests, über seinen Unterricht, über die Fortschritte beim Labyrinthbau. Heute nicht. Thomas hatte noch kaum sein Ei angerührt, als Dr. Paige ihm bereits wieder den Rücken zukehrte. Sie öffnete die Tür und wollte in den Gang hinausgehen, aber Thomas hielt sie auf.

»Hey«, sagte er. »Können Sie noch mal kurz reinkommen?«

Dr. Paige zögerte und stieß einen tiefen Seufzer aus. Aber dann schloss sie die Tür, kam zum Schreibtisch zurück und nahm sich den anderen Stuhl. Mit traurigen Augen schaute sie ihn an.

Thomas konnte sich nicht bremsen; wie üblich siegte die Neugier.

»Ich will ja nicht aufdringlich sein«, fing er an, »aber ist was nicht in Ordnung?« Eine bange Sekunde lang befürchtete er, dass einer seiner Freunde gestorben war. Nicht Teresa, das nicht. Er hätte ihre Abwesenheit garantiert gespürt, oder ihre letzten Momente. Er hätte irgendeinen Hinweis erhalten.

»Thomas …« Dr. Paige blickte sich im Zimmer um, als könnte sie die Worte, die sie sagen wollte, von der Wand ablesen. »Wir sind bald so weit, dass wir die ersten Probanden in die Labyrinthe schicken können.« Sie lachte ein bisschen und sah ihn wieder an. »Na ja, du wirst das besser wissen als jeder andere. Wie läuft denn deine Arbeit da drin?«

Sie meinte den Job, den er mit Teresa zusammen in der Labyrinthhöhle machte.

»Gut. Macht ziemlich Spaß. Ich weiß nicht.«

»Klingt nicht gerade begeistert.«

»Es ist nur … Es war schwer für mich, über bestimmte Dinge hinwegzukommen. Und dann diese Geheimniskrämerei – wir erfahren ja meistens gar nichts … Und einiges ist echt nicht in Ordnung. Außerdem könnten die Leute netter sein. Randall zum Beispiel. Oder Ramírez. Oder Dr. Leavitt.«

Es tat gut, das endlich mal loszuwerden.

Dr. Paige schlug die Beine übereinander und warf ihm einen Blick zu, der ehrliche Anteilnahme zeigte.

»Du wirst es nicht glauben, Thomas, aber ich hatte all die Jahre auch mit diesen Dingen zu kämpfen. Ich könnte dir irgendwelche Ausreden auftischen, aber das willst du sicher nicht von mir hören.«

Thomas schüttelte den Kopf. »Schon allein dass ihr uns ›Probanden‹ nennt. Also ehrlich! Wir sind Menschen aus Fleisch und Blut.« Seine Stimme war fester geworden, aber Dr. Paige blieb ruhig und nickte, als könnte sie das gut verstehen.

»Ich denke, es läuft auf zwei Dinge hinaus«, sagte sie schließlich. »Erstens ist im Moment alles, was wir machen, auf die Labyrinthversuche ausgerichtet, was aber die Psychologen nicht daran hindert, bei jeder Gelegenheit neue Todeszonenmuster aufzuspüren. Jeder Tag, jede Sekunde zählt, das verstehst du sicher. Überleg mal, wie viele Hunderte, ja Tausende von Menschen sich draußen allein in diesem Moment, während wir hier sitzen und reden, mit Dem Brand infizieren. Wie viele bereits gestorben sind.«

»Und wir müssen es ausbaden – Kinder und Jugendliche. Ist das eure Lösung?«, fragte Thomas, obwohl es eine idiotische Bemerkung war. ANGST hatte sie schließlich vor einem fast sicheren Tod gerettet.

Dr. Paiges Augen glühten vor Zorn. »Das ist ein schrecklicher Virus, der nur durch harte, brutale Maßnahmen besiegt werden kann, Thomas. Und rede dir nicht immer ein, wie schwer du es hast … Du hast ja keine Ahnung …«

Sie brach ab und ein zerknirschter Ausdruck trat in ihr Gesicht. »Es tut mir leid. Wirklich … entschuldige. Die Wahrheit ist einfach so verdammt hart, dass es schwerfällt, darüber zu reden.«

Mit Tränen in den Augen stand sie auf. Sie zögerte, als wollte sie noch etwas sagen, aber dann kehrte sie ihm den Rücken, verließ den Raum und schloss sachte die Tür hinter sich.

03.04.228 | 08:04 Uhr

29

Thomas hatte einen Nerv getroffen. Er hatte Dr. Paige dazu gebracht, offener mit ihm zu reden als je zuvor. Ihre Verletzlichkeit hatte ihn ziemlich aus der Fassung gebracht, aber trotzdem wollte er die Gelegenheit nutzen. Er stand auf und folgte ihr.

Dr. Paige verschwand rasch den Flur hinunter, beinahe im Laufschritt. Thomas musste rennen, um sie einzuholen. Er packte sie am Arm und hielt sie auf.

Sie riss sich von ihm los und trat einen Schritt zurück. Jetzt stand sie mit dem Rücken zur Wand. Schwer atmend sah sie ihn an, mit einem Blick, den man nur als angewidert bezeichnen konnte. Ihre Augen flammten einen Moment lang vor Zorn. Aber dann war alles wie weggeblasen und sie verwandelte sich wieder in die gute alte Dr. Paige, die er seit einer Ewigkeit kannte. Seine nette, fürsorgliche Betreuerin. Die Traurigkeit in ihren Augen brachte Thomas beinahe dazu, sich zu entschuldigen und in sein Zimmer zurückzugehen.

»Was ist los?«, fragte er stattdessen. »Was verschweigen Sie mir?«

Als sie den Kopf schüttelte, bohrte er weiter: »Jeden Tag geh ich da raus und bringe euer gigantisches Labyrinth ein Stück weiter voran. Ich jammere und klage nicht – ich tu's einfach. Ich schufte mir den Arsch ab – und Teresa auch. Wir wissen beide, was auf dem Spiel steht.«

Dr. Paige nickte. »Ja. Du hast Recht. Es tut mir leid.«

»Aber das ist es ja gerade«, fuhr er fort. »Wir mussten wahnsinnig schnell erwachsen werden, also haben wir auch das Recht, wie Erwachsene behandelt zu werden. Nicht wie Babys oder Labormäuse oder ahnungslose Dummköpfe. Wir wollen alle nur das eine. Warum könnt ihr uns nicht wie Partner behandeln statt wie … Probanden? Minho, Alby, Newt – alle, die ich kenne, wären viel kooperativer, wenn ihr ihnen einfach mal ein bisschen mehr Respekt zeigen würdet.«

Dr. Paige hatte sich inzwischen von ihrem Schock erholt. Sie wirkte nicht mehr überrumpelt, stand einfach da, aufrecht und unerschütterlich wie immer, die Arme verschränkt, und fixierte ihn scharf. »Jetzt hör mir mal zu, Thomas. Ich sagte dir ja schon, dass es auf zwei Dinge hinausläuft: Erstens wurden einige der Episoden, die du so schlimm findest, in Wahrheit von den Psychologen ausgearbeitet. Das ist eine Methode, um Gehirnmuster zu stimulieren, ehe wir die großen Versuche im Labyrinth starten. Okay?«

Nein, nicht okay. Thomas fand es nicht okay, obwohl es zumindest eine Erklärung war. »Gut. Und der zweite Punkt?«

»Diese Leute sind Überlebende, Thomas. Ich weiß, ihr wart noch sehr jung – kleine Kinder, um die Wahrheit zu sagen –, aber du erinnerst dich doch sicher an den schrecklichen Zustand der Welt, als der Virus sich ausgebreitet hat und die Krankheit auch bei uns dort draußen ausgebrochen ist. Das war nicht so ge…«

Sie hielt inne und Thomas konnte an ihren Augen ablesen, dass sie bereits mehr gesagt hatte, als sie wollte. »Aber der Punkt ist … die Welt hat sich in einen Albtraum verwandelt, in einen Ort des Grauens, an dem nichts als Tod und Irrsinn herrschten. Naturgemäß waren die, die diese erste Seuchenwelle überstanden hatten, ziemlich abgehärtet. Taffer als die anderen. Sonst hätten sie nicht überlebt. Die Schwachen … sind entweder gestorben oder werden bald sterben.«

Thomas war ganz benommen von ihrem Wortschwall und wusste nicht, was er sagen sollte.

»Und ja, zugegeben«, fuhr Dr. Paige fort. »Die meisten Leute hier sind nicht besonders nett. Sie haben weder Zeit noch Lust, auf eure Befindlichkeiten Rücksicht zu nehmen. Okay? Vergiss nicht, sie haben die Hölle da draußen erlebt und sind bereit das Menschenmögliche zu tun, um eine Heilung zu finden und diesen Horror zu stoppen. Das werdet ihr einfach akzeptieren müssen.«

»Okay«, sagte Thomas kleinlaut. Dr. Paiges leidenschaftliche Rede hatte ihm die Kraft geraubt, noch weiter mit ihr zu streiten.

»Und jetzt mach, dass du an die Arbeit kommst«, sagte sie mit einem halben Lächeln. Mehr konnte er an diesem Morgen nicht von ihr verlangen.

»Mach ich«, antwortete er so unfreundlich, wie er nur konnte.

Thomas durchquerte die Gänge des Labyrinths, stolz auf den Fortschritt, den sie in den letzten Monaten gemacht hatten. An den Wänden selbst hatte er nur wenig Anteil – der rissige graue Stein, der Efeu, der sich wie ein Adergeflecht daran hochrankte, das schiere Ausmaß insgesamt. Und vor allem die atemberaubende Technik, die sich in den beweglichen Wänden verbarg, den wechselnden Konfigurationen des Labyrinths selbst. Es sah cool aus, aber Thomas hatte keine Ahnung, wie es funktionierte. Die Ingenieure und Techniker waren keine sehr freundlichen Menschen und viel zu beschäftigt, um irgendwelche Erklärungen abzugeben.

Aber viele der Feinheiten um ihn herum – Kleinigkeiten, die das Ganze lebendig und echt aussehen ließen – gingen auf sein und Teresas Konto.

Thomas zählte in Gedanken auf, was sie alles gemacht hatten, während er um eine Ecke bog und auf einen langen Abschnitt des Labyrinths zusteuerte. Selbst die Ärzte, Psychologen und Techniker der Einrichtung waren überrascht gewesen, wie nützlich sich die Telepathie für das Projekt erwies. Nicht nur wegen der Sofort-Kommunikation, sondern weil sie gelernt hatten die Gefühle des anderen aufzufangen, die Gedanken zu erraten und Dinge im Flug zu erfassen, für die es keine Worte gab. Niemand glaubte ihm wirklich, wenn er dieses Phänomen zu erklären versuchte. Er hatte es längst aufgegeben.

Bist du schon da?, fragte Teresa aus dem Kontrollzentrum.

Gib mir eine Sekunde, antwortete Thomas. *Ich bewundere gerade unsere Arbeit.* Er schaute zu dem leuchtend blauen Himmel auf, der Sonne, die links von ihm über die Steinmauer linste. Allein an der Feinabstimmung des Himmels hatten sie tagelang gearbeitet, bis endlich alles perfekt war. Aber das Ergebnis, das er jetzt vor sich sah, dieser wunderschöne Himmel, der so täuschend echt wirkte, ließ ihn alle Strapazen vergessen.

Hinter ihm kam das Klappern kleiner Metallfüße näher. Thomas wusste, was es war. Eine Käferklinge, eine der biomechanischen Kameras, die über den ganzen Gebäudekomplex verteilt waren, um jedes noch so winzige Detail während des Experiments aufzuzeichnen. Er ignorierte die Kreatur, bis sie auf seine Wade sprang und an seinem Körper hinaufkrabbelte.

»Ahh!«, kreischte er, sprang in die Luft und verdrehte sich nach hinten, um das Ding von seinem Rücken herunterzuschlagen. Er drehte sich hektisch im Kreis, während die Käferklinge über seine Kleider huschte und ihn mit ihren scharfen Beinen in die Haut zwickte. Schließlich erreichte sie seinen Nacken, klammerte sich daran fest und bohrte sich hinein, bis es wehtat.

Was hast du gesagt?, fragte Teresa. Die Schadenfreude triefte ihr aus allen Poren. *Hey, wirklich cool, der Tanz, den du da unten aufführst. Aber keine Sorge, ich hab's aufgenommen, um Newt und allen anderen eine Freude damit zu machen, wenn wir uns das nächste Mal treffen.*

»Nicht komisch!«, brüllte Thomas laut hinaus. Die Käferklinge rammte ihren Kopf in sein Ohr, genau an einer Stelle, die irre wehtat. Endlich bekam Thomas das kleine Metallmonster zu fassen und schleuderte es von sich. Es landete auf den Füßen, huschte davon und verschwand im Efeu an der Wand zu seiner Rechten.

Du hast gewonnen, sagte er. *Ich komme.* Vergeblich versuchte er ein Lächeln zu unterdrücken.

Nächstes Mal schicke ich einen Griewer, antwortete Teresa. *Oder noch schlimmer: Randall.*

Thomas lachte – Teresa auch. Er spürte es einfach, ohne zu wissen, wie.

Okay, ich bin da, sagte er, als er das Ende des Gangs erreicht hatte, der etwa zehn Meter tief zu einer schwarz gestrichenen Tür abfiel. Es war eine dieser seltsamen Ecken im Labyrinth, an der die optische Täuschung noch nicht perfekt war, so dass man völlig wirr im Kopf wurde. Wenn er hochschaute, sah er einen makellosen Himmel. Wenn er den Blick nach unten richtete, über den Rand der Klippe, schaute er auf einen schwarzen Boden, der zu einer schwarzen Wand führte – dem Rand der Labyrinthhöhle. Aber direkt vor ihm war ein Bruch. Hier trafen der Himmel und die Wand nicht exakt aufeinander. Die Grenze zwischen beidem wackelte hier und da, die Ränder verschmolzen, drifteten wieder auseinander, überschnitten sich, wirbelten herum. Ihm wurde ganz schwindlig und schlecht davon.

Kannst du das Griewerloch sehen?, fragte Teresa.

Thomas hatte die Augen geschlossen, um seinen Magen zu beruhigen, aber jetzt öffnete er sie wieder. Irgendwo in der Mitte dieses irren Kaleidoskops aus Illusion und Wirklichkeit ragte ein Schaft vom Boden auf, mit einem offenen Ring an der Spitze. Ein Loch, durch das die Griewer im Labyrinth ein und aus gehen würden.

Ich sehe es, sagte er in Teresas Kopf, *aber es flirrt. Geht ständig an und aus. Mir kommt gleich das Frühstück hoch.*

Teresa zeigte nicht die geringste Anteilnahme. *Gib mir Bescheid, wenn es vollständig verschwindet.*

Thomas kniff die Augen zusammen, in der Hoffnung, dass er auf diese Weise die Übelkeit unterdrücken konnte. Das Bild vor ihm flirrte, verschwamm, hüpfte und flirrte erneut. Aber bald verschwand das Griewerloch ganz aus seinem Sichtfeld, und solange er nicht nach unten schaute, öffnete sich ein endlos blauer Himmel vor ihm. Statt des Schwindels überwältigte ihn jetzt eine entsetzliche Höhenangst, als würde er gleich ins Bodenlose stürzen. Er machte einen Schritt zurück.

Es funktioniert!, schrie er. *Sieht perfekt aus!*

Teresa stieß ein lautes Triumphgeheul aus, was er tief in seinen Knochen spürte. Sie arbeiteten schon über einen Monat an diesem Abschnitt, jetzt waren sie dem Ende so nahe.

Gute Arbeit, sagte er. *Im Ernst. Was würden diese Leute ohne uns machen?*

Sie würden mindestens ein paar Jahre länger brauchen.

Thomas starrte auf die Szenerie vor ihm. Unglaublich, wie realistisch das Ganze aussah! Als ob der Gang des Labyrinths in eine Klippe am Ende der Welt, am Ende des Seins mündete.

Bin mal gespannt, wer als Erster einen Griewer zu sehen be-

kommt, sagte er. *Und ob er sich in die Hose macht. Sollen wir darauf wetten?*

Die düstere Schwingung, die zu ihm zurückkam, raubte ihm den Atem. Erst recht die Worte, die ihm durch den Kopf hallten.

Oder wer als Erster stirbt?

So weit lassen sie es nicht kommen, antwortete Thomas. Auf keinen Fall.

Teresa brach die Verbindung ab, ohne ihm zu antworten.

12.06.229 | 10:03 Uhr

30

Thomas starrte ungläubig die Versammlung am Konferenztisch an. Alles wichtige Leute. Er kannte sie entweder oder hatte von ihnen gehört. Psychologen, Ärzte, Techniker. Randall, Ramírez und Dr. Leavitt. Dr. Paige saß neben ihm und Teresa. Kanzler Kevin Anderson hatte am Kopfende des Tischs Platz genommen, Katie McVoy an seiner Seite. Außer ihnen nahmen noch zwei andere Jugendliche an dem Meeting teil – Aris und Rachel. Thomas erkannte sie sofort, obwohl sie einander noch nie begegnet waren.

Meinst du, wir dürfen uns irgendwann mal mit denen treffen?, fragte Teresa in seinem Kopf.

Thomas schickte ihr ein Bild von sich, wie er die Schultern zuckte. *Hey, weißt du was? Vielleicht soll das hier ein Wettkampf zwischen Gruppe A und Gruppe B werden. Vielleicht wollen sie uns ein bisschen einheizen, damit wir noch besser arbeiten. Wer weiß, vielleicht gibt es sogar einen Preis? Ein lebenslanges kostenloses Abo für ANGST-T-Shirts oder so.*

Thomas kicherte unterdrückt.

Kanzler Anderson räusperte sich und eröffnete die Sitzung.

»Zunächst möchte ich unsere Elite-Kandidaten zu ihrer ersten Sitzung im Kanzler-Ausschuss willkommen heißen, ein wichtiger Schritt in ihrer Laufbahn. Thomas, Teresa, Aris, Rachel … wir sind sehr stolz auf euch. Die Arbeit, die ihr beim Bau der Labyrinthe geleistet habt, ist phänomenal. Wir haben euch vier schon ganz am Anfang des Prozesses als überdurchschnittlich eingestuft und ihr habt uns nicht enttäuscht. Glückwunsch.« Er schenkte ihnen ein Lächeln, das viel zu strahlend war, um echt zu sein. Thomas vermutete, dass der Mann ganz schön unter Druck stand.

Thomas schaute Aris an (olivfarbene Haut, braunes Haar, wache, scharfe Augen), dann Rachel (dunkle Haut, krause Locken, Lächeln). Nichts Ungewöhnliches auf den ersten Blick, aber sie waren ihm sofort sympathisch. Ihre Gesichter waren freundlich, sie strahlten nichts Arrogantes oder Hochmütiges aus, wie er befürchtet hatte.

»Also«, fuhr Kanzler Anderson fort, »vor zehn Jahren hat John Michael ein erstes Konzept von ANGST entwickelt und wir haben einen langen Weg hinter uns, seit wir Menschen hierherbringen, die immun gegen Den Brand sind. Zuerst ging es natürlich nur langsam vorwärts. Wir mussten zunächst die

Krankheit an sich verstehen lernen und unsere Versuchspersonen testen, um mehr über den Virus und seine Auswirkungen auf andere Konstitutionen und Gehirne zu erfahren. Langsam, aber stetig ging es aufwärts. Schon vor Ablauf des ersten Jahres konnten wir einen wichtigen Erfolg verbuchen, das war mehr, als wir uns erhofft hatten.«

Zehn Jahre. In Thomas' Augen war das eine Ewigkeit. Und so nahe konnten sie der Lösung noch nicht gekommen sein, sonst hätten sie doch nicht den Aufwand mit den beiden Labyrinthen betrieben.

»Thomas?«, sagte der Kanzler. »Dir stehen die Zweifel ins Gesicht geschrieben – so skeptisch hat mich noch niemand angesehen.« Wieder warf er ihm dieses billige Zahnpastalächeln zu.

»Oh … ähm …« Thomas rutschte auf seinem Stuhl herum. »Nein, ich … zehn Jahre, das kommt mir nur so unendlich lange vor. Ich weiß nicht. Kann sein, dass ich einen Moment lang das Gefühl hatte, dass es nicht wirklich so gut läuft.«

Anderson nickte, wenn auch etwas verkniffen, als wäre das ein vernünftiger Einwand. »Dr. Leavitt, möchten Sie etwas dazu sagen?«

Der glatzköpfige Doktor antwortete bereitwillig: »Wirf mal einen Blick in deine Geschichtsbücher, mein Junge. Ich gehe jede Wette ein, dass du im letzten Jahrtausend keinen einzigen Virus findest, für den innerhalb von Jahrzehnten eine Heilung gefunden wurde, geschweige denn in wenigen Jahren – angefangen von der simplen Erkältung bis zu Ebola oder HIV oder bestimmten Krebsarten. Das ist ein sehr, sehr langwieriger Prozess. Und damals hatten die Forscher nicht mit einer halb zerstörten Welt voller geisteskranker Cranks zu kämpfen. Ehrlich gesagt grenzt es an ein Wunder, dass wir die Geduld und Ausdauer aufgebracht haben, eine so langfristige Strategie zu verfolgen. Und selbst wenn nur ein Zehntel der Bevölkerung überlebt, bis wir ein Heilmittel finden, hat es sich gelohnt. Weil wir damit die Menschheit vor dem Aussterben bewahren.«

»Und was ist mit den Munis?«, fragte Aris. »Könnte die Menschheit weiterbestehen, wenn nur sie überleben?«

Dr. Leavitt schnaubte, dann war ihm diese Entgleisung offenbar peinlich. »Wie viele Munis werden eine Welt voller Cranks wohl überleben?«

Ich kann den Typ nicht ausstehen, sagte Teresa in Thomas' Kopf.

Ich auch nicht.

»Ich kann Dr. Leavitt nur zustimmen«, sagte Anderson. »Wir haben alles Menschenmögliche getan. Wir haben die klügsten Köpfe um uns versammelt, die modernste Technik beschafft, die besten Probanden ausgewählt und uns dann vor der Außenwelt geschützt. Wir haben von Anfang an sehr langfristig geplant und wir werden erst aufhören, wenn wir ein Heilmittel für diese Krankheit in den Händen halten und der Welt präsentieren können. Es dürfte keine Überraschung für unsere Elite-Kandidaten sein, dass wir vom ersten Tag an so viele Testläufe und Experimente wie nur möglich gemacht haben. Nicht wahr?«

Thomas nickte, obwohl es ihn seltsam berührte, dass Anderson diese Frage ausgerechnet an sie richtete, die Probanden, die sie die ganze Zeit testeten. Überhaupt kam ihm das alles höchst merkwürdig vor – schon allein die Tatsache, dass sie an diesem Meeting teilnahmen. Vielleicht war das auch wieder nur ein Test. Eine der Variablen, von denen sie immer redeten.

»Wir werden bald mit den Labyrinthversuchen anfangen«, fuhr Anderson fort. »Und wir bereiten uns schon eine ganze Zeit lang darauf vor. Aber die Fortschritte, die wir in Bezug auf unseren ultimativen Masterplan der Todeszone in den letzten paar Jahren gemacht haben …« Er suchte nach den richtigen Worten. »So wie ich es sehe, haben wir mit weniger umfangreichen Tests und Versuchen an unseren Probanden ein solides Fundament gelegt. Die Chancen sind gering, aber vielleicht werden wir nach den Labyrinthprüfungen unseren Masterplan haben. Wer weiß? Vielleicht können wir Phase Zwei oder Drei umgehen? Ich bin heute sehr zuversichtlich.«

Er verstummte, den Blick nach innen gekehrt, als weilte sein Geist bereits in der Zukunft und erlebte den grandiosen Abschluss des Projekts, dem er sein ganzes Leben geweiht hatte.

Dr. Paige, die ja neben Thomas saß, begann zu klatschen. Langsam zuerst, bis einige andere mitklatschten. Bald applaudierte der ganze Raum, was sogar Thomas ein bisschen mitriss, obwohl er sich lächerlich dabei vorkam.

Kanzler Anderson hielt seine Hände hoch und das Klatschen verebbte. »Schon gut, schon gut. Der Applaus gilt natürlich uns allen. Auch den Versuchspersonen der Gruppen A und B. Ich glaube wirklich, dass wir auf dem richtigen Weg sind.« Er lächelte, schien sich zu sammeln, dann stieß er einen tiefen Atemzug aus. »Gut, dann lasst uns jetzt wieder an unsere Arbeit gehen. Es wird nur noch ein, zwei Monate dauern – vier höchstens –, bis wir unsere ersten Versuchspersonen in die Labyrinthe schicken können.«

Wieder legte er eine Spannungspause ein – und Thomas fand, dass der Mann sich mit zehn Jahren harter Arbeit seine fünf Minuten Scheinwerferlicht redlich verdient hatte –, dann begann die eigentliche Sitzung.

12.06.229 | 18:10 Uhr

31

Dieser Abend markierte einen wichtigen Einschnitt in Thomas' Leben. Er und Teresa waren nun voll in die restliche Gruppe A integriert – beim Essen, beim Unterricht und in der Freizeit. Nächtliche Treffen brauchten sie jetzt wohl nicht mehr. Allerdings war es ein zweifelhaftes Geschenk, denn die meisten von Thomas' Freunden gehörten zur ersten Gruppe, die in den nächsten Monaten ins Labyrinth geschickt wurde.

Ausgerechnet Ramírez begleitete Thomas und Teresa zu ihrem ersten Abendessen in die Cafeteria, wo alle anderen Schüler schon seit Jahren gemeinsam ihre Mahlzeiten einnahmen.

Als sie den weiten Raum mit den blitzenden Edelstahltheken und den langen Plastiktischen betraten, verstummte der Lärm und alle Augen richteten sich auf die Neuankömmlinge.

»Alle mal herhören«, bellte Ramírez, seine Stimme hallte scharf in der Stille wider. »Viele von euch werden schon von Teresa und Thomas gehört haben – sie gelten seit Jahren als unsere Elite-Kandidaten.«

Das ist unser Todesurteil, Mann!, brüllte Teresa in Thomas' Kopf und ihre Wut traf ihn wie ein Stromstoß. *Hat der sie noch alle, verdammte Scheiße?*

»Seid nett zu ihnen, sie haben hart gearbeitet«, fuhr Ramírez fort. »Wir starten bald mit den Labyrinthversuchen, wie ihr alle wisst, und es gibt noch viel zu tun. Die beiden hier sind ab jetzt offiziell die Verbindungsleute zwischen euch Probanden und dem ANGST-Personal, das die Prüfungsvorbereitungen überwacht. Wir werden demnächst die Eintrittspläne für die Labyrinthe ausarbeiten. Bis dahin habt ihr Zeit, Thomas und Teresa kennenzulernen, euch geistig und körperlich vorzubereiten und euch auf die kommenden Abenteuer zu freuen. So, und jetzt könnt ihr weiteressen.«

Er nickte steif, drehte sich um und ging aus der Cafeteria, ohne noch ein Wort an Thomas oder Teresa zu richten.

Das ist vielleicht ein Charmebolzen, sagte Teresa.

Bevor Thomas antworten konnte, kamen Newt und Alby zu ihnen, ein strahlendes Lächeln im Gesicht.

»Hey, guck mal, wen der verdammte Bulle da angeschleppt hat«, sagte Newt und schlang seine Arme um Thomas. Er klopfte ihm ein paarmal auf den Rücken, dann ließ er ihn los.

»Ist ein bisschen komisch, hier und am helllichten Tag, statt nachts zusammen durch die Gänge zu schleichen. Willkommen im Pulk.«

Alby hatte währenddessen Teresa umarmt, jetzt wechselten sie und Alby quetschte Thomas die Luft aus der Lunge.

»Hey, toll, dass du da bist, Mann«, sagte Alby. »Du musst ja bald platzen vor Einbildung bei dem ganzen Scheiß, den sie über dich erzählen. Bist du der neue Kanzler, oder was? Das macht dich hier nicht gerade beliebt, Mann.«

Thomas öffnete den Mund, um etwas zu sagen, aber plötzlich stürzte sich jemand von links auf ihn und riss ihn fast zu Boden. Chuck.

»Was geht, du kleine Ratte?«, sagte Thomas lachend und wuschelte Chuck die Haare durch wie der abgefuckteste Bilderbuchopa.

»Bin hier so ziemlich der Boss«, sagte Chuck und streckte die Brust raus. »Wenn ich nicht gerade zu Gruppe B rüberschleiche, um mir 'n paar Streicheleinheiten bei den Ladys zu holen, natürlich.«

Alle prusteten los und Thomas lachte schallend, bis sein Blick auf Minho fiel, der offenbar nicht wusste, ob er aufstehen sollte oder nicht. Thomas ging zu ihm hinüber.

»Hey, Mann«, sagte er. »Hast du in letzter Zeit mal wieder jemand auf die Palme gebracht?«

Minho lächelte, obwohl in seinen Augen immer noch ein Anflug von Traurigkeit lag. Aber er hatte das Griewer-Erlebnis einigermaßen überwunden, das konnte Thomas sehen.

»Ich bin der reinste Engel«, antwortete er. »Manchmal verarsche ich Randall, indem ich irgendwelchen Schrott erzähle –

du solltest ihn mal sehen, er guckt immer so, als wüsste er, dass es was Fieses ist, und lacht auch noch halb mit, der Idiot.«

Ja, Minho ging es eindeutig besser.

Tom, sagte Teresa. *Schau mal da rüber, nach rechts. Gally.*

Thomas entdeckte den schwarzhaarigen Jungen, der, ohne es zu wollen, den ganzen Ärger mit Minho verursacht hatte. Irgendwie wirkte er anders. Es dauerte einen Moment, bis Thomas dahinterkam, was es war. Gallys Nase war mindestens doppelt so dick wie früher und total verunstaltet. Als hätte ihm jemand einen zerquetschten Blumenkohl ins Gesicht gepflanzt. Oder schlimmer noch – reingetackert. Es tat weh, ihn anzusehen.

Gally fing Thomas' Blick auf und nickte ihm zu, als wollte er ihn um Entschuldigung bitten, was absolut ehrlich wirkte. Thomas war sprachlos. Dann drehte Gally sich schnell wieder zu seinen Freunden um, mit denen er am Tisch saß.

»Was ist denn mit dem passiert?«, fragte Thomas Minho.

Der hielt eine Faust hoch. »*Das* ist ihm passiert. Sein lockeres Mundwerk hat uns verraten, da bin ich mir sicher. Wahrscheinlich hat er in den Duschen damit rumgeprahlt oder so. Und selbst wenn es nicht seine Schuld war, *mir* hat es verdammt gutgetan.«

Thomas erwartete, dass Minho lachte oder wenigstens grinste, stattdessen huschte ein Schatten über das Gesicht seines Freundes. Thomas sah ihn mit hochgezogenen Augenbrauen an und schüttelte den Kopf. Alby, Teresa, Chuck und Newt waren inzwischen dazugestoßen.

»Lasst uns jetzt was zu essen holen«, sagte Alby. »Ist ganz okay hier – nicht der schlimmste Fraß aller Zeiten. Dann können wir endlich reden und lästern und fette Pläne schmieden.«

Für eine Weile war alles vergessen – Sonneneruptionen, Seuchen, Cranks.

Die Zeit verging und der offizielle Start des Experiments rückte näher. Thomas hielt sich so oft wie möglich im Labyrinth auf. Es war zu einer Art Sanktuarium für ihn geworden. Am meisten faszinierte ihn der zentrale Wohnbereich mit seinen weiten, offenen Räumen und dem kleinen Wald dahinter. Er würde allen, die demnächst hierhergeschickt wurden, als Ruhe- und Rückzugsraum dienen. Das meiste sollte von den Probanden selbst aufgebaut oder in Betrieb genommen werden – der Bauernhof, die Gärten, der Wohnbereich. Für ANGST war es vermutlich eine gute Gelegenheit, ihre Todeszonenmuster in dieser produktiven Phase zu analysieren.

Thomas war stolz auf seinen Beitrag zur Errichtung der Labyrinthe und fragte sich, ob ANGST ihn je hineinschicken würde. Er hätte zu gern gewusst, was ihn dort drinnen erwartete. Je näher der Tag X rückte, desto schwerer fiel es ihm, seine Ungeduld zu bezähmen. Er brauchte dringend mal Abwechslung von der Alltagsroutine.

Aber vor dem Stichtag musste er noch ein Versprechen erfüllen.

Eines Nachts hielt er den Zeitpunkt für gekommen. Obwohl er inzwischen mehr Freiheiten hatte, kam es ihm trotzdem wie etwas Verbotenes vor, als er die Gänge zu den Schlafkojen von Gruppe A durchquerte. Er hatte nichts von seinem Vorhaben gesagt, weil es einfacher war, sich hinterher dafür zu entschuldigen, als vorher um Erlaubnis zu bitten. Die meisten waren sowieso viel zu beschäftigt – selbst abends –, um etwas zu merken.

Newt wartete an der Tür auf ihn.

»Hey, du bist ja tatsächlich gekommen, Tommy!«, rief er, was Thomas wieder mal einen Stich ins Herz gab. Er wusste nur zu gut, dass viele ihm und Teresa als den erklärten Elite-Kandidaten von ANGST nicht über den Weg trauten.

»Ja«, sagte er. »Ich halte mein Wort.«

Sie gaben sich die Hand, dann gingen sie los, um die verborgensten Tiefen des ANGST-Hauptquartiers zu erkunden.

28.10.229 | 23:04 Uhr

32

»Du kennst dich hier sicher besser aus als ich«, sagte Thomas, als sie um eine Ecke bogen und lautlos den nächsten langen Gang durchquerten. »Ich meine, so oft wie ihr hier nachts rumgeschlichen seid.«

»Schon möglich«, gab Newt zu.

»Also, ich glaube, ich hab 'nen schnelleren Weg zu den Schlafkojen von Gruppe B gefunden. Und einen, auf dem wir nicht so leicht von der Security gestoppt werden.«

Immer noch alles gut?, sagte Thomas in Teresas Kopf. Sie half ihm, eine Route zu finden, auf der sie am wenigsten Gefahr liefen, erwischt zu werden. Dazu hatte sie jede Menge Überwachungsvideos studiert, nicht ohne Thomas unverblümt unter die Nase zu reiben, dass er ihr jetzt etwas schuldete.

Ja, antwortete sie. *Geht durch das F&E-Labor, von dem ich dir erzählt habe, dann kann euch nichts passieren. Am anderen Ende liegt ein Notausgang, der direkt zu den Schlafkojen führt.*

Hab's, funkte Thomas zurück.

Noch ein paar Biegungen, und sie erreichten eine gepanzerte Tür mit der Aufschrift FORSCHUNG UND ENTWICKLUNG, zu der sie normalerweise keinen Zutritt hatten, wie zu vielen anderen dieser Art.

Die müsste jetzt offen sein, teilte Teresa ihm mit, als würde sie sie in Echtzeit beobachten. *Und der Rückweg dürfte kein Problem sein. Ich geh jetzt in mein Zimmer und hau mich ins Bett. Wenn ihr verhaftet oder erschossen werdet – Pech für euch*. Sie brach die Verbindung ab, bevor Thomas reagieren konnte, schickte ihm aber schnell noch ein Küsschen auf die Wange oder vielmehr die Vorstellung davon. Teresa wusste nur zu gut, wie sehr sie ihn damit in Verlegenheit bringen konnte.

»Tommy«, wisperte Newt, der geduckt vor der F&E-Tür stand. »Wisch dir dein kitschiges Lächeln vom Gesicht und lass uns weitergehen.«

Thomas ignorierte ihn, stieß die Tür auf und betrat schnell den Raum, dann winkte er Newt zu sich herein. Sobald die Tür hinter ihnen zufiel, huschten sie durch das Labor. Es war ein großer Raum mit zahlreichen Arbeitsflächen voller technischem Equipment und Schreibtischen mit Workstations und Monitoren. Überall standen Glascontainer herum und geheimnisvolle Maschinen mit einem Gewirr aus Kabeln und Schläuchen. An den Wänden hingen Werkzeuge und Instrumente, die aussahen, als gehörten sie in eine mittelalterliche Folterkammer: silbrig schimmerndes Metall, vieles davon scharfkantig.

Thomas und Newt liefen geduckt den Gang entlang, der den riesigen Raum in zwei Hälften teilte.

»Was zum Teufel machen die da drin?«, fragte Newt im Flüsterton und trotzdem hallte seine Stimme wie eine Explosion in der gespenstischen Stille wider.

Thomas zuckte so heftig zusammen, dass er stolperte und aus dem Gleichgewicht kam. Newt fiel über ihn und im nächsten Moment lagen sie auf dem Boden, wild mit Armen und Beinen rudernd, und lachten sich schlapp. Wahrscheinlich drehten sie langsam durch vor Stress.

»Hey, ich glaube, die ANGST-Typen haben sich verdammt in dir getäuscht«, grinste Newt, während er auf die Füße kam und sich den Staub abklopfte. »Mir kommst du eher wie ein Clown vor, nicht wie ein Elite-Kandidat.«

Thomas suchte nach einer schlagfertigen Antwort, als ihm etwas Seltsames ins Auge fiel – eine glühende grüne Masse, versteckt in einer dunklen Ecke. Gebannt starrte er hin.

Newts Lächeln geriet ins Wanken und erlosch. »Was ist los?«, fragte er und schaute in dieselbe Richtung. Das limettengrüne Licht war von einer dunstigen Aura umhüllt.

Keine zehn Pferde hätten Thomas jetzt dazu gebracht, sich abzuwenden und den geheimen Durchgang zu Gruppe B zu suchen, wie es die Vernunft gebot.

»Lass uns das mal auschecken«, flüsterte er Newt zu, als könnte er das Monster aufwecken, das vielleicht in diesem glühenden Glibber lauerte.

Langsam gingen sie an mehreren Schreibtischen und Workstations vorbei, bewegten sich Schritt für Schritt auf das gespenstische Glühen zu. Beim Näherkommen erkannte Thomas, dass der Glanz von einer großen grünen Glasplatte kam, etwa drei mal drei Meter breit. Sie lag über einem brusthohen Tank. Weiße Dunstschlieren quollen an den Rändern hervor und schlängelten sich in den dunklen Raum.

Thomas beugte sich über das Glas, dessen Oberfläche mit Wassertropfen bedeckt war, und sah Newt an. Das Gesicht seines Freundes glühte in dem grünen Licht, so dass er einen Moment lang todkrank aussah, fast wie eine Leiche. Thomas schüttelte den Gedanken schnell ab.

»Hey, wir sollten lieber die Finger davon lassen«, sagte Newt und schaute von dem Tank auf. »Sieht verdammt radioaktiv aus, wenn du mich fragst. Vielleicht wachen wir morgen früh mit drei Extrafingern und nur einem Auge auf.«

Thomas grinste, ohne wirklich hinzuhören, und schaute wieder auf den gruseligen Tank, fast wie hypnotisiert. Unter dem Glas wirbelte Dunst herum und bildete kleine Strudel. Aber darunter verbarg sich etwas. Thomas konnte eine dunkle Silhouette ausmachen. Irgendwie war er überzeugt, dass er nur lange genug hinstarren musste, damit dieses Etwas sich zeigte.

»Tommy?«, sagte Newt. »Lass uns weitergehen, okay? Ich krieg Gänsehaut von dem Ding da.«

Aber Thomas rührte sich nicht. Er musste es einfach wissen …

Und plötzlich bewegte sich der Klumpen in dem Tank und stieß dumpf gegen das Glas. Thomas machte einen Satz nach hinten. Der Klumpen schrappte kurz am Rand des Behälters entlang, bevor er wieder im Dunst verschwand. Er war hautfarben, von Linien wie ein Aderngeflecht durchzogen. Ein Arm. Genau, das Ding hatte ausgesehen wie ein Arm.

Thomas schauderte und spürte, wie sich die Härchen in seinem Nacken und an den Armen aufstellten. Er drehte sich zu Newt um. Der starrte ihn entsetzt an.

»Was machen wir noch hier?«, fragte Newt.

»Gute Frage.«

Thomas wollte sich abwenden, als ein zweiter, dickerer Klumpen gegen das Glas stieß – vermutlich der Rumpf der Kreatur in dem Tank. Auch dieser Klumpen war von Adern durchzogen und die Haut mit etwas Schleimigem bedeckt. Thomas musste würgen.

»Schau mal, Tommy«, flüsterte Newt, der sich jetzt tiefer über das Glas gebeugt hatte und mit dem Finger zeigte. »Da wächst irgendwelches Zeug aus dem Glibber.« Er wich von dem Container zurück und wandte sich schaudernd ab.

Thomas nahm seinen ganzen Mut zusammen, beugte sich über den Tank und wischte das Kondenswasser ab. Die wabbelige Masse, die gegen das Glas drängte, hatte zahlreiche große, bauchige Fortsätze. Sie sahen wie Krebsgeschwüre oder riesige Blasen aus. Das glühende grüne Licht kam von diesen Dingern, wenn ihn seine Augen nicht täuschten.

Thomas wich zurück und rieb sich die Augen. Er hatte ja schon viel Seltsames gesehen, aber das hier toppte alles.

»Was. In. Aller. Welt. Ist. Das?«, stieß er hervor.

»Keine Ahnung«, sagte Newt und wich seinem Blick aus. »Aber ich finde, wir haben genug gesehen.« Dunstschlieren glitten an seinem Hemd hinauf und teilten sich um seinen Kopf herum.

»Allerdings«, stimmte Thomas zu. »Los, gehen wir.«

Wieder mal hatte er ungefragt einen Blick hinter die Kulissen von ANGST geworfen, und was er gesehen hatte, gefiel ihm gar nicht.

In düsterer Stimmung durchquerten sie das restliche Labor, dann den Security-Tunnel, von dem Teresa gesprochen hatte. Endlich standen sie vor der falschen Wand hinter einem Vorraum, der zu den Schlafkojen von Gruppe B führte. Thomas stand noch unter Schock. Immer wenn er sich gerade ein bisschen mit seinem Leben bei ANGST arrangiert hatte, stieß er auf einen neuen Horror, wie diesen Glastank zum Beispiel, in dem ein Monster mit glühenden Fortsätzen heranwuchs. Wie ein Fötus im Mutterleib.

ANGST verschwieg ihm offensichtlich eine ganze Menge, was nichts Neues für ihn war – er war ja schließlich kein Idiot. Trotzdem hatte er manchmal das Gefühl, dass sie ihn völlig im Dunkeln tappen ließen, genau wie alle anderen. Als sei er nur einer der vielen Probanden und weiter nichts. Ihm wurde schlecht, wenn er sich vorstellte, welcher Horror erst auf die Leute wartete, die bald ins Labyrinth geschickt wurden. Die Griewer, diese biomechanischen Kreaturen, die sie im F&E-Labor züchteten …

Thomas seufzte. In diesem Moment drückte Newt gegen eine Stelle in der Wand und ein großes Paneel ploppte heraus. Ein kleiner Raum kam dahinter zum Vorschein, ziemlich dunkel, mit einer offen stehenden Tür, die etwa einen Meter entfernt war und zu den Schlafkojen führte. Thomas konnte die Stockbetten sehen, die sich an der Wand entlangreihten.

»Hey, was ist, wenn sie durchdrehen?«, wisperte er. »Ich hab keine Lust, vierzig Mädchen auf einmal an der Backe zu haben.«

»Ich dachte, du stehst auf so was«, gab Newt flüsternd zurück. Thomas wusste, dass er grinste, obwohl er ihn kaum sehen konnte.

Kopfschüttelnd schubste er Newt durch die Wandöffnung und folgte ihm auf die andere Seite des Vorraums. Dann spähten sie durch die Tür zu Gruppe B hinein. Das leise Atmen in dem Raum wurde hier und da von lautem Schnarchen oder dem Knarzen eines Bettrosts unterbrochen, wenn eines der Mädchen sich herumwälzte.

Thomas wartete ab, bis seine Augen sich an die Dunkelheit gewöhnt hatten, dann ließ er seinen Blick über die Schlafkojen wandern. Plötzlich tauchte wie aus dem Nichts eine Gestalt vor ihm auf. Er konnte gerade noch einen Aufschrei unterdrücken und stolperte rückwärts. Das Mädchen folgte ihm in den dunklen Vorraum.

»Was wollt ihr?«, zischte sie wütend. »Wer seid ihr?«

Thomas fing sich wieder. »Tut mir leid, dass wir einfach so reinschleichen, aber wir sind von Gruppe A. Wir sind hier, weil Newt sich von seiner Schwester verabschieden will, bevor die Labyrinthprüfungen anfangen.«

Er konnte Newts Gesicht in der Dunkelheit nicht erkennen. Trotzdem wusste er, dass sein Freund über ihn grinste, weil er so in Panik geraten war.

»Ihr hättet uns vorwarnen können«, sagte das Mädchen,

»statt hier reinzuschleichen wie Kidnapper. Wie heißt ihr? Oder vielmehr *du*, wenn der andere Newt ist. Über Newt wissen wir alle Bescheid. Sonya ist eine meiner besten Freundinnen.«

»Ich bin Thomas.«

»Oh.« Das Mädchen klang enttäuscht. Oder sauer. Ihre Gruppe wusste vermutlich genauso viel über ihn und Teresa wie Gruppe A über Aris und Rachel. ANGST hatte ganze Arbeit geleistet. »Ich heiße Miyoko. Ich hol schnell Sonya.«

Das Mädchen huschte in den Schlafsaal zurück.

»Hoffentlich sind sie auf unserer Seite«, sagte Newt. »Dieses Mädchen würde unsere halbe Gruppe zu Brei schlagen.«

Thomas antwortete nicht; die Dunkelheit in diesem Raum bekam auf einmal etwas Bedrohliches. ANGST hatte die Probanden aus guten Gründen in Mädchen- und Jungengruppen eingeteilt. Es hatte irgendwie damit zu tun, wie die Variablen in den Labyrinthprüfungen ablaufen sollten. Aber Thomas wusste, dass noch mehr dahintersteckte, und das gefiel ihm nicht.

Miyoko tauchte wieder auf, mit einem anderen Mädchen im Schlepptau. Wie ein Wirbelwind schoss dieses Mädchen an Thomas vorbei, flitzte durch die Tür und warf sich Newt in die Arme. Eng umschlungen stolperten sie in den kleinen dunklen Raum zurück.

»Hey«, sagte Miyoko und schubste Thomas sanft beiseite, damit sie die Tür zumachen konnte. Dann knipste sie ein Licht an, so hell wie zwei Sonnen. Thomas blinzelte und hielt sich die Hand vor die Augen.

Newt weinte, was Thomas auch mit geschlossenen Augen

merkte. Der arme Kerl schluchzte richtig, wenn auch irgendwie erstickt, weil er wahrscheinlich den Kopf an der Schulter seiner Schwester hatte. Als Thomas endlich wieder sehen konnte, standen die beiden Geschwister tränenüberströmt da und klammerten sich wie Ertrinkende aneinander. Thomas wusste nicht, wie lange sie sich nicht gesehen hatten oder ob sie irgendwie heimlich miteinander kommunizieren konnten. Aber der Anblick zerriss ihm fast das Herz.

»Komm«, sagte Miyoko zu Thomas und fasste ihn am Arm. »Wir lassen die beiden jetzt lieber …«

»Ich hasse sie«, stieß Newt laut hervor, von Schluchzern geschüttelt. Dann löste er sich von seiner Schwester und wischte sich die Tränen ab. »Ich hasse sie alle – jeden Einzelnen von ihnen. Wie können sie so was machen? Wie können sie uns einfach von zu Hause wegbringen und uns dann getrennt halten?« Die letzten Worte brüllte er regelrecht und Miyoko zuckte zusammen, schaute nervös zur Tür.

»Nein, nein, nein«, murmelte Sonya beruhigend. Sie legte ihre Hände an Newts Gesicht und sah ihm direkt in die Augen. »Sag so was nicht, das ist die falsche Einstellung. Wir haben es viel besser als neunundneunzig Prozent der Kinder da draußen. ANGST hat uns gerettet, Bruderherz. Glaubst du, wir würden noch leben, wenn sie uns da draußen gelassen hätten?« Sie zog Newt wieder an sich.

»Aber warum halten sie uns getrennt?«, schniefte Newt. Seine Stimme war so traurig, dass es Thomas die Kehle zuschnürte. »Warum die ganzen Tests und Spiele und Grausamkeiten? Ich hasse sie – da kannst du sagen, was du willst.«

»Eines Tages wird das alles vorbei sein«, flüsterte Sonya.

»Vergiss nicht, du bist nicht immun. Und eines Tages werden sie dich heilen können, dann kommen wir wieder zusammen. Hey, wie absurd ist das denn? *Du* müsstest mich doch trösten, und nicht umgekehrt.«

»O Lizzy – ich hab dich so lieb«, murmelte Newt und drückte ihre Hand. »Mehr, als du dir je vorstellen kannst.« Er legte den Kopf zurück und sah sie an.

Sonya lächelte und ihr Bruder schüttelte den Kopf, dann riss er sie wieder in seine Arme und in Thomas stieg die dunkle Ahnung auf, dass das hier für lange Zeit Newts letzter schöner Moment sein würde.

12.11.229 | 07:31 Uhr

33

Nur noch wenige Tage bis zur Eröffnung des Labyrinths. Thomas brachte kaum noch ein Auge zu. Jeden Abend redete er telepathisch mit Teresa, aber oft hielten sie auch einfach schweigend die Verbindung, ohne einander viel mitzuteilen. Die bloße Gegenwart des anderen, die Tatsache, dass er einfach da war, genügte ihnen. Teresa stand ihm außer seiner Mom, die er natürlich nie vergessen würde, am nächsten. Sie war fast so etwas wie Familie für ihn geworden … so ähnlich wie das, was Newt mit Lizzy verband.

Das Erste, woran er sich erinnerte, als er morgens von einem Klopfen an der Tür geweckt wurde, war Teresas Summen. Sie summte oft, ohne es zu merken. Die Vibration und das damit verbundene Gefühl hatten sich ihm mitgeteilt und ihn in den Schlaf gelullt. So gut und tief wie in dieser Nacht hatte er schon lange nicht mehr geschlafen.

Er wälzte sich aus seinem Bett und öffnete die Tür. Dr. Paige stand draußen. Sie sah besorgt aus.

»'tschuldigung«, murmelte Thomas und rieb sich die Augen. »Hab verschlafen. Aber ich hab's gebraucht, ehrlich.« Er und Teresa hatten sich die Beine ausgerissen, um bis zu den Labyrinthprüfungen fertig zu sein.

»Schon gut«, sagte Dr. Paige abwesend. »Kanzler Anderson will Teresa und dich gleich heute Morgen sehen. Aris und Rachel werden auch da sein. Es ist dringend. Beeil dich, zieh dich schnell an. Frühstücken kannst du nach dem Meeting.«

Jetzt sah Thomas, dass Dr. Paige völlig aufgelöst war. Ein Blick in ihr blasses Gesicht ließ ihn einen Augenblick zögern, ehe er antwortete.

»Na los, Thomas!«, fuhr sie ihn an. »Jetzt mach schon, was ich dir gesagt habe.«

»Okay, okay, bin in fünf Minuten fertig.«

»Drei. Höchstens.«

Es war derselbe Konferenzraum, in dem er Aris und Rachel vor ein paar Monaten zum ersten Mal gesehen hatte. Aber diesmal waren außer Thomas und den anderen Elite-Kandidaten nur drei Personen anwesend: Kanzler Anderson, Ramírez und Dr. Paige. Sie hatten auf der einen Seite des Tisches Platz genommen und Thomas, Teresa, Aris und Rachel saßen ihnen gegenüber. Keiner der Anwesenden sah besonders glücklich aus.

»Danke, dass ihr gekommen seid«, fing Anderson an, die übliche Floskel bei solchen Meetings – als hätten Thomas und seine Freunde eine Wahl gehabt. »Ich fürchte, ich habe ein paar ernüchternde Neuigkeiten für euch. Und ich will nicht lange um den heißen Brei herumreden. Ich werde einfach sagen, was Sache ist.«

Aber seltsamerweise machte er das Gegenteil. Er verstummte und wechselte verstohlene Blicke mit Ramírez und Dr. Paige. Thomas wartete, aber irgendwann wurde es absurd. Die Angst in Andersons Stimme war echt gewesen, hatte fast schon an Panik gegrenzt.

»Dann sagen Sie's doch endlich«, verlangte Aris.

Anderson nickte steif. »Wir glauben … nein, befürchten, dass wir es mit einem Ausbruch zu tun haben.«

Er lehnte sich auf seinem Stuhl zurück und stieß erschöpft die Luft aus. Dann schaute er wieder zu Dr. Paige.

»Ein Ausbruch?«, wiederholte Teresa. »Sie meinen Den Brand?«

»Paige, jetzt sagen Sie doch mal was«, brummte Anderson.

Dr. Paige faltete die Hände auf dem Tisch und schaute sie an. »Ja. Der Brand. Wie ihr euch denken könnt, ist keiner der Erwachsenen hier immun, so dass wir strenge Sicherheitsmaßnahmen eingeführt haben, um uns nicht anzustecken. Aber vor ein paar Monaten hat sich leider herausgestellt, dass es eine Sicherheitslücke gegeben haben könnte, obwohl keiner unserer Mitarbeiter einschlägige Symptome oder positive Testergebnisse aufwies.«

»Und weshalb dann die ganze Aufregung?«, fragte Rachel und Thomas wünschte sich wieder einmal, dass sie mehr Kontakt zu Rachel und Aris hätten.

»Ihr wisst doch von den Crank-Gruben, nicht wahr?« Anderson schaltete sich wieder ein. Und es war mehr eine Feststellung als eine Frage. »Das ist der riskanteste Teil unserer Einrichtung, aber ein sehr wichtiger. Die Gruben sind zugleich Falle und Aufbewahrungsort für Cranks, die sich auf unser Gelände verirren, außerdem liefern sie uns biologisches Material für unsere Virusforschung.«

»Und was ist passiert?«, fragte Thomas.

»Wir führen genau Buch«, antwortete Ramírez. Es war immer ein Schock, wenn dieser zugeknöpfte Typ den Mund aufmachte. »Ihr müsst es euch wie so 'ne altmodische Bienenfalle vorstellen. Die Cranks wandern herein, kommen aber nicht mehr raus. Der Ort ist rund um die Uhr überwacht, wir haben überall Kameras.« Er hielt inne und räusperte sich, ein grässliches Geräusch, als würde er eine Ladung Schleim tief aus seinen Bronchien hochziehen. »Es besteht striktes Kontaktverbot ohne Schutzanzug – das heißt, jeder, der mit den Cranks zu tun hat, muss einen Sicherheitsabstand von mindestens sechs Metern einhalten. Außer Munis natürlich, so wie ihr.« Er schniefte, als kränkten ihn seine eigenen Worte.

»Sie haben uns immer noch nicht gesagt, was passiert ist«, sagte Teresa, ohne ihren Abscheu vor dem Mann zu verbergen. Er war für sie, genau wie für Thomas, untrennbar mit den Schmerzen verbunden, die Randall ihr zugefügt hatte.

»Einer der Cranks ist abgängig«, gab Ramírez endlich zu. »Wir machen dreimal täglich Inventur, zählen die Neuzugänge aus den Wäldern draußen dazu und ziehen die Exemplare ab, die wir zu Labortests herausgeholt haben. In all den Jahren gab es keine einzige Fehlmeldung. Bis vor ein paar Monaten. Da ist einer verschwunden.«

Es dauerte eine Weile, bis die Worte bei allen angekommen waren. Schweigen. Thomas schauderte, obwohl er immun war. Es war auch nicht wirklich der Virus, der ihm Angst machte, sondern die Cranks. Und bei der Vorstellung, dass sich vielleicht einer im ANGST-Hauptquartier versteckte, wurde ihm flau im Magen.

»Wir wollen euch keine Angst machen«, sagte Kanzler Anderson. »Aber wir haben euch herbringen lassen, um euch mitzuteilen, dass wir ein paar Maßnahmen treffen mussten. Harte Maßnahmen. Erstens werden wir die Labyrinthversuche von fünf auf drei Jahre verkürzen. Wie ihr wisst, haben wir sehr langfristig geplant, aber die Möglichkeit eines Ausbruchs hat uns zu denken gegeben. Wir müssen die Variablen vielleicht etwas … intensiver gestalten.«

Thomas lief es kalt den Rücken hinunter. Anderson redete um den heißen Brei herum, so viel war klar, aber warum? Von Teresa kam keine konkrete Botschaft, aber sie zeigte ihm ihre Gefühle, weil sie seine Ängste teilte.

»Wir haben mehrere Möglichkeiten für eine Phase Zwei ausgearbeitet, schlimmstenfalls sogar eine Phase Drei. Wenn wir die Ersten ins Labyrinth geschickt haben, werden wir sehen, wie die Dinge sich entwickeln.«

Thomas dachte sofort an den Horror, den er mit Newt zusammen im F&E-Labor entdeckt hatte – der Tank mit dem Glasdeckel, die geäderte Haut, die bauchigen Fortsätze.

Anderson seufzte, legte einen Augenblick seinen Kopf in die Hände und schaute wieder auf. Thomas hatte ihn noch nie so frustriert gesehen.

»Manchmal wird es einfach zu viel«, fuhr Anderson fort, dann schlug er mit der Hand auf den Tisch. »Ich weiß kaum noch, wo mir der Kopf steht. Aber sei's drum, die Dinge können in den nächsten paar Monaten ausgearbeitet werden, wenn wir die Ergebnisse in den Labyrinthen analysieren. Vergesst nicht, wir haben die Flat-Trans-Technik und die Möglichkeit, unbegrenzt menschliche Ressourcen zu erschließen. Gegenwärtig erkunden wir sogar Standorte für weitere Experimente. Das kann alles kommen und wird auch kommen, aber alles zu seiner Zeit. Das Herunterfahren der Labyrinthversuche von fünf auf drei Jahre ist momentan einfach alternativlos.« Er lächelte schwach. »Aber natürlich ist es frustrierend, zumal wir alle so viel Mühe in die Konstruktion dieser verdammten Anlage gesteckt haben, dass es eine Schande ist, wenn sie nur die Hälfte der vorgesehenen Zeit genützt wird.«

Der will Zeit schinden, sagte Teresa in Thomas' Geist. *Er muss mit etwas rausrücken, das ihm gegen den Strich geht.*

Thomas nickte kaum merklich. Teresa hatte völlig Recht.

»Was verschweigen Sie uns?« Aris brachte es auf den Punkt.

Anderson stellte sich zuerst überrascht, dann schenkte er Aris ein wissendes Lächeln. »Manchmal vergesse ich, wie hellhörig ihr vier seid. Also, die Sache ist die: Ich bin einfach nervös, okay? Ich darf euch das eigentlich nicht zeigen, aber es ist die Wahrheit.« Seine Augen schnellten im Zimmer herum und blieben auf dem Tisch vor ihm haften, bis er endlich wieder aufschaute und geräuschvoll ausatmete. »Also, was ich euch die ganze Zeit zu sagen versuche: Es wird hart, aber ihr seid dem gewachsen, da bin ich mir sicher.«

Es wurde noch mehr darüber geredet und andere Dinge kamen zur Sprache, aber Thomas hörte nicht mehr hin. Was war passiert? Da hatte doch plötzlich jemand gekniffen? Thomas war ganz sicher, dass Kanzler Anderson und seine beiden Partner aus unerfindlichen Gründen in letzter Sekunde einen Rückzieher gemacht und ihnen *nicht* alles erzählt hatten.

Was verheimlicht der uns?, fragte er Teresa, als sie endlich aufstanden, um den Raum zu verlassen. Aber dann fiel sein Blick auf Dr. Paige und der seltsame Ausdruck in ihrem Gesicht sagte ihm, dass er die falsche Person im Visier hatte.

22.11.229 | 08:47 Uhr

34

Schau dir Minho an, sagte Teresa zu Thomas.

Es war der Morgen vor dem großen Tag – das Labyrinth wurde eingeweiht. Vierzig Jungen aus Gruppe A standen an den Wänden des Gangs aufgereiht und warteten auf ihre medizinische Abschlussuntersuchung. Newt, Minho, Alby, Gally – alle, die Thomas im Lauf der letzten paar Jahre kennengelernt hatte, wurden ins Labyrinth geschickt. Ein ganzes Heer von Krankenpflegern ging im Flur auf und ab und bereitete sie für den Check-up vor – maßen Temperatur, Blutdruck, prüften Augen und Zunge.

Ja, ich sehe ihn, antwortete Thomas. Sie waren im Auftrag

des Kanzlers hier, als Beobachter, die zugleich moralische Unterstützung leisten sollten. Aber Thomas brach es das Herz, seinen Freunden Lebwohl sagen zu müssen. Seit sie hier waren, hatte er noch kein Wort gesagt.

Minho stand etwa an zehnter Stelle von Teresa und ihm entfernt und zappelte schon die ganze Zeit herum. Aber es wurde immer schlimmer – sein Körper war wie ein gezückter Revolver, die Muskeln angespannt, als würde er jeden Moment losstürmen. *Mann,* sagte Thomas. *Der wird doch nicht schon wieder den Alleingang testen, oder?*

Er konnte verstehen, dass Minho fast durchdrehte. In den Untersuchungsräumen, die aus ihrem Blickwinkel gut einsehbar waren, hingen bedrohliche Geräte über jedem Bett – irgendwelche Robotermasken aus Metall, die nur so strotzten vor Schläuchen und Kabeln. Vermutlich waren die Dinger dazu da, jede erdenkliche Art von Todeszonen-Messwert einzufangen, als Basis für die Erfassung der Fortschritte bei den Labyrinthversuchen.

Los, komm, sagte Teresa, stieß sich von der Wand ab und ging zu Minho hinüber. Thomas folgte ihr auf dem Fuß. Teresa strahlte so viel Autorität aus, dass das medizinische Personal nur flüchtig zu ihr hinsah. Sie blieb vor Minho stehen und legte ihm eine Hand auf die Schulter. Minho zuckte zusammen und im ersten Moment dachte Thomas allen Ernstes, dass er sie schlagen würde, aber dann fing Minho ihren Blick auf und wurde schlagartig ruhig. Seine Muskeln entspannten sich, eine Welle von Ruhe und Frieden schien seinen Körper zu durchströmen. Seine Augen füllten sich mit Tränen. Das brachte Thomas völlig aus der Fassung.

»Schon gut«, sagte Teresa zu ihm. »Wenn du dich dagegen sträubst, machst du es nur schlimmer. Alles wird gut im Labyrinth. Wirst schon sehen.«

»Kommst du nicht mit uns?«, fragte Minho.

Darauf war Teresa nicht gefasst, genauso wenig wie Thomas.

»Ähm … also …«, stotterte sie.

»Noch nicht«, warf Thomas schnell ein, in der Hoffnung, dass seine Freunde nicht weiterfragen würden.

Minhos Gesicht verfinsterte sich wieder und diesmal verflog seine Wut nicht. »Ach ja? Und ihr erzählt mir, dass ich mich nicht gegen *die da* wehren soll? Ihr meint wohl, gegen *euch*! Was willst du hier eigentlich, Thomas? Soweit ich gesehen habe, hat dir niemand Blut abgenommen und an dir herumgestochert wie an einem Stück Vieh?«

Alby, der nur ein paar Schritte weiter unten im Flur stand, drehte sich zu ihnen um. »Ja«, sagte er. »Das würde ich auch gern wissen. Du schickst uns alle in dieses gigantische Experiment und dann gehst du in dein kuscheliges Bett zurück und chillst? Warum hast du uns nichts davon gesagt? Wir sollten wohl denken, dass du mitkommst, und dann – April, April.«

Thomas wusste nicht, was er sagen sollte. Er hatte sich die ganze Zeit eingeredet, dass er im selben Boot saß wie seine Freunde. Dass sein Sonderstatus nicht zählte, die größere Verantwortung, die er trug. Aber wie hatte er jemals glauben können, dass das keine Rolle spielte? Dass ihm diese Unterschiede nicht irgendwann um die Ohren flogen?

»Na, was ist? Hast du den Text vergessen, mit dem du uns einseifen sollst?«, höhnte Alby. »Oder willst du deine alten

Kumpel nur nicht aufregen?« Er nickte zu den Ärzten und Pflegern, die mit ihrer Arbeit weitermachten, als wäre alles in bester Ordnung.

»Ach kommt, Jungs«, sagte Teresa, die endlich die Sprache wiedergefunden hatte. »Wir sind doch nicht besser dran als ihr – wir machen einfach nur, was sie uns sagen.«

»Bla bla bla. Von mir aus kannst du ruhig weiterschwafeln, wenn es dir hilft«, knurrte Alby. Er verschränkte die Arme, lehnte sich an die Wand und schaute weg. Thomas konnte es ihm nicht übel nehmen: Kein Wunder, dass seine Freunde ausrasteten.

Außerdem lag die Wahrheit auf der Hand. Die anderen wurden ins Labyrinth geschickt – er nicht. Es war sogar fraglich, ob er je reinmusste. Er hatte einen anderen Status als seine Freunde, daran gab es nichts zu rütteln. Sie standen da, den Rücken zur Wand, und einige funkelten ihn an, als hätte er das alles die ganze Zeit gewusst. Als hätte er sie angelogen. Selbst Newt, der hinten in der Schlange stand, starrte ihn wütend an.

Thomas war am Boden zerstört.

Minho hatte nichts mehr gesagt, aber der wilde Ausdruck war wieder in seinen Augen. Wut, Angst und die Ungewissheit, was sie im Labyrinth erwartete … Thomas konnte gut verstehen, wie seine Freunde sich fühlten. Und er war der perfekte Sündenbock.

Minho stieß Teresas Hand von seiner Schulter. »Alby hat Recht«, sagte er. »Ich hab immer für euch Partei ergriffen und wollte euch unterstützen. Hab mir gesagt, dass ihr uns auf diese Weise vielleicht helfen könnt. Aber jetzt ist klar, was ihr gemacht habt. Ihr habt *ihnen* die ganze Zeit geholfen. Und alles nur, um uns das hier anzutun!« Er schlug sich zweimal auf die Brust, während er die Worte hervorstieß.

»Hör doch mal zu, Minho …«, fing Teresa an.

»Geh mir aus den Augen!«, brüllte er.

Die Welt ging gerade unter und Thomas wusste nicht, was er tun oder sagen sollte. Alby, Minho, Newt. Bis vor fünf Minuten waren das seine besten Freunde gewesen und er hatte sich einfach darauf verlassen, dass sie ihm nichts Böses zutrauten. Und jetzt war alles geplatzt wie eine Seifenblase, wie der letzte Idiot stand er vor ihnen. Was immer er sagte – es würde wie eine Lüge klingen, selbst in seinen eigenen Ohren.

Aus dem Augenwinkel sah er, dass jemand den Gang entlangkam – Gally. Der Junge hatte seinen Platz in der Schlange verlassen, sein Gesicht brannte vor Wut. Zwei Pfleger waren hinter ihm her.

»Thomas!«, brüllte Gally und ging schneller. Thomas sah, dass er gar nicht wütend war, sondern nur verzweifelt. »Du musst uns helfen! Kannst du uns nicht helfen?« Die beiden Pfleger packten Gally, bevor er noch näher kommen konnte, und hielten ihn zurück. »Auf dich hören sie, das wissen wir. Hilf uns!« Verbissen hielt er seinen Blick auf Thomas gerichtet, während die Pfleger ihn grob wegzerrten und in einen der Untersuchungsräume schleppten.

Thomas stand hilflos da. Er sah der Reihe nach die Jungs an, die einst seine Freunde gewesen waren, und es brach ihm das Herz. Minho, Alby, Newt – ihre Augen sprühten vor Hass und Feindseligkeit. Wie war das möglich? Warum war plötzlich alles zu Bruch gegangen?

Er musste etwas sagen, schnell. Wenn er noch länger zögerte, hatte er seine Chance verspielt. Irgendwie musste er das in Ordnung bringen. Ihnen klarmachen, dass sie sich täuschten, dass er nicht wirklich für ANGST arbeitete. Dass Teresa und er auf *ihrer* Seite waren und notfalls selbst mit ins Labyrinth kommen würden. Er musste reden, jetzt sofort!

Thomas öffnete den Mund, um die Worte hervorzusprudeln, die er sich zurechtgelegt hatte, seine Bitten, seine Entschuldigungen.

Aber es kam anders. Tief in seinem Gehirn klickte etwas und dann war es, als griffe eine Hand in seinen Körper, um ihn zu manipulieren, um sich seiner Nerven und Gedanken zu bemächtigen, seines ganzen Seins. Er verlor die Kontrolle über sich, wie ein Besessener, in den ein böser Geist gefahren ist – und irgendetwas in ihm übernahm die Führung. Die Worte, die er aussprach, kamen gegen seinen Willen heraus.

»Tut mir leid«, sagte er und selbst seine Stimme klang fremd. »Ich kann nichts für euch tun.«

Dann stand er da, erstarrt, hilflos, innerlich schreiend, und schaute zu, wie seine Freunde fortgebracht wurden.

23.11.229 | 10:28 Uhr

35

Am nächsten Tag kam Dr. Paige pünktlich auf die Minute. Thomas hatte die ganze Nacht wach gelegen und über alles nachgedacht, was passiert war, und er war immer wütender geworden. Als sein Wecker klingelte, konnte er es kaum erwarten, seine Wut an jemandem auszulassen, egal wer ihm gerade über den Weg lief.

Aber dann stand Dr. Paige vor ihm – und seine Wut verpuffte. Er hatte das Gefühl, halb verrückt zu sein, nach allem, was passiert war, und wollte nicht, dass sie auf falsche Gedanken kam.

»Sag nichts, Thomas«, sagte die Ärztin warnend. »Kein

Wort. Es gibt gute Gründe für alles. Du würdest sie nicht verstehen. Und du musst wissen, dass ich nicht das letzte Wort bei irgendwelchen Entscheidungen habe. Aber zumindest *einen* Sieg habe ich heute für dich errungen. Wie wär's mit einem freien Tag? Du kannst deine Freunde im Labyrinth beobachten, wenn du willst. Ich finde, das hast du dir verdient.«

Thomas lebte einen Augenblick auf, dann fiel er wieder in sich zusammen. »Ja klar – das bietet ihr mir doch nur an, weil ihr *mich* dabei beobachten wollt, wie ich *sie* beobachte.«

Dr. Paige seufzte. »Also willst du oder nicht?«

Thomas schluckte seinen Stolz hinunter. »Ja, okay.«

Dr. Paige führte Thomas in den Beobachtungsraum, in dem er vor langer Zeit mit angesehen hatte, wie Minho von einem Griewer gefoltert wurde.

Diesmal zeigten die Monitore verschiedene Ausschnitte des gigantischen grünen Bereichs im Zentrum des Labyrinths – dort lebten jetzt die meisten seiner Freunde. Dr. Paige deutete auf einen Stuhl am Steuerpult und er setzte sich, den Blick bereits auf die zahlreichen Monitore geheftet. Ohne ein weiteres Wort verließ Dr. Paige den Raum und schloss die Tür hinter sich.

Thomas beugte sich vor.

Und schaute zu.

Sie hatten die erste Nacht in ihrem neuen Zuhause verbracht, aber keiner von ihnen hatte bis jetzt das eigentliche Labyrinth gesehen.

Thomas sah zu, wie die Jungs auf dem großen Innenhof herumliefen, der sich an die riesigen Wände des eigentlichen Labyrinths schmiegte. Ihre Gesichter sprachen Bände, oder vielmehr ihre Augen, die oft ganz deutlich zu sehen waren, wenn eine Käferklinge nahe genug an sie herankam. Sie hatten keine Ahnung, wo sie waren. Sie wirkten orientierungslos, und je länger Thomas hinsah, desto deutlicher spürte er, dass etwas nicht stimmte. Der ganze Pulk war auseinandergedriftet und die Jungs strahlten etwas ungeheuer Einsames aus, als wären sie völlig isoliert und jeder von ihnen auf sich selbst gestellt.

Thomas konzentrierte sich auf zwei von ihnen, die er kaum kannte und deren Wege sich in diesem Moment kreuzten.

»Hey«, sagte der eine mit bebender Stimme. »Weißt du, wo wir sind? Und wie wir hierhergekommen sind?«

Der andere schüttelte den Kopf und kämpfte sichtlich mit den Tränen. »Keine Ahnung. Ich weiß nicht mal, ob …« Er beendete seinen Satz nicht, sondern drehte sich um und ging schnell weg.

Ähnliche Szenen spielten sich überall ab. Meistens gingen die Jungs einander aus dem Weg, und wenn sie doch mal Kontakt aufnahmen, verhielten sie sich wie Fremde. Als wüssten sie nicht, wer der andere war. Oder wer sie selbst waren. Ein paar Namen fielen, aber selbst darin schwang eine sonderbare Ungewissheit mit.

Die Masken. Thomas fiel es wie Schuppen von den Augen. Jetzt wusste er, wozu die Masken dienten. ANGST hatte etwas Schreckliches mit ihrem Gedächtnis angestellt. Etwas, das vermutlich mit den Gehirnimplantaten zu tun hatte.

Unfassbar, wenn das stimmte, wenn es nichts Vorübergehendes war. Thomas konnte sich nichts Schlimmeres vorstellen. Ihr Gedächtnis war alles, was sie hatten. Er dachte daran, wie Randall ihm seinen Namen weggenommen hatte – er hätte ihm genauso gut seine Seele stehlen können. Und das hier war noch viel, viel schlimmer. Wie tief ging es? War es vielleicht doch nur vorübergehend?

Jetzt sah er Minho. Er lief an den Wänden entlang und sah sich jeden Zentimeter des Gebäudes genau an. Vielleicht machte er das schon seit Stunden, seit die falsche Sonne aufgegangen war. Er hatte Angst, das war offensichtlich. Kein Wunder, wenn man sein Gedächtnis verloren hatte und zudem in einem Steingefängnis erwachte. Da musste die Panik alle Grenzen sprengen. Minho lief und lief und lief, erst an der einen endlos langen Wand entlang, dann an der nächsten und übernächsten. Er musste doch längst gemerkt haben, dass er im Kreis lief.

Auf einem anderen Bildschirm saß Alby in der Nähe eines Wäldchens, den Rücken an eine skelettähnliche Kiefer gelehnt. Er war so still, dass er fast leblos wirkte. Und er sah so gebrochen aus, dass Thomas' Herz sich zusammenzog. Dieser Junge, der immer wild und aufbrausend gewesen war, der sich mit allem und jedem anlegte – ANGST hatte es geschafft, ihn in einen Schatten seiner selbst zu verwandeln.

Newt war einer der ziellos Umherirrenden. Er lief überall herum, vom Stall zu den Feldern und dem kleinen Gebäude, das ihr neues Zuhause sein sollte. In Wahrheit war es nicht viel mehr als ein Schuppen. Newt hatte denselben ausdruckslosen Blick wie Alby. Langsam bewegte er sich auf seinen alten Freund zu, als wäre es ein wildfremder Mensch. Thomas aktivierte den Lautsprecher des Monitors.

»Weißt du, wo wir sind?«, fragte Newt.

Alby riss den Kopf hoch. »Nein, weiß ich nicht«, fauchte er, als hätte Newt ihm dieselbe Frage schon hundertmal gestellt.

»Ja, verdammter Mist, ich weiß es auch nicht.«

»Ach nee – ist ja ganz was Neues.«

Sie starrten sich einen Augenblick an, ohne dass einer von beiden den Blick senkte. Endlich sagte Newt: »Wenigstens weiß ich noch meinen Namen – ich bin Newt. Und du?«

»Alby.« Er sagte es fast, als hätte er geraten.

»Okay, meinst du nicht, wir sollten mal die Lage peilen?«

»Ja, klar.« Albys Gesicht sah so angewidert aus wie in der Nacht, als sie vor dem ANGST-Gelände draußen erwischt worden waren.

»Also dann?«, hakte Newt nach.

»Morgen, Mann. Morgen. Lass uns noch 'n Tag Trübsal blasen, verdammter Scheiß.«

»Okay.«

Newt ging weg und trat gegen einen losen Stein, der über den staubigen Boden flog.

Am späten Nachmittag versuchte Minho an der Mauer hochzuklettern. Die Efeuranken waren einfach zu verlockend für jeden, der den Mumm hatte, sie als Seil zu benutzen. Minho machte genau das. Er umklammerte die Ranken so fest mit beiden Händen, dass die Knöchel weiß hervortraten, und angelte nach Fußhalten. Hand über Hand kletterte er hinauf, immer vorsichtig die Füße nachziehend.

Drei Meter hoch.

Fünf Meter.

Acht Meter.

Zehn.

Dann hielt er inne. Er schaute zum Himmel auf, drehte den Kopf um und spähte auf den Boden hinunter. Dort hatte sich inzwischen eine ganze Meute versammelt, die ihn wild anfeuerte. Zwei andere Jungs packten die Ranken und kletterten hinter ihrem Mitgefangenen her.

Minho schaute wieder nach oben. Dann zur Wand. Auf seine Hände. Wieder zum Himmel hinauf. Boden. Himmel. Wand. Hände. Dann kletterte er ohne ersichtlichen Grund und obwohl jede Menge dichter Efeu über ihm wuchs, wieder rückwärts hinunter auf den Boden. Die letzten zwei Meter sprang er und wischte sich die Hände an den Hosen ab.

»Geht hier nicht«, sagte er. »Wir müssen uns ’ne andere Stelle suchen.«

Drei Stunden und vier Mauern später, als der Himmel schon fast dunkel war, gab er auf.

Genau wie alle anderen.

Als Dr. Paige ihn am Abend abholte, konnte Thomas kaum glauben, dass der Tag schon vorbei war.

»Du musst jetzt in dein Zimmer zurück«, sagte sie sanft.

Sie hatte ihm tagsüber seine Mahlzeiten bringen lassen und Thomas beschloss, ihre ungewohnte Nachgiebigkeit auszunutzen und sie um etwas zu bitten. Den Gedächtnisverlust würde er ein anderes Mal zur Sprache bringen, das würde sie nur unnötig aufregen.

»Kann ich morgen noch mal herkommen?«, fragte er. »Es ist wichtig für mich, ihre Reaktionen zu sehen, wenn das Tor zum ersten Mal aufgeht, verstehen Sie?« Er tat so, als ginge es ihm nur um das Projekt.

»Okay. Das geht in Ordnung. Du kannst hier drin frühstücken.«

Schweren Herzens stand Thomas auf. Nach einem letzten Blick auf seine Freunde, die sich für den Abend in kleinen Grüppchen versammelt hatten und etwas von dem vorgefundenen Essen verschlangen, wandte er sich ab.

Am nächsten Morgen schaffte er es gerade noch rechtzeitig in den Beobachtungsraum.

Das ganze Labyrinth bebte und Thomas schaltete schnell den Ton ein. Lautes Donnergrollen erfüllte den Raum, in dem er saß, und das riesige Tor ging auf, ein Anblick, der jeden umwerfen musste, der es noch nie gesehen hatte. Selbst Thomas war überwältigt, obwohl er selber an der Konstruktion dieses Tors beteiligt gewesen war.

Die Jungs liefen verwirrt zusammen. Ein paar von ihnen weinten vor Angst. Andere starrten mit so hoffnungsvollen Gesichtern auf das Tor, dass Thomas schon wieder das Herz wehtat. Es war klar, dass sie ihr Gedächtnis nicht wiederhatten.

Thomas schaute zu, wie seine Freunde in das eigentliche Labyrinth ausschwärmten und das riesige Areal von Gängen erkundeten, die sich nach ihren Mustern in alle Richtungen wanden. Was sie wohl denken würden, wenn die Wände dort draußen sich zum ersten Mal bewegten und zu neuen Mustern zusammenfügten? Er malte sich den Albtraum aus, der vor ihnen lag, und plötzlich fiel ihm die glibberige Kreatur wieder ein, die sich auf Minho gestürzt hatte. Er durfte gar nicht daran danken, was passieren würde, wenn ANGST diese Monster zum ersten Mal ins Labyrinth hinausließ.

»Thomas?«

Er drehte sich um, unsanft aus seinen Gedanken gerissen, und starrte Dr. Paige an, die hinter ihn getreten war.

»Du wirst noch oft genug Gelegenheit haben, deine Freunde zu beobachten«, sagte sie. »Aber deine Aufgaben hier gehen vor, okay? Du hast immer noch einen vollen Stundenplan. Also komm.«

Thomas folgte ihr und ließ seine Freunde im Labyrinth zurück.

13.03.230 | 14:36 Uhr

36

Thomas saß auf dem Stuhl und starrte auf die Bildschirmreihe gegenüber dem Steuerpult. Er fühlte sich so gut wie seit Monaten nicht mehr. Was nicht viel besagte. Doch zumindest atmete er, ohne jedes Mal zu hoffen, dass es bald vorbei wäre, dass er sich eine mysteriöse Krankheit einfangen und auf der Stelle tot umfallen würde. Ja, heute war es okay.

Dr. Paige ließ ihn weiter seine Freunde im Labyrinth beobachten, solange er seinen normalen Stundenplan nicht vernachlässigte – Unterricht, Tests, Check-ups und so weiter. Er hatte keine Arbeitseinsätze mehr, da das Labyrinth ja fertig war. Das bedeutete mehr Freizeit, und obwohl Thomas wusste, dass sie ihn dabei beobachteten, wie er seine Freunde beobachtete, war dieser Raum hier der einzige Ort, an dem er sich wohlfühlte.

Die Techniker hatten ein neues Bildschirmsystem installiert und vielleicht war das einer der Gründe, warum er aus seinem Trübsinn herausgerissen wurde, wenn auch nur für einen kurzen Moment. Er konnte jetzt jederzeit einen der Käferklingenclips auswählen und auf einen supermodernen zentralen Bildschirm projizieren. Das Ding war der Hammer – volle zwei Quadratmeter groß, mit spektakulären Farben, unglaublicher Bildschärfe und verbesserter Tonqualität. Er war geradezu süchtig danach, seine alten Freunde in den Nahaufnahmen aus dem Labyrinth zu sehen und zu hören – dann kam es ihm vor, als wäre er wieder bei ihnen. Das ganze System war hundertmal besser und von jetzt an war er nur noch damit beschäftigt, irgendwelche Ausreden zu erfinden, um hier sitzen und seine Freunde sehen zu können. Sie beobachten. Auf der Suche nach etwas, das ihm Zugang zu ihrer Welt verschaffte. Traurig war nur, dass ihr Gedächtnis nie zurückgekehrt war.

Thomas entschied sich für Käferklinge Nummer siebenunddreißig und projizierte sie auf den großen Bildschirm. Prompt tauchte Alby auf, zusammen mit einem Jungen namens George. Sie standen am Osttor, redeten und lachten. Beide aßen Pfirsiche. Thomas hatte zwar noch nie mit George geredet, aber von solchen Szenen konnte er nie genug bekommen. Aufnahmen von seinen Freunden, wie sie ihr Leben genossen. Das gab ihm jedes Mal neue Hoffnung, ließ ihn für eine Weile den schrecklichen Verlust vergessen, den sie erlitten hatten.

Und da auf den anderen Bildschirmen nichts Interessantes passierte, lehnte er sich zurück, schaute zu und sehnte sich danach, bei ihnen zu sein, auch wenn es nur für einen kurzen Moment gewesen wäre.

Es klopfte an der Tür.

»Herein!«, rief Thomas, ohne sich umzudrehen. Die Tür ging auf und gleich wieder zu. Er hatte den Besucher sofort am Geräusch seiner Schritte erkannt. »Hi, Chuck«, sagte er und drehte sich noch immer nicht um.

»Hey, Thomas«, sagte der Junge mit der üblichen Begeisterung in seiner Stimme. Er nahm einen Stuhl und stellte ihn neben Thomas, nur wenige Zentimeter von ihm entfernt, dann ließ er sich mit einem fröhlichen Grunzen draufplumpsen. »Schon was Aufregendes passiert?«

»Da, direkt vor deiner Nase«, sagte Thomas. »Siehst du das? Schau genau hin. Sieh mal, was Alby und George da essen. Du wirst es nicht glauben.«

Chuck beugte sich vor, so dass Thomas auf seinen wilden Haarschopf schaute, der wie üblich nach allen Richtungen abstand. Mit zusammengekniffenen Augen starrte Chuck auf den Bildschirm, so ernst, wie es ihm nur möglich war.

»Sieht wie Pfirsiche aus«, sagte er schließlich.

»Bingo!« Thomas schlug ihn auf den Rücken. »Du kannst es mit den hochkarätigsten Analytikern von ANGST aufnehmen.«

»Ha ha«, schnaubte Chuck, wie immer, wenn Thomas ihn aufzog. »Witz, komm raus.« Auch das sagte er jedes Mal.

Thomas hatte Dr. Paige gebeten ihm Chuck für ein, zwei Stunden am Tag als Assistenten zu geben. ANGST hatte Thomas' Einsicht zu schätzen gelernt und darauf bestanden, dass er in diesen Arbeitsperioden einen Sparringspartner für seine Ideen brauchte. Teresa war jetzt meistens zu sehr mit ihren Computersystemen beschäftigt. Die hielten sie neben ihrem normalen Stundenplan so auf Trab, dass sie ihm nicht helfen konnte.

Thomas stellte es so hin, als wollte er Chuck für eine große Zukunft aufbauen, doch in Wahrheit brauchte er ihn. Er war so oft allein, dass sein Gedächtnis manchmal abstürzte, Chuck war da wie ein Leuchtfeuer in der Dunkelheit. Dr. Paige war sofort einverstanden gewesen, schon weil sie auf diese Weise Chucks Reaktionen auf die Ereignisse im Labyrinth beobachten und damit wertvolle Daten sammeln konnte. Es war der reine Egoismus bei Thomas, aber er konnte sich die Chance einfach nicht entgehen lassen. Er brauchte Chuck wie ein kleiner Junge sein Schmusekissen.

Chuck war der einzige Lichtblick in der schrecklichen Zeit gewesen, als ANGST der ersten Probandengruppe zuerst das Gedächtnis geraubt und sie dann ins Labyrinth geschickt hatte. Ohne Chuck und Teresa hätte Thomas das alles nicht ausgehalten.

Als hätte dieser Gedanke sie auf den Plan gerufen – was gut möglich war –, sagte Teresa in seinem Kopf: *Hey, was machst du? Hab gerade den Nächsten fürs Labyrinth präpariert. Er kommt morgen in die Box. Armer Junge.*

Ich bin im Beobachtungsraum, funkte Thomas zurück. *Dreimal darfst du raten, wer neben mir sitzt, und die ersten zwei Mal zählen nicht.*

Doch nicht unser süßer kleiner Chucky-Chuck? Thomas spürte ihr Strahlen. Sie hatten beide eine Schwäche für Chuck. *Hast du was dagegen, wenn ich euch Gesellschaft leiste?*

Machst du Witze? Ohne dich ist es nie dasselbe.

Teresa antwortete nicht gleich und er wusste, dass sie drauf und dran war etwas Ernstes zu sagen. Er krümmte sich innerlich und wartete.

Ich spüre, dass es dir besser geht, sagte sie schließlich. *Und das macht mich sehr glücklich.*

Thomas seufzte erleichtert.

Mich auch, antwortete er. *Und jetzt beweg deinen Arsch hier rüber.*

Ein paar Minuten später stand Teresa an der Tür. Sie schlüpfte herein, ohne etwas zu sagen, und zog einen Stuhl neben Thomas. Die ganze Routine war so tröstlich wie ein Paar gut eingelaufener Schuhe. Chuck schaute zu ihr herüber und zwinkerte ihr zu – er hielt es für witzig, mit einem großen Mädchen wie Teresa zu flirten –, dann streckte er einen Daumen hoch.

»Alles gut, Chuck?«, fragte sie. »Bist du heute noch nicht auf dein Zimmer geschickt worden?«

»Nein, Ma'am«, antwortete er und klimperte mit den Wimpern. »Ich war heute der reinste Engel, so wie immer.«

»Na klar doch.« Teresa griff über Thomas' Schoß und zwickte Chuck mit aller Kraft ins Bein.

Chuck sprang brüllend vom Stuhl auf, hüpfte auf und ab und rieb sich die schmerzende Stelle. »Nicht cool!«, brüllte er. »Überhaupt nicht cool!«

»Das ist die Strafe dafür, dass du mir mein Teufelsei vom Frühstückstablett geklaut hast, solange ich mir was zu trinken geholt habe«, sagte sie und zog vorwurfsvoll eine Augenbraue hoch. »Du weißt genau, wie wild ich auf Teufelseier bin.«

»Was?«, fragte er. »Woher weißt du …« Er sah Thomas an. »Kann sie Gedanken lesen oder was?«

»Leg dich bloß nicht mit Teresa an«, sagte Thomas und schüttelte langsam den Kopf hin und her, als versinke er vor Ehrfurcht vor ihren Fähigkeiten im Erdboden. »Und wenn es das Einzige ist, was du in diesem Leben von mir lernen kannst, Kleiner: Leg dich nie mit Teresa an.«

»Komm her, du kleines Teufelsei«, sagte Teresa und fing an Chuck im Zimmer herumzujagen. Als sie ihn zu fassen bekommen hatte, erstickte sie ihn fast mit ihrer Umarmung. Chuck hasste das, auch wenn er noch so gern mit ihr flirtete.

Thomas lehnte sich auf seinem Stuhl zurück und genoss den Moment in vollen Zügen.

Ja, dachte er. *Mir geht's wieder gut*.

14.03.230 | 06:03 Uhr

37

Ein neuer Eingliederungstag.

Der Junge hieß Zart und sollte als Nächster in die Box kommen. Am Tag zuvor hatte Teresa ihn darauf vorbereitet, wie es ihre Aufgabe war. Und jetzt, am frühen Morgen, war sein Gedächtnis blockiert worden.

Thomas schaute zu dem Jungen hinüber, der jetzt bewusstlos auf der Trage lag. Das eingeflößte Betäubungsmittel war offenbar so stark, dass es ein Rhinozeros umgeworfen hätte.

Er hob den Kopf und lächelte Teresa an. Sie standen im Lift, zusammen mit Dr. Paige, zwei Pflegern und Chuck. Wieder einmal hatte Thomas Dr. Paige überredet Chuck als seinen

Assistenten mitkommen zu lassen, und Chuck war begeistert, schon weil es eine Abwechslung vom normalen Schul- und Testprogramm bedeutete. Die Wahrheit war, dass Thomas nicht mehr bereit war seinem Schützling zu verheimlichen, was ihn erwartete. Er hielt es für besser, ihn darauf vorzubereiten, auch wenn vieles dabei auf einem unbewussten Level ablief.

Summend fuhr der Lift ins Kellergeschoss. Niemand redete auf der langen Abwärtsfahrt, nicht einmal Chuck, was an ein kleines Wunder grenzte. Thomas verlor sich in seinen Gedanken.

Wie sich das wohl anfühlte? Neugierig betrachtete er das Gesicht des schlafenden Zart. Es musste schrecklich sein, ohne Erinnerungen zu erwachen. Dr. Paige hatte ihm oft genug erklärt, wie es funktionierte, aber nicht, was in dem Betreffenden dabei vorging. Und genau das wollte Thomas wissen. Was war das für ein Gefühl, mit einer intakten Vorstellung von der Welt zu erwachen, während alles, was bisher gezählt hatte, ausgelöscht war: Freunde, Familie, vertraute Orte. Ein Gedanke, der zugleich schrecklich und faszinierend war.

Der Aufzug läutete, sie waren da. Kellergeschoss. Thomas' Herz zog sich zusammen. Hier hatte er sich eines Nachts zum ersten Mal mit den anderen Jungs aus Gruppe B getroffen. Davor hatte er ein einsames, unglückliches Leben geführt und danach war er ein relativ glücklicher Junge gewesen, der Freunde hatte. Aber das war lange her.

Die Tür ging auf und die Pfleger rollten die Trage in den Gang hinaus. Thomas sah Teresa an. Sie folgten Dr. Paige aus dem Lift. Chuck trottete mit großen, erwartungsvollen Augen neben ihnen her. Falls er Angst vor seiner Zukunft im Labyrinth hatte, war es ihm jedenfalls nicht anzumerken.

Die Räder der Trage klackerten über den Fliesenboden, während sie den Gang in Richtung Box durchquerten.

»Warum seid ihr eigentlich so still?«, fragte Chuck. Alle paar Sekunden musste er ein Stück rennen, um mit ihnen Schritt zu halten.

»Weil es so verdammt früh am Morgen ist«, antwortete Teresa. »Vor dem normalen Wecken, wir haben noch nicht mal gefrühstückt.«

»Geschweige denn Kaffee getrunken«, fügte Dr. Paige in einer seltenen Anwandlung von Vertrautheit hinzu. »Ich glaube, für eine Tasse Kaffee würde ich einen Griewer mit bloßen Händen umbringen.«

Thomas und Teresa schauten sich verblüfft an, dann grinsten sie. Die Frau hatte gerade einen Witz gemacht. Vielleicht ging die Welt jetzt wirklich unter.

Das macht mir Angst, sagte Teresa aus dem Nichts.

Was?, fragte Thomas.

Der Gedanke an das Labyrinth. Die Eingliederung. Aber irgendwie fasziniert es mich auch. Manchmal beneide ich die Jungs auf der Lichtung. Es ist ganz schön hart für sie, okay, aber sie haben auch Spaß.

Thomas zuckte die Schultern, als hätte er sich das noch nie überlegt. Dabei spielte er in letzter Zeit oft mit diesem Gedanken. *Ich weiß nicht*, antwortete er. *Ich meine, die Psychologen sorgen schon dafür, dass der Spaß da drin nicht überhandnimmt.*

Teresa antwortete nicht gleich und sie gingen schweigend nebeneinanderher.

Der Spaß wird bei dem ganzen Scheiß bald vorbei sein, gab sie endlich zu. *Da hast du Recht.*

Sie kamen zu der breiten Flügeltür, hinter der die Kammer mit der Box lag. Verglichen mit der ganzen supermodernen Technik, die ANGST für die Labyrinthversuche einsetzte, hatte die Box nichts Sensationelles. Sie stand in einem weiten, staubigen Raum am Grund des Schachts, der zur Lichtung hinaufführte. An der Oberfläche war sie über ein gigantisches Getriebe mit schweren Ketten und Flaschenzügen verbunden. Ein magischer Lift in eine brandneue Welt.

Thomas schauderte. Es musste schrecklich sein, in der dunklen Metallbox zu erwachen, ohne jede Erinnerung. Ein wahrer Albtraum.

»Da sind wir«, sagte Dr. Paige, als die Pfleger die Trage zu der himmelhohen Wand aus silbrig schimmerndem Stahl rollten. »Wie ihr wisst, haben wir in den letzten Wochen alles darangesetzt mehr Probanden ins Labyrinth zu schicken, aber nach Zart wird das Ganze jetzt etwas geordneter ablaufen. Wir schicken von jetzt an immer nur einen Jungen pro Monat auf die Lichtung, selber Tag, selbe Zeit. Pünktlich auf die Minute. Es sei denn, etwas Unvorhergesehenes kommt dazwischen.«

Die halten sich doch immer ein Hintertürchen offen, was?, sagte Thomas zu Teresa.

Na klar doch. Mit den Worten kam ein Bild, wie Teresa die Zunge herausstreckte und die Augen verdrehte. Total bescheuert und dennoch die perfekte Antwort.

Die Pfleger blieben direkt vor der Box stehen, die gut drei Meter hoch war. Einer der beiden verschwand um die Ecke und kam mit einer stabilen rollbaren Trittleiter zurück.

»Wo ist die Tür zu diesem Ding?«, fragte Chuck und studierte die nahtlose Wand vor ihm, dann wagte er sich auf die andere Seite herum. Niemand sagte etwas, bis er den ganzen Container umrundet hatte und wieder am Ausgangspunkt gelandet war.

»Schau einfach zu«, sagte Teresa, ohne ihren Abscheu vor der Prozedur zu verbergen.

»Ist nicht gerade das, was man glamourös nennen würde«, fügte Thomas hinzu.

»Kann's kaum erwarten«, sagte Chuck übertrieben fröhlich. Manchmal hatte er einen bissigeren Humor als alle anderen.

»Okay«, jetzt schaltete sich Dr. Paige ein, »dann bringen wir ihn die Stufen hinauf. Es müsste alles fertig sein. Im Kommandoraum stehen sie schon bereit.«

Die Pfleger hoben Zart von der Trage herunter – der eine packte ihn an den Beinen, der andere schlang ihm die Arme um die Brust und zog ihn hoch. Dann bugsierten sie ihn langsam und vorsichtig die Trittleiter hinauf, die unter ihrem Gewicht gefährlich zu wackeln begann. Endlich erreichten sie die oberste Sprosse und dann folgte ein Manöver, bei dem sich Thomas der Magen umdrehte: Der Pfleger, der Zarts Oberkörper umschlungen hielt, hievte ihn auf den oberen Rand der Box und warf mit letzter Kraft die Arme des Jungen über die Metallkante, damit er nicht herunterfiel. Dann beugte er sich zu dem anderen Pfleger hinunter und half ihm Zart an den Beinen hochzuziehen.

Mann, ist das lahm, sagte Thomas in Teresas Kopf. *Hätten die sich nicht was Besseres ausdenken können, um die Leute da hochzu-*

kriegen? Ich fass es nicht – sie pflanzen uns Implantate ins Gehirn ein, reisen mit Flat Trans und entwickeln Käferroboter mit eingebauten Kameras. Und dann so was …

Er brach ab, als einer der Pfleger Zarts Beine zu früh losließ. Der Junge fiel vornüber und war außer Sicht, bis er unter lautem Klirren, das von der hohen Decke widerhallte, auf den Boden der Box krachte. Chuck kicherte, verstummte aber zerknirscht, als Dr. Paige ihm einen bösen Blick zuwarf.

»'tschuldigung«, murmelte er.

»Ist er okay?«, fragte Dr. Paige verärgert.

Beide Pfleger gingen auf die Zehenspitzen und beugten sich über den Rand, um Zart unten zu begutachten.

»Sieht gut aus«, sagte der eine. »Er hat sich zu einer Kugel zusammengerollt und schläft wie ein Baby.«

»Warum macht ihr keine Tür in die Boxenwand?«, fragte Chuck so freundlich und unschuldig, dass es nur der reine Sarkasmus sein konnte. Er hätte genauso gut sagen können: Wie kann man nur so dämlich sein?

»Alles, was wir machen, hat einen Grund«, sagte Dr. Paige halbherzig. Oder war das etwa auch nur der blanke Hohn? »Kommt jetzt, wir sehen uns die Einbringung an.«

»Was passiert da jetzt?«, fragte Chuck, während sie den endlos langen Gang zurückgingen, durch den sie hergekommen waren. »Wann wacht er wieder auf?«

Zu Thomas' Überraschung antwortete Dr. Paige, die sonst nie auf Chucks vorwitzige Fragen einging. »In ungefähr einer Stunde«, sagte sie. »Und sobald er wach ist, starten wir die simulierte Fahrt nach oben und fangen mit unseren Beobachtungen an. Ich denke, wir werden ein paar neue – und sehr interessante – Muster in den nächsten ein, zwei Tagen zu sehen bekommen.«

Ihre Stimmung war abrupt umgeschlagen, ihr Tonfall und der leichte Schritt verrieten ihre Begeisterung.

»Cool«, antwortete Chuck.

Sie gingen weiter.

Thomas und Teresa saßen vor den Monitoren. Chuck hatten sie in sein Zimmer zurückgeschickt. Sie wollten ihm den Anblick der nackten Angst in Zarts Augen ersparen, wenn er in der Box erwachte. Alles hatte seine Grenzen, so wichtig es auch war, Chuck auf seine Zukunft vorzubereiten.

Thomas und Teresa beobachteten gemeinsam die Szene und malten sich aus, wie es sich wohl anfühlte.

Zart erwachte im Dunkeln, so dass die Kameras in der Box seine Bewegungen nur undeutlich einfangen konnten. Zuerst sagte er kein Wort, stolperte in der Metallkiste herum wie ein Betrunkener. Aber dann schien ihm alles auf einmal bewusst zu werden. Der Verlust seiner Erinnerungen, der bedrohliche Ort, die Bewegung, die Geräusche. Er geriet in Panik, hämmerte gegen die Wände und schrie: »Hilfe! Helft mir doch! Hilfe!«

Er wurde immer hysterischer, schnitt sich an der Faust und bald war die Hand voller Blut. Irgendwann brach Zart auf dem Boden zusammen und kroch in eine Ecke. Er zog die Beine an und umschlang sie mit den Armen. Tränen liefen ihm über die Wangen, dann fing er an zu schluchzen, bis seine Schultern bebten.

Die Box kam zum Halten und die Stille hing über dem Jungen wie eine Blase, die bei der leisesten Berührung zu platzen drohte.

Zart machte fast einen Luftsprung vor Schreck, als es an der Decke plötzlich knallte und quietschte und zwei Türen knirschend aufgingen. Zehn glühende Sonnen blendeten ihn. Er presste beide Hände auf die Augen und wälzte sich stöhnend auf dem Boden hin und her.

Dann drang ein Rascheln und Flüstern vom Himmel oben herunter, gefolgt von leisem Gekicher. Endlich spähte Zart durch seine Finger. Er sah nur ein Rechteck aus gleißendem Licht und die Umrisse von dreißig Jungs ringsherum. Alle streckten die Köpfe vor und starrten auf ihn herunter. Einige stießen ihre Nachbarn an und zeigten kichernd mit dem Finger auf ihn.

Ein Seil plumpste herunter, mit einer Schlinge am Ende, die direkt vor ihm landete. Zart stand auf, setzte seinen Fuß in die Schlinge und hielt sich mit beiden Händen am Seil fest. Die Jungs zogen ihn hoch, zerrten ihn über den Rand der Box und hievten ihn auf die Füße. Drei oder vier von ihnen klopften ihm den Staub ab, vielleicht etwas grober als nötig, aber ihr Johlen und Lachen zeigte, dass es nicht böse gemeint war. Sie benahmen sich, als würden sie einen alten Freund willkommen heißen, der lange fort gewesen war.

Ein großer braunhaariger Junge ging auf Zart zu und hielt ihm die Hand hin. Zart griff danach.

»Mein Name ist George«, sagte der Junge. »Willkommen auf der Lichtung.«

15.03.230 | 15:15 Uhr

38

Der Tag war bisher wie üblich verlaufen. Frühstück, ein paar Schulstunden, einige Zeit im Beobachtungsraum. Mittagessen. Beobachtungsraum. Und die ganze Zeit Teresa an seiner Seite. Chuck durfte ihnen Gesellschaft leisten, sobald sein Nachmittagsunterricht vorbei war.

Chuck links von ihm.

Teresa rechts.

Thomas wusste nicht genau, was ANGST mit ihm vorhatte. Er durfte machen, was er wollte, und sich überall frei bewegen. Seine Mahlzeiten nahm er meistens in der Cafeteria mit den Probanden ein, die noch nicht im Labyrinth waren.

Er kannte sie zwar nicht so gut wie Newt, Alby und Minho, aber die meisten waren cool. Zwei Jungs namens Jeff und Leo waren besonders nett, obwohl ihnen die Aussicht, bald ins Labyrinth zu kommen, sichtlich auf den Magen schlug. Sie hatten alle möglichen Gerüchte darüber gehört – wie es war und vielleicht noch werden würde. Aber meistens blieben sie unter sich.

Im Prinzip ist es okay, dachte Thomas, während er das Geschehen auf den Bildschirmen verfolgte. Er war mit seiner Situation zufrieden, vorläufig zumindest.

»Hey, was geht dort drüben ab?«, fragte Teresa und riss ihn aus seinen Gedanken. Sie zeigte nach rechts auf einen der Bildschirme. Thomas legte die Szene auf den großen zentralen Bildschirm, um einen besseren Überblick zu bekommen.

Eine Gruppe Jungs, angeführt von Alby und Newt, stand misstrauisch vor einem windschiefen Gebilde aus Holzresten, das die Jungs an der Steinmauer in der Nordwestecke der Lichtung errichtet hatten und »Gehöft« nannten. ANGST hatte ihnen für den Anfang einen einfachen Schuppen als Unterschlupf zur Verfügung gestellt. Sie setzten darauf, dass die Probanden den Bau erweitern würden, wenn ihnen das Material geliefert wurde – dass sie selbst die Initiative ergreifen und ihre Lebensbedingungen verbessern würden. Und tatsächlich hatten die Jungs in den letzten Wochen alles überzählige Holz gesammelt und an die Wand geschichtet. Ein paar von ihnen hatten in den letzten Nächten sogar darunter geschlafen.

Aber die Gruppe, die jetzt vor dem Anbau stand, wirkte verstört. Allein ihre Haltung war seltsam – sie standen zu dicht zusammen, als wollten sie verhindern, dass die Käferklingen nahe genug herankamen und einfingen, was dort drinnen vorging. Unablässig drehten sie die Köpfe hin und her und suchten die Umgebung ab wie Verbrecher, die auf einen Fluchtwagen warten. Alby und Newt tuschelten wütend miteinander. Entweder stritten sie oder da war etwas, das ihnen große Angst einjagte.

»Was ist da los?«, sagte Thomas schnell und beugte sich noch weiter vor, um vielleicht etwas in der dunklen Öffnung ausmachen zu können. Aber aus diesem Blickwinkel war nichts zu sehen.

Teresa kam ihm zuvor und drückte auf den Kommunikationsknopf, der sie mit der Kommandozentrale verband – dem Arbeitsplatz der *wichtigen* Leute.

»Können Sie vielleicht eine Käferklinge da reinkriegen?«, fragte Teresa in den Raum, wer immer sie dort auch hörte.

»Nein«, erwiderte eine Männerstimme. Einer der Psychologen vermutlich, die nicht oft mit den Probanden interagierten, auch nicht mit Thomas und Teresa.

»Das hier soll weiterlaufen, bis wir sie merken lassen, dass wir sie beobachten.«

Das machte Thomas nur noch neugieriger. »Können wir nicht wenigstens von der Stelle aus reinzoomen, wo die Käferklinge jetzt gerade ist?«

»Wir tun unser Bestes«, knurrte der Mann kurz angebunden. »Steuerraum aus.« Ein lautes Klicken folgte, das absichtlich hörbar gemacht wurde. *Lasst uns in Ruhe,* sollte das heißen. Manchmal reagierten sie so unfreundlich.

Eine Bewegung auf dem Bildschirm zog Thomas' Aufmerksamkeit auf sich. Alby hatte sich in den dreieckigen Anbau gebeugt und kämpfte mit etwas. Sein Körper war ganz steif vor Anstrengung. Newt half mit und mit vereinten Kräften schleppten sie etwas aus der Dunkelheit ins graue Zwielicht: Die falsche Sonne war bereits hinter der riesigen Mauer auf der Westseite verschwunden, dieser Bereich der Lichtung lag schon im Schatten.

»Was …«, fing Teresa an. »Was ist das?«

»Das ist ein Junge!«, brüllte Chuck und Thomas sprang vor Schreck ein paar Zentimeter von seinem Stuhl hoch.

Aber Chuck hatte Recht. Alby und Newt hielten jeder ein Bein des Jungen und zerrten ihn zu der Ecke, an der die Nord- und Westwand aufeinandertrafen. Dort kniete Alby sich neben den Jungen und schlug ihn voll ins Gesicht. Teresa schrie erschrocken auf und Thomas wich unwillkürlich ein Stück zurück. Alby holte aus und schlug den Jungen immer und immer wieder. Newt packte ihn am Arm und zog ihn weg.

»Kannst du sehen, wer das ist?«, fragte Teresa.

Chuck war um das Steuerpult herumgegangen, seine Augen waren jetzt nur noch ein paar Zentimeter vom Bildschirm entfernt. »Den kenn ich«, sagte er. »Das ist George.«

»Der Junge, der Zart auf der Lichtung willkommen geheißen hat?«, fragte Thomas. »Das war doch vor kaum vierundzwanzig Stunden? Wie kann in der kurzen Zeit alles so aus dem Ruder gelaufen sein?«

»Was ist da bloß passiert?«, fügte Teresa hinzu. »Ich meine, was in aller Welt machen die? Warum schlägt Alby George zusammen?«

Thomas registrierte, dass einer der Kamerablickwinkel auf der linken Seite des Hauptbildschirms in Bewegung geriet.

Die betreffende Käferklinge wieselte eilig durch das Efeugestrüpp.

»Chuck, komm wieder hier rüber«, fauchte Thomas. »Ich kann nicht alles sehen.«

Chuck gehorchte mit einem Gesichtsausdruck, der zwischen Angst und Triumph schwankte. Thomas pickte schnell den Clip heraus, den er brauchte, und projizierte ihn auf den zentralen Bildschirm. Im selben Moment schoss die Käferklinge aus dem wilden Wein hervor und zeigte jetzt Alby, Newt und George aus der Vogelperspektive. Trotz des Lärms, den die Käferklinge in ihrer Eile gemacht haben musste, hatte keiner der drei sie bemerkt.

Thomas konnte jetzt alles bis ins kleinste Detail sehen, er hörte sogar ihren Atem und nahm jede Bewegung wahr.

George sah schrecklich aus. Er wand sich am Boden, seine Muskeln krampften. Die Augen quollen ihm aus den Höhlen, seine Lippen waren zu einer blassen Linie zusammengekniffen und seine Gesichtshaut sah aus, als wäre sie heruntergerissen, abgekocht und wieder angetackert worden. Thomas rieb sich blinzelnd die Augen. George wirkte beinahe wie animiert, wie irgendein Spezialeffekte-Wesen. Er bäumte sich auf, als würde er gefoltert, und ein wildes Röcheln drang aus seinem Mund, wie von einem tollwütigen Tier.

»Was zum Teufel ist los mit ihm?«, brüllte Newt.

Neben ihm stand ein anderer Junge, den Thomas nicht kannte. »Ich hab's euch doch gesagt«, stieß er hervor. »Wir waren draußen, um das Labyrinth auszuchecken. Er war immer vor mir. Ich hab so komische metallische Geräusche gehört und auf einmal hat Georgie geschrien. Ich hab's kaum geschafft, ihn hierher zurückzubringen.« Er klang wütend, völlig außer sich.

»Wer ist das?«, fragte Thomas. Es war beinahe, als stünde er bei seinen alten Freunden da draußen auf der Lichtung.

»Er heißt Nick«, sagte Chuck. »Popelt in der Nase.«

Thomas riss seine Augen vom Bildschirm los und starrte Chuck an. »Echt jetzt?«

»Das ist alles, was ich von ihm weiß.«

»Ich wollte nicht, dass die anderen ihn sehen und Angst kriegen«, sagte Alby jetzt und Thomas drehte sich zurück zum Bildschirm. »Aber das können wir jetzt sowieso nicht mehr verhindern.«

»Aber warum hast du ihn die ganze Zeit ins Gesicht geschlagen?«, empörte sich Nick. Er schien vor Wut immer noch beinahe zu platzen. »Er ist mein Freund, verstehst du? Er braucht ärztliche Hilfe und keine Idioten, die ihn zusammenschlagen.«

»Der wollte mich verdammt noch mal beißen!«, brüllte Alby ihm ins Gesicht. »Verpiss dich!«

»Jetzt kommt mal runter, alle beide«, sagte Newt und ging dazwischen. »Wir müssen überlegen, was wir tun sollen.«

Alle drei standen über George, dem es immer schlechter ging. Sein Kopf war so angeschwollen, dass er jeden Moment zu platzen drohte. Er war blutrot, das Gesicht völlig verquollen, an Stirn und Schläfen traten die Adern hervor und seine Augen waren … riesig. Thomas hatte so etwas noch nie gesehen.

»Hast du mitbekommen, wer oder was ihn angegriffen hat?«, fragte Alby. Nick schüttelte den Kopf. Er schien vergessen zu haben, dass sie einander gerade noch an die Kehlen gehen wollten. »Hab nichts gesehen.«

»Hat George irgendwas gesagt?«, fragte Newt.

Nick nickte. »Also ja, glaub schon. Hab's nicht genau verstanden, aber er hat irgendwas von ›gestochen‹ gesagt. ›Es hat mich gestochen, es hat mich gestochen.‹ Immer wieder. Mann, war das gruselig! Er hörte sich an, als wäre er besessen oder so. Was machen wir jetzt bloß?«

Thomas sank auf seinem Stuhl nach hinten. Aus irgendeinem Grund war ihm bei diesen Worten eiskalt geworden.

Es hat mich gestochen.

15.03.230 | 17:01 Uhr

39

»Los, kommt!« Alby bückte sich, um George an den Beinen zu packen. »Hat ja keinen Sinn mehr, das hier zu verbergen. Wir bringen ihn in die Mitte der Lichtung und trommeln alle zusammen. Vielleicht weiß jemand, was zu tun ist.«

Im selben Moment schaute Newt auf, direkt in die Kamera. Thomas lehnte sich erschrocken zurück. Einen Moment lang fühlte er sich irgendwie entdeckt.

Newt legte die Hände an den Mund und brüllte: »Hey! Ihr da! Wer immer ihr seid! Schickt uns ein Medikament oder 'nen verdammten Arzt! Und am besten holt ihr uns bei der Gelegenheit raus aus diesem Höllenloch!«

Thomas stockte der Atem. Es war verrückt, dass Newt und die anderen tatsächlich nicht wussten, wer sie da reingeschickt hatte oder dass ANGST überhaupt existierte. Sie kannten nur das seltsame Leben, das sie im Labyrinth führten – und die Kameras, die auf Insektenroboter montiert waren. Bald würden sie noch Bekanntschaft mit den Griewern machen.

Es hat mich gestochen. Von Stechen war in Thomas' Gegenwart nie die Rede gewesen. Es musste etwas mit diesen Metalldingern zu tun haben, die aus dem Körper der Kreaturen gekommen waren.

Die Jungs im Labyrinth hatten George jetzt hochgehoben. Sie schafften es nur zu viert, weil er wie ein Irrer um sich schlug. Und erst die Laute, die er von sich gab! Ein so entsetzliches Stöhnen und Röcheln, dass Thomas sich am liebsten die Ohren zugehalten hätte.

Die Gruppe umrundete das Gehöft und ging in die Mitte der Lichtung, ganz in der Nähe des Boxenschachts. Die anderen Jungs, die entweder im Garten oder im Stall bei den Tieren arbeiteten oder einfach so herumschlenderten, wurden sofort aufmerksam. Im Nullkommanichts waren alle Lichter, wie sie sich inzwischen nannten, um George versammelt. Seine Träger hatten ihn mehr hingeworfen als abgesetzt.

Da die Kameraspione bereits aufgeflogen waren, ließ ANGST jede Vorsicht fallen und brachte Scharen von Käferklingen ins Spiel. Die unterschiedlichsten Blickwinkel auf die Szene tauchten auf den Monitoren im Beobachtungsraum auf, Thomas nahm den besten (obwohl ihm eine Overhead-Ansicht lieber gewesen wäre) und projizierte die Aufnahme frontal in die Mitte des Hauptbildschirms.

»Hört alle her!«, brüllte Nick und Thomas wunderte sich, dass Alby nicht die Initiative ergriffen hatte.

»Georgie und ich waren im Labyrinth draußen, wir sind durch die Gänge gelaufen und er war vor mir. Dann hat ihn etwas angegriffen. Er hat immer wieder gesagt, dass er gestochen wurde. Weiß vielleicht jemand was darüber?«

»Minho hat so 'ne komische Kreatur da draußen gesehen«, sagte Alby. »Wo ist der überhaupt?«

»Immer noch weg«, antwortete jemand. »Vielleicht hält er ja irgendwo in einer der Sackgassen ein Nickerchen.«

»Es kann nur eine von diesen Kreaturen gewesen sein, die er erwähnt hat«, sagte Alby. »Was sonst?«

»Ist doch egal, was es war.« Nick zeigte auf George hinunter, der sich inzwischen zu einer Kugel zusammengerollt hatte und hin und her schaukelte. »Was sollen wir mit ihm machen? Wir haben doch nur ein paar Schmerztabletten und Verbandszeug.«

»Bei den Kochvorräten, die wir letzte Woche bekommen haben, lag diesmal was Komisches.«

Thomas konnte nicht sehen, wer der Sprecher war, aber dann trat ein großer dunkelhäutiger Junge aus der Menge und ging direkt zu Nick.

»Wovon redest du, Siggy?«, fragte ihn Alby.

»Der heißt Bratpfanne, Mann!«, rief jemand. »Du bist der Einzige, der seinen Spitznamen nicht kennt.«

Unterdrücktes Kichern stieg von den Lichtern auf, was in dieser Situation ziemlich daneben war, denn schließlich wand sich zu ihren Füßen George in Todesqualen.

Nick ignorierte das Gekicher, Alby warf böse Blicke um sich.

»Es war ganz unten in einem Karton«, fuhr Siggy alias Bratpfanne fort. »So 'ne Art Spritze, auf der ›Serum‹ stand. Ich dachte, das Ding sei beim Verpacken aus Versehen da reingefallen oder so. Hab sie heute Morgen mit den Wurstabfällen weggeworfen.«

Alby ging drohend auf den Jungen zu, packte ihn am Hemd und zog ihn näher her. »Du hast sie *weggeworfen?* Ohne irgendwas zu sagen? Kein Wunder, dass du am Kochtopf gelandet bist – zu blöd zu allem anderen, würde ich sagen.«

Siggy lächelte. »Okay, gut – wenn du dir dann klüger vorkommst. Außerdem sag ich's ja jetzt – also reg dich ab, Alter.«

»Wo hast du sie hingeworfen?«, fragte Nick. »Vielleicht ist sie noch ganz. Wir können ja wenigstens mal nachsehen.«

»Bin gleich wieder da.« Siggy lief davon.

Es dauerte höchstens drei oder vier Minuten, aber als Bratpfanne mit einem schmalen Metallzylinder in der Hand zurückkam, hatte sich Georges Zustand noch erheblich verschlimmert. Er schwebte in Lebensgefahr, so viel stand fest.

Inzwischen war er ganz still, nur seine Brust hob und senkte sich krampfhaft, wenn er nach Luft rang. Sein Kiefer war erschlafft, die Arme und Beine ebenfalls. Er war nicht mehr von dieser Welt.

»ANGST wird ihn doch nicht sterben lassen, oder?«, fragte Chuck. »Das ist bestimmt nur so 'ne Art Test, oder?«

Teresa griff um Thomas herum und tätschelte Chucks Rücken. »Dafür ist die Spritze da. Wirst schon sehen. Sie müssen sich nur beeilen.«

Sie warf Thomas einen Blick zu und sagte: *Das geht nicht gut aus.*

Thomas schüttelte leicht den Kopf und wandte sich wieder dem Bildschirm zu. Siggy hatte die Spritze an Nick weitergegeben, der sich jetzt neben George kniete. Der kranke Junge – der *gestochene* Junge – regte sich kaum noch. Seine Augen waren völlig leer und leblos.

»Weiß jemand, wie man das macht?«, rief Nick. »Wo soll ich die denn reinstechen?«

»Einfach irgendwo!«, brüllte Alby. »Jetzt mach endlich! Schau ihn dir doch an!«

Da niemand sonst etwas machte, nahm Nick die Spritze, drückte seinen Daumen dagegen und stach sie in Georges Arm. Der kranke Junge zuckte mit keiner Wimper. Nick drückte den Kolben ganz durch, dann ließ er die Spritze auf den Boden fallen, stand auf und ging ein paar Schritte weg. Alle wichen von George zurück, blieben aber immer noch nahe genug, um zu beobachten, was passierte. Thomas' Sicht auf George war versperrt.

»Komm schon, George«, sagte Nick kaum hörbar. Neben dem Wispern der leichten Brise war es der einzige Laut auf der Lichtung.

Stille. Teresa drückte Thomas' Knie, er spürte die Wärme ihrer Hand durch seine Jeans. Sie war genauso nervös wie er.

Dann wichen die Jungs auseinander, stolperten zurück und ein unmenschliches Brüllen erfüllte die Luft. George kam auf die Füße, sein Mund stand offen, sein Gesicht war zu einer qualvollen Fratze verzerrt. Er brüllte mit heiserer Stimme: »Griewer! Das war ein verdammter Griewer! Sie werden uns alle umbringen!« Die Worte platzten aus ihm heraus wie das Echo einer fernen Explosion.

Dann stürzte er sich auf den nächststehenden Jungen und hämmerte mit den Fäusten auf ihn ein. Thomas schaute fassungslos zu, er traute seinen Augen nicht. Alby und Nick versuchten George von dem Jungen wegzuzerren, aber er schlug sie einfach weg und ging mit gefletschten Zähnen auf Nick los.

»Was zum …«, wisperte Teresa.

George zerkratzte Nick das Gesicht, bis ihm das Blut von den Wangen und Lippen tropfte. Dann krallte er nach Nicks Augen, kreischend wie ein Banshee. Nick wehrte sich schreiend und versuchte sich unter George hervorzuwinden. Aber der brachte plötzlich die Kraft von zehn Männern auf. Er drückte Nick mit einer Hand herunter und schlug ihm ins Gesicht. Dann grapschte er wieder nach Nicks Augen und heulte wie ein Tier.

Es war der blanke Irrsinn. Als sei George durch eine harmlose Grippe schlagartig zum Crank mutiert. Zu einem, der völlig hinüber war. Ein paar andere Jungs traten jetzt in Aktion und versuchten ihn wegzuzerren, aber keiner von ihnen bekam ihn zu fassen, so wild schlug er um sich.

Dann nahm Thomas auf der rechten Seite eine Bewegung wahr. Im nächsten Moment rannte Alby in vollem Tempo auf die Gruppe zu. Er hatte den Schauplatz irgendwann verlassen und kam jetzt zurück, bereit zum Angriff.

Alby hatte sich mit einem langen dünnen Holzschaft gewappnet, den er eng an der Schulter trug, wie ein erfahrener Steinzeitkrieger. Soweit Thomas sehen konnte, handelte es sich um einen kaputten Besen- oder Schaufelstiel, dessen eines Ende zu einer scharfen Spitze abgesplittert war.

»Aus dem Weg!«, brüllte Alby, während seine Füße über den staubigen Boden donnerten.

Thomas schaute wieder zu George, der seine Fingernägel in die Augenhöhlen seines Opfers zu bohren versuchte. Nick schrie auf vor Schmerz.

Aber dann rammte Alby den improvisierten Speer mit einer solchen Wucht in Georges Nacken, dass die Spitze vorne wieder austrat. Georges Brüllen endete in einem erstickten Gurgeln und er stürzte auf die Seite. Nick stolperte unter ihm hervor, die Hand vor seinem blutenden Gesicht.

George zuckte, stöhnte – und wurde still.

Unter ihm färbten sich die Erde und Steine rot von seinem Blut.

15.03.230 | 17:52 Uhr

40

»Heilige Scheiße«, hauchte Thomas. Er war vollkommen geschockt.

Teresa ließ Thomas' Bein los und sank mit einem heftigen Atemstoß auf ihren Stuhl zurück. »Du sagst es. Was war das denn?«

Thomas schaute zu Chuck und sein Herz zog sich zusammen. Der Junge hatte die Beine auf den Sitz gezogen und mit den Armen umschlungen. Sein Gesicht war kreidebleich und eine glitzernde Tränenspur zog sich über seine Wangen. Er zitterte am ganzen Körper. Heftige Schuldgefühle stiegen in Thomas auf – aber er hatte doch nicht geahnt, dass sein kleiner Freund so etwas Grässliches zu sehen bekommen würde. Oder er selbst.

»Hey, hey«, sagte er tröstend zu Chuck und fasste ihn an den Schultern. »Hey, schau mich mal an. Na, komm, schau mich an!«

Endlich hob Chuck den Kopf und sah ihn mit tieftraurigen Augen an.

»Wir bringen das in Ordnung, okay?«, sagte Thomas. »Ich bin sicher, dass … Ich weiß nicht. Irgendwas ist da schiefgelaufen oder jemand ist durchgeknallt. Das hätte nicht passieren dürfen. Das Labyrinth ist nicht so, okay?«

Chuck stieß schluchzend hervor: »Es hat mir Spaß gemacht, ich wusste doch nicht …« Er verstummte und weinte leise weiter.

»Ja, Mann, ich weiß. War verdammt hart, das mit anzusehen.« Er zog Chuck in seine Arme. Teresa war blitzschnell zur Stelle und umarmte ihn von der anderen Seite. Eine gute Minute blieben sie so. Dann schaute Thomas über die Schulter, um zu beobachten, wie die Lichter auf diesen gewaltsamen Tod reagierten.

Einige der Jungs hatten sich zerstreut, die meisten irrten alleine herum. Alby war auf den Knien, an den Holzspeer gelehnt, mit dem er George getötet hatte, und starrte reglos auf den Boden. Newt saß im Schneidersitz neben ihm auf der Erde, den Kopf in den Händen, die Augen geschlossen, und sah todunglücklich aus.

Eine der Käferklingen war näher zu Georges Leichnam gehuscht und Thomas projizierte diese Aufnahmen in die Mitte des Bildschirms. Nick hatte die Ereignisse offenbar am besten verkraftet, obwohl George doch ein enger Freund von ihm gewesen war. Schließlich hatte er ihn »Georgie« genannt. Nick kniete jetzt neben seinem toten Freund, durchwühlte seine Taschen, sah ihm in die Augen und studierte seine Arme und Beine. Plötzlich erstarrte er, den Blick auf einen Fleck in der Mitte von Georges Rücken gerichtet.

Nach kurzem Zögern streckte er die Hand aus, packte das Hemd des toten Jungen und befingerte es, bis er einen kleinen Riss fand. Mit ein paar raschen Bewegungen riss er ein Loch hinein, beugte sich vor und starrte auf etwas. Thomas beugte sich auf seinem Stuhl ebenfalls vor und konzentrierte sich auf den großen Bildschirm vor ihm.

Die Käferklinge huschte noch näher heran, direkt neben die Leiche, ihr Kamera-Auge auf die Stelle gerichtet, die Nick so interessierte. Die Haut dort war rot und geschwollen, mehrere dicke schwarze Venen quollen aus der Wunde hervor, die einen fast perfekten dunklen Kreis in Georges Fleisch bildete. Es war, als kröche der Körper einer Spinne mit gebrochenen Beinen aus dem Loch hervor. Die Wunde war so grausig, dass Thomas nicht lange hinsehen konnte.

»*Gestochen*«, sagte Teresa. »Das muss aber ein verdammt großer Stich gewesen sein.«

Thomas stand auf. »Das reicht jetzt«, sagte er. »Komm.« Er kehrte dem grässlichen Bild den Rücken und ging zur Tür.

»Wo willst du hin?«, fragte Teresa, die hartnäckig an seiner Seite blieb.

Thomas drehte sich zu Chuck um, der dicht hinter ihnen ging. »Hör mal, ich fürchte, du musst dableiben. Ich meine, ich brauche dich hier.«

»Was? Warum?« Thomas wusste nicht, ob Chuck beleidigt war oder nur Angst hatte, allein zu bleiben.

»Weil du für mich die Bildschirme im Auge behalten musst. Wenn was passiert – falls ein Griewer rauskommt oder jemand gestochen wird oder die ganze Lichtung in die Luft fliegt oder was auch immer –, dann alarmierst du mich, okay?«

Chuck war natürlich zu klug, um ihm das abzukaufen, aber er akzeptierte es widerstandslos. »Okay. Aber wo wollt ihr hin? Wie kann ich euch finden?«

Thomas öffnete die Tür und winkte Teresa durch.

»Ich hole mir ein paar Antworten.«

Thomas hämmerte mit voller Wucht an die Tür.

»Lassen Sie uns rein!«, brüllte er.

Die Haupt-Kommandozentrale war für jeden unter zwanzig tabu. Zumindest hatte er das mal gehört, wahrscheinlich eine Erfindung von ANGST, um sie abzuschrecken. Thomas und die anderen »Elite-Kandidaten« gehörten nur zum »Team«, wenn es ANGST in den Kram passte. In dieser Hinsicht machte Thomas sich keine Illusionen – sie wurden genauso analysiert und ausgewertet wie seine Freunde auf der Lichtung.

Und nach allem, was er gerade gesehen hatte, konnte er sein ungutes Gefühl nicht länger ignorieren.

Er wollte gerade von neuem an die Tür hämmern, als es klickte, gefolgt von einem Zischen, dann schwang die große Metallplatte auf. Ein Mann, den er noch nie gesehen hatte, stand vor ihnen – klein und stämmig, dunkles Haar. Und er sah alles andere als erfreut aus.

»Was gibt es, Thomas?«, fragte er in überraschend ruhigem Ton. »Da drin herrscht gerade Hochbetrieb.«

»Sie erzählen uns immer, wie wichtig wir seien, dass wir ein Teil von alldem hier sind«, fing Thomas an. Er zeigte auf Teresa, dann auf sich. »Wir haben geholfen das Labyrinth zu programmieren und alle unsere Freunde reinzuschicken. Und jetzt mussten wir mit ansehen, wie einer von ihnen gestorben ist. Ihr habt nichts getan, um es zu verhindern. Warum? Warum seid ihr nicht reingegangen und habt ihnen geholfen? Ich verlange eine Erklärung, und zwar sofort.«

Thomas zitterte am ganzen Körper und konnte seine Empörung kaum noch bezähmen. Er sog schaudernd die Luft ein und wartete auf eine Antwort.

Widersprüchliche Gefühle zeichneten sich im Gesicht des Mannes ab. Aber dann siegte die Wut.

»Ihr bleibt hier«, sagte er und schlug ihnen die Tür vor der Nase zu, ohne auf eine Reaktion zu warten.

Thomas streckte die Hand aus, um wieder an die Tür zu hämmern, aber Teresa hielt ihn fest. Sie schüttelte den Kopf.

Sie werden mit uns reden, sagte sie in seinem Kopf. *Hab ein bisschen Geduld. Wir müssen ruhig bleiben, so wie sie, wenn wir was erreichen wollen.*

Thomas nickte bekümmert und stieß die Luft aus. Er ärgerte sich, dass sie Recht hatte, und schämte sich zugleich für seinen sinnlosen Auftritt. Schweigend stand er da und wartete.

Kaum eine Minute später ging die Tür wieder auf und Dr. Leavitt stand vor ihnen, kahlköpfig und miesepetrig wie immer. Aber bevor er etwas sagen konnte, erschien Dr. Paige an seiner Seite und stieß ihn praktisch aus dem Weg.

»Thomas«, sagte sie freundlich. »Teresa. Ich kann verstehen, dass ihr besorgt seid. Uns geht es genauso.«

Auf diese Reaktion war Thomas nicht gefasst gewesen, obwohl er nicht sagen konnte, was genau so seltsam daran war.

»Ja, klar sind wir besorgt«, antwortete Teresa. »Ich meine, findet ihr es neuerdings okay, die Jungs zu töten?«

Thomas bewunderte ihren Mut. Er hätte es wahrscheinlich nicht so gnadenlos auf den Punkt gebracht, aber Teresa hatte völlig Recht. Man konnte es drehen und wenden, wie man wollte – ANGST hatte gerade George ermordet. Einen Jungen, der noch keine achtzehn war.

Dr. Paige trat beiseite und machte die Tür weiter auf. »Kommt rein, Kinder. Wir werden euch erklären, was passiert ist. Was schiefgelaufen ist. Es ist euer gutes Recht, das zu erfahren.«

»Ja, allerdings«, hörte Thomas sich selbst sagen, obwohl ihn sein Kampfesmut bereits verließ. Er hatte etwas begriffen, das er im Grund genommen längst gespürt hatte: Es war egal, was sie sagten oder machten. ANGST war ihnen immer zehn Schritte voraus. Alles hier konnte ein Test sein, den die Psychologen sich ausgedacht hatten.

Er betrat mit Teresa die Kommandozentrale, die ihm jetzt nur noch bedrohlich erschien.

»Folgt mir«, sagte Dr. Paige und ließ die Schwingtür zufallen.

Leavitt stand immer noch an der Seite und musterte Thomas und Teresa wie feindliche Eindringlinge, als sie an ihm vorbeigingen.

Nachdem sie einen kurzen, schmalen Gang durchquert hatten, kamen sie in einen riesigen Raum, der sich nach beiden Seiten öffnete. Rechts von Thomas waren jede Menge Monitore, Workstations, Steuerpulte und Stühle zu sehen. Es war wie eine gedopte Version ihres eigenen Beobachtungsraums, mindestens zehnmal so groß. Ungefähr zwanzig Angestellte gingen ihren jeweiligen Aufgaben in dem riesigen Raum nach. Links entdeckte Thomas mehrere Schreibtische, einen verglasten Konferenzraum und ein paar geschlossene Türen, die wer weiß welche Geheimnisse bargen. Thomas wurde wieder einmal bewusst, dass er in Wahrheit nur einen winzigen Ausschnitt der gigantischen Unternehmungen von ANGST kannte.

»Ich will nicht, dass andere mit euch darüber reden, jedenfalls vorläufig«, sagte Dr. Paige über ihre Schulter, während sie zielstrebig durch diese ganze Betriebsamkeit schritt. »Wir suchen uns eine ruhige Ecke, dann erkläre ich euch, was passiert ist. Ich hätte mir nur gewünscht, dass ihr uns – oder wenigstens mir – etwas mehr Vertrauen entgegenbringt. Uns nicht vorschnell verurteilt. Im Zweifel für den Angeklagten, heißt es doch immer.«

»Im Zweifel für den Angeklagten?«, wiederholte Thomas fassungslos. Wie konnte sie so etwas sagen, nach allem, was sie gesehen hatten?

Die Ärztin blieb vor einem kleinen verglasten Raum mit einem Tisch und vier Stühlen in der Mitte stehen. Sie öffnete die Tür, winkte sie hinein und deutete auf die Stühle. Thomas passte es nicht, wie das Ganze ablief – wenn es nach ihm gegangen wäre, hätte er die Kommandozentrale gestürmt, um diese Leute zur Rechenschaft zu ziehen. Aber jetzt hatten sie es wieder geschafft, alles in ihrem Sinn zu regeln.

»Wir sind nicht hier, um Small Talk zu machen«, sagte er. »Wir wollen keine Lügen mehr hören. Wir wollen Antworten. Die Wahrheit. Bitte.«

»Ihr habt einen Jungen getötet«, fügte Teresa viel ruhiger hinzu. »Das war nicht abgemacht. Wir haben euch nicht erlaubt unsere Freunde zu töten. Sind wir als Nächste dran oder wie?«

Dr. Paige sah weder wütend noch schuldbewusst aus, ja nicht einmal verlegen. Sie wirkte nur … traurig. Bekümmert.

»Seid ihr jetzt fertig?«, fragte sie müde. »Kann ich jetzt mal was sagen? Ihr habt die Lügen und Halbwahrheiten satt, sagt ihr? Ich auch. Aber ihr platzt hier rein, verlangt Antworten und überschüttet uns mit Vorwürfen. Das muss aufhören, wenn ihr wollt, dass ich rede.«

Thomas seufzte. Es lief immer auf dasselbe hinaus: Am Ende behandelten sie ihn wie ein Kind und er konnte nichts dagegen tun. Und am meisten ärgerte ihn, dass er in ihren Augen auch ein Kind *war*, obwohl er sich weiß Gott nicht so fühlte.

»Gut«, sagte Teresa, während Thomas stumm vor sich hin kochte. »Dann reden Sie.«

Dr. Paige nickte langsam. »Danke. Also, ihr wollt die Wahrheit – hier ist sie:

Wir haben eine Variante des Brand-Virus verändert, die

sich in den Immunen auf … interessante Art einnistet. Diese Methode soll dazu beitragen, dass wir den Hauptvirus besser verstehen, und der Griewer hat George die mutierte Variante injiziert. Dafür war auch das Serum gedacht, das die Wirkungen stoppen sollte. Leider war das Serum noch nicht perfektioniert, das … unglückliche Resultat habt ihr ja gesehen.«

Sie hielt inne, sah Thomas abwartend an. Thomas war so schockiert über die Beiläufigkeit, mit der sie das sagte, dass er unfähig war seine Gedanken zu sammeln. Auch Teresa blieb stumm.

Dr. Paige verschränkte die Arme. »Wir werden weiter daran arbeiten. Wir wollten nicht, dass George stirbt – das ist die reine Wahrheit. Wir werden das Serum verbessern.« Sie hielt inne und holte Luft, ehe sie fortfuhr.

»Aber ich kann euch eines versprechen: Wir haben in den Stunden, nachdem George gestochen wurde, ein paar wichtige Resultate erhalten – Ergebnisse, die wir brauchen und auch in Zukunft brauchen werden. Nicht nur von George, sondern von allen, die gesehen haben, was passiert ist, und die in irgendeiner Weise darauf reagiert haben.« Sie stand auf, legte ihre Hände auf den Tisch und beugte sich zu ihnen vor. »Und nur DAS zählt.«

Sie ging zur Tür, öffnete sie und drehte sich zu ihnen um. »Ihr beide seid mir sehr ans Herz gewachsen. Ich liebe euch, als wärt ihr meine eigenen Kinder. Und das ist die reine Wahrheit, ich schwöre es.« Sie hielt inne, weil ihr die Stimme versagte. »Und ich werde alles – *alles* dafür tun, euch eine Welt zu hinterlassen, in die ihr eines Tages zurückkehren könnt.«

Sie senkte den Blick und Thomas sah eine Träne an ihren Wimpern zittern, dann ging sie hinaus und schloss die Tür.

08.04.230 | 19:15 Uhr

41

Thomas schlang hastig sein Essen hinunter. Er hatte den Beobachtungsraum für den ganzen Abend gebucht und wollte keine Sekunde der Zeit versäumen, die ihm zur Verfügung stand. Es war die einzige Möglichkeit, seinen schmerzlich vermissten Freunden irgendwie nahe zu sein. Er würgte die letzten Bissen hinunter, dann stürmte er los und rannte praktisch den ganzen Weg.

Er setzte sich auf seinen Stuhl und checkte, ob alle Monitore eingeschaltet waren und liefen. Schnell kontrollierte er die Steuerungen und die verschiedenen Blickwinkel, die auf den Bildschirmen zu sehen waren.

Dann beugte er sich vor.

Und sah zu.

Minho und Newt waren an diesem Tag zusammen im Labyrinth gewesen. Als Läufer, wie sie sich nannten. Jetzt kamen sie zum Osttor herein und liefen auf das gedrungene schildkrötenähnliche Gebäude zu, das ihnen als Kartenraum diente. Sie hatten altmodisches Papier und Bleistifte angefordert, indem sie eine Nachricht in der Box hinterlassen hatten, die ihnen die wöchentlichen Vorräte lieferte. Und diese Bitte war erfüllt worden.

Minho und Newt bewegten sich im Laufschritt weiter, bis sie die bedrohlich wirkende Tür des Kartenraums erreichten. Sie war von Anfang an mit einem Handrad zugesperrt gewesen, wie man es von U-Booten kennt, deshalb verstauten sie dort ihre Karten, die sie zeichneten.

Minho steckte den Schlüssel hinein und drehte an dem Rad, bis es klickte und die Tür aufging. Die beiden Jungs gingen hinein, die ersten Läufer, die an diesem Tag auf die Lichtung zurückgekommen waren. Eine Käferklinge folgte ihnen und Thomas legte diese Aufnahme und Tonspur auf den Hauptbildschirm.

Minho schnappte sich zwei Blätter, während sie leise vor sich hin murmelten. Es klang, als rezitierten sie: »Links, links, rechts, links, rechts, rechts, rechts« und »zweifäustiger Fels, dann drei rechts« und »Regenbogenspalt, links, kahler Efeufleck, links, rechts, rechts.« Sie kritzelten mit wilder Energie ihre Blätter voll, um ihre Entdeckungen aufzuzeichnen, bevor sie alles wieder vergaßen.

»Uff!«, stöhnte Minho und ließ seinen Bleistift fallen. Er streckte die Hände über den Kopf und gähnte. »Schöner Lauf heute.«

»Ja, nicht übel«, brummte Newt und grinste vor sich hin.

Dann nahmen sie sich zwei neue Blätter und fertigten aus ihren Worten eine weitere Karte an.

Alby saß allein auf der Bank bei der Fahnenstange. Die Nacht war angebrochen und die Tore hatten sich längst geschlossen. Ein leerer Teller stand neben ihm; sein Hemd war mit Krümeln übersät. Er hatte die Augen geschlossen, sein Körper war reglos.

»Alby?«, sagte jemand und kam auf ihn zu.

»Psst!«, zischte er. »Lass mich in Ruhe. Ich will lauschen.«

»Okay.« Der andere Junge blieb in der Nähe und schloss seine Augen ebenfalls.

Außerhalb ihres riesigen, geschützten Wohnbereichs begannen sich die Mauern des Labyrinths zu bewegen und ihre Position zu verändern. Der Boden erbebte und das ferne Grollen von mahlenden Steinen erfüllte die Luft. Alby hatte fast so etwas wie ein Lächeln im Gesicht.

»Donner«, wisperte er.

»Was?«, fragte der andere Junge.

»Donner. Ich erinnere mich an Donnergrollen.«

Eine Träne lief ihm über die Wange. Er wischte sie nicht weg.

Thomas saß auf seinem Stuhl, stumm und mürrisch, während Dr. Paige seine Vitalfunktionen kontrollierte. Er hatte an diesem Tag eine Schulstunde nach der anderen und er war es so leid, dass er den Tränen nahe war.

»Du bist so still heute Morgen«, sagte die Ärztin.

»Ja, das muss ich«, antwortete er. »Bitte. Heute muss ich still sein.«

Sie flüsterte: »Okay.«

Thomas dachte an seine Freunde, die auf der Lichtung ihren jeweiligen Beschäftigungen nachgingen. Er malte sich aus, was sie jetzt, in diesem Moment, gerade machten. Und er wälzte einen Gedanken in seinem Kopf, der ihn seit Tagen beschäftigte: Vielleicht war es an der Zeit, ihnen dort Gesellschaft zu leisten? Es wäre die richtige Entscheidung, das wusste er.

Dr. Paige stach ihn mit einer Nadel und dieses Mal spürte er es.

Thomas führte sein seltsames, eintöniges Leben weiter, das manchmal herzzerreißend, manchmal auch erfreulich war. Er schaute zu, wie seine Freunde sich auf der Lichtung und im Labyrinth durchschlugen. Aber auch, wie sie allmählich vorwärtskamen und hart arbeiteten, um die Lichtung zu einem schöneren Zuhause zu machen. Das Gehöft war jetzt dreimal so groß wie zu Anfang und Minho war zum Hüter der Läufer ernannt worden.

Das alles und noch viel mehr vollzog sich im Lauf der Wochen und Monate. Teresa und Chuck waren Thomas' ständige Gefährten und er war froh sie um sich zu haben. Sie machten sein Leben erträglich und manchmal hatten sie sogar Spaß zusammen. Aber Thomas fiel es schwer, allzu optimistisch zu sein. Denn der Ort, an dem er lebte, erinnerte ihn ständig an zwei Tatsachen: Seine Freunde wurden gnadenlos in einem

Experiment verheizt, das nur existierte, weil eine bestialische Krankheit die Außenwelt unbewohnbar gemacht hatte.

Und so verging die Zeit. Thomas ließ die Check-ups über sich ergehen, besuchte den Unterricht, machte, was von ihm verlangt wurde. Zum Beispiel half er Teresa, einen Jungen pro Monat ins Labyrinth einzubringen. Das Kellergeschoss, das so viele schöne Erinnerungen barg, übte längst keine Anziehungskraft mehr auf ihn aus. Er musste einmal im Monat dorthin und der Ort erschien ihm viel dunkler und feuchter als früher. Er setzte alle Hebel in Bewegung, um Zeit für den Beobachtungsraum herauszuschlagen, und machte sich Notizen, die er Dr. Paige überließ. Je besser die Analyse, desto mehr Sitzungen wurden ihm gewährt.

Ansonsten war sein Leben todlangweilig. Der einzige Lichtblick waren seine Treffen mit Teresa und Chuck. Und in gewissem Maß auch Dr. Paige, die in letzter Zeit immer netter wurde. Sie war offenbar die Einzige bei ANGST, die ein Herz hatte und sich erinnerte, wie man sich als Jugendlicher fühlte. Und sie scheute sich nicht ihnen immer wieder zu versichern, was sie ihnen zum ersten Mal nach Georges Tod gesagt hatte: dass sie ihn und Teresa liebte, als wären sie ihre eigenen Kinder. Aber ihre Worte hatten auch immer etwas Bedrohliches, als wüsste sie im tiefsten Herzen, dass sie kein größeres Risiko eingehen konnte, als solche Gefühle zuzulassen.

Es war eine bizarre Welt. Aber Thomas war am Leben und machte einfach weiter.

21.08.230 | 10:32 Uhr

42

Der Irrsinn an diesem Tag begann in einer Vormittagspause mit einem Klopfen an der Tür.

Als er aufmachte, stand ein Junge draußen, den er noch nie gesehen hatte und der noch dazu von Randall begleitet wurde. Randall hatte sich in letzter Zeit rar gemacht – Thomas war sich ziemlich sicher, dass er ihm seit Georges Tod nicht mehr begegnet war.

Randall sah schlecht aus. Er war dünner als früher und ganz grau im Gesicht. Der Neue, den er mitgebracht hatte, war ein bisschen größer als Thomas, mit blondem Haar und großen, neugierigen Kinderaugen.

»Das ist Ben«, sagte Randall. »Einer der neuen Probanden, die wir in den letzten Tagen ausgewählt haben, und er hat das ideale Alter für den Eintritt ins Labyrinth. Dr. Paige sagt, du sollst ihn vorbereiten, bevor du deine täglichen Check-ups und Tests machst.«

Randall wandte sich ab, ohne eine Antwort abzuwarten, und eilte den Gang hinunter, als hätte er einen wichtigen Termin, zu dem er nicht zu spät kommen wollte. Ben stand da und blinzelte nervös.

»Lass dich von dem nicht ins Bockshorn jagen«, sagte Thomas und machte seine Tür weiter auf. »Der war schon immer so schräg. Komm rein. Ob du's glaubst oder nicht, ich weiß noch genau, wie man sich als Neuer fühlt.«

»Danke.« Ben kam schüchtern ins Zimmer und setzte sich an den Schreibtisch, als Thomas auf einen Stuhl zeigte. »Sie haben mich in Denver gefunden.«

Und dann verlor der Junge die Fassung. Er brach in Tränen aus und schlug die Hände vors Gesicht. Seine Schultern bebten.

Denver? Über diese Stadt hatte Thomas schon viel gelesen. Sie galt als sichere Zone, als Sammelplatz für alle, die Den Brand nicht hatten. Angeblich herrschten dort superstrenge Sicherheitsvorkehrungen, damit nur ja keine Infizierten hineinkamen, und das Stadtgebiet war von unüberwindlichen Mauern umgeben. Dass Ben ausgerechnet von dort kam, erschien Thomas mehr als seltsam. Seine Eltern mussten dann doch gesund sein? Und trotzdem hatte ANGST ihn aus der Familie genommen?

Der Junge weinte immer noch.

»Was ist passiert?«, fragte Thomas. Er wusste nicht recht,

wie er sich verhalten sollte. »Ich meine, ich will dich nicht drängen, aber ich hör dir zu, wenn du was loswerden willst.« Er verdrehte innerlich die Augen über sein Geschwafel.

»Wir hatten endlich einen Platz zum Leben gefunden«, schluchzte Ben. »Einen Ort, wo es schön war. Und meine Eltern haben Den Brand nicht, das weiß ich! Sonst wären wir doch gar nicht reingekommen.«

Jetzt brach alles aus ihm hervor wie eine Sturzflut und sein Kummer verwandelte sich in Wut. »Sie haben gefragt, ob ich an ihrer Studie teilnehmen will, und mein Dad hat Nein gesagt. Trotzdem haben sie mich gepackt und einfach mitgenommen. Sie haben meine Mom auf den Boden geschleudert und ihr gedroht meinen Dad zu erschießen. Wer sind diese Leute? Warum bin ich hier?«

Thomas saß wie erstarrt auf seinem Bett und brachte kein Wort heraus. Schon oft hatte er sich gefragt, was mit den Eltern der anderen war, und nun waren seine schlimmsten Ahnungen wahr geworden. ANGST sammelte angeblich nur Kinder ein, deren Eltern infiziert waren und die keine anderen Angehörigen hatten, die für sie sorgen konnten. War Bens Fall eine Ausnahme? Oder war Thomas einer weiteren Lüge auf die Spur gekommen?

Ben fing wieder an zu weinen, legte seine Arme auf den Schreibtisch und vergrub seinen Kopf darin.

»Tut mir leid, Mann«, sagte Thomas, dem der Kummer des Jungen zu Herzen ging. »ANGST versucht eine Heilung für Den Brand zu finden, deshalb greifen sie nach jedem Strohhalm.« Etwas Besseres fiel ihm nicht ein als Trost. »Aber hey, so schlimm ist es hier gar nicht, ehrlich.«

Ben hob den Kopf, wischte sich die Tränen ab und nickte.

»Komm, ich führe dich mal rum.« Thomas stand auf, ging zur Tür und durchquerte mit Ben den Gang. Die ganze Zeit kam er sich wie ein verfluchter Lügner vor.

Nachdem er Ben eine Weile herumgeführt hatte, setzte Thomas sich mit ihm in den Beobachtungsraum und zeigte ihm das Labyrinth. Er brachte es nicht fertig, gleich mit der Tür ins Haus zu fallen und den Neuen darüber aufzuklären, was ihm demnächst bevorstand. Nicht nach der tränenreichen Szene zuvor. Aber Ben war nicht dumm, das spürte er.

Er versuchte optimistisch zu wirken.

»Die meisten Jungs finden es gut. Bisschen rumstreunen, mit den Freunden im Freien schlafen.« Er erzählte Lügen – fast so geschmeidig wie die ANGST-Leute. Er hasste sich dafür, aber was sollte er machen? Er musste den Jungen doch irgendwie trösten und aufmuntern.

Thomas schreckte aus seinen Gedanken hoch, als sich etwas auf der rechten Seite des Hauptbildschirms bewegte. Auf einem der kleinen Bildschirme folgte eine Käferklinge Gally, der immer wieder über die Schulter blickte, als führte er nichts Gutes im Schilde.

»Oh, hey«, wisperte Thomas und projizierte die Aufnahme von Gally auf die Mitte des großen Bildschirms.

»Was ist los?«, fragte Ben.

Ein paar Sekunden lang hatte Thomas völlig vergessen, dass Ben überhaupt existierte, geschweige denn direkt neben ihm saß.

»Ähm, nichts«, antwortete er abwesend. »Ich will nur mal

sehen, was mein Freund da macht.« Aus Angst, dass womöglich wieder etwas Schlimmes passierte, das Ben gleich am ersten Tag traumatisieren würde, brachte er ihn schnell in den Gang hinaus. Dort ließ er ihn mehrere Meter von der Tür entfernt stehen und befahl ihm: »Hör mal, du wartest hier, okay? Ich rufe eine Freundin her, die die Tour mit dir zu Ende macht. War nett dich kennenzulernen.«

»Okay«, sagte der Junge. Er fühlte sich sichtlich verschaukelt.

Thomas hatte ein schlechtes Gewissen, stürzte aber ins Zimmer zurück und ließ die Tür einen Spaltbreit offen. Er wollte Teresa hören, wenn sie kam. Dann setzte er sich wieder auf seinen Platz.

Gally hatte es inzwischen bis zum Südtor geschafft. Er drehte sich wieder zur Lichtung um und suchte mit den Augen den Bereich ab, vermutlich um zu checken, ob er beobachtet wurde. Die Käferklingen waren ihm egal, ihn interessierten nur die anderen Jungs. Als er sicher war, dass ihm niemand gefolgt war, wandte er seine Aufmerksamkeit der linken Seite des Tors zu und spähte zu der Reihe von überstehenden Spitzen über ihm hinauf.

»Was hast du vor?«, wisperte Thomas. »Na komm schon, blöde Käferklinge, such mir einen besseren Blickwinkel.«

Der kleine Roboter huschte prompt weiter vorwärts, als hätte er Thomas' Worte gehört, und kroch neben Gally an der Wand entlang. Dann wendete er und huschte rückwärts, so dass nun Gallys Gesicht deutlich zu sehen war.

Er weinte, und das offenbar schon länger, denn seine Wangen waren ganz nass. Thomas schüttelte verwundert den

Kopf. Warum schlich Gally auf verbotenem Gelände herum? Er war kein Läufer und hatte folglich keinen Zutritt zum eigentlichen Labyrinth, aber aus irgendeinem Grund wollte er unbedingt da rein.

Plötzlich fiel Thomas der Neue wieder ein, der draußen im Gang wartete.

Hey, bist du da?, funkte er Teresa an, während er den Monitor leiser stellte, damit Ben nicht hörte, was vor sich ging. *Komm und schaff mir den Jungen vom Hals. Er heißt Ben und wartet draußen vor dem Beobachtungsraum. Gally führt irgendwas im Schilde.*

Okay, antwortete Teresa nur.

Gally war durch das Tor gehuscht und hatte damit eine wichtige Regel gebrochen. Er stand jetzt außerhalb der Lichtung. Er schloss die Augen und holte ein paarmal tief Luft. Ein seltsames Lächeln erschien auf seinem Gesicht. Er breitete die Arme aus, als würde er fliegen. Und da begriff Thomas: Gally hatte die Lichtung verlassen, weil er den Kick brauchte.

Jetzt entstand Bewegung auf dem Bildschirm, ein Griewer tauchte aus dem Nichts auf. Thomas sog die Luft ein. Der grässliche Glibber, mit dem das Monster umhüllt war, füllte den ganzen Bildschirm und darunter lag Gally. Thomas hörte ein ersticktes Röcheln, Metall blitzte auf. Die Käferklinge huschte davon, so dass nur noch efeuüberwucherte Mauerstücke zu sehen waren, alles verwackelt. Aber Thomas hörte Gally schreien. Kein Angstschrei, sondern Schmerzensschreie.

Die Kamera kehrte in ihre Ausgangsposition zurück und der Griewer war verschwunden. Gally presste eine Hand auf seine Rippen und zog sich mit der anderen am Boden entlang.

Er brauchte ein paar Sekunden, um sich auf die Lichtung zurückzuschleppen. Die Jungs stürzten zu ihm. Einer namens Clint lief an der Spitze, einen Erste-Hilfe-Koffer in der Hand. ANGST hatte endlich die richtige Dosierung des Serums gefunden. Clint hielt beim Laufen schon eine Spritze in seiner freien Hand bereit.

Gallys Schreie waren so grauenhaft, dass Thomas sie bestimmt nie vergessen würde.

Ein unterdrückter Aufschrei hinter ihm ließ ihn herumfahren. Ben spähte durch den schmalen Türspalt, die Augen schreckgeweitet.

»Was ist da passiert?«, flüsterte er angsterfüllt.

Thomas suchte nach Worten. »Ach, das? Das … ähm … sind nur so Übungen, mit denen ihre Reaktionszeiten getestet werden. Kein Grund zur Sorge …«

Thomas verstummte schaudernd. Er hatte gerade eine von Dr. Leavitts Lieblingsphrasen verwendet.

Zum Glück kam in diesem Moment Teresa und nahm Ben mit.

Armer Kerl, dachte Thomas.

17.12.230 | 21:06 Uhr

43

Thomas wartete geduldig auf Dr. Paige. Eben hatte sie das Zimmer verlassen, um seine letzte Blutprobe ins Labor zu bringen. Ausnahmsweise war er ganz allein hier, nicht mal einer ihrer Assistenten war da. Nach ein paar Minuten Stille wurde er neugierig.

Er stand auf und ging zur Theke, öffnete ein paar Türen, zog ein paar Schubladen heraus. Nichts Ungewöhnliches. Glasfläschchen, Spritzen, eingeschweißtes Verbandszeug u.s.w. Aber die letzte Schublade rechts entpuppte sich als wahre Goldgrube.

Ein medizinisches Tablet.

Das schmale, etwa dreißig Zentimeter lange Gerät mit dem schimmernden grauen Display konnte ihm jede Menge Informationen liefern. Er brauchte vermutlich Passwörter, aber das hier war eine einmalige Chance, die er sich nicht entgehen lassen durfte. Er verdrängte jeden Gedanken an die Konsequenzen seiner Handlung und schob das Tablet in seine hintere Hosentasche. Dann zerrte er sein Hemd aus dem Hosenbund und zog es darüber, um die Wölbung zu verdecken.

Als Dr. Paige zurückkam, saß er längst wieder an seinem Platz.

Am Abend simulierte er Kopfschmerzen, die angeblich vom Wetter herrührten, und sagte seine übliche Sitzung im Beobachtungsraum ab, ohne dass er deshalb Ärger bekam.

Thomas hatte Wichtigeres zu tun: Er konnte es kaum erwarten, sich in das geklaute Arzt-Tablet zu vertiefen. Er hatte ein paar Snacks aus der Cafeteria mitgehen lassen, um es sich mit seinem neuen Spielzeug gemütlich zu machen. Jetzt saß er am Schreibtisch, völlig ungestört, mampfte Chips, fuhr das Tablet hoch und machte sich an die Arbeit. Teresa hatte er noch nichts davon erzählt. Er wollte keinerlei Risiko eingehen: Die Vorstellung, dass ihm dieser Schatz wieder weggenommen würde, ehe er auch nur einen Blick hineingeworfen hatte, war einfach zu schrecklich.

Er hatte zwar damit gerechnet, war nun aber doch enttäuscht, dass man für die meisten Informationsportale Passwörter brauchte. Und natürlich hatte er keine Chance, jemals an die Hauptsysteme von ANGST heranzukommen. Das konnte er vergessen. Zum Glück gab es genügend zugängliche Informationen, die seine Aufmerksamkeit fesselten. Und sie waren alle in einer Open-Access-Plattform unter der Bezeichnung *Geschichte* gespeichert.

Er scrollte die Dokumente durch und prägte sich so viel davon ein wie nur möglich. Er erfuhr die wahren Namen seiner Freunde und musste über einige davon lachen. Siggy, alias Bratpfanne, hatte von seinen Eltern den Namen Toby erhalten, den Thomas zum Totlachen fand, obwohl er nicht sagen konnte, warum.

Dann stieß er auf etwas Hochinteressantes: Schaubilder des ANGST-Hauptquartiers und seiner diversen Gebäude; einen alten Militärbericht über eine tödliche Geheimwaffe, aus der später die Griewer entwickelt wurden; Klimadaten, die bis ins Jahr der Sonneneruptionen zurückreichten, sowie vergleichende Tabellen über die Durchschnittswerte vor dieser Zeit. Und tonnenweise Informationen zum Brand-Virus, über die Symptome der Krankheit, die verschiedenen Stadien, die bisherigen Behandlungsmethoden.

Ein scheinbar beiläufiger Kommentar in einem der Memos erregte seine Aufmerksamkeit. Zwei Mitarbeiter erzählten, wie sie »am Gedächtnis des armen A2 herumpfriemeln mussten«, weil sein erstes Treffen mit Teresa ein komplettes Desaster gewesen sei. Thomas hielt inne, starrte auf das Tablet und rief sich die Szene in Erinnerung.

Er dachte an den Tag, als er Teresa zum ersten Mal offiziell begegnet war. An das seltsame Déjà-vu-Gefühl, von dem ihm so schwindlig geworden war. War es möglich, dass ANGST schon damals sein Gedächtnis manipuliert hatte? Ja, durchaus denkbar, nach allem, was sie mit seinen Freunden machten, um sie für das Experiment im Labyrinth vorzubereiten. Aber trotzdem, der Gedanke, dass seine erste Begegnung mit Teresa komplett aus seinem Gedächtnis gelöscht worden war, zog ihm den Boden unter den Füßen weg. Was hatten sie ihm sonst noch alles gestohlen?

Je mehr Thomas darüber nachdachte, desto wütender wurde er, was ihn aber nicht weiterbrachte. Also vertiefte er sich wieder in sein Tablet, um weitere Skandale aufzuspüren.

Nach ein paar Fehlschlägen stieß er auf eine Datei namens *DeletedCom* und öffnete sie.

Er las verschiedene Memos und Korrespondenzen, die eindeutig versehentlich im nicht sicheren Bereich gelandet waren. Statements der führenden Persönlichkeiten von ANGST und diverser Instanzen, vermutlich die Vorläufer der Einrichtung. Es gab viele Abkürzungen, von denen er einige aus dem Geschichtsunterricht kannte: VWIS (VORHABEN ZUR WIEDERBESCHAFFUNG VON INFORMATIONEN NACH DEN SONNENERUPTIONEN), NNK (NACHERUPTIVE NOTSTANDSKOALITION), KBR (KOMITEE FÜR BEVÖLKERUNGSREGULIERUNG); andere hatte er noch nie gehört. Er saugte alles gierig auf und versuchte sich das Leben in dieser Zeit vorzustellen.

Volle vier Stunden stöberte er in dem Tablet, bis ihm die Augen vom vielen Lesen brannten. Irgendwann überflog er nur noch die Seiten, las zu schnell, um noch viel aufzunehmen.

Dann blieb er an etwas Interessantem hängen. Ein paar Abkürzungen, die er noch nie gesehen hatte. TOP-SECRET stand in roten Buchstaben darüber. Neugierig überflog er ein, zwei Memos und sein Herz schlug schneller, je mehr er las. Unfassbare Informationen über einen menschengemachten Virus. Einen Virus, der gezielt freigesetzt worden war, weil es zu viele Menschen gab, um alle ernähren zu können.

»O Mann«, wisperte er und las das letzte Memo noch einmal durch. Es war unglaublich:

NNK-MEMORANDUM, DATUM 12.02.219, ZEIT 19:32 UHR
AN: Alle Vorsitzenden
VON: Kanzler John Michael
BETREFF: Verordnung – Entwurf

Bitte geben Sie Ihre Meinung zu dem unten stehenden Entwurf ab. Die Verordnung wird morgen in ihrer endgültigen Form in Kraft treten.

Verordnung Nr. 13 der Nacheruptiven Notstandskoalition, erarbeitet vom Komitee zur Bevölkerungsregulierung (KBR). Es gilt die HÖCHSTE GEHEIMHALTUNGSSTUFE (streng geheim, höchste Dringlichkeitsstufe), bei Verstoß droht Todesstrafe.
Wir, die Koalition, erteilen dem KBR hiermit die Erlaubnis, die Initiative Nr. 1 zur Bevölkerungsregulierung (siehe Anhang) in vollem Umfang durchzuführen. Wir übernehmen die alleinige Verantwortung für diese Maßnahme, werden die Entwicklung überwachen und umfassende Hilfestellungen gewährleisten.
Das Virus wird an den vom KBR empfohlenen und von der Koalition beschlossenen Orten freigesetzt. Armeeeinheiten

werden sicherstellen, dass es zu keinen Zwischenfällen kommt.

Verordnung Nr. 13, Initiative Nr. 1 zur Bevölkerungsregulierung ist hiermit beschlossen. Sie tritt mit sofortiger Wirkung in Kraft.

Wow.

Mehr brachte Teresa nicht heraus, als Thomas ihr alles erzählte.

Ja, antwortete er telepathisch. *Das kannst du laut sagen. Sie dachten, der Virus würde nur einen bestimmten Prozentsatz der Bevölkerung umbringen – und so die Welt leichter beherrschbar machen. Sie hatten keine Ahnung, dass er zu diesem Monstervirus mutieren würde, der uns praktisch alle auslöscht. Ich kann es nicht fassen, ehrlich.*

Teresa blieb stumm. Er empfing auch keine emotionalen Schwingungen von ihr.

Das Schlimmste ist, fuhr er fort, *dass es mehrere direkte Verbindungen zu ANGST gibt. Erinnerst du dich an John Michael? Der Typ, den wir in den Crank-Gruben gesehen haben? Er hat die Freisetzung des Virus veranlasst.*

Teresas Antwort ließ ihn abrupt verstummen: *Das ist Vergangenheit, Tom.*

Und sie versuchen ja den angerichteten Schaden wiedergutzumachen, fügte sie noch hinzu. *Ich meine, das lässt sich doch nicht mehr ändern.*

Aber Teresa, fing Thomas an – doch es zog ihm den Boden unter den Füßen weg. Was sollte er DARAUF antworten? *Hast du … hast du das etwa gewusst?*

Ich habe Gerüchte gehört.

Und du hast mir nie was davon gesagt? Thomas war sprachlos. Teresa hatte das alles gewusst, ohne ihm je ein Wort davon zu sagen? Seine beste Freundin? Er erzählte ihr immer alles.

Ich weiß nicht, was du willst. Okay, wir haben gute Gründe, sauer auf diese Leute zu sein. Aber es hilft doch nichts, wenn wir uns über die Vergangenheit aufregen. Was zählt, ist die Lösung, sonst nichts.

Thomas hatte das Gefühl, in einen Abgrund zu stürzen. *Hast du denn gar nichts in unseren Denksportstunden bei Ms Denton gelernt? Wenn man eine Lösung finden will, muss man zuerst das Problem in all seinen Facetten erfassen. Und genau das ist das Problem.*

Teresas Antwort war völlig emotionslos.

Ja, du hast wahrscheinlich Recht. Aber ich bin müde, Tom. Können wir morgen weiterreden?

Dann war sie aus seinem Kopf verschwunden, ohne seine Reaktion abzuwarten.

Am nächsten Tag wollte Teresa nicht darüber reden, mit der Begründung, dass für sie nur die Zukunft zählte und nicht die Vergangenheit. Auch Dr. Paige wimmelte ihn ab – diese Entscheidungen seien lange vor ihrer Zeit getroffen worden, behauptete sie, und das gehe sie nichts an. Beide schienen wild entschlossen das alles zu vergessen.

Im Gegensatz zu Thomas.

Er würde es nie vergessen, das schwor er sich.

Würde nie vergessen, dass ANGST an der Lösung eines Problems arbeitete, das seine Vorgänger selbst in die Welt gesetzt hatten.

04.05.231 | 22:14 Uhr

44

Der Winter kam in Schüben in diesem Jahr, wie ein alter Motor, der nach jahrelangem Vor-sich-hin-Rosten in der Garage plötzlich stotternd anspringt. Aber dann wurde es endgültig kalt und diesmal blieb der Winter lange, bis über den Frühlingsanfang hinaus.

Thomas wagte sich nicht oft hinaus, und wenn, dann nur mit Sondergenehmigung und mindestens zwei bewaffneten Wächtern an seiner Seite. Aber er hatte immerhin gesehen, dass Eis und Schnee mit Macht in die Welt zurückgekehrt waren. Der Klimatologe von ANGST sagte, dass die Wettermuster sich langsam regenerierten und die Jahreszeiten auf der

Erde sich wieder herausformten – Winter, Frühling, Sommer und Herbst. Nur in den Gebieten, die am weitesten nördlich und südlich des Äquators lagen, seien die Jahreszeiten viel unberechenbarer und extremer als vor den Sonneneruptionen. Das Klima der Welt sei wie ein Pendel, das jetzt schneller und weiter in beide Richtungen ausschlug.

Für Thomas war es das Größte, den Schnee im Gesicht zu spüren, die eisige Kälte, die auf seiner Nase und an den Fingerspitzen kribbelte. Das war, als würde er den Sonneneruptionen ins Gesicht spucken. *Hey, guckt mal, ich friere! Und jetzt verpisst euch, Mann!*

Anfang Mai – der Winter wollte immer noch nicht weichen – spazierten Thomas, Chuck und Teresa draußen herum, mit zwei Wächtern direkt hinter ihnen, die Waffen im Anschlag. Thomas war in schlechter Verfassung.

Er fühlte sich ausgelaugt bis auf die Knochen und diese ganze Einrichtung flößte ihm nur noch tiefen Abscheu ein. Die Psychologen, die Variablen, die Todeszone, die Muster – alles. Das ging schon lange so – seit er die Wahrheit über die Vorgänger von ANGST entdeckt hatte. Er kam einfach nicht darüber hinweg, dass sie den Virus, für den sie eine Heilung finden wollten, selbst auf die Menschheit losgelassen hatten. Daran änderte auch ein Spaziergang an der frischen Luft nichts.

Teresa rieb sich fröstelnd die Arme. »Ist das wirklich der Planet Erde? Oder hat ANGST uns vielleicht durch ein Flat Trans geschickt und wir sind auf einem Eisplaneten gelandet?«

»Das wäre cool«, sagte Chuck. »Eis-Aliens. Hey, vielleicht bleibt die Zunge an ihnen kleben, wenn man sie ableckt? Wie an einem Eiszapfen, versteht ihr?«

Thomas verwuschelte Chucks Lockenmähne und versuchte sein Unbehagen beiseitezuschieben. »Ja, klar verstehen wir das, Chuck. Du musst uns deine Witze nicht immer erklären. Manchmal sind sie echt komisch. Wie der hier. Das war so witzig. Ich lach mich schlapp, ich krieg noch Seitenstechen davon.«

»Ich auch«, sagte Teresa. »Ich pruste und gackere wie verrückt – innerlich.«

Chuck kicherte und quiekte wie ein Schweinchen, was ihn irgendwie unwiderstehlich machte.

»Wir sollten mal 'nen Gang runterschalten«, sagte Teresa. »Sonst wecken wir noch die Cranks in ihren Gruben auf.«

»Ich hab noch nie welche gesehen«, schniefte Chuck mit gespielter Enttäuschung. Jedenfalls hoffte Thomas, dass es gespielt war.

Sie bogen um eine Ecke des Gebäudekomplexes und blieben abrupt stehen, so spektakulär war die Aussicht. Die Lichter an der Außenseite der Gebäude waren hell genug, um den angrenzenden Wald und die Kiefern mit den schimmernden, schneebepuderten Ästen zu beleuchten. Dicke Flocken glitzerten in der Luft und das Krachen der Brandung unter den Klippen klang ferner denn je. Thomas fühlte sich wie in einer menschengemachten Kulisse und stellte sich vor, dass der eisige Wind, der ihnen ins Gesicht peitschte, von einem riesigen Ventilator kam.

Eine gefakte Welt wie das Labyrinth.

»Mann, das ist so schön!«, wisperte Teresa.

Thomas wartete darauf, dass Chuck einen dummen Spruch absonderte, aber auch er war verzaubert von dieser märchenhaften Umgebung. »Unsere Welt ist gar nicht so schlecht«, sagte er. »Wenn ANGST eine Heilung für alle gefunden hat, dann wird das Leben wieder gut. Stimmt doch, oder?«

Thomas nickte nur, eine Hand auf Chucks Schulter. Mit seinem geklauten Tablet hatte er heimlich Nachforschungen über die Brandwüste angestellt, ein Gebiet, in dem ANGST eine Top-Secret-Operation durchführte. Wenn Chuck die Bilder von diesem verwüsteten Höllenloch gesehen hätte, würde er vermutlich nicht so reden. Aber andererseits gab es viele Landschaften wie diese hier: ein Wald über einer Klippe, gegen die der majestätische Ozean anbrandete. Orte, an denen die Menschheit sich niederlassen und eine neue Welt aufbauen konnte.

»Tom, da drüben«, rief Teresa aufgeregt. Er folgte ihrem Blick zu einer Gruppe von Bäumen, ungefähr dreißig Meter entfernt.

Aus dem Wald war eine Gestalt herausgerannt und auf den Boden gestürzt. Jetzt rappelte sie sich wieder auf, klopfte sich den Schnee ab und kam direkt auf sie zu. Die Wächter stellten sich schnell vor ihre Schützlinge und zückten ihre Waffen.

»Wir gehen jetzt besser zurück«, sagte einer von ihnen.

»Das ist ein Crank, oder?« Chuck fragte es ruhig und tapfer und Thomas war stolz auf seinen kleinen Freund.

»Bingo, mein Junge«, antwortete der zweite Wächter. »Aber keine Angst, der kann dir nichts tun. Also, lasst uns wieder reingehen.«

»Moment mal«, sagte Teresa. »Das ist kein … ich meine … das ist *Randall!*«

Thomas blinzelte im grellen Scheinwerferlicht und spähte angestrengt zum Waldrand. Teresa hatte Recht – es war Randall. Er torkelte durch den Schnee, als hätte er etwas verloren und wollte es aus dem Schnee herauskicken. Der erste Wächter nahm sein Gewehr herunter. »Verdammt, sie hat Recht. Das ist er.«

»Was macht der da draußen?«, wisperte Thomas.

»Was sollen wir jetzt tun?«, fragte Chuck viel zu laut. Thomas versuchte ihn zum Schweigen zu bringen, aber es war zu spät. Randall war stehen geblieben und riss den Kopf hoch. Er hatte sie entdeckt. Einen langen Moment rührte sich keiner von ihnen.

Dann kam Bewegung in Randall und er kämpfte sich durch den Schnee vorwärts.

»'tschuldigung«, murmelte Chuck.

»Kommt, wir gehen zurück«, drängte der Wächter jetzt energischer. »Wir müssen es Ramírez melden.«

Sie kehrten Randall den Rücken und liefen zügig zum nächsten Eingang des riesigen Gebäudekomplexes. Im letzten Moment, bevor sie hineingingen, brüllte Randall hinter ihnen:

»Halt! Marion! Moureu! Ich muss euch was sagen!« Die Wächter drehten sich um, als sie ihre Namen hörten. Sie stellten sich wieder vor ihre Schützlinge und zückten ihre Waffe.

Randall stolperte von dem verschneiten Gelände auf den Asphalt, etwa fünf Meter von ihnen entfernt. Er war in einem schlimmen Zustand: blutunterlaufene Augen, blutende Nase, hohle Wangen. Die Haut an seiner rechten Augenbraue war aufgeplatzt, ein roter Striemen, der sich seitlich über sein Gesicht zog. Thomas starrte den armen Mann an. Was in aller Welt machte er da draußen?

»Okay, dann sprich, Randall, schnell«, sagte die Wächterin, die anscheinend Marion hieß. »Du siehst nicht gut aus. Wir müssen Hilfe für dich holen.«

»Kann's nicht mehr verbergen, was?«, brummte Randall und stützte sich auf die Knie. »Verdammter Mist!« Ruckartig fuhr er hoch und geriet ins Wanken, fing sich aber gleich wieder. »Es ist so verflucht anstrengend, Den Brand vor euren Bossen zu verbergen.«

Thomas fasste nach Chucks Hand. Es war, als erstarrte der Schnee mitten in der Luft, als wirbelte und tanzte er jetzt nicht mehr, rieselte nicht mehr herunter.

»Also gut, wir sind hier fertig«, sagte die Wächterin. »Mach die Tür auf, Moureu. Bring sie rein und such einen Arzt. Schnell.«

»Ihr haltet euch wohl für was Besonderes, wie?«, brüllte Randall los. »Glaubt ihr im Ernst, sie machen mit euch nicht dasselbe wie mit all den anderen?«

Moureu tippte den Sicherheitscode ein. Lautes Piepsen ertönte. Die Farbe des Displays wechselte von Rot zu Grün, dann ein Klicken, das in der Luft widerhallte, und die Tür sprang auf. Der Wächter riss sie auf und trat zurück.

Thomas stieß Chuck praktisch in den Eingang hinein, dann packte er Teresa am Arm und rannte mit ihr hinterher. Er wollte keine Sekunde länger da draußen bei Randall bleiben, der immer noch herumbrüllte.

»Habt ihr gehört, was ich gesagt habe?«, schrie Randall.

»Ihr lauft vor dem Falschen weg. Nicht vor mir müsst ihr Angst haben, versteht ihr?«

Die Wächter zogen die Tür hinter sich zu und Randalls Geschrei verstummte. Thomas spähte durch das kleine Sicherheitsfenster und sah, wie er sich umdrehte und in den Wald zurücktorkelte.

»Du kannst heute Nacht bei mir auf dem Boden schlafen«, sagte Thomas zu Chuck. Sie standen im Gang vor seiner Zimmertür. »Ist mir egal, ob wir Ärger bekommen oder nicht.«

Teresa war kurz in ihr Zimmer verschwunden, um auf die Toilette zu gehen, und kam gleich wieder zurück. Sie wirkte sehr bedrückt.

Thomas sah sie besorgt an. »Willst du auch hier schlafen? Mir ist ehrlich gesagt selber ganz schön mulmig.«

»Also eigentlich ...«

»Was ist?«, fragte Thomas.

Teresa warf einen vielsagenden Blick zu Chuck, der ganz verloren dastand. *Bring ihn erst in dein Zimmer und schick ihn ins Bett. Wir müssen noch mal los. Sofort,* sagte sie in Thomas' Kopf.

He, Moment mal, antwortete Thomas. *Wohin denn?*

Es ist alles noch schlimmer, als du denkst, sagte Teresa. *Also ... bring ihn ins Bett, erzähl ihm eine Gute-Nacht-Geschichte oder was auch immer. Und wenn du sicher bist, dass er nichts mehr mitkriegt, klopfst du bei mir, okay?*

Was ist denn los?, fragte Thomas erneut.

»Weißt du was, Chuckie?«, sagte Teresa jetzt laut, ohne auf Thomas' Frage einzugehen. Sie strich Chuck eine Haarsträhne aus dem Gesicht und er schaute bekümmert zu ihr auf; sein Blick war noch ganz dunkel und verstört. »Ich bin müde. Ich lasse euch beide jetzt allein. Wir sehen uns dann morgen wieder, okay? Und keine Angst.« Sie beugte sich zu Chuck hinunter und sah ihm in die Augen. »Randall ist krank und sie werden sich um ihn kümmern. Wir sind immun, vergiss das nicht. Uns kann nichts passieren.« Ihr Lächeln war so warm und beruhigend, dass Thomas fast selber darauf hereinfiel.

»Gute Nacht«, sagte er zu ihr. »Los, komm, Chuck.«

»Gute Nacht.« Teresa huschte in ihr Zimmer zurück.

Thomas schloss die Tür hinter sich und legte ein paar Decken für Chuck auf den Boden. Der Junge kuschelte sich hinein und dann sagte er etwas, das Thomas den Atem stocken ließ. Chuck war viel schlauer, als sie alle dachten.

»Ja, sie hat Recht, *wir* sind immun«, tönte es aus der Dunkelheit. »Aber was ist mit all den anderen, die für ANGST arbeiten?«

04.05.231 | 23:41 Uhr

45

Teresa öffnete noch vor dem zweiten Klopfen die Tür.

»Komm rein«, wisperte sie beschwörend, obwohl ihr Blick ruhig war. So ruhig, dass Thomas Angst bekam.

Er ging hinein und sie schloss die Tür hinter ihm.

»Also was ist?«

Teresa hielt einen Zettel hoch. Thomas nahm ihn. Nur ein paar Worte standen darauf, flüchtig mit Bleistift hingekritzelt:

Kommt sofort zu mir.
Dr. Paige

Thomas sah Teresa an. »Okay, aber jetzt mal wirklich – was ist los?«

»Der Zettel wurde unter meiner Tür durchgeschoben, als wir draußen waren.« Sie hielt inne, holte Luft. »Ich wette, Dr. Paige weiß, was heute Abend dort draußen passiert ist. Es muss irgendwie mit Randall zu tun haben.«

Thomas lehnte sich an die Wand. Da war etwas Schlimmes im Busch, kein Zweifel. Eine schreckliche Angst kroch in seiner Brust hoch. Eine tödliche Ungewissheit, als würde die Welt aus den Angeln gehoben.

»Und was machen wir jetzt?«, fragte er.

Teresa legte ihm eine Hand auf die Schulter. »Wir gehen zu Dr. Paige. Sie ist der klügste Mensch, den ich kenne. Wenn sie mit uns reden will, dann müssen wir hin.«

»Okay«, sagte Thomas dumpf. »Falls wir hier überhaupt jemandem trauen können, dann ihr.«

Teresa nickte ihm aufmunternd zu, öffnete die Tür und ging hinaus.

Thomas folgte ihr.

Leise klopfte er an Dr. Paiges Zimmertür. Er hatte keine Lust, einen der anderen Ärzte oder Psychologen zu wecken, die hier im selben Gang wohnten. Als keine Antwort kam, klopfte er ein bisschen lauter. Endlich hörte er drinnen eine leise Stimme.

»Wer ist da?«

»Thomas«, sagte er und plötzlich schoss ihm der Gedanke durch den Kopf, dass der Zettel vielleicht gar nicht von ihr stammte. »Und Teresa. Wir haben Ihre Nachricht bekommen.«

Die Tür ging einen Spaltbreit auf und Dr. Paige spähte

heraus. So aufgelöst hatte er sie noch nie gesehen. Ihr Haar war offen und vom Schlaf zerzaust, ihr Gesicht völlig ungeschminkt. Sie machte die Tür weiter auf und bat sie mit einem Nicken herein.

»Ich bin froh, dass ihr gekommen seid.«

Dr. Paige saß am Schreibtisch, Thomas und Teresa kauerten auf ihrem Bett und warteten darauf, dass sie etwas sagte. Thomas dachte an Newt, den Jungen, den er von allen vielleicht am meisten mochte und der nicht immun war. Für Newt gab es nur zwei Zukunftsperspektiven: Entweder sie fanden eine Heilung oder er würde eines Tages den Verstand verlieren, so wie Randall und alle anderen.

Endlich redete Dr. Paige. Sie gab sich ruhig und gefasst, wie immer, aber die Angst in ihren Augen war nicht zu übersehen.

»Ich wusste seit Monaten, dass dieser Tag kommen würde, aber ich hatte so gehofft, dass wir noch eine Weile länger durchhalten«, fing sie an.

Dann stand sie auf, hielt einen Augenblick inne, bis sie ihre Aufmerksamkeit wieder Thomas und Teresa zuwandte.

»Es gibt einen Grund, warum ich immer für euch gekämpft und euch so oft um Hilfe gebeten habe«, fuhr sie fort. »Ihr seid ein Teil dieser Organisation. Ihr seid hier aufgewachsen, ihr gehört zu uns und ich weiß, dass wir dieselben Ziele verfolgen und dass ihr alles tun werdet, um unsere Mission zu einem guten Ende zu bringen. Ich vertraue euch blind. Und jetzt müsst IHR mir vertrauen. Geht das?«

Thomas wechselte einen Blick mit Teresa. Er wusste, was sie dachte.

Sie nickten beide.

Die Ärztin schenkte ihnen ein warmes Lächeln. »Also gut, wir haben jetzt keine Wahl. Wenn wir das hier in Gang setzen, gibt es kein Zurück mehr.« Sie sah ihnen beschwörend in die Augen. »Ich muss euch also fragen: Seid ihr bereit?«

Thomas stand auf. Teresa ebenfalls. Wieder nickten beide.

»Gut. Ich hatte schon länger einen Verdacht, der sich jetzt leider bestätigt hat: Das Security-Personal von ANGST verheimlicht uns Informationen. Und zwar Informationen, die alles untergraben könnten, was wir hier machen. Einige unserer Spitzenleute haben sich seit Wochen nicht mehr blickenlassen. Es wird Zeit, den Notfallplan zu aktivieren.«

Dr. Paige hielt inne und holte tief Luft, dann fügte sie hinzu: »Zeit für die Säuberung.«

05.05.231 | 00:33 Uhr

46

Dr. Paige ging energisch den Flur entlang. Ihr ganzes Verhalten wirkte verändert. Sie war wie ausgewechselt, als hätte sie sich den schweren Mantel der Verantwortung übergestreift und trüge ihn nun hoch erhobenen Hauptes. Und Thomas glaubte ihr irgendwie. Er glaubte ihr, dass sie die Lage retten konnte.

»In den nächsten vierundzwanzig Stunden müssen wir alles in Gang setzen«, sagte sie leise über die Schulter. »Ich habe jede Hilfe, die ich brauche – und ihr bekommt Unterstützung von Aris und Rachel.«

»Aber was haben Sie vor?«, fragte Teresa. »Was meinen Sie mit Säuberung?«

Dr. Paige blieb vor dem Aufzug stehen, drückte auf den Rufknopf und wartete auf den Lift. Erst als sie eingestiegen waren und die Tür sich schloss, antwortete sie: »Immer schön eins nach dem anderen. Nach jedem Arbeitstag nimmt ANGST eine obligatorische Blutprobe von allen Mitarbeitern. Wir wussten immer, wie wichtig es ist, die Ansteckungsgefahr im Blick zu behalten.« Sie tippte die Nummer des Stockwerks ein und der Lift setzte sich in Bewegung. »Aber in den letzten Monaten hatte ich das Gefühl, dass hier etwas Seltsames vorgeht – nur so ein unterschwelliger Verdacht. Dann stellte sich heraus, dass einige unserer persönlichen Gesundheitsdaten manipuliert worden waren. Kanzler Anderson hat schließlich verfügt, dass alle Ergebnisse direkt über ihn laufen, bevor sie im medizinischen Mitarbeiterstab verbreitet werden. Nun, ich erhalte jeden Abend einen allgemeinen Bericht und demzufolge war kein einziger unter den getesteten Mitarbeitern positiv. Der Haken ist nur, dass es sich um die Berichte handelt, die über den Kanzler laufen.«

Der Aufzug hielt an, das vertraute Läuten ertönte und die Tür ging auf. Thomas und Teresa folgten Dr. Paige durch einen weiteren Gang.

»Und ich habe seit kurzem Symptome bemerkt«, fuhr sie fort. »Selbst der Kanzler wies Anzeichen einer Infektion auf. Ich bin mir jetzt fast sicher, dass unser geschätzter Forschungsleiter die Berichte manipuliert hat. Ich habe Randall heute Abend auf den Security-Videos gesehen. Und wenn Randall sich infiziert hat … Also er ist bestimmt nicht der Einzige …«

Dr. Paige blieb vor einer Tür stehen, die Thomas nur ein

einziges Mal gesehen hatte. An dem Tag, als der Kanzler ihn zu sich gerufen hatte.

»Aber warum haben wir nichts gemerkt?«, fragte Teresa. »Außer Randall haben wir keine Infizierten gesehen.«

Dr. Paige nickte, als hätte sie diese Frage erwartet. »Bei einigen ist es vielleicht noch zu früh. Andere haben sich längst irgendwo versteckt. Fragt sich nur, wo sie sich verkrochen haben und wie Randall da wieder rausgekommen ist. Was heute Abend passiert ist, zeigt, wie ernst unsere Lage inzwischen ist. Wenn die Ergebnisse tatsächlich gefälscht sind, muss ich sofort Notmaßnahmen einleiten, damit wir gesund bleiben und mit unserer Arbeit weitermachen können. Ich muss handeln. Noch heute Abend.«

Thomas konnte nicht glauben, wie schnell die Situation offenbar eskaliert war.

Dr. Paige hatte noch nie so ernst, so entschlossen gewirkt. »Als Erstes müssen wir jedes einzelne Resultat der betreffenden Bluttests in die Finger bekommen – und zwar die *ursprünglichen* Ergebnisse, nicht die Zusammenfassung. Dann wissen wir, wer krank ist und wer nicht. Und dann müssen wir entsprechend handeln.«

Thomas versuchte diese geballten Informationen zu verarbeiten. »Wie kommen wir in sein Büro? Werden wir nicht von den Security-Kameras überwacht?«

Dr. Paige lächelte und ihr Gesicht hellte sich einen Augenblick auf. »Welche Frage soll ich zuerst beantworten?«

»Die zweite«, sagte Teresa an Thomas' Stelle. »Security.«

Dr. Paige nickte. »Ich will es mal so sagen: Es gibt viele Leute hier, die mir einen Gefallen schulden. Außerdem haben alle entsetzliche Angst vor der Ansteckung und sind folglich auf uns angewiesen, wenn sie gesund bleiben wollen. Ramírez zittert vor Dem Brand und hält mich als Einzige für fähig, eine Heilung zu finden. Die traurige Wahrheit ist, dass Kanzler Andersons Zeit als Leiter des ANGST-Projekts abgelaufen ist.«

Thomas wusste nicht, was er von dieser Bemerkung halten sollte. »Und … sein Büro? Wie kommen wir da rein, ohne dass Anderson was merkt?«

Dr. Paiges Lächeln erlosch abrupt. »Oh, natürlich merkt er das. Er sitzt ja drin, jetzt, in diesem Moment. Sollen wir reingehen?« Sie griff in eine Tasche, holte eine Chirurgenmaske hervor und streifte sie sich übers Gesicht. »Ihr beide braucht das ja nicht, wie?« Sie lächelte wieder.

Dr. Paige öffnete die unverschlossene Tür und trat ins Büro des Kanzlers.

Hinter dem Büro lag ein zweites Zimmer, ein privater Raum, in dem der Kanzler sich entspannen oder vertraulichere Meetings abhalten konnte. Dort hatte er sich zum Schlafen zurückgezogen. Er hing halb über einer Couch, halb am Boden.

»Woher wussten Sie das?«, fragte Teresa so leise, dass Thomas sie kaum verstehen konnte.

Dr. Paige scheuchte sie ins Büro zurück und schloss sachte die Tür zu dem Privatraum, in dem der Kanzler schlief.

»Ihr könnt euch nicht vorstellen, was ich alles unternommen habe, um mich vor Dem Brand zu schützen«, sagte sie und ihre Worte klangen gedämpft unter der Maske. »Ich trage diese Maske jetzt fast rund um die Uhr, auf jeden Fall immer, wenn ich mit möglicherweise Infizierten im selben Raum bin. Ich wasche mir jede halbe Stunde Hände und Gesicht, ich bereite mein Essen selbst zu und …« Sie schaute auf ihre Hände hinunter. »Trotzdem gibt es natürlich Risiken, die ich eingehen muss. Jeden Tag. Wie könnte ich mich sonst als Ärztin bezeichnen?«

»Aber was ist … damit?«, fragte Teresa und zeigte über ihre Schulter zu Andersons Hinterzimmer.

»Der Kanzler ist einer der Gründe, warum ich so vorsichtig bin. Ich habe ihn monatelang regelmäßig einmal die Woche besucht. Zwischen uns war eine … Freundschaft entstanden, noch bevor das alles hier anfing. Wir haben oft stundenlang geredet. Über unser früheres Leben, über ANGST, über die Fortschritte des Masterplans. Vor einem Monat hat er sogar aufgehört sein Büro abzuschließen. Aber der springende Punkt ist, dass er sich in dieser Zeit verändert hat.«

»Wer könnte sich sonst noch angesteckt haben?«, fragte Teresa.

»Das werden wir gleich herausfinden – wenn Anderson nicht die ursprünglichen Ergebnisse gelöscht hat.«

Sie ging zum Schreibtisch des Kanzlers, auf dem noch immer die Fotos seiner verstorbenen Angehörigen standen, und fuhr den Computer hoch.

»Seine Passwörter sind nicht gerade originell, obwohl er doch immer so ein Kontrollfreak war«, sagte sie lächelnd, dann machte sie sich an die Arbeit. Ein blauer Glanz legte sich über das Zimmer wie ein gespenstisches Leichentuch.

»Dürfte nicht allzu lange dauern«, murmelte sie abwesend.

Thomas schoss plötzlich wieder der Gedanke durch den

Kopf: Was, wenn er nun gar nicht immun war, wie ihm immer alle erzählten? Andererseits hätte er sich dann doch schon längst anstecken müssen? Das Bild von den Crank-Gruben schoss ihm durch den Kopf.

Dr. Paige musste eine ganze Reihe von Sicherheits-Codes knacken, bis sie endlich zu einer Seite kam, auf der alle Angestellten des ANGST-Hauptquartiers aufgelistet waren – von den Cafeteria-Hilfen bis zu den Ärzten und Psychologen. Auch die Probanden selbst waren hier aufgeführt.

Sie scrollte ein paar Berichte durch und stieß auf einen Tab für die Verwaltung. Als sie ihn anklickte, ploppte ein Bild von Kanzler Anderson auf dem Bildschirm hoch. Sein strahlendes Lächeln war wie ein Faustschlag ins Gesicht, angesichts der gegenwärtigen Lage. Dr. Paige arbeitete sich weiter in der Datei vor und las die Resultate des letzten Tages.

Als die Wahrheit in grellem Rot vor seinen Augen aufflammte, lief Thomas ein Schauder über den Rücken: Es stimmte, Kanzler Anderson hatte Den Brand.

Und er war nicht der Einzige. Auch andere ANGST-Angestellte waren infiziert.

05.05.231 | 03:42 Uhr

47

Neunzehn der hundertdreißig Ärzte, Psychologen, Wissenschaftler, Techniker, Pfleger und anderen Mitarbeiter im Hauptquartier waren infiziert. Das gesamte Präsidium. Kein Wunder, dass sie den Befund verheimlicht hatten.

Dr. Paige hatte Thomas und Teresa in ihre Zimmer zurückgescheucht und sie darin eingeschlossen, mit der Begründung, dass sie den Säuberungsplan aktivieren und dafür sorgen müsse, dass alles Nötige in Gang gesetzt wurde. Zwei Stunden später war sie wieder da und brachte Aris und Rachel mit. Sie schob die beiden Elite-Kandidaten von Gruppe B ins Zimmer und ließ vier vollgestopfte Rucksäcke auf den Boden fallen.

»Wofür sind die denn?«, fragte Teresa.

»Gleich erkläre ich euch alles«, antwortete Dr. Paige. »Ich brauche euch vier heute ganz dringend.«

Thomas nickte Aris und Rachel freundlich zu und die beiden grüßten zurück. Aris wirkte älter und erwachsener, vielleicht weil er so sorgenvoll die Stirn runzelte. Rachel hatte sich die Haare noch kürzer schneiden lassen und ihr Blick war traurig. Aber sie stand aufrecht und unerschütterlich vor ihnen. Etwas an den beiden machte Thomas Mut.

Dr. Paige ließ keine Anzeichen von Ermüdung erkennen. Die Verantwortung, die sie sich aufgehalst hatte, schien sie zu beflügeln.

»Also, meine Leute haben herausgefunden, dass Anderson alle Infizierten in Sektor D versteckt hat«, sagte sie, »und den Symptomen nach sind einige von ihnen schon ziemlich hinüber. Das erklärt auch, warum man sie in letzter Zeit nicht mehr gesehen hat. Ich habe einen ganzen Flügel des Gebäudes sperren lassen.«

Sie hielt inne und holte ein paarmal tief Luft. »Aber wir können keine Sekunde länger warten. Wir müssen diese Leute sofort unschädlich machen. Ich habe ein paar unerschrockene Wachen, die bereit sind das Infektionsrisiko einzugehen, aber ich kann es einfach nicht verantworten, noch mehr Leute durch diese Krankheit zu verlieren. Und an diesem Punkt kommt ihr ins Spiel.«

Sie verstummte erneut und ließ ihre Worte in der Luft hängen. Es dauerte eine Sekunde, bis Thomas begriff, worauf sie hinauswollte.

»Sie meinen …«

Dr. Paige nickte und es fiel ihr sichtlich schwer, den nächsten Satz auszusprechen: »Ihr seid immun und ihr seid die Ältesten und Stärksten von denen, die nicht im Labyrinth sind. Die Leute, um die es geht, sind sehr krank und schwach, aber vor allem schlafen sie jetzt, weshalb wir sofort handeln müssen. Die Spritzen in diesen Rucksäcken enthalten ein Mittel, das extra für diesen Zweck entwickelt wurde – ihr stecht ihnen die Nadel in den Hals und damit ist der Job erledigt. Das müsstet ihr problemlos schaffen können.«

Thomas wurden die Knie weich. Schnell setzte er sich auf den Boden, damit die anderen es nicht merkten.

Schließlich sprach Aris aus, was sich keiner von ihnen zu sagen traute.

»Mit anderen Worten, wir bringen sie alle um?«

»Sie sterben doch sowieso«, warf Teresa sofort ein und Thomas sah erschrocken auf.

»Hey, Moment mal«, sagte er und stand wieder auf. Er sah seine Freundin an. Wollte sie mit dieser Antwort nur ihre Schuldgefühle verdrängen oder war sie wirklich schon so abgebrüht? »Wir müssen erst darüber nachdenken.«

»Nein, Tom«, fauchte Teresa. »Wir müssen *jetzt* hart sein, damit später nicht *alle* sterben.«

Thomas ließ sich auf den Boden zurücksinken. Er war so benommen, dass ihm alles vor den Augen verschwamm. Er hatte keine Antwort darauf. Teresa hatte die telepathische Verbindung abgebrochen und er konnte nichts anderes tun, als sie anzusehen.

»Tut mir leid«, sagte sie und ihr Gesicht wurde weicher. »Wirklich, Tom. Ich weiß, das ist alles schrecklich, aber es wird weniger schlimm, wenn wir es einfach akzeptieren und hinter uns bringen.«

»Sie hat Recht«, stimmte Dr. Paige zu. »Ihr vier seid fast erwachsen. Ihr könnt damit umgehen. Wir wissen ganz genau, wo die Infizierten sind – ihr müsst einfach von Zimmer zu Zimmer gehen und ihnen die Spritze geben.« Sie deutete auf die Rucksäcke. »Wir haben auch Pistolen und Granatwerfer für euch eingepackt. Nur für alle Fälle. Ich betone: Nur für den äußersten Notfall. Ihr schafft es, sie im Schlaf zu töten, davon bin ich überzeugt. Und ich lasse dort Wachen aufstellen, trotz des Infektionsrisikos, falls etwas schiefgeht.«

Stille. Dr. Paige ließ ihnen zumindest einen Augenblick Zeit, darüber nachzudenken.

»Ich bin dabei«, sagte Teresa schließlich.

»Ich auch«, fügte Aris hinzu.

»Der Zweck heiligt die Mittel«, ergänzte Rachel etwas bitter. »Das wäre das richtige Logo für ANGST. Sie müssten ein riesiges Banner über den Haupteingang hängen: *Der Zweck heiligt die Mittel*. Also gut, ich bin dabei.«

»Aber stimmt das denn nicht?«, sagte Aris. »Wenn man eine Billion Menschen retten kann, indem man eine Million tötet, dann hat man doch keine Wahl, oder? Ich meine, rein hypothetisch? Ein Nein würde ja bedeuten, dass man eine Billion Menschen auf dem Gewissen hätte? Also ich töte lieber eine Million Menschen als eine Billion.«

Thomas schaute Aris fassungslos an. Hatten sich plötzlich alle gegen ihn verschworen?

Dr. Paige nickte den dreien zu.

»Thomas?«, fragte sie dann.

Thomas gab keine Antwort, er starrte nur auf den Boden.

»Tom?«, sagte Teresa. »Ich brauche dich dabei. *Wir* brauchen dich. Bitte.«

In Thomas' Kopf drehte sich alles und sein Mund war staubtrocken. Langsam stand er auf und suchte nach den richtigen Worten. Sie würden tun, was Dr. Paige von ihnen verlangte, das wusste er. Sie waren schon zu weit gegangen, es gab jetzt kein Zurück mehr. Er musste an die Zukunft seiner Freunde im Labyrinth draußen denken, an Chuck und an die ganze Menschheit.

Er würde mitmachen. Bei der Säuberung. Es musste sein. Und jetzt musste er etwas Kluges sagen, etwas Tiefsinniges, das sie zusammenschweißen und diesen Albtraum in Gang setzen würde.

»So ein Scheiß.«

05.05.231 | 04:15 Uhr

48

Nachdem sie also alle zugestimmt hatten, ließ Dr. Paige ein paar Security-Leute kommen, die ihnen den Umgang mit den Spritzen und Waffen zeigen und einen Plan mit ihnen ausarbeiten sollten, wie die ganze Aktion am besten koordiniert werden konnte.

Während sie warteten, stellte Teresa ihre telepathische Verbindung zu Thomas wieder her.

Bist du okay?, fragte sie.

Ich … Ich weiß einfach nicht, was ich davon halten soll.

Teresa schwieg eine Ewigkeit und er spürte, dass ihr Verstand auf Hochtouren arbeitete.

Hör mal, sagte sie schließlich. So fing sie immer an, wenn sie ihm etwas Wichtiges anvertrauen wollte. *Weißt du noch, wie ich dir von meiner Kindheit erzählt habe? Und dass mein früherer Name Deedee war?*

Ein scharfer Schmerz traf Thomas zusammen mit dem Namen, so heftig, dass er kaum stillhalten konnte. *Ja. Ich erinnere mich.*

Es war grässlich, Tom, fuhr sie fort. *Ich kann nicht mal … ach, es war einfach grässlich dort. Ich musste mit ansehen, wie einer nach dem anderen sich ansteckte, und ich weiß noch, wie ich vor den Cranks davongelaufen bin und wie … Also, was ich sagen will: Ich muss immer daran denken, dass es jetzt in manchen Gegenden genauso schlimm ist. Die vielen kleinen Mädchen, die das mit ansehen müssen, so wie ich damals. Das Sterben mitten in dem ganzen Horror. Davor will ANGST uns bewahren. ANGST will all diese kleinen Mädchen und Jungen retten.*

Ich weiß, sagte Thomas. *Wir haben alle verdammt viel Schlimmes erlebt.*

Nicht so wie ich. Ich war praktisch in Ground Zero. Die Infizierten waren alle an einem Ort zusammengepfercht, bevor der Virus sich ausgebreitet hat. Wir dürfen nicht zulassen, dass es wieder so weit kommt. Sonst wird es bald auf der ganzen Welt – in jeder Stadt und in jedem Dorf – wie in North Carolina damals aussehen. Und dann sind wir alle tot.

Thomas stand auf und wäre am liebsten davongestürzt, um diesem deprimierenden Gespräch zu entkommen. *Ich hab's kapiert, Teresa. Okay? Wir müssen eine Heilung finden. Als ob ich das nicht schon tausendmal gehört hätte!*

Er spürte, dass sie sauer auf ihn war. *Tom, das sind keine leeren*

Worte. Wir müssen eine Heilung finden und wir müssen langfristig denken. Es geht um das Überleben der Menschheit. Was zählt, ist das Ergebnis, egal wie wir es erreichen … Wir müssen da einfach durch. Okay? Egal was es kostet.

Also töten wir sie?, fragte Thomas. *Das meinst du doch, oder? Wir gehen zu viert durch dieses Gebäude und schlachten einfach alle ab, die Den Brand haben?*

Ja. Genau das tun wir.

Thomas suchte nach einer Alternative. *Können wir sie nicht einfach in die Crank-Gruben bringen?*

Spinnst du oder was? Glaubst du, die möchten mit diesen Monstern in einen Käfig gesperrt werden? Tom, du kannst nicht mehr klar denken. Eine Welle von Wut und Enttäuschung brandete gegen Thomas an, so heftig, dass er zusammenzuckte.

Also töten wir sie. Es war ein Verrat an allem, woran er glaubte. Als würde er einen Teil seiner Menschlichkeit aufgeben.

Wir helfen Dr. Paige diese Einrichtung unter Kontrolle zu bekommen und die beiden Labyrinthe in Betrieb zu halten. Wir töten doch nicht, weil es uns Spaß macht, sondern weil wir die Menschheit retten wollen.

Thomas seufzte. *Ich werde mein Bestes tun. Was bleibt mir denn anderes übrig?*

Teresa kam zu ihm, beugte sich vor und flüsterte ihm ins Ohr: »Das ist so wichtig, Tommy. Für die ganze Menschheit.«

»Ja«, sagte er leise. »Denn ANGST ist gut.«

Ein paar Minuten später ging die Tür auf. Mehrere uniformierte Wachen kamen herein, gefolgt von Dr. Paige.

»Also, dann werden wir euch mal ausrüsten«, sagte sie. »Die Zeit läuft uns davon.«

05.05.231 | 05:44 Uhr

49

Thomas' Rucksack war bleischwer. Kein Wunder bei dem Inhalt. Zwei Gewehre für jeden von ihnen, Ersatzpatronen für die Granatwerfer, die sie sich über die Schultern geschnallt hatten, und genug Spritzen, um einen ganzen Zoo voller Elefanten einzuschläfern. Besser zu viel als zu wenig.

Sie liefen durch die Gänge des ANGST-Gebäudes zu ihrem ersten Zielobjekt – Kanzler Anderson. Ein guter Mann, mit dem Thomas nie Probleme gehabt hatte. Und jetzt war er total hinüber von der Krankheit. Ihn mussten sie ausschalten, bevor sie zu Sektor D weitergingen.

Sie liefen bereits gute fünf Minuten durch die Gänge, als

Aris stehen blieb und eine Hand hochhielt. Teresa kam schlitternd hinter ihm zu stehen.

»Habt ihr das gehört?«, flüsterte Aris.

Thomas lauschte angestrengt auf etwas Ungewöhnliches im Summen des Belüftungssystems und in ihren eigenen keuchenden Atemgeräuschen.

»Nein«, sagte er schließlich. Auch die anderen schüttelten die Köpfe.

»Psst, hört doch mal hin«, flüsterte Aris, den Blick zur Decke gerichtet, als käme das Geräusch von dort oben. »Da.«

Ein leises Heulen, als ob ein Kind weinte. Jetzt, wo er es gehört hatte, wunderte sich Thomas, warum es ihm nicht gleich aufgefallen war. Ein hoher, dünner, trauriger Laut, der durch den Gang hallte, ohne dass man genau sagen konnte, woher er kam. Thomas dachte unwillkürlich an ein Kind, das in einen Brunnen gefallen war.

»Vielleicht kommt es durch die Lüftungsschlitze in Sektor D«, sagte Rachel.

Das klägliche Geräusch verstummte.

»Oder es ist einer der Jungs«, sagte Thomas. »Dr. Paige hat sie alle irgendwo verstecken lassen.«

»Wir müssen zu Anderson kommen, bevor wir uns um das hier kümmern«, sagte Teresa, um der Sache ein Ende zu machen. »Los, gehen wir.«

Aris war einverstanden und sie liefen wieder los.

Andersons Bürotür war zu, aber nicht abgeschlossen. Teresa stieß sie auf. Thomas hielt den Atem an und rechnete halb damit, dass der Kanzler sie anspringen würde wie ein Zombie.

Aber da war nichts als Dunkelheit und Stille. Und Gestank. Ein bestialischer Gestank.

Teresa stieß die Tür noch weiter auf und ging hinein, den Granatwerfer schussbereit vor sich ausgestreckt. Aris folgte ihr, dann Rachel und zum Schluss Thomas. Der Raum war noch immer in den blauen Glanz der Workstation getaucht; nichts hatte sich seit ihrem letzten Besuch verändert. Außer diesem grässlichen Gestank. Es roch nach Schweiß, Blut, Urin und sogar Kot. Thomas würgte und warf sich vornüber. Dann gab er sich einen Ruck und richtete sich langsam wieder auf.

Bist du okay?, fragte Teresa telepathisch.

Ja. Ist er hier drin? Er nickte zum Hinterzimmer.

Wir sehen mal nach.

Aber Aris war bereits zur Tür gegangen und trat sie sachte auf. Der Gestank schwappte ihnen wie eine Welle aus der Dunkelheit entgegen. Thomas trat hinter Aris und Teresa, die mit zusammengekniffenen Augen in den Raum spähten. Rachel stand neben ihm und hielt sich die Nase zu.

»Ist er tot?«, fragte sie.

»Nein«, krächzte eine Stimme. Anderson. Er klang kaum noch menschlich. »Nein. Nicht tot. Pech für euch.« Dann wurde er von einem rasselnden, qualvollen Husten geschüttelt.

»O Mann«, stöhnte Thomas. Das war einfach zu viel für seinen Magen. »Kann mal jemand Licht machen?«

»Besser nicht, das wird ihm vielleicht in den Augen wehtun«, sagte Aris, tastete aber trotzdem nach dem Schalter. Das Licht ging an, so grell wie die Mittagssonne.

Anderson schrie und griff sich an die Augen. Er wand sich

auf dem Boden vor der Couch, die aussah, als hätte er seit Monaten darauf gelegen. »Licht aus! Licht aus!«

Aris dimmte das Licht herunter und Thomas dankte ihm stumm dafür. Er konnte den Anblick nicht ertragen. Der Mann war immerhin ihr Kanzler gewesen. Sein Gesicht und seine Kleider waren blutverschmiert, seine Haare fettig und verfilzt. Er war völlig abgemagert und seine Haut sah bleich und verschwitzt aus. Er lag auf der Seite, den Mund zu einer Dauergrimasse verzerrt, und fletschte die Zähne, die an den Rändern ganz rot waren. Und jetzt sah Thomas auch, warum.

Anderson hatte nur noch zwei Finger.

Die anderen drei waren blutige Stümpfe.

»O nein …«, stöhnte Aris, als er es sah, und bedeckte sein Gesicht mit der Armbeuge. »Das gibt's doch nicht, Mann. Er hat doch nicht …«

»O doch, er hat«, antwortete Rachel. Ihre Stimme klang eiskalt.

Thomas konnte nicht hinsehen. Er drehte sich um und ging zum Schreibtisch des ehemaligen Kanzlers. Der Monitor darauf zeigte das Kommunikationssystem und auf dem Bildschirm wartete ein Memo, das Anderson geschrieben hatte. Zum Glück war es offenbar nie verschickt worden. Es war einfach zu grauenvoll.

»Leute«, sagte er. »Hört mal, was Anderson um ein Haar an alle geschickt hätte, solange wir weg waren.« Und dann las Thomas das Memo vor.

ANGST-MEMORANDUM, DATUM 05.05.231, ZEIT 07:16 UHR
AN:
VON:
BETREFF:

Ich habe nur noch zwei Finger.
Ich habe die Lügen in meinem Abschiedsbrief mit zwei Fingern getippt.
Das ist die Wahrheit.
Wir sind böse.
Sie sind Kinder.
Wir sind böse.
Wir müssen aufhören und den Munis die Welt überlassen.

Wir können nicht Gott spielen.
Wir dürfen Kindern so was nicht antun.
Ihr seid böse, ich bin böse.
Meine letzten beiden Finger sagen mir das.
Wie können wir unsere Nachfolger anlügen?
Ihnen Hoffnungen vorgaukeln, wenn es keine mehr gibt?
Alle werden sterben.
Egal was passiert.
Lasst die Natur gewinnen.

»Der ist so was von hinüber«, sagte Teresa über Thomas' Schulter hinweg, während er Andersons letzte Worte vorlas.

»Das ist noch leicht untertrieben«, murmelte Thomas.

»Meine Finger«, stöhnte Anderson im Hinterzimmer, »wer hat meine Finger abgefressen?«

Thomas' Herz zog sich zusammen, als er mit Teresa zu Anderson hinüberging. Der Kanzler hatte sich zu einer Kugel zusammengerollt und schaukelte hin und her.

»Nur noch zwei«, brabbelte er in seinem Delirium. »Ich hoffe, die anderen acht haben wenigstens gut geschmeckt. Ich hatte irgendwie vor sie selber zu essen. Aber nein. Das wart ihr, oder?«

Thomas wechselte einen Blick mit den anderen. Das hier war das Traurigste, was er jemals gesehen hatte. Der Gründer von ANGST, der Mann, der dieses gigantische Unternehmen geleitet hatte, ein brabbelnder Irrer?

Andersons Körper verkrampfte sich, jeder einzelne Muskel schien sich zusammenzuziehen. Er zuckte ein paar Sekunden, dann entspannte er sich wieder. Sein irrer Blick löste sich langsam vom Boden und glitt an Thomas' Silhouette hoch, von den Füßen bis zum Hals hinauf, und endlich sah Anderson ihm in die Augen.

»Am Ende stehlen sie dir dein Gehirn«, sagte er. »Sie nehmen es heraus, untersuchen es ein paar Stunden lang, dann essen sie es wahrscheinlich. Du hättest weglaufen sollen, solange noch Zeit dazu war.«

Thomas war wie gelähmt. Die plötzliche Klarheit in Andersons Blick jagte ihm mehr Angst ein als alles andere an diesem schlimmen Tag.

»Was sollen wir tun?«, fragte Aris. Ihr einstiger Kanzler brabbelte weiter, sank aber in seine Embryohaltung zurück und seine Worte gingen in qualvollem Stöhnen unter. Er starrte auf den Boden direkt vor seinem Gesicht.

»Wir müssen ihn von seiner Qual erlösen«, sagte Teresa.

»Dann wird es auch leichter für uns, die anderen ebenfalls … auszuschalten. Wir müssen jetzt endlich in die Gänge kommen.«

Noch vor ein, zwei Monaten wäre Thomas fassungslos über so viel Abgebrühtheit gewesen. Selbst vor wenigen Tagen noch. Jetzt nicht mehr. Sie mussten den nackten, harten Tatsachen ins Auge sehen. Diese Leute existierten nicht mehr, wer immer sie ursprünglich gewesen sein mochten.

Auf einmal wusste Thomas, dass *er* das übernehmen musste. Er musste handeln, sofort. Sonst würde er nie wieder den Mut dazu aufbringen, wenn einer der anderen diesen Job machte.

»Ich mach das«, flüsterte er kaum hörbar. Er wusste nicht, ob die anderen ihn überhaupt gehört hatten. Zumindest konnten sie sehen, wie er seinen Rucksack von den Schultern streifte und neben sich abstellte. Er kniete sich vor Anderson, und das Blut, das aus dessen Fingerstümpfen quoll, durchtränkte seine Jeans.

Die anderen sahen ihm reglos zu.

Thomas zog den Reißverschluss seines Rucksacks auf, wühlte darin herum und nahm eine der Spritzen mit Dr. Paiges Gift heraus. Er riss die Plastikschutzkappe von der Nadel und drückte seinen Daumen leicht auf den Knopf, der den elektronischen Kolben auslöste.

»Moment noch. Machen wir das wirklich?«, fragte Rachel. »Ich meine … seid ihr ganz sicher?«

»Ja«, knurrte Thomas kurz angebunden. Was gab es jetzt noch zu reden?

Anderson wälzte sich auf den Rücken, er zitterte jetzt. Seine

Augen weiteten sich, er starrte an die Decke und murmelte unverständliches Zeug. Thomas beugte sich vor, die Spritze über dem Kopf des Mannes. In Andersons Augen lag nicht der leiseste Hauch eines Gedankens, einer Empfindung. Da war nichts Menschliches mehr …

Teresa berührte Thomas' Schultern und er zuckte zusammen. Mit Tränen in den Augen sah er sie an.

Tut mir leid, sagte sie in seinem Kopf. *Ich bin bei dir. Du schaffst das.*

Er nickte und drehte sich zu Anderson um, der immer noch leicht zitterte, kaum mehr als ein Frösteln. Thomas setzte die silberne Spitze der Nadel am Hals des einstigen Kanzlers an. Dann zögerte er.

Andersons Blick löste sich von der Decke und fiel auf Thomas. Er wisperte etwas, ein Wort. Immer wieder. Speichel sammelte sich in seinen Mundwinkeln.

»Bitte, bitte, bitte, bitte, bitte …«

Thomas konnte nicht sagen, ob Anderson ihn anflehte seiner Qual ein Ende zu bereiten oder ob er um sein Leben bettelte. Langsam setzte er die Nadel in das schlaffe Fleisch am Hals des Kanzlers und drückte auf den Knopf, der den Kolben aktivierte. Mit leisem Zischen strömte die tödliche Flüssigkeit in Andersons Adern.

Alle sahen schweigend zu, wie der einstige Leiter des ANGST-Projekts still wurde, einen langen, letzten Atemzug tat und die Augen schloss.

05.05.231 | 07:13 Uhr

50

Achtzehn waren noch übrig.

Thomas und seine Freunde standen im Security-Raum, dem einstigen Herrschaftsbereich von Ramírez und Randall. Dr. Paige und einige ihrer neuen Mitarbeiter studierten die Räume und Gänge von Sektor D.

»Alles unverändert«, sagte Dr. Paige und überflog die Security-Monitore. »Ich schlage vor, ihr setzt euch als Ziel, fünf von ihnen zu finden, und dann kommt ihr hierher zurück zur Lagebesprechung und prüft, ob sich etwas geändert hat.«

Thomas betrachtete zerstreut die Aufnahmen aus dem Labyrinth, während die anderen alle auf Sektor D starrten. In der

Nähe des Gehöfts stritten Alby und Newt gerade mit Nick, der sich seit langem als eindeutiger Anführer herauskristallisiert hatte. Aber ohne Ton fehlte Thomas jeder Zusammenhang. Wenigstens waren sie noch nicht handgreiflich geworden. Die meisten anderen Jungen schliefen noch.

»Wenn die wüssten, was hier drin los ist«, platzte Thomas heraus, ehe er sich bremsen konnte. »Aber es ist wahrscheinlich gut so.«

Teresa drehte sich zu ihm um. Einen Moment lang funkelte sie ihn an, als wollte sie ihm vorwerfen, dass sie wahrhaftig Wichtigeres zu tun hätten. Doch dann wurden ihre Züge weich. »Ich weiß. Ausnahmsweise ist das Leben hier drin mal härter als bei ihnen draußen.«

»Das Blatt hat sich gewendet«, murmelte Rachel.

»Leute, was ist?« Dr. Paige deutete ungeduldig auf die Kameras, die auf die Räumlichkeiten des Hauptquartiers gerichtet waren.

»Entschuldigung«, murmelte Rachel.

Thomas wandte seine Aufmerksamkeit den relevanten Aufnahmen zu.

Ein Wächter zeigte auf einen der Monitore. »Raum D-17. Ein Gemeinschaftsraum. Ein paar von ihnen schlafen dort auf dem Boden. Damit solltet ihr anfangen.«

»Vielleicht sind sie ja schon tot«, fügte Teresa hinzu.

Dr. Paige beugte sich weiter zu den Bildschirmen vor und bewegte die Lippen beim Zählen. »Und da haben wir unseren Fünften. Das ist ein guter Plan. Kümmert euch um sie, dann kommt ihr hierher zurück und wir zeigen euch, wo ihr als Nächstes hinmüsst.«

Kümmert euch um sie, dachte Thomas sarkastisch. *Wie nett.*

Sie nahmen ihre Rucksäcke, die zum Bersten mit todbringendem Gift gefüllt waren, und verließen den Raum in Richtung Sektor D.

Ein Wächter schleuste sie durch den versperrten Eingang und Thomas und die anderen liefen zu dem anvisierten Raum. Sie waren fast dort, als eine Bewegung im Flur sie erstarren ließ. Aris, der die Führung übernommen hatte, prallte zurück und schubste die anderen um die nächste Ecke herum.

»Da vorne sind ein paar«, keuchte er leise, den Rücken an die Wand gedrückt.

»Ich hab sie auch gesehen«, sagte Teresa. »Und sie vermutlich uns.«

Wie aufs Stichwort hallte ein Ruf durch den Gang.

»Hey, Kinder!«, schrie eine durchgeknallte Männerstimme. »Kommt her, ihr süßen kleinen Probanden.«

Thomas schauderte bei diesen Worten. Ihm wurde zugleich heiß und kalt und der Schweiß brach ihm auf Stirn und Armen aus.

»Wie viele?«, fragte er.

Aris spähte um die Ecke, dann zuckte er zurück und drehte sich zu den anderen um. »Zwei Männer. Einer kriecht am Boden, der andere geht aufrecht, aber er muss sich an der Wand festhalten. Sie sind schon ganz nahe. Und Mann, die sehen vielleicht schlimm aus – total hinüber.«

Thomas war froh über diesen detaillierten Bericht, obwohl er ihm noch mehr Angst machte. »Sollen wir erst mal zurückgehen und die Lage peilen?«

»Nein, wir überwältigen sie«, sagte Teresa. »Warum sollen wir es hinausschieben? Zu viert werden wir locker mit den beiden fertig.«

Rachel nickte zustimmend und Aris war ebenfalls einverstanden.

Thomas gab sich seufzend geschlagen. »Was meinst du mit total hinüber?«

»Der kriechende Typ ist splitternackt«, berichtete Aris. »Und er kratzt sich am ganzen Körper. Der andere, der an der Wand entlangstolpert, sieht aus, als hätte er eine Woche lang jeden Morgen sein Frühstück über sein Hemd gekotzt. Und seine Haare … ich glaube, er hat sie ausgerissen … büschelweise. Sieht grässlich aus.«

»Meinst du, die sind alle so?«, fragte Thomas, dem ganz schlecht wurde bei dem Gedanken, was ihnen bevorstand. »Ich wusste nicht, dass die schon so fertig sind.«

In diesem Moment hallte ein schauerliches Angstheulen durch den Gang – ein lang gezogener, winselnder Laut, der in ein irres Kichern überging. Sie kamen näher.

»Du hast doch Anderson gesehen«, wisperte Teresa. »Die paar, die noch übrig sind, müssen genauso hinüber sein wie er. Kurz vor dem Exitus.«

Thomas nickte und nahm seinen ganzen Mut zusammen. »Okay, okay. Was machen wir jetzt?«

Teresa streifte ihren Rucksack weit genug von der Schulter, um ihn aufmachen und hineinsehen zu können. Sie zog eine Pistole heraus, dann zwei Spritzen. Die Spritzen gab sie Thomas.

»Ich bin sozusagen die letzte Rettung«, sagte sie und hob

die Pistole, die Finger bereits am Abzug. »Aris und Rachel, ihr feuert als Erstes eure Granatwerfer auf sie ab. Sobald sie am Boden liegen, läuft Thomas hin und spritzt das Gift. Ich bin direkt neben dir, Tommy. Bei der geringsten Bewegung knalle ich sie ab.«

Thomas starrte sie an, halb beeindruckt, halb entsetzt. Aber er war froh, dass er nicht die Verantwortung übernehmen musste.

»Okay.« Er hütete sich Einwände zu erheben. Je schneller sie es hinter sich brachten, desto besser.

»Klingt gut«, stimmte Aris zu. »Seid ihr bereit?«

Thomas nickte, die beiden Todesspritzen in den Händen. Rachel präsentierte statt einer Antwort ihren Granatwerfer. Teresa zischte: »Los.«

Aris stemmte sich mit einem Grunzen von der Wand ab und lief um die Ecke, schreiend vor Aufregung. Rachel lief als Nächste los, die Waffe im Anschlag, dann Thomas, schließlich Teresa mit ihrer Pistole.

Das Zischen des Granatwerfers erfüllte die Luft und eine Granate schoss auf den Crank zu, der sich an der Wand entlangtastete. Er schien sich tatsächlich die Haare ausgerissen zu haben, denn sein Kopf war mit blutigen roten Striemen bedeckt.

Die Granate traf ihn voll in die Brust. Er heulte laut auf, winzige Lichtfinger tanzten über seinen Körper und er stürzte zu Boden. Dort wand er sich in Krämpfen, immer und immer wieder, als würde er von innen heraus verbrutzelt.

»Los, Thomas!«, brüllte Aris, der vortrat und auf den anderen Crank zielte, den Rachel verfehlt hatte.

Thomas stürzte los, schlitterte über den Fliesenboden und kam direkt vor dem Kopf des ersten Opfers zum Halten. Er packte die Spritze, ließ sie ein paar Zentimeter über dem Gesicht des Cranks schweben und wartete darauf, dass die zuckenden weißen Linien verblassten. Er hörte einen zweiten Granatwerfer durch die Luft zischen, dann einen dritten, gefolgt von raschen Einschlägen. Ein Schrei, der nichts Menschliches mehr hatte, zerriss die Stille.

Thomas wartete ab, bis die elektrischen Entladungen nachließen. Er bohrte die Nadel in den Hals des Cranks und setzte das Gift frei. Dann stolperte er davon, stemmte sich mit den Füßen vom Boden ab und traf auf die andere Wand, wo er hochschnellte. Die Augen des Cranks verdrehten sich nach hinten und er fiel um – die Spritze hüpfte hin und her, als tanzte sie auf ihrer Nadel, die in seinen weichen Halsfalten herumwackelte.

Siebzehn, dachte Thomas. Noch siebzehn weitere Cranks.

»Da drüben!«, brüllte Rachel. »Los, schnell!« Sie stand über dem zweiten Mann, den sie mit dem Granatwerfer getroffen hatte und der sich noch immer heftig aufbäumte. Sein verkrümmter, lila verfärbter Körper war wie eine finstere Sturmwolke, die kleine Lichtblitze über die Gangfliesen jagte.

Thomas stürzte zu ihm. Knisternde Funken erfüllten die Luft, als er in die Knie ging. Er beugte sich vor und bohrte die zweite Spritze in den Hals des Cranks, dann drückte er das tödliche Gift in seine Adern.

Teresa stand da, beide Hände um ihre Pistole verkrampft, und zielte vorsichtshalber auf den Kopf des Mannes. Rachel und Aris waren hinter ihr und rangen keuchend nach Luft.

»Ich glaube, das war's«, sagte Thomas. »Wir haben gerade zwei Leute getötet, ohne auch nur einen Kratzer abzubekommen.«

»Cranks«, verbesserte Teresa ihn. Ihre Züge entspannten sich und sie nahm die Pistole herunter. »Nicht Leute, *Cranks.*«

Thomas kam auf die Füße. »Ist das für dich ein Unterschied?«

Sie warf ihm einen Blick zu, der ihn schaudern ließ.

»Raum D-17«, stieß Aris zähneknirschend hervor. »Haltet euch an den Plan.«

Teresa wandte sich von Thomas ab und ging voraus.

05.05.231 | 07:47 Uhr

51

»D … siebzehn …«, sagte Aris. Im Vorbeilaufen checkte er die Türen und zeigte auf eine. »Da ist es!«

Thomas hatte ein schlechtes Gewissen, weil bisher immer die anderen vorgeprescht waren. Also ging er zur Tür und drückte sein Ohr an die glatte Oberfläche. Er lauschte in der Hoffnung, dass nichts zu hören war. Am liebsten wäre er eingeschlafen oder tot umgefallen.

»Und? Hörst du was?«, fragte Teresa.

Thomas schüttelte den Kopf. »Nein, Moment noch.« Wieder presste er sein Ohr an die Tür. Ein leises Stöhnen, das jetzt deutlicher wurde. »Ja – mindestens einer von ihnen ist wach.«

Sie bereiteten sich auf die Begegnung vor, so ähnlich wie vorher für die Aktion im Gang. Laut Kameras lagen fünf Cranks hinter der Tür und machten keinen Mucks. Thomas nahm drei Spritzen in seine rechte und zwei in seine linke Hand. Aris und Rachel hielten ihre geladenen Granatwerfer bereit und brachten sie hinter ihm in Anschlag. Teresa fiel wieder der Part mit der Pistole zu und Thomas beschlich die dunkle Ahnung, dass sie diesmal Gebrauch davon machen musste.

Als alle bereit waren, stieß Teresa mit ihrer freien Hand die Tür auf.

Ein dunkler Raum öffnete sich und der Geruch nach ungewaschenen Körpern und fauligem Atem waberte ihnen entgegen.

Thomas verzog das Gesicht und kämpfte gegen seinen Würgereiz, als er hinein ging. Rachel, Aris und Teresa folgten ihm mit gezückten Waffen.

Mit einem kurzen Rundumblick peilte er die Lage und sein Herzrasen ließ nach. Das hier war ein Gemeinschaftsraum mit Stühlen, Sofas, Bildschirmen, Billard- und Pingpong-Tischen. Die fünf Leute, die sie vorher auf dem Monitor gesehen hatten, waren in der linken Ecke zusammengedrängt. Ein Mann hing auf einer Couch und ließ seinen Arm an der Seite herunterbaumeln, ein anderer kauerte auf dem Boden zu seinen Füßen. Gleich daneben lagen zwei Frauen vor zwei Stühlen, Seite an Seite, und hielten sich fest umschlungen. Der Letzte der fünf, ein Mann, saß auf einem Stuhl, den Kopf im Schlaf zurückgeworfen; laute, dröhnende Schnarchgeräusche drangen aus seinem Mund.

Aris und Rachel traten leise näher und brachten ihre Waffen in Anschlag. Ein langer Moment des Schweigens verging, dann erfüllte das vertraute elektronische Heulen die Luft, gefolgt von lautem Knattern, als die Granatwerfer schnell hintereinander feuerten. Fünf dumpfe Einschläge verrieten, dass sie ihr Ziel getroffen hatten. Blaue Blitze zuckten durch die Luft und die Körper der Cranks krümmten sich unter der Elektrizität.

»Jetzt!«, rief Aris Thomas zu. »Hier, ich helfe dir.«

Er kam zu ihm, schnappte sich ein paar Spritzen und gab eine davon Rachel. Teresa hielt ihre Pistole weiter auf die fünf zuckenden Gestalten gerichtet, während die anderen drei näher traten.

Thomas stürzte zu den beiden Männern, die vor der Couch am Boden lagen und deren Krämpfe nachließen, als die statischen Linien verblassten. Jetzt stoben nur noch hier und da ein paar Funken auf.

Er umklammerte die beiden Spritzen in seinen Händen, die Daumen schon am Spenderknopf, kniete nieder, stach die beiden Nadeln in die Hälse der Cranks und setzte das Gift frei. Dann kroch er hastig zurück und kam auf die Füße. Thomas war völlig überrascht, dass alles so glattgelaufen war. Rachel hatte den Mann auf dem Stuhl erledigt und Aris beförderte gerade die beiden Frauen auf dem Boden ins Jenseits.

Jetzt waren im gesamten Sektor nur noch elf übrig. In irgendeinem Winkel seines Gehirns war Thomas sich durchaus bewusst, wie grauenhaft das Ganze war – dass sie hier kaltblütig menschliche Wesen umbrachten –, aber er verdrängte schnell den Gedanken und konzentrierte sich auf seine Aufgabe. Eine unerklärliche Euphorie stieg in ihm auf. Vielleicht schafften sie es ja!

Dann krachte die Tür auf.

Vier Gestalten kamen hereingestürzt, alle noch kampffähig, und stolperten in verschiedene Richtungen.

Eine davon, eine Frau, warf sich auf Aris, bevor er einen Schuss mit seinem Granatwerfer abfeuern konnte. Blitzschnell lag Aris auf dem Rücken, die Crankfrau hockte sich rittlings auf ihn und drückte ihm die Kehle zu. Rachel, die nicht auf die Frau schießen konnte, ohne Aris zu treffen, stürzte verzweifelt zu ihm. Sie nahm den Granatwerfer als Rammbock und knallte der Frau die Spitze an die Schläfe, so dass sie kreischend von Aris herunterfiel. Sofort feuerte Rachel ihr eine Granate in die Brust.

Aris rastete völlig aus. Er zog ein Messer aus seiner Tasche, richtete sich auf und rammte die Klinge in die zuckende Brust der Crankfrau neben ihm. Die Elektrizität hatte sich noch nicht genügend entladen, so dass ihn ein heftiger Stromstoß durchzuckte. Mit einem Aufschrei flog er nach hinten und riss Rachel mit sich auf den Boden.

Alles ging so schnell, dass Thomas nur einen der beiden verbleibenden Cranks sehen konnte, der ziellos im Zimmer herumlief. Thomas hatte nichts in den Händen. Teresa fuchtelte hektisch mit ihrer Pistole herum, ohne zu schießen. Wahrscheinlich hatte sie Angst, die Cranks zu verfehlen und stattdessen Aris oder Rachel zu treffen.

Dann knallte jemand von hinten gegen Thomas.

Zwei Arme umschlangen ihn und er stürzte mit dem Kopf

voraus auf den Boden. Seine Nase knirschte von dem Aufprall und ihm blieb die Luft weg. Einen Augenblick wurde ihm sogar schwarz vor Augen. Dann schoss die Panik in ihm hoch und er versuchte sich von dem Crank loszureißen.

Teresa schrie seinen Namen. Er sah ihren Fuß direkt neben ihm.

Thomas wollte um Hilfe schreien, aber es kam nur ein ersticktes Röcheln heraus. Der Crank hatte seinen Griff gelockert, legte eine Hand auf Thomas' Hinterkopf und presste seinen Mund auf den Teppich, um ihn zum Schweigen zu bringen. Thomas konnte an nichts anderes denken als den nächsten Atemzug – er rang verzweifelt nach Luft, ohne das geringste bisschen Sauerstoff in seine Lunge zu bekommen. Die Knie des Angreifers bohrten sich in seinen Rücken und quetschten seine Rippen zusammen, so fest, dass sie jeden Moment zu brechen drohten.

Dann hallte ein Pistolenschuss durch den Raum.

Der Druck auf Thomas' Rücken ließ nach, dann war er plötzlich ganz weg. Thomas hob den Kopf und sah gerade noch, wie der Crank von ihm herunterrollte und zu Boden sackte. Ein blutiges Loch klaffte in seiner Schläfe, die Augen waren bereits starr und leblos. Thomas schaute zu Teresa auf, die zitternd über ihm stand, die Pistole noch auf dieselbe Stelle gerichtet, auf die sie gerade geschossen hatte.

»Da sind noch zwei«, sagte Thomas und hörte selbst die Kälte in seiner Stimme.

Teresa fing sich wieder, holte tief Luft und ging in Verteidigungshaltung, die Waffe noch immer gezückt. Thomas stand mühsam auf und blickte sich vorsichtig um. Er wollte nicht noch einen Überraschungsangriff erleben. Sein ganzer Körper schmerzte.

Von den beiden verbleibenden Cranks war nichts zu sehen – sie mussten sich hinter einem der vielen Sofas oder Sessel hier im Raum versteckt haben.

Thomas streifte seinen Rucksack ab, um die Spritzen herauszuholen, während seine Freunde vorsichtig von Sessel zu Sessel schlichen und dahinterspähten. Bis jetzt ohne Erfolg. Doch dann schrie Teresa auf, und als Thomas herumwirbelte, sah er gerade noch, wie sie hinter einem Sofa verschwand und mit einem dumpfen Aufprall auf den Boden knallte.

Thomas' Herz schlug wie eine Trommel, als er zu ihr stürzte. Er ließ alles stehen, seinen Rucksack mit all den Tötungsinstrumenten, die er enthielt. Es war, als verfestigte sich die Luft und bremste seinen Sprint. Kein Laut kam mehr aus Teresas Richtung und Aris und Rachel waren zu weit weg, um ihr zu helfen.

Endlich war er bei der Wand. Er knallte mit der Schulter dagegen, als er hinter das Sofa spähte, wo Teresa am Boden lag und von einem Crank gewürgt wurde. Sie wehrte sich mit aller Kraft, stemmte beide Hände gegen seinen Arm, aber es half nichts. Der Crank drückte immer fester zu, bis ihre Augen hervorquollen und ein grässliches Gurgeln aus ihrer Kehle kam.

»Lass sie los!«, schrie Thomas, aber seine Worte drangen nicht zu dem Crank durch – ein kahlköpfiger, verschwitzter Mann mit einer riesigen Wunde quer über der Stirn. Dr. Leavitt.

Das war Dr. Leavitt.

Blut, mit Schweiß vermischt, tropfte ihm in die rot geränderten, irren Augen. Teresa griff mit letzter Kraft nach etwas, das auf dem Boden lag – knapp außer Reichweite ihrer Finger.

Die Pistole.

Blitzschnell hob Thomas sie auf. Er spürte, wie das Leben aus seiner Freundin wich; der Tod war nur noch ein paar Momente entfernt. Thomas hatte noch nie eine Pistole abgefeuert, er wusste nicht, ob er überhaupt in der Lage war, sein Ziel zu treffen. Er legte leicht den Finger auf den Abzug, richtete seine Aufmerksamkeit wieder auf Teresa und den Crank, der einst Dr. Leavitt gewesen war. Der Mann ließ nicht locker, sein Arm war wie ein Schraubstock aus Fleisch und Blut. Teresas Gesicht färbte sich bereits bedrohlich lila.

Nein, Zielen war zu riskant. Kurz entschlossen stürzte sich Thomas auf die Kämpfenden, so dass er bäuchlings auf Teresa lag, ihr Gesicht nur zentimeterweit von ihm entfernt. Er sah die Todesangst in ihren Augen. Leavitt schlug mit seinem freien Arm nach ihm und die fleischige Hand seines ehemaligen Betreuers erwischte ihn klatschend an der Schläfe. Thomas nahm seine Hand hoch und ließ die Pistolenmündung auf dem Boden an Teresas Körper entlanggleiten. Dann langsam weiter hinauf, an ihrem Ohr vorbei zum Kopf des Cranks, bis an die Schläfe.

Leavitts Gesicht veränderte sich plötzlich. Alle Bösartigkeit verschwand, der ganze blinde Hass. Stattdessen trat ein kindlicher, flehender Ausdruck in seine Augen. Sein Griff um Teresas Hals lockerte sich.

»Bitte«, wimmerte er, »bitte tut mir nichts.«

Thomas drückte auf den Abzug und machte der Sache ein

Ende. Der Schuss hallte wie ein Donnerschlag durchs Zimmer, ein Krachen, als würde die ganze Welt zerbersten. Thomas' Ohren dröhnten, er packte Teresa und zog sie von ihrem toten Angreifer herunter. Er hatte Leavitt nie besonders gemocht.

Teresa zitterte in seinen Armen, so hilflos hatte er sie noch nie erlebt. Er drückte sie noch fester an sich, um sie zu beruhigen. Aris trat hinter ihn und legte ihm eine Hand auf die Schulter, aber Thomas drehte sich nicht um.

»Wo ist der andere?«, brachte er mühsam hervor. »Da muss irgendwo noch einer sein.«

»Rachel hat ihn erwischt«, sagte Aris. »Sie sind alle tot, keine Angst.«

Thomas klammerte sich an Teresa fest wie ein Ertrinkender. »Ich kann nicht noch mehr verkraften.«

Rachel antwortete irgendwo in der Nähe:

»Sechs«, sagte sie. »Es sind noch sechs übrig.«

Gegen Mittag war alles vorbei. Verglichen mit dem Horror, den sie in dem Gemeinschaftsraum erlebt hatten, war es ein Kinderspiel, die restlichen Cranks zu töten. Sie hatten geschlafen, als ihr Leben mit einem Nadelstich und dem Freisetzen des Gifts beendet wurde.

Auftrag erledigt.

Säuberung abgeschlossen.

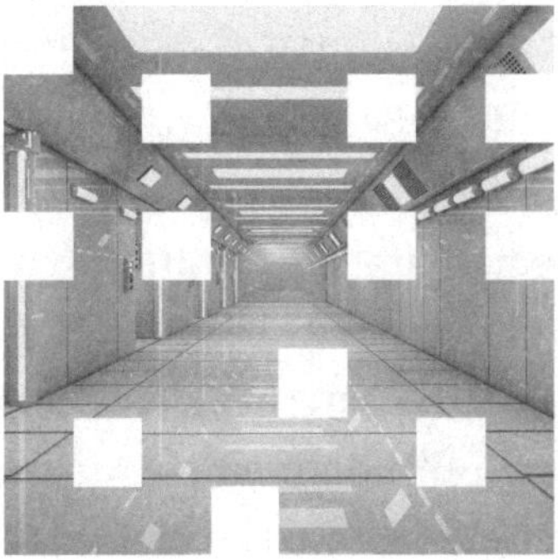

07.06.231 | 12:45 Uhr

52

Was war das für eine Welt, in der er lebte? Nichts als Krankheit, Tod, Verrat. Seine Freunde in einem grausamen Experiment gefangen, das vielleicht nie die Heilung bringen würde. Die Erde zerstört, unbewohnbar. Vor einem Monat hatte er geholfen an einem einzigen Vormittag ein gutes Dutzend Menschen zu töten. Und seither lebte er in einem Albtraum aus Selbsthass und Schuldgefühlen, ging den anderen aus dem Weg, wo er nur konnte. ANGST hatte jede Menge Psychologen zur Verfügung, aber keine Therapie der Welt würde ihm helfen über diese grauenvolle Tötungsaktion hinwegzukommen, niemals.

Er hatte sich verändert, war sich selbst fremd geworden.

Den Beobachtungsraum hatte er in letzter Zeit links liegenlassen. Er war einfach zu deprimiert gewesen, um die Vorgänge im Labyrinth mitzuverfolgen.

Aber an diesem Tag war er zum ersten Mal wieder auf seinem Posten, um das Versäumte nachzuholen. Als Erstes fiel sein Blick auf eine Aufnahme, die Alby und Newt zeigte. Die beiden gingen an einer der gigantischen Mauern auf der Lichtung entlang, aber irgendetwas stimmte nicht. Newt stützte sich auf Alby, der einen Arm um Newts Nacken gelegt hatte und ihm half aufrecht zu bleiben. Newt konnte sein volles Gewicht offenbar nur auf ein Bein verlagern. Er schwankte und taumelte bei jedem Schritt und sein Gesicht verzerrte sich vor Schmerz.

Thomas setzte sich ans Steuerpult und lehnte sich kurz zurück. Er musste überlegen, wie er vorgehen sollte, um an die notwendigen Informationen zu kommen. Dann suchte er in einem minutiösen Prozess die korrekten Kamerawinkel zusammen, mit deren Hilfe er alles zurückverfolgen konnte.

Was in aller Welt war mit Newt passiert?

Nach kaum zwei Stunden hatte Thomas eine Anzahl Kamera-Clips von verschiedenen Käferklingen zusammengepuzzelt, was einer kontinuierlichen Aufnahme so nahe wie nur irgend möglich kam. Die Szenen, die er zu sehen bekam, brachen ihm fast das Herz. Er projizierte das Ganze auf den großen Bildschirm in der Mitte der Wand und ließ alles von Anfang an ablaufen.

Einen Tag zuvor war Newt noch in Topform gewesen. Er hatte sich frühmorgens von Minho und den anderen Läufern verabschiedet, weil er offenbar seinen freien Tag hatte. Nachdem die anderen Jungs an ihre Arbeit gegangen waren, lief Newt eine Weile auf der Lichtung herum und inspizierte die verschiedenen Bereiche. Die Welt schien für ihn vollkommen in Ordnung und normal zu sein – so normal wie das Leben in diesem riesigen Labyrinth eben sein konnte. Beim Bluthaus wechselte er ein paar Worte mit Winston, dann redete er mit Zart in der Nähe des kleinen Maisfelds im Garten. Newt lachte sogar zwischendurch und einmal schlug er Zart auf den Rücken, als hätte er ihm gerade einen coolen Witz erzählt.

Dann ging Newt zum »Schädelfeld« hinüber, dem kleinen Wald in der Südwestecke, der aus kahlen Baumskeletten bestand. Thomas schauderte bei dem Anblick: Es war irgendwie ein unheilvolles Omen für all das Böse, das ihnen noch bevorstand. Newt ließ sich in dem Wäldchen auf eine Bank fallen und blieb dort mindestens eine halbe Stunde sitzen. Thomas spulte die Aufnahme zu der Stelle vor, wo Newt endlich aufstand und in den winzigen Wald hineinging. Der Blickwinkel schwenkte zu der niedrigen Perspektive einer Käferklinge um, die nur wenige Meter hinter ihm herkroch. Newt ging zielstrebig zum Friedhof, zu den Gräbern mit den einfachen Holzpfosten, in denen die Jungen lagen, die bereits auf der Lichtung gestorben waren.

Newt kniete sich auf den Boden, starrte mit glasigen Augen geradeaus und sein Gesichtsausdruck wurde immer finsterer. So saß er lange Zeit da. Thomas konnte sich gut vorstellen, was im Kopf seines Freundes vorging. Quälende Schuldgefühle gegenüber den Verstorbenen. Der Gedanke, dass er sie vielleicht hätte retten können. Verzweiflung über die Lage insgesamt – die Trostlosigkeit, die sinnlose Langeweile, die Griewerüberfälle, die Tatsache, dass sie keine Ahnung hatten, warum sie hier waren. Der schmerzliche Verlust ihres Gedächtnisses. Und vielleicht hatte sich Newt im hintersten Winkel seines Gehirns eine Erinnerung an seine Schwester bewahrt, die ihm das Herz zerriss.

Jetzt stand Newt auf. Er wandte sich von den Gräbern ab, kam aus dem Wäldchen heraus und ging so schnell, dass die Käferklinge, die den Clip lieferte, vor Eile hüpfte, um mit ihm Schritt zu halten. Ohne langsamer zu werden, ging Newt zum Westtor, das von hier aus am nächsten lag. Mehrere Jungen winkten ihm oder riefen ihm etwas zu, aber Newt achtete nicht darauf, er starrte nur mit grimmiger Miene geradeaus. Thomas richtete sich auf seinem Stuhl auf. Er kannte ja den Ausgang des Ganzen und platzte jetzt fast vor Neugier, wie es dazu gekommen war.

Newt verließ die Lichtung und betrat das eigentliche Labyrinth. Er ging noch immer im selben Tempo. Dann bog er nach links ab, anschließend nach rechts, dann wieder nach links. Noch einige Biegungen. Endlich kam er zu einem langen Abschnitt, dessen Mauern auf beiden Seiten dicht mit Efeu überwuchert waren. Er hielt links an der Mauer an, schaute hinauf und stemmte sich mit den Händen dagegen. Sie verschwanden im üppigen Grün. Er wartete einen Augenblick, schaute wieder nach oben und reckte den Hals, als wollte er bis zur Mauerkrone hinaufspähen.

Dann griff er nach oben und hangelte sich am Efeu hoch.

Es sah ganz leicht aus, mit seinen durchtrainierten Armmuskeln. Er klammerte sich an die Ranken und zog sich weit genug hinauf, um irgendwo im Stein einen Fußhalt zu ertasten. Dann packte er die nächste Ranke, dann die übernächste, so arbeitete er sich geschickt mit Händen und Füßen an der Mauer entlang. Innerhalb weniger Minuten war er auf halber Höhe zwischen dem Boden und dem falschen Himmel angelangt. An diesem Punkt würde er feststellen, dass es nicht weiterging. Das wusste Thomas. Eine Kombination von eingebauten optischen Tricks und vorprogrammierten Repressoren in seinem Gehirnimplantat sorgte dafür, dass er nie nach oben kam. Er kletterte noch ein Stück weiter, hielt inne und schaute niedergeschlagen zum Himmel auf.

Thomas schaute zu und wartete.

Newt wühlte sich in den Efeu, bis sein Körper fast ganz darin verschwand. Eine Käferklinge, die neben ihm an der Mauer hochgeklettert war, kroch weiter und hielt ein paar Zentimeter neben seinem Gesicht an. Die Software, die diese kleinen biomechanischen Kreaturen steuerte, brachte Thomas immer wieder ins Grübeln. Woher wusste die Käferklinge, was sie zu tun hatte? Es war doch niemand da, der ihr Anweisungen gab?

Newt starrte direkt in die Kamera und zum ersten Mal in diesem Clip redete er laut genug, dass Thomas ihn verstehen konnte.

»Keine Ahnung, was ihr euch dabei denkt, Leute, aber ich hoffe, ihr habt euren Spaß. Gibt es euch einen Kick, wenn ihr uns leiden seht? Ja? Schön für euch. Von mir aus könnt ihr verrecken und zur Hölle fahren. Das hier geht auf euer Konto.«

Newt ließ den Efeu los und stemmte sich mit einem kräftigen Tritt von der Wand ab, so dass er aus dem Kamerablickwinkel verschwand. Die Käferklinge huschte los, um sich neu zu positionieren. Thomas hörte nur ihre raschelnden Bewegungen, gefolgt von einem fernen, harten Aufprall. Die Kamera schwenkte auf den Boden hinunter, dann zoomte sie zu Newt. Er lag auf der Seite, ein Bein angezogen, die Arme um seinen Oberkörper geschlungen. Stöhnend wiegte er sich hin und her. Aus dem Stöhnen wurde ein Schluchzen, das in ein dumpfes, qualvolles Wimmern überging. Thomas' Magen krampfte sich zusammen.

Plötzlich stieß Newt ein schrilles Heulen aus und schrie nach oben: »Ich hasse euch! Ich hasse euch!«

Thomas wandte sich vom Bildschirm ab. Er hatte genug gesehen. Er wusste bereits, dass Newt gerettet worden war, dass ihn jemand aus dem Labyrinth auf die sichere Lichtung zurückgeschleppt hatte. Und es ging einfach über seine Kräfte, auch nur eine Sekunde länger hinzusehen.

Newt, Newt, Newt, dachte er. Die Luft um ihn herum wurde schwer. *Du bist nicht immun, verdammt. Du bist noch nicht mal immun, Mann!*

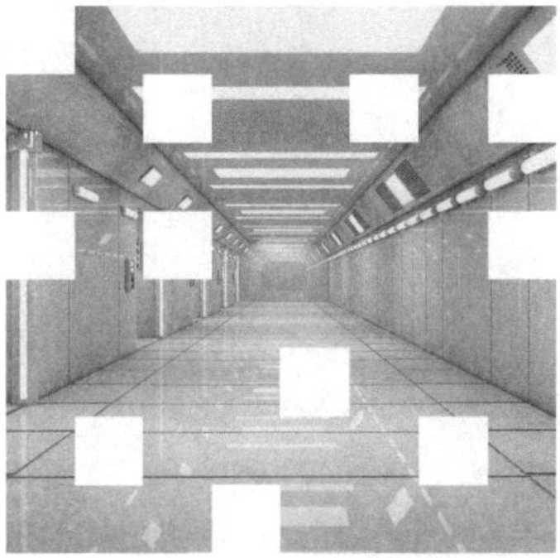

22.09.231 | 11:17 Uhr

53

Thomas hörte ein sanftes Klopfen an der Tür. Er machte auf – es war Teresa. Inzwischen war im ANGST-Hauptquartier wieder Normalität eingekehrt, soweit das nach dem Horror der Säuberung überhaupt möglich war.

»Hey«, sagte er benommen. »Hättest mich wenigstens anfunken können. Ich hab geschlafen.«

Statt einer Antwort hielt Teresa ein Tablet hoch. »Hast du das gesehen?«

»Hä?« Thomas hatte keine Ahnung, wovon sie redete.

Sie kam herein, strich an ihm vorbei, als er die Tür zumachte, und setzte sich an seinen Schreibtisch. »Komm her und schau dir das an. Hast du ein Massenmemo verschickt? Oder hat Dr. Paige dich gefragt, ob sie unter deinem Namen schreiben darf?«

»Was? Nein.«

»Na, hier.« Teresa deutete auf den leuchtenden Bildschirm. Thomas beugte sich neugierig vor.

ANGST-MEMORANDUM, DATUM 22.06.231, ZEIT 11:37 UHR
AN: Die Stellvertreter
VON: Thomas [Versuchsperson A2]
BETREFF: Die Säuberung

Für die Taten, zu denen wir in den letzten Tagen gezwungen worden sind, übernehme ich die volle Verantwortung. Wir dürfen jedoch nicht vergessen, dass ANGST lebt und stärker ist als je zuvor. Das Labyrinth ist fertig und funktioniert bereits bestens, unsere Studien sind in vollem Gange. Wir sind auf dem richtigen Weg und dürfen nicht davon abkommen.

Ich habe eine Bitte: Lasst das, was wir getan haben, nicht nach außen dringen. Es soll nie wieder zur Sprache kommen. Was getan ist, ist *getan* und wir haben ihnen damit eine Gnade erwiesen. Von jetzt an muss jeder wache Augenblick auf die Erarbeitung des Masterplans verwendet werden.

Ava Paige ist mit sofortiger Wirkung die neue Kanzlerin von ANGST.

Bevor er das alles begriffen hatte, nahm Teresa ihm das Tablet ab.

»Und hier, schau mal«, sagte sie und suchte weiter. »Das hat angeblich Kanzler Anderson geschrieben, einen Tag vor der irren Botschaft über seine Finger, die wir auf seiner Workstation gesehen haben. Der Text kann unmöglich von ihm sein. Lies selbst.«

Sie reichte ihm das Tablet.

ANGST-MEMORANDUM, DATUM 04.05.231, ZEIT 13:43 UHR
AN: Partner
VON: Kevin Anderson, Kanzler
BETREFF: Abschied

Ich hoffe, dass Sie mir mein feiges Benehmen verzeihen werden; ich weiß, dass ich es Ihnen persönlich mitteilen sollte, statt Ihnen nur ein Memorandum zu schicken. Doch mir bleibt keine andere Wahl. Die Auswirkungen Des Brands auf mein Verhalten sind allgegenwärtig, fürchterlich beschämend und zutiefst deprimierend. Und die Entscheidung, den Segen nicht in der Zentrale zuzulassen, hat dazu geführt, dass ich nichts mehr vortäuschen und mich nicht mehr angemessen verabschieden kann.

Schon das Tippen dieser Worte fällt mir sehr schwer. Wenigstens bleiben mir hin und wieder kurze Phasen der geistigen Klarheit, in denen ich noch ein paar Sätze schreiben kann.

Ich weiß nicht, warum das Virus sich so rasant und grausam in mir ausgebreitet hat. Mit mir ging es sehr viel schneller bergab als bei den meisten anderen der ursprünglichen Gruppe. Ich bin abgesetzt worden und meine Nachfolgerin, Ava Paige, ist bereit das Heft in die Hand zu nehmen. Die Elitekandidaten sind in ihrer Ausbildung bereits so weit fortgeschritten, dass sie als Verbindungsglieder zwischen uns und der nächsten Führungsgeneration von ANGST auftreten können. Unsere neue Kanzlerin Ava gibt selbst zu, dass sie im Grunde nur eine Repräsentantin ist, die wahren Anführer sind unsere Elitekandidaten.

Wir sind in guten Händen und das wird auch so bleiben. Das noble Unterfangen, mit dem wir vor über einem Jahrzehnt begonnen haben, wird seine Früchte tragen. Wir alle haben unser Bestes und unser Leben nicht umsonst gegeben, sondern für das Wohl der Menschheit eingesetzt. Es wird eine Heilung geben.

Im Grunde ist dies ein persönlicher Abschiedsbrief. Ich möchte Ihnen, meinen Partnern, für Ihre Freundschaft, Ihr Mitgefühl und Ihre Geduld in dieser schwierigen Lage danken. Ein Wort der Warnung: Am Ende wird die Krankheit schrecklich. Wehren Sie sich nicht gegen Ihre Absetzung. Ich habe mich gewehrt und bereue es. Treten Sie zurück und setzen Sie dem Leiden ein Ende.

Es ist unerträglich.

Vielen Dank.

Leben Sie wohl.

»Was soll das?«, fragte Thomas verwirrt. »So war es doch gar nicht. Was will sie damit erreichen? Die Geschichte umschreiben, damit es so aussieht, als wäre alles mit rechten Dingen zugegangen?«

Teresa zuckte die Schultern. »Ich wollte es dir nur zeigen.«

»Los, komm«, sagte er. »Wir reden mit ihr.«

Thomas hämmerte an Dr. Paiges Tür, bis sie endlich aufmachte. Er war so wütend, dass er kaum Luft bekam.

Die Ärztin sah ihn überrascht an. »Gibt es ein Problem?«, fragte sie.

»Warum machen Sie das?«, stieß Thomas hervor und zwang sich, ruhig zu bleiben. Noch nie hatte er sich so verraten gefühlt. »Memos unter fremdem Namen schreiben – ist das jetzt Ihr neues Hobby?«

»Das hilft den anderen, mit der gegenwärtigen Lage zurechtzukommen, Thomas«, sagte Dr. Paige mit einem nachsichtigen Lächeln. Sie hatte sich schnell wieder gefangen. »Ich will ihnen das Gefühl geben, dass die Ordnung wiederhergestellt ist. Und außerdem sollen sie wissen, wie sehr ihr euch für diese Organisation eingesetzt habt und wie reif ihr alle dabei geworden seid.« Sie lächelte Thomas an, als sei sie stolz auf ihn. »Und ich finde, es ist eine einfache, aber symbolkräftige Art, eine Brücke zu den Mitarbeitern zu bauen. Eine Verbindung zwischen dem Alten und dem Neuen.«

Thomas wusste nicht, was er darauf antworten sollte. Warum wollte sie ihn als so wichtig herausstellen? Und warum verschickte sie Nachrichten von seinem Mail-Account, ohne ihn vorher zu fragen? Ganz zu schweigen von dem Memo, das sie im Namen des Kanzlers geschrieben hatte?

»Das alles wird Wirkung zeigen«, sagte Dr. Paige jetzt. »Und es ist gut, wenn all das von einer bestimmten Person verkörpert wird. Das Beste aus beiden Welten.«

Thomas antwortete immer noch nicht.

»Sie hätten ihn wenigstens vorher fragen können«, sagte Teresa.

Dr. Paige warf ihnen einen Blick zu, der beinahe ehrlich zerknirscht wirkte. »Du hast Recht. Tut mir leid. Ich war wohl etwas voreilig.«

Thomas ging direkt in sein Zimmer zurück. Teresa hatte er gesagt, er sei müde und wolle sich hinlegen. Er schloss die Augen und versuchte seine Gedanken zu ordnen. Lange wälzte er sich im Bett herum und sehnte sich nach Schlaf. Es war nichts mehr beim Alten. Er konnte Teresa nicht sagen, was er dachte, und fast alle seine Freunde waren im Labyrinth. Und dann noch diese Memos. Es war einfach gruselig – wenn Dr. Paige ihn so schamlos hintergangen hatte, was verbarg sie dann noch alles vor ihm? Er ärgerte sich, dass er nicht energischer protestiert hatte, als er sie zur Rede stellte. Gekniffen hatte er!

Und jetzt lag er da, starrte an die Zimmerwände und grübelte.

Unablässig.

Das war das Schlimmste. Er träumte davon, mit Teresa und Chuck wegzulaufen und ein neues Leben anzufangen. Aber dann dachte er an Newt. An seinen Freund, der sich von der Mauer gestürzt hatte und der nicht immun war. Nein, weglaufen ging nicht. Sie brauchten die Heilung. Und wenn sie ein Mittel gefunden hatten, würden sie alle freikommen – Alby, Minho, Newt, Chuck, Teresa, ja sogar Aris und Rachel. Vielleicht konnten sie alle in dieselbe Gegend ziehen, zusammen alt werden, gemütlich herumsitzen, sich mit Essen vollstopfen und ihren Kindern erzählen, wie sie vor langer Zeit die Welt gerettet hatten. Er sah Minho inmitten einer großen Kinderschar vor sich, wie er sein Leben als Läufer nachspielte. Aber irgendwie fiel der Minho in seiner Vorstellung total aus der Rolle und machte sich zum Affen – kratzte sich unter den Achseln und trommelte sich auf die Brust.

Thomas grinste. Wenn es doch nur so einfach wäre. Minho, der vor seinen künftigen Enkeln herumblödelte, und alles wäre gut. Und wieder schoss ihm der Gedanke durch den Kopf, der ihn seit langem beschäftigte. Er war verlockender denn je. Thomas wollte ins Labyrinth. Hauptsache, weg von hier. Er wollte zu seinen Freunden zurück und weiter zur nächsten Etappe. Alles tun, um diese Heilung zu finden. Eine glückliche Zukunft. Wenn er doch nur daran glauben und es einfach tun könnte!

Die Zukunft, eine Crank-freie Welt, er und seine Freunde im Paradies.

Was für ein Schrott!

Er stieß einen tiefen Seufzer aus, dann schlief er ein, obwohl es heller Tag war.

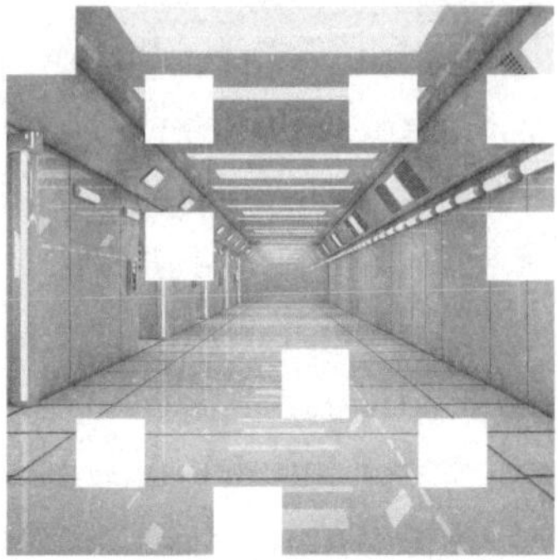

31.10.231 | 16:48 Uhr

54

Thomas war wieder in seinem heimlichen Paradies, dem Beobachtungsraum.

In den letzten Wochen hatten sich seine Wut und seine Schuldgefühle ins Grenzenlose gesteigert, waren zu einer reißenden Flut geworden, in der er fast ertrank. Es gab nur eine Möglichkeit, den Kopf wieder freizubekommen: hier an seinem Posten sitzen und seine alten Freunde im Labyrinth beobachten.

Sein Verhältnis zu Teresa hatte sich merklich abgekühlt. Sie stürzte sich mit Leib und Seele in die Arbeit – wahrscheinlich, um mit dem ganzen Horror fertig zu werden. Aber das war ihr Problem. Thomas kommunizierte immer noch telepathisch mit ihr und sie hielten sich gegenseitig auf dem Laufenden. Genug, um zu wissen, dass der andere sein Ding machte und sich irgendwie über Wasser hielt.

Und für Thomas war es momentan das Beste, möglichst unsichtbar zu bleiben. Er musste natürlich sein normales Programm absolvieren – Tests, Check-ups, Unterricht –, aber davon abgesehen machte er sich rar, traf sich nur hin und wieder mit Chuck und Teresa. Ansonsten blieb er, wenn er frei hatte, meistens in seinem Zimmer, las oder schlief. Oder er beobachtete seine Freunde im Labyrinth, verfolgte jede ihrer Bewegungen.

Bei den Lichtern hatte sich inzwischen so etwas wie normaler Alltag eingestellt und sie waren zu einer eindrucksvollen kleinen Gemeinschaft zusammengewachsen. Recht und Ordnung, Routine, Sicherheit. Niemand war in letzter Zeit gestorben oder gestochen worden.

Thomas belauschte sie immer noch, so oft er konnte. Er klinkte sich zum Beispiel ein, wenn Alby, Minho und Newt beim Essen zusammensaßen, weil es ihm das Gefühl gab, zu ihnen zu gehören, fast als wäre er körperlich dabei.

Genau das machte er jetzt schon den ganzen Nachmittag, wechselte immer wieder den Bildschirm, wenn ihm eine Szene zu langweilig wurde. Im Augenblick stand Newt mit Minho, der gerade von seinem Läuferjob im Labyrinth zurückgekommen war, beim Osttor und redete mit ihm.

»Gibt's was Neues da draußen?«, fragte Newt mit triefendem Sarkasmus. »Ist vielleicht 'n verdammter Griewer aufgekreuzt und wollte dich abknutschen?«

Minho lehnte sich an die Mauer und rang nach Luft. »Bingo, aber woher weißt du das? Hab ihn auf ’n anderes Mal vertröstet – nicht wirklich mein Typ, verstehst du?«

Diesen Dialog führten sie jeden Tag, immer mit leichten Abwandlungen. Auf diese Weise machten sie sich über die Eintönigkeit und Langeweile der täglichen Erkundungstrips lustig. Newt und Minho gingen gerade zum Kartenraum, als es hinter Thomas an die Tür klopfte. Widerstrebend riss er sich von der Welt des Labyrinths los und kehrte zu ANGST zurück.

»Wer ist da?«, fragte er.

Die Tür ging auf und Chuck streckte seinen Kopf herein. »Hey, Thomas. Dr. Campbell hat mir zwei Stunden freigegeben, damit ich dir bei deinen Notizen helfen kann. Also …«

»Komm einfach rein, du Strunk. Brauchst nicht jedes Mal so zu tun, als wäre das ’ne Riesensensation.«

Thomas und Chuck benutzten manchmal die Slangwörter, die auf der Lichtung erfunden wurden, aber nur unter vier Augen. Chucks absoluter Lieblingsausdruck war »Klonk«. Laut Dr. Paige waren die Psychologen sehr gespannt, inwiefern die Gedächtnisblockade sich auf die Lichter auswirkte. Manchmal gab es Überraschungen, wie die Erfindung eines komplett neuen Ausdrucks. Ein paar davon stammten von Minho, der schon immer eine große Klappe gehabt hatte. Die Gedächtnisblockade schien diese Eigenschaft zu verstärken, was die Psychologen ebenfalls interessant fanden.

Aber die fanden ja *alles* interessant.

Chuck kam herein und ließ sich mit einem übertriebenen Seufzer auf den Stuhl neben Thomas plumpsen. »Heute wurde Frank reingeschickt, das bedeutet, dass ich nur noch einen Monat habe.« Die Mischung aus Faszination und Angst in Chucks Augen zerriss Thomas jedes Mal das Herz. Die Angst hatte er genauso geschürt wie alle anderen hier, weil er Chuck aus purem Egoismus viel zu oft in den Beobachtungsraum geholt hatte. Der kleine Kerl hatte deshalb schon einiges von dem Horror im Labyrinth gesehen. Aber Chuck war wie ein kleiner Bruder für Thomas, auch wenn sie nicht blutsverwandt waren. Ohne ihn hätte er die Hoffnung vermutlich längst verloren.

»Einmal blinzeln und der Monat ist vorbei«, sagte er.

»Ja, okay«, konterte Chuck. »Aber dann ist alles andere auch vorbei.«

»Du sagst es.«

»Was hast du heute Vormittag gemacht?«, fragte Chuck. »Lass mich mal raten – medizinische Check-ups, Unterricht, kritisches Denken, Labyrinth beobachten.«

»Du sagst es«, wiederholte Thomas und Chuck lachte. »Ganz schön aufregend, mein Leben, was?«

»Warte nur, bis ich ins Labyrinth komme«, drohte Chuck. »Ich mach denen Feuer unterm Arsch, wirst schon sehen.«

Er redete mit einer Begeisterung, die unmöglich gespielt sein konnte. Aber okay, in Chucks Alter behielt man eben nur das Gute im Gedächtnis.

»Du sagst es«, antwortete Thomas zum dritten Mal und musste selber darüber lachen. Dann stand er auf. »Tut mir leid, Chuckie, ich muss zu 'nem Meeting.«

»O Mann, wie beklonkt, bin doch grade erst gekommen. Ich wollte den Lichtern beim Abendessen zusehen. Ich glaube,

Gally und Alby verprügeln sich heute noch nach Strich und Faden – wurde ja verdammt noch mal Zeit.«

»Tut mir leid, Alter«, sagte Thomas. »Ich muss los. Und ohne mich darfst du nicht hier drin sein, das weißt du ja. Also ab in deine Schlafbaracke. Wenn ich fertig bin, holen wir uns was zu essen und kommen noch mal hierher zurück, dann können wir die Lichter immer noch ausspionieren. Vielleicht schicken die Psychologen einen Griewer rein, der ihnen was vortanzt …«

Chuck wurde blass bei diesen Worten, obwohl er sein Bestes gab, um sich nichts anmerken zu lassen. Manchmal vergaß er die Monster vor lauter Vorfreude auf die Lichtung.

»'tschuldige«, sagte Thomas, der sich am liebsten auf die Zunge gebissen hätte. »War nur ein blöder Witz.«

Das Meeting fand in einem kleinen Konferenzraum statt und Thomas hatte keine Ahnung, warum sie zusammengetrommelt wurden. Dr. Paige saß am Kopfende des Tisches mit einem Mann und einer Frau zu ihrer Linken, offensichtlich Psychologen. Die Frau hieß Campbell und stammte noch aus der Zeit vor der Säuberung. Der Mann dagegen war neu hier, aus Seattle oder Anchorage oder woher auch immer. Thomas merkte sich solche Dinge absichtlich nicht, warum, war ihm selbst nicht klar.

Rechts von Dr. Paige saß ein mittelalter Mann mit dunklem Haar und brauner Haut, daneben ein Mädchen, das seine Tochter hätte sein können, wenn auch nicht genetisch, denn sie hatte keinerlei Ähnlichkeit mit ihm. Sie war hellhäutig mit dunkelblondem Haar und der Mann beugte sich zu ihr, als wären sie sehr vertraut miteinander und hätten sich gerade etwas zugeflüstert.

Thomas stand einen langen Augenblick da und fasste den Raum ins Auge.

Dr. Paige erhob sich. »Danke, dass du gekommen bist, Thomas. Du machst dich in letzter Zeit ziemlich rar. Du wirst wohl Chuck auf seine große Reise ins Labyrinth nächsten Monat vorbereiten?« Sie lächelte unschuldig, als wüsste sie nicht genau, wo er sich herumtrieb und was er in jeder freien Sekunde des Tages machte. Thomas fand sie längst nicht mehr so nett wie vor der Säuberung.

»So was in der Art«, sagte er trocken.

»Gut, dann setz dich bitte.« Dr. Paige deutete auf einen Stuhl ihr gegenüber.

Nachdem er sich gesetzt hatte, fragte Thomas: »Und was soll das Ganze?«

Dr. Paige hielt einen Finger hoch und wirkte verärgert. »Einen Moment noch. Teresa müsste gleich hier sein.«

Wie aufs Stichwort ging die Tür erneut auf, Teresa kam hereingeeilt, nickte den Anwesenden zu und setzte sich neben Thomas. Sie wirkte jetzt immer so … geschäftig. So in Gedanken.

Hi, sagte sie in seinem Kopf und schickte ihm so viel Wärme und Herzlichkeit mit ihrem Gruß, wie sie nur konnte.

Schön, dass du da bist, antwortete er, was durchaus ehrlich gemeint war. Er vermisste sie.

Dr. Paige kam sofort zur Sache. »Ich will euch zwei neue Freunde vorstellen, die euch bei künftigen Projekten helfen werden.« Sie drehte sich zu den beiden Neuen rechts von ihr um, zu dem Mann und dem Mädchen, das dieser zu vergöttern schien. »Das sind Jorge und Brenda. Jorge ist Berk-Pilot, und zwar einer der besten. Und Brenda ist ausgebildete Krankenschwester, aber sie hat große Ambitionen und will eines Tages Psychologin werden. Das stimmt doch, Brenda, oder?«

Das Mädchen nickte ohne den geringsten Anflug von Schüchternheit. »Was immer es braucht, um eine Heilung zu finden«, sagte sie. Die Antwort war merkwürdig, aber in ihren Augen lag nichts Gehetztes oder Verzweifeltes, das vielleicht erklärt hätte, warum sie so redete.

»Hola«, sagte der Mann namens Jorge und schaute jedem von ihnen kurz in die Augen. »Ich freue mich auf die Arbeit mit euch.«

»Ihr arbeitet mit uns?«, fragte Teresa. »Was hat das zu bedeuten?«

Thomas schaute Jorge erwartungsvoll an – er platzte fast vor Neugier.

»Ihr sollt uns demnächst bei einer Expedition helfen, die wir anberaumt haben«, erklärte Dr. Paige. »In ein paar Wochen werden Jorge, Brenda und ein paar andere in eine Gegend namens Brandwüste fliegen. Dort gibt es eine Stadt, die völlig von Cranks verseucht ist, und wir möchten mehr über die Zustände dort erfahren. Bedeutendes Forschungspotenzial.«

»›Eine Stadt, die völlig von Cranks verseucht ist‹?«, wiederholte Thomas. Er spürte, dass Dr. Paige ihm nicht die ganze Wahrheit sagte.

»Ja«, sagte sie ohne weitere Erklärung. »Und wir sind der Meinung, dass ihr uns dabei nützlich sein könnt. Wir möchten die Langstreckentauglichkeit unserer Implantationstechnik testen und vor allem die Fernüberwachung eurer Todeszonenmuster und anderer Daten. Wir möchten wissen, ob sie auch über weite Distanzen funktioniert. Also geplant ist Folgendes …«

Thomas versuchte zu verarbeiten, was sie gesagt hatte, und blendete alles Weitere aus. Warum interessierte sie die Fernüberwachung? Wollte ANGST sie woandershin verlegen? Dahinter steckte garantiert mehr, als Dr. Paige zu erkennen gab, und er hatte ein mulmiges Gefühl dabei. Er ahnte schon lange, dass etwas im Busch war, aber er hatte es die ganze Zeit verdrängt. Es machte ihn krank.

ANGST schreckte vor nichts zurück und würde nie aufgeben.

Niemals.

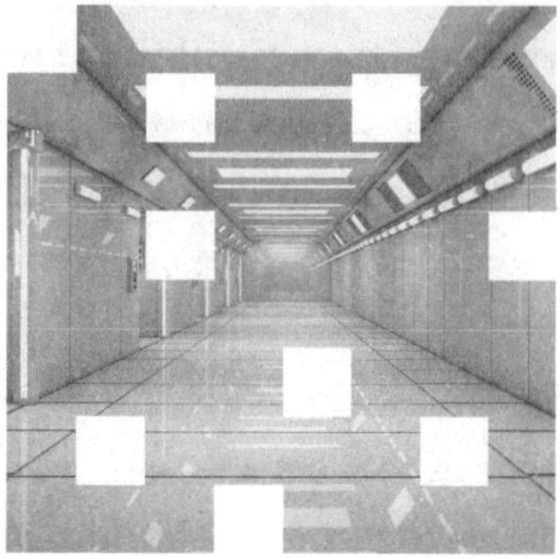

30.11.231 | 08:32 Uhr

55

Thomas ging mit Chuck durch den langen Gang, der sich vor ihnen ins Grenzenlose auszudehnen schien. An diesem Morgen fühlte sich alles so an: lang und endlos. Dabei war er einfach traurig. Der Tag X war endlich gekommen.

Chuck wurde ins Labyrinth gebracht.

Thomas hatte sich diese letzte Stunde mit Chuck erkämpft, damit er noch einmal mit ihm frühstücken und alles durchsprechen konnte. Ein Abschied unter vier Augen. Danach wollte er Chuck in die Hände der Experten geben und sich verkrümeln. Er konnte es einfach nicht mit ansehen, wie Chucks Gedächtnis gelöscht wurde. Wie sie ihn durch die Gänge schoben, als wäre er eine Leiche, und ihn schließlich wie einen Müllsack in die Box warfen. Er würde Chuck Lebwohl sagen und sich dann in seinem Zimmer verkriechen, bis der nächste Morgen kam.

Die Cafeteria war still und leer, wie immer zwischen Frühstück und Mittagessen. Thomas und Chuck luden sich ihre Tabletts mit den Resten vom Frühstück voll und Chuck setzte sich an eines der wenigen Fenster, die auf den alaskischen Wald hinausgingen. Sie hatten kaum gesprochen, seit Thomas Chuck in seinem Zimmer abgeholt hatte, und stocherten lustlos in ihrem Essen herum. Beide brachten keinen Bissen hinunter.

»Ich weiß, es ist eine dumme Frage, aber bringen wir's einfach hinter uns«, sagte Thomas schließlich. »Hast du Angst?«

Chuck hielt einen wabbeligen Speckstreifen hoch und studierte ihn angewidert. »Du hast Recht. Dumme Frage.«

»Das nehm ich als Ja.«

Chuck biss in den Speck und verzog leicht das Gesicht. »Schmeckt wie Klonk.«

»Ja, klar. Liegt ja auch schon ewig rum. Aber du wolltest ja ausschlafen, dein einziger Wunsch für heute, also haben sie dich schlafen lassen. Hättest dir lieber 'ne Ladung knusprigen Speck wünschen sollen. Oder ein Ticket nach Denver. Einfach, ohne Rückfahrt«

Chuck reagierte mit einem höflichen Lächeln, was für seine Verhältnisse unglaublich erwachsen war.

»Komm schon, Mann«, sagte Thomas. »Sei nicht so zugeknöpft. Erzähl mir, was du denkst. Oder fühlst. Ich mach mir Sorgen um dich.«

Chuck zuckte die Schultern. »Muss das jetzt sein, dass

wir hier so rumsülzen? Sie schicken mich ins Labyrinth, ob ich will oder nicht. Ich werde das hier vermissen, ich werde euch Jungs vermissen. Aber Herumjammern bringt jetzt auch nichts, oder?«

»Du wirst eine Weile ohne mein schönes Gesicht auskommen müssen. Also wenn das kein Grund zum Jammern ist! Du müsstest Rotz und Wasser heulen, Mann, mit allem Drum und Dran – verquollene Augen, nasses Gesicht und jede Menge Rotz, der dir in den Mund läuft, und so weiter. Wenn ich das in den nächsten drei Minuten nicht zu sehen bekomme, bin ich beleidigt.«

»Was passiert, wenn ich dort ankomme?«, fragte Chuck, als hätte er kein Wort von dem gehört, was Thomas eben gesagt hatte. »Ich meine, das kann doch nicht ewig so weitergehen, oder?«

Und plötzlich war es, als hätte jemand alle Luft aus dem Raum gesaugt.

»Nein, natürlich nicht«, sagte Thomas. »Soweit ich weiß, sind sie schon ziemlich weit mit dem Masterplan. Und wenn sie den erst haben, ist die Heilung nicht mehr weit. Wir sind bestimmt bald wieder zusammen.«

Thomas konnte die Lügen nicht mehr zählen, die er Chuck im Lauf der Zeit aufgetischt hatte. Aber Chuck würde bald sein Gedächtnis verlieren, es konnte nichts schaden, ihm ein bisschen Hoffnung zu machen.

Chuck starrte ihn an.

»Was ist?«, fragte Thomas.

Chuck antwortete, dass er sich diesen Klonk sonst wohin stecken konnte.

»Das ist kein Klonk«, verteidigte sich Thomas. »Aber okay, du hast Recht. Wir müssen hier nicht rumsülzen. Wir sagen einfach Tschüs. Wir sind schließlich weiterhin im selben riesigen Gebäudekomplex. Und ich wache über dich und feuere dich an. Immer, das schwöre ich.«

»Ich werde mich gar nicht an dich erinnern«, sagte Chuck. »Also ist es wirklich wie ein Abschied für immer.«

»Nein, Mann, nein.« Thomas stand auf, ging um den Tisch herum und setzte sich neben seinen Freund. »Ich hab mir das erst neulich überlegt. Die Zeit der Heilung wird kommen, und zwar bald, dann sind wir frei und können alle am selben Ort leben – reich, fett und glücklich. Ihr bekommt euer Gedächtnis zurück und das Leben ist schön. Daran musst du dich festhalten.«

»Wenn du meinst.«

»Ich weiß es.«

»Okay, das.« Chuck lächelte, dann schaute er weg, um die Tränen zu verbergen, die ihm in die Augen schossen. »Klingt gut.«

»Weißt du was?«, sagte Thomas. »Wir müssen uns nicht Lebwohl sagen. Abschied nehmen ist schrecklich. Ich steh einfach auf und geh raus, als wäre nichts passiert, und dann sehen wir uns wieder, wenn die Zeit gekommen ist, okay? Kein Sayonara, kein Farewell.«

Chuck nickte, aber als Thomas aufstand, schoss er hoch, riss ihn in seine Arme und drückte ihn mit aller Kraft an sich.

»Ich werde dich vermissen«, schluchzte er. »Ich werde dich so vermissen!«

Thomas hielt ihn ganz fest, seine Tränen fielen in Chucks

Haar. »Ich weiß, Mann. Ich weiß. Ich werde dich auch vermissen.«

Am liebsten wären sie für immer so geblieben, aber Dr. Paige schickte eine Wächterin, die Chuck sanft wegführte. Der Blick, den sein Freund ihm zuwarf, bevor er den Raum verließ, zerriss Thomas das Herz.

Er blieb noch lange in der Cafeteria sitzen und stellte sich Chuck im Labyrinth vor. Malte sich aus, wie er von einem Griewer überfallen wurde. Wie er verhungerte oder verdurstete. Wie er hundert Tode starb und niemand einen Finger für ihn krümmte.

Er dachte an Newt, Alby und Minho.

Und an Teresa.

Ein harter Knoten bildete sich in seiner Brust. Im Moment musste er noch alles tun, was ANGST von ihm verlangte. Aber das würde nicht immer so bleiben.

Und plötzlich hatte er eine Idee. Eine komplett verrückte Idee. Einen Plan. Vor langer, langer Zeit hatte Teresa einmal gesagt: *Eines Tages sind wir die Großen.* Und jetzt war es so weit.

Was, wenn ich sie rette?, dachte er.

Wenn ich einfach meine Freunde rette?

11.12.231 | 10:46 Uhr

56

Es war erst Thomas' zweiter Flug mit einem Berk und an den ersten konnte er sich kaum erinnern.

Anfangs war es grässlich – sein Magen hüpfte und schlingerte, die Übelkeit überrollte ihn in Wellen, bis sein Mund voller Speichel war. Aber sobald er sich daran gewöhnt hatte, fand er es irgendwie cool. Dann wieder nicht. Obwohl es wie ein Rausch war, in diesem großen Ding zu fliegen, anders als alles, was er bisher erlebt hatte. Wer wie er in einer zerstörten Welt lebte, wusste das hier zu schätzen, etwas so Kraftvolles, dass nicht einmal die Schwerkraft dagegen ankam.

Teresa war nicht mitgekommen. Sie blieb im ANGST-Hauptquartier zurück, um beim Testen der Fernwirkung ihrer Gehirnimplantate zu helfen. Von Tag zu Tag wuchs die Distanz zwischen ihnen. Teresa klammerte sich an ANGST und ihre Mission, an die sie verbissen glaubte, und Thomas zögerte jetzt manchmal, ihr seine wahren Gedanken mitzuteilen. Aber sie mussten miteinander reden. Eine große Aussprache war fällig. Bald.

Thomas schaute aus einem der Sichtschlitze im Boden des Berks. Zahllose Landschaften blitzten unter ihm vorbei, ließen ihn vor Ehrfurcht erstarren. Trotz aller Verwüstung war der Planet immer noch schön. Atemberaubend. Das Grün, Blau und Orange vermischten sich mit jeder Menge Hellbraun. Natürlich konnte man von so hoch oben keine Einzelheiten erkennen. Von den Cranks, dem Hunger, der Armut, dem Grauen war nichts zu sehen.

Kein Wunder, dass kleine Jungs in der Zeit vor den Sonneneruptionen davon geträumt hatten, Astronaut zu werden.

»Hey.«

Er hob den Kopf und sah Brenda an, die sich mit Jorge zusammen um die Vorräte für die Crank-City-Expedition gekümmert hatte und jetzt vor ihm stand. ANGST hatte ihnen auch massenhaft Ausrüstung für die Brandwüste mitgegeben, ohne Thomas die Gründe dafür mitzuteilen.

»Hey«, grüßte er zurück. »Seid ihr fertig?«

Brenda setzte sich neben ihn. »Ja, so einigermaßen. Jorge hat alles ungefähr hundertmal mit mir gecheckt. Er muss immer das Gefühl haben, dass er für alle Notfälle gerüstet ist.«

»Und was meinst du, wann wir dort ankommen?« Thomas wusste so gut wie nichts. Aber das Land unten sah bereits nach Wüste aus, denn die verschiedenen Rot-, Orange- und Gelbtöne nahmen jetzt deutlich überhand. Es gab praktisch kein Lebenszeichen, falls hier jemals Leben existiert hatte.

»In einer halben Stunde oder so.« Brenda rieb sich die Hände, was irgendwie gestresst wirkte. »Mann, bin ich nervös. Dabei fand ich es eben noch total spannend. Ein irres Abenteuer.«

»Wovor solltest du auch Angst haben?«, sagte Thomas sarkastisch. »Eine postapokalyptische Stadt ohne Regierung oder Security, mitten in der Wüste, in der es von Cranks nur so wimmelt. Ehrlich, was bist du für 'ne Memme.« Er grinste sie an, um ihr zu signalisieren, dass es ein Scherz sein sollte.

Brenda verdrehte die Augen.

»Oder meinst du, es spukt dort?«, fügte er mit gespieltem Horror hinzu.

»Ich finde, du könntest etwas netter zu Teresa sein«, sagte Brenda, nachdem sie lange auf die Wüstenlandschaft unter ihnen gestarrt hatten. Das Summen des Berks war so einlullend, dass Thomas plötzlich müde wurde.

»Was? Wieso?«

»Na, sie mag dich, das sieht doch ein Blinder. Und du warst nicht gerade nett zu ihr. Tut mir leid, ich weiß, das geht mich nichts an.«

Thomas dachte darüber nach, ein Thema, das er sonst schnell aus seinem Kopf verbannte. »Nein, ist schon okay. Sie ist meine beste Freundin. Wir waren unser halbes Leben zusammen und wir können auf eine Art miteinander reden … Also, wir verstehen uns manchmal ohne Worte, vielleicht hast du deshalb den Eindruck, ich wäre nicht nett zu ihr.«

Brenda nickte, als leuchtete ihr das ein. »Nur Freunde? Nach so langer Zeit? Ich hab euch nie Händchen halten oder knutschen sehen. Ihr lasst euch ganz schön viel Zeit, Mann«, lachte sie.

»Das ist kompliziert«, wehrte Thomas ab, der völlig überfordert von diesem Gespräch war, von den Gefühlen, die es in ihm hochspülte. »Sie bedeutet mir wahnsinnig viel und daran wird sich nichts ändern. Aber ehrlich gesagt fällt es mir schwer, romantisch zu sein. Ich meine, draußen wartet eine sterbende Welt auf mich und alle meine Freunde sind in einem Experiment gefangen.«

Brenda sah enttäuscht aus. »Ja, aber trotzdem. Manche Leute verlieben sich einfach, Thomas. Egal wie die Welt aussieht. Liebe ist immer möglich. Du solltest ihr zeigen, wie du zu ihr stehst. Mehr sag ich ja gar nicht.«

Ihre Worte lösten eine Welle von Gefühlen in Thomas aus, die ihn völlig überrollte. Er dachte an seine Mom, an seinen Dad, an seine Freunde und seine Augen füllten sich mit Tränen. Er hatte keine Vorstellung, was er im Leben brauchte oder was seine Aufgabe war. Aber er hatte Freunde und nur das zählte. Irgendwie musste er sie retten.

Als Brenda seine Tränen sah, wurde ihr Gesicht auf einmal ganz weich und zärtlich. Sie zog Thomas an sich und er umarmte sie ebenfalls. In Gedanken schloss er alle, an die er gerade gedacht hatte, in diese Umarmung mit ein. So blieben sie lange, eng aneinandergeschmiegt, bis das Berk sich nach rechts legte und in den Landeanflug ging.

Sie waren in der Brandwüste angekommen.

ANGST hatte ihnen bewaffnete Wächter mitgegeben, die jetzt als Erstes die offene Rampe hinunterstolperten und den brodelnd heißen Boden unter ihnen betraten. Sobald sie ihnen Entwarnung gegeben hatten, folgte Thomas mit Brenda und Jorge und alle drei blinzelten im grellen Licht.

»Meine Güte«, stöhnte Brenda. »Wenn ich mir vorstelle, wie das hier unten erst in der Zeit der Sonneneruptionen gewesen sein muss.«

»Willst du wirklich nicht mit uns kommen, hermano?«, sagte Jorge lachend. »Das wird hier die coolste Party aller Zeiten, verlass dich drauf.«

Brenda lachte mit, aber Thomas konnte beim besten Willen nichts Komisches daran finden. Die Brandwüste war grauenhaft.

Das Berk war überraschend weit von Crank City entfernt gelandet und die Techniker, mit denen Thomas zusammenarbeiten sollte, packten ihre Sachen zusammen und machten Anstalten, in die entgegengesetzte Richtung zu gehen. Dort war nichts als Ödland. Das machte ihn noch nervöser und am liebsten wäre er sofort nach Alaska zurückgeflogen. Er konnte nur hoffen, dass die Tests nicht allzu lange dauern würden.

Thomas beschirmte seine Augen und spähte zu der Stadt hinüber, die mehrere Meilen entfernt schien und zur Hälfte aus Rost und Erde und zerborstenem Glas bestand. Wolkenkratzerruinen ragten in den Himmel wie gebrochene Finger. Wie konnten dort Menschen leben? Es waren ja nicht nur Cranks in der Stadt. Hinter der verwüsteten Stadt ragten die Berge auf. Die Sonneneruptionen hatten die Pflanzenwelt fast ausradiert, aber der Fels und die Erde hatten überlebt, schienen zu schreien: »Hey, wir sind noch da! War's das schon?«

Thomas riss die Augen von der fernen Szenerie los und sah, dass Brenda bereits ihren Rucksack übergestreift hatte, um auf ihr neues Zuhause zuzumarschieren.

»Willst du das wirklich, Brenda?«, fragte Thomas. »Willst du wirklich dorthin?« Es sollte witzig klingen, kam aber so todernst aus seinem Mund, dass er erschrak.

»Wenn wir eine Heilung hätten, wären viele meiner Lieben noch am Leben«, sagte Brenda, den Blick unbeirrt in die Ferne gerichtet. »Zum Beispiel meine Mom und mein Dad und mein Bruder.«

»Ich weiß, ich weiß«, murmelte Thomas. »Glaub mir, ich weiß es.«

»Deshalb haben Jorge und ich uns freiwillig gemeldet. Nicht einfach so, sondern speziell für das hier.« Sie nickte zu der zerstörten Stadt in der Ferne. »Ich muss meinen Beitrag leisten.«

»Ja«, stimmte Thomas zu.

Bevor er noch etwas sagen konnte, brüllte Jorge, dass sie jetzt aufbrechen mussten. Er wollte unbedingt vor Sonnenuntergang in der Stadt sein.

»Pass auf dich auf«, murmelte Thomas und versuchte Brenda mit den Augen zu sagen, wie schrecklich er es fand, dass sie sich dieser Gefahr aussetzte. Niemand sollte für diese Krankheit sein Leben opfern müssen. »Im Ernst. Sei vorsichtig.«

»Ja, bin ich«, sagte Brenda. »Kaum zu glauben, dass demnächst deine Freunde hier rausgeschickt werden, wie? Das ist so was von hammerhart. Arme Jungs. Also dann – see you later, Alligator.« Sie winkte ihm verlegen zu und stürzte hinter Jorge her.

»He, warte mal – *was* hast du gerade gesagt?«, brüllte Thomas ihr nach.

Aber sie gab keine Antwort mehr, rannte nur noch schneller.

Er sah ihr lange nach, bis er merkte, dass der Sand sich unter seinen Füßen verlagerte.

»Was soll das heißen?«, flüsterte er.

11.12.231 | 16:40 Uhr

57

Phase Zwei.

Das war alles, was er aus den Technikern herausbrachte, mit denen er arbeiten sollte. *Phase Zwei.* Er hatte jeden einzelnen von ihnen gelöchert, was Brenda mit ihrer Bemerkung gemeint haben konnte, aber mehr hatte er nicht erfahren. Oder höchstens noch: *Frag Dr. Paige. Ist nicht an mir, dir das zu erzählen. Ich mach hier nur meinen Job.*

Aber es war auch egal, denn Thomas wusste genau, was gespielt wurde. Er hätte es merken müssen, lange bevor Brenda sich verplappert hatte.

ANGST wollte die Lichter zu einer neuen Testphase in die

Brandwüste schicken, diesen Höllenort. Deshalb wollten sie auch die Reichweite der Implantationstechnik testen – um herauszufinden, wie gut sie die Jungs manipulieren konnten, wenn sie erst hier waren. Der Lügenberg wurde immer höher und alles war noch viel schlimmer, als er gedacht hatte. Viel, viel schlimmer.

Falls er noch den Hauch eines Zweifel gehabt hatte – damit war jetzt Schluss. Er würde ins Labyrinth gehen, um seine Freunde zu retten, koste es, was es wolle.

Die Brandwüste wurde mit jedem Schritt unerträglicher.

Thomas wanderte mit den Technikern durch die harte, tote Landschaft und hielt sein Handtuch an den Zipfeln unter dem Kinn fest. Den Rest hatte er sich um den Kopf gewickelt, um sich vor der Sonne zu schützen, die erbarmungslos auf sie herunterbrannte. Die Hitze war qualvoll und die einzige Erleichterung brachte der Wind, auch wenn er jede Menge Sand mitführte.

Die Gruppe war auf dem Weg zu einer Art unterirdischem Gang, wo sie vermutlich Tests laufen lassen und die Ausrüstung aufbauen mussten. Und jetzt wusste Thomas auch, wozu.

Während er mit den anderen durch das öde Land marschierte, hatte er reichlich Zeit, darüber nachzudenken, wie er seine Freunde retten konnte. Es war machbar, wirklich. Er musste nur ANGST dazu bringen, ihn ins Labyrinth zu schicken, aber ohne Gedächtnisblockade. Sein Geist musste intakt bleiben, wenn er einen Fluchtplan auf die Beine stellen wollte. Nur dann würde er einen Weg finden, seine Freunde herauszuholen.

Er musste alles genau planen, jede Einzelheit. Wie, wann und wo er an Waffen herankommen würde. Wie die Griewer ausgeschaltet werden konnten. Wohin sie sich wenden sollten, wenn sie es tatsächlich schafften, aus dem ANGST-Hauptquartier zu entkommen. Aber er hatte Zeit.

Es würde funktionieren. Ganz sicher.

Er machte sich Mut, während er weiter durch die Wüste wanderte.

Einen Fuß vor den anderen setzen. Schwitzen wie ein Eber.

Immer weiter und weiter.

»Hier!«, rief der Anführer der Gruppe endlich. Die anderen versammelten sich um ihn, während er auf die Knie fiel und im Sand herumtastete. Er fegte eine dünne Erdschicht weg und legte ein Metallloch mit einem einfachen Griff oben frei. Es war nicht mal ein Schloss dran – warum auch? Kein Mensch würde mitten in diesem zerstörten Niemandsland über den Tunneleingang stolpern.

Eine Frau beugte sich vor und packte zusammen mit einem Kollegen den Griff, dann hievten sie den Deckel hoch. Thomas stellte sich auf die Zehenspitzen, um über die Schultern der anderen hinwegzuspähen, und sein Blick fiel auf eine lange Treppe, die unten in der Dunkelheit verschwand.

»Ob ihr es glaubt oder nicht«, brüllte die Frau, um den Wind zu übertönen, »hier war mal ein Gefängnis ganz in der Nähe. Das hier war eine Fluchtroute, die von den Kartellen errichtet wurde. Wir mussten sie nur für unsere Zwecke umrüsten. Wir werden noch ungefähr eine Stunde brauchen, um da runterzukommen.«

Ohne weitere Erklärungen stieg sie die Treppe hinab. Ihre

Kollegen folgten ihr einer nach dem anderen, Thomas bildete das Schlusslicht.

Es war ein langer, unheimlicher Abstieg und es wurde immer kühler. Der Tunnel, den ANGST in Beschlag genommen hatte, zog sich endlos hin. Wenn überhaupt jemand redete, dann nur im Flüsterton, was gespenstisch in dem Gang widerhallte.

»Sind fast da«, verkündete ein Mann namens David und Thomas zuckte zusammen, so sehr hatte er sich an die Stille gewöhnt. Die Stimme war wie ein Peitschenhieb mitten durch seine Gedanken.

»Und wo ist das?«, fragte Thomas. Seine Worte hallten von den Wänden wider.

»Da vorne ist ein Flat Trans, den wir auf unserem letzten Trip installiert haben. Jetzt kann er endlich aktiviert werden.«

»Ein Flat Trans?«, wiederholte Thomas. Wollte ANGST die Lichter mit einem Flat Trans in die Brandwüste transportieren?

»Ja«, antwortete David. »Hoffentlich funkioniert er, denn damit müssen wir heute Abend zurückkommen!«

Thomas geriet vor Schreck ins Stolpern, als er das hörte.

»Du hast ja keine Ahnung, was diese Dinger kosten«, fuhr der Mann fort. »Vor den Sonneneruptionen konnten sich das nur Billionäre leisten – es gab sogar Regierungen, die nicht genug Geld hatten, um sich einen zu kaufen.«

»Dann ist ANGST also reich?«, fragte Thomas.

David lachte. »Die müssen die Dinger nicht kaufen. Sie stehlen sie einfach den Billionären, die entweder tot sind oder so hinüber, dass es ihnen egal ist. Auf jeden Fall brauchst du keine Angst zu haben. Wenn das Ding erst mal läuft, ist es absolut ungefährlich. Eine coole Art zu reisen, glaub mir.«

»Da sind wir«, rief die Frau zurück. Sie richtete ihre Taschenlampe auf ein hohes rechteckiges Gebilde, das aussah wie eine Tür ins Nichts. Oder eher wie ein Türrahmen ohne Tür. An der rechten Seite war eine Schalttafel befestigt, die momentan dunkel war.

David trat vor und stellte sich neben die Frau. »Wir haben jeden erdenklichen Test durchgeführt. Jetzt müssen wir das Ding nur noch anschalten.«

Thomas wich ein Stück von der Technikergruppe zurück, als sie ihr Werkzeug hervorholten und sich an die Arbeit machten. Er kannte keinen von ihnen besonders gut, war hier der komplette Außenseiter. Deshalb ging er zur Tunnelwand am äußersten Rand des Lichtkegels und lehnte sich an den erdverkrusteten Fels. Dann verschränkte er die Arme und schaute den Technikern bei der Arbeit zu.

Ein Summen erfüllte die Luft, drang ihm bis in die Knochen. Die Schalttafel am Flat Trans leuchtete grün auf. Das Summen wurde lauter. Thomas konnte es kaum glauben, dass er in wenigen Minuten eine magische Hightech-Wand durchschreiten und Tausende von Meilen entfernt wieder herauskommen würde. Es machte ihm ein bisschen Angst, weil er sich ausmalte, wie er explodieren und über das ganze Quantenuniversum verstreut werden würde, in einer Galaxie von Atomen und Molekülen, die nichts miteinander zu tun hatten.

Das Summen wurde immer lauter und Thomas richtete sich auf. Eine schimmernde Wand aus statischem Grau füllte den rechteckigen Rahmen aus. Die Wand waberte und flirrte, flackerte ein paarmal an und aus, bis sie unbeweglich blieb. Das weiche, kontinuierliche Pulsieren ihrer Energie ließ Thomas' Arme kribbeln. Es war so weit. Gleich würde er durch diese Energiewand gehen.

»Alle Signale gleichmäßig«, verkündete David mit einem Blick auf das grüne Display der Schalttafel. »Wir senden jetzt ein Testobjekt.« Er warf seine Taschenlampe in den Flat Trans, wie ein kleiner Junge, der Steine im Wasser springen lässt. Ein paar Sekunden später ploppte sie wieder heraus und David fing sie auf. Lachend sagte er: »Alles okay, Leute.«

»Wer geht als Erster?«, fragte die Frau. »Thomas, du vielleicht?«, fügte sie grinsend hinzu.

»Na klar«, sagte Thomas, ehe er sich bremsen konnte. Er drückte die Schultern durch, ging zügig zu dem Flat Trans, in der Hoffnung, dass ihm seine Nervosität nicht anzumerken war. Es gab ja auch keinen Grund dafür, sonst würden sie ihn mit Sicherheit aufhalten, bevor er hinkam. Aber niemand erhob Einwände. Ein paar von ihnen johlten aufmunternd, einer klatschte sogar.

Thomas trat in die schimmernde graue Wand.

11.12.231 | 21:32 Uhr

58

Ein Kälteschwall fegte durch seinen Körper, als wäre er in ein eisiges Wasserbecken getaucht. Aber es war sofort wieder vorbei, als hätte er eine Tür durchschritten. Auf der anderen Seite wurde er von mehreren Personen in einem Raum erwartet, den er noch nie gesehen hatte. Dr. Paige war da, Teresa ebenfalls und ein paar andere, die er nicht kannte.

Teresa war als Erste bei ihm und umarmte ihn stürmisch. So hatte er sie noch nie erlebt.

»Gott sei Dank«, flüsterte sie ihm ins Ohr. Dann sagte sie es noch einmal in seinem Kopf.

Thomas drückte sie an sich und zitterte vor Erleichterung

über diese liebevolle Begrüßung. Er wollte ihr von seinen Plänen für das Labyrinth erzählen und dieser Empfang bestärkte ihn darin, es bald zu tun. Er brauchte ihre Hilfe, um das Ganze durchzuziehen.

»Alles gut«, sagte er zu ihr. Sein Blick fiel auf Dr. Paige, die sie anstrahlte wie eine stolze Mutter. »Nichts passiert. War alles ganz ungefährlich.«

»Ich weiß, ich weiß«, sagte Teresa, aber sie ließ ihn nicht los.

»Hey«, sagte er so sanft wie möglich. »Was ist denn?«

Endlich löste sich Teresa von ihm. »Nichts. Es ist nur … du warst einfach so weit weg. Hat mich nervös gemacht.«

»Ich hab dich auch vermisst.« Eine lahme Reaktion, aber er hoffte, dass sie in seinen Augen lesen konnte, was er fühlte. *Wir müssen reden,* sagte er schnell in ihrem Geist. *So bald wie möglich.*

»Die Ergebnisse der Fernüberwachung waren sehr positiv«, verkündete Dr. Paige, bevor Thomas noch mehr sagen konnte. Sie trat näher und ihr Lächeln war so strahlend, dass es unecht wirkte. »Es läuft überhaupt alles sehr gut. Wir machen jeden Tag Fortschritte.«

Thomas nickte und dachte nur: *Wenn du wüsstest.* Er schaute sich um – es sah wie ein großer Schlafsaal aus. Aber ganz anders als die Schlafkojen von Gruppe A. Hier gab es Backstein, Rauputz und Holztüren.

»Wo sind wir hier?«, fragte er.

»Eine neue Einrichtung, die wir auslagern mussten«, erwiderte Dr. Paige. »Wir haben Freiwillige für neue Tests herangezogen und müssen sie irgendwo unterbringen.«

Thomas glaubte ihr kein Wort. Warum sollten sie ein Flat Trans zur Brandwüste installieren, wenn das hier die Unterkunft für die neuen Probanden werden sollte? Hatte es vielleicht etwas mit Phase Zwei und den Lichtern zu tun? Er würde jedenfalls dafür sorgen, dass diese Pläne nie in die Tat umgesetzt wurden.

»Wir haben einen Shuttledienst eingerichtet, der die Leute ins Hauptquartier und wieder zurück bringt«, fügte Dr. Paige hinzu. »Es gibt viel zu tun.« Letzteres schien an Teresa gerichtet zu sein.

»Wie weit ist es von hier?«, fragte Thomas.

»Nur ein paar Meilen auf der Straße. Keine zwei, wenn man die Abkürzung durch den Wald nimmt.«

Thomas seufzte erleichtert. »Okay. Ich brauche nach der Brandwüste dringend einen Spaziergang an der frischen Luft – die einem nicht die Lungen verbrennt. Ihr könnt ruhig vorausgehen, wir treffen uns dann dort.«

Seine Beine schmerzten vom vielen Laufen an diesem Tag, aber er wollte unbedingt allein sein. Und er brauchte Zeit. Er musste sich genau überlegen, was er Teresa sagen wollte.

»Also … wir hatten in letzter Zeit nicht viele Crank-Sichtungen«, sagte Dr. Paige zögernd. »Aber es ist dunkel draußen. Nimm einen Granatwerfer mit, dann bin ich einverstanden. Ach ja, und einen Wächter. Nein, lieber zwei.«

Thomas öffnete den Mund, um zu protestieren, aber als er ihr Gesicht sah, sparte er sich die Mühe. Wie konnte er nur glauben, dass sie ihn allein gehen lassen würde?

Ein paar Minuten später verließ er mit zwei namenlosen Wächtern auf den Fersen das Gebäude.

»Also dann los«, sagte einer der Wächter. Thomas musste zugeben, dass die Männer seinen Wunsch respektierten, in Ruhe gelassen zu werden. Aber sie waren nun mal für seine Sicherheit verantwortlich. »Es ist schon spät.«

»Stimmt es, dass hier in letzter Zeit nicht viele Cranks aufgetaucht sind?«, fragte Thomas beim Hinausgehen. Vor ihnen lagen nur der Wald und Dunkelheit.

»Ja. Ich glaube, die, die hier waren, sind entweder gestorben oder in die Gruben gewandert. Aber es ist dunkel und kalt und es kann nichts schaden, wenn wir ein bisschen vorwärtsmachen.«

Thomas war der Typ sympathisch, er spielte nicht den harten Mann. Oder jedenfalls noch nicht. Der andere blieb praktisch stumm. »Okay, einverstanden. Wer geht voraus – ihr oder ich?«

»Ich bleibe direkt hinter dir.« Der Wächter hielt seinen Granatwerfer hoch und zeigte in Richtung Hauptquartier, irgendwo tief im Wald. Thomas hatte sich seinen Granatwerfer an einem Riemen, der ihm ins Fleisch schnitt, über die Schulter geschlungen. »So kann ich dich sehen und gleichzeitig den Wald im Auge behalten. Xavier geht voraus. Ist das okay?«

Als hätte er eine Wahl! »Ja, klar. Also los.«

Wortlos stapfte der Typ namens Xavier durch das Gestrüpp in den Wald. Thomas folgte ihm, den anderen Wächter dicht auf den Fersen. Er fröstelte plötzlich.

Eine halbe Stunde verging, alles blieb still und dunkel. Äste ragten über ihnen auf, ein Dach aus einem Geflecht von hölzernen Armen und Fingern, das in der sternlosen Nacht kaum zu sehen war. Drückendes Schweigen hing in der Luft, nur hin und wieder vom leisen Knirschen ihrer Schritte im welken Laub unterbrochen. Thomas richtete den Strahl seiner Taschenlampe nach vorne, aber von Zeit zu Zeit leuchtete er auch zu den Bäumen hinauf oder um sich herum, falls gleich irgendein grässliches Monster aus einer alten Gruselgeschichte aus dem Dunkeln hervorsprang ... Gelbe Augen, bluttriefende Fänge, geisterhafte Erscheinung. Die Angst hielt ihn fest im Griff und jetzt bereute er es fast, dass er nicht mit Teresa und den anderen zurückgefahren war.

Eine Eule schrie, so laut, dass Thomas zusammenzuckte. Dann lachte er und der Wächter hinter ihm lachte mit.

»Eine Eule?«, sagte Thomas. »Im Ernst? Ich komme mir vor wie in einem Horrorfilm.«

»Es ist wirklich gruselig hier draußen«, stimmte der Mann zu. »Cranks hin oder her. Auch vor den Sonneneruptionen gab es schon gute Gründe, warum Kinder Angst im Dunkeln hatten.«

»Stimmt.« Thomas suchte die Äste über seinem Kopf ab und hielt nach der Eule Ausschau. Manchmal vergaß er, dass hier draußen eine ganze Tierwelt existierte, die nichts von einer Krankheit namens Der Brand wusste und sich auch nicht darum kümmerte. Von der Kreischeule keine Spur. Sie gingen weiter.

Die Bewegung hatte Thomas ein wenig aufgewärmt, seine Beine waren nicht mehr ganz so steif. Er entspannte sich, fühlte sich allmählich besser, bis er plötzlich merkte, dass er Xavier vor ihm aus den Augen verloren hatte. Der Wächter hatte einen riesigen Kiefernstamm umrundet, aber als Thomas um den Baum herumkam, war er verschwunden.

»Xavier?«, rief er.

Keine Antwort, nirgends ein Zeichen von ihm.

Dann wildes Fußgetrappel, Schritte, die durch das Unterholz krachten und hinter Thomas herdonnerten. Er wirbelte herum und hörte etwas durch die Luft zischen, gefolgt von einem knirschenden, schmatzenden Geräusch.

Und dann sah er es.

Der Wächter hinter ihm erstarrte und ließ seine Waffe fallen. Blut quoll ihm aus dem Mund. Ein langer Ast hatte sich seitlich in seinen Hals gebohrt, mit solcher Gewalt, dass die blutgetränkte Spitze am anderen Ende herausragte. Als der Mann in die Knie brach, sah Thomas, wer das getan hatte – der Killer hielt noch das Ende des improvisierten Speers in beiden Händen und grinste auf seine Beute hinunter, die röchelnd nach Luft rang.

Plötzlich hob der Angreifer den Kopf und starrte Thomas direkt in die Augen.

Randall.

11.12.231 | 22:47 Uhr

59

Randall sah nicht gut aus.

Er stand da, zerkratzt und verwahrlost, mit mehreren Schichten zerfetzter Kleidung am Leib. Sein Gesicht starrte vor Schmutz, die Augen rollten wild in den Höhlen und seine Haare waren völlig verfilzt – genau das Monster, vor dem Thomas sich die ganze Zeit so gefürchtet hatte. Nur stammte es aus keinem Märchen.

»Randall«, flüsterte Thomas, als könnte er damit die Person heraufbeschwören, die einst Randall gewesen war. Aber dieser Mann existierte nicht mehr. Der Crank vor ihm war vollkommen hinüber.

Randall brabbelte etwas Unverständliches, riss den Speer aus dem Hals des Wächters und ließ den leblosen Mann auf den Boden zurückfallen. Der Wächter lag still, sein Blut strömte auf das Bett aus Kiefernnadeln unter ihm.

»Xavier!«, brüllte Thomas. Immer noch keine Antwort.

Er griff nach dem Granatwerfer, vorsichtig, ohne eine schnelle Bewegung zu machen, nahm ihn langsam in beide Hände und legte seinen Finger auf den Abzug.

Randall stand da und schaute auf das Blut an seinem Speer, als überlegte er, ob er es ablecken sollte. Dann sah er wieder Thomas an.

»Früher einmal«, lallte der Crank, aber diesmal deutlich genug, dass Thomas ihn verstehen konnte. »Früher war ich mal ein Leckerbissen. So lecker, wie man nur sein kann.«

Dann sprintete Randall in den Schutz der Bäume, so schnell, dass er zu einem Wirbel verschwamm und in der Dunkelheit verschwand, bevor Thomas auch nur einen Finger krümmen konnte. Er zielte mit dem Granatwerfer in die Richtung, drückte auf den Abzug, hörte das Laden und den Schuss. Aber die Granate traf einen Baum und explodierte in einer knisternden Schockwelle. Nachdem die Elektrizität sich entladen hatte, senkte sich Totenstille über den Wald. Kein Laut, keine Spur von dem Crank.

Thomas packte seine Waffe so fest, dass es wehtat. Er hielt sie vor sich, drehte sich im Kreis, suchte die Dunkelheit zwischen den Bäumen ab. Er hob die heruntergefallene Taschenlampe auf und knipste sie aus. Erstens wollte er nicht auf dem Präsentierteller sitzen und zweitens seine eigene Sehkraft nicht ungenutzt lassen. Mit angehaltenem Atem wartete er, bis seine Augen sich an die Dunkelheit gewöhnt hatten. Dann drehte er sich langsam weiter im Kreis, den Finger am Abzug. Er musste sich beherrschen, um nicht noch einmal abzudrücken.

Unglaublich, dass Randall noch nicht tot war. Wie hatte er hier draußen überlebt? Und selbst wenn er es irgendwie geschafft hatte, sich allein im Wald durchzuschlagen, hätte ihn die Krankheit doch längst töten müssen. Der Brand machte die Infizierten nicht einfach nur verrückt, am Ende legte er das ganze Gehirn lahm.

Er dachte an die beiden Wächter. Eine tiefe Traurigkeit, vermischt mit Schuldgefühlen, stieg in ihm auf. Die Männer waren tot, weil er einen Spaziergang an der frischen Luft gebraucht hatte, wie ein verwöhnter Teenager. Zwei weitere Tote, die auf sein Konto gingen. Wie viele würden es noch werden?

Er stolperte über einen Ast, der unter seinem Fuß zerbrach. Das Krachen hallte durch die Nacht und Thomas erstarrte. Seine Augen hatten sich inzwischen an die Dunkelheit gewöhnt, die Bäume glühten beinahe, die Äste zeichneten sich scharf gegen den Himmel ab. Thomas konnte nichts Ungewöhnliches ausmachen, aber Randall war bestimmt nicht weit gekommen – sonst hätte er auf seiner Flucht mehr Lärm gemacht. Er musste irgendwo in der Nähe sein, folgte ihm wahrscheinlich.

Da kam Thomas die rettende Idee.

Teresa!, sagte er in ihrem Kopf. *Randall hat uns überfallen. Er hat die Wächter getötet. Ich weiß nicht, was ich tun soll. Wie kann er bloß …*

Tom!, fiel sie ihm ins Wort. *Wo bist du? Paige sagt, sie schickt jemanden raus. Hast du den Granatwerfer noch?*

Ja.

Dann bleib einfach da. Komm nicht zurück! Es wird gleich jemand bei dir sein.

Thomas glaubte ein Geräusch zu seiner Linken zu hören und riss seine Waffe herum. Aber da war nichts.

Tom?

Ja, okay. Ich dreh mich hier im Kreis, bis ich kotze. Beeil dich.

Rede weiter mit mir.

Nein, sagte Thomas. *Ich muss mich konzentrieren. Ich weiß, dass er in der Nähe ist.*

Gut. Aber ruf mich sofort, wenn was ist.

Ja, mach ich.

Der dunkle Wald ragte über ihm auf, schien beinahe zu schweben, als hätten die Bäume sich von ihren Wurzeln losgerissen und in die Luft erhoben. Seine Sinne spielten allmählich verrückt. Ständig sah er etwas aus dem Augenwinkel, hielt seinen eigenen Atem für den eines anderen. Schließlich explodierte er.

»Randall«, brüllte er. »Sie kommen! Sie wissen, dass wir hier sind!«

Keine Antwort. Er wusste nicht, warum er gerufen hatte – Randall besaß nicht mehr Verstand als die Bäume um ihn herum. Seine Augen hatten Thomas verraten, dass er so hinüber war wie kein anderer Crank, den er je gesehen hatte.

»Wo sind sie nur, die Leckerbissen …«

Thomas sog die Luft ein. Randall sprach leise und doch hallten seine Worte durch die Nachtluft. Thomas riss den Granatwerfer nach links, dann nach rechts. Er drehte sich einmal im Kreis, die Waffe vor sich ausgestreckt.

»Randall!«, schrie er.

Dann traf ihn etwas mit solcher Wucht, dass ihm die Luft wegblieb. Im nächsten Moment war es über ihm, verdrehte ihm Kopf und Hals in einem abartigen Winkel, so dass sich der Schmerz wie lauter spitze Nägel in seine Sehnen und Muskeln bohrte. Um sich zu schützen, ließ Thomas sich auf den Boden fallen und der Granatwerfer rutschte ihm aus den Händen. Der Riemen schnitt ihm in den Hals, als er nach dem unsichtbaren Angreifer grapschte und seine Finger auf feuchte Haut und fettige Haare trafen.

»Lecker«, wisperte Randall ihm direkt ins Ohr.

Thomas schrie und wand sich, versuchte sich aus dem Griff des Cranks zu befreien, der ihn niederdrückte. Ein Arm legte sich um sein Gesicht und bedeckte seinen Mund mit der Ellbogenbeuge. Es roch nach Schweiß und Verwesung. Thomas würgte; Randall drückte zu und schnitt ihm die Luft ab. Thomas riss mit letzter Kraft den Mund auf und rammte seine Zähne in Randalls Arm. Ein beißender, saurer Geschmack drang ihm in den Mund.

Randall brüllte, ein grässliches Geräusch, das nichts Menschliches mehr hatte. Er lockerte seinen Griff gerade weit genug, dass Thomas sich herauswinden konnte, indem er wild mit den Ellbogen um sich schlug, wo immer er auch hintraf. Der Crank taumelte zurück und Thomas kam auf die Füße, von einem gewaltigen Adrenalinschub beflügelt. Er griff nach dem heruntergerutschten Granatwerfer, schlang ihn sich vorne um den Körper und ging in Verteidigungsposition. Er war fast schussbereit, als der Crank von neuem angriff und über den laubbedeckten Boden huschte wie eine grausige Monsterspinne. Im letzten Moment schnellte er hoch und krachte gegen Thomas' Brust, so dass die harte Kante des Granatwerfers sich in Thomas' Brustbein bohrte und ihm schon wieder die Luft nahm. Er stürzte zu Boden und der Crank fiel über ihn. Jetzt hämmerte Randall mit beiden Fäusten auf Thomas ein wie ein tobsüchtiger Gorilla und kreischte bei jedem Schlag.

Thomas war machtlos gegen diese rasende Bestie. Er dachte an Chuck und Teresa, an Alby und Minho und Newt. Wenn er jetzt starb, würde er nie die Chance bekommen, sie zu retten.

Er zwang sich ruhig zu werden, schloss die Augen und sammelte seine Kräfte. Das Trommelfeuer der Schläge ließ nach. Jetzt!

Thomas ließ seine rechte Hand hochschnellen und packte Randall am Ohr. Er zerrte den Kopf des Cranks zur Seite. Randall verlor das Gleichgewicht, so dass Thomas sich aufbäumen und ihn wegstoßen konnte. Blitzschnell sprang er auf die Füße, wich zurück, während er seinen Granatwerfer packte, fand den Abzug und feuerte los.

Das statische Geräusch der Ladung erfüllte den Wald und Randall wollte erneut gegen ihn anrennen. Aber dann traf ihn eine Granate in die Brust und schleuderte ihn zu Boden. Die weißen Hitzelinien tanzten über seinen Körper, während er sich schreiend im Laub krümmte.

Thomas stürzte zu ihm, den Granatwerfer wie einen Knüppel erhoben. Mit aller Kraft knallte er ihn auf das Gesicht des Cranks hinunter, der einst Randall gewesen war. Ein grässliches Knacken, dann verstummte das unmenschliche Gebrüll.

Randalls Körper zuckte wild in alle Richtungen, als wäre sein inneres Kommunikationssystem zusammengebrochen.

Schwer atmend riss Thomas seinen Granatwerfer ein letztes Mal hoch und donnerte ihn mit aller Kraft herunter.

Diesmal wurde Randall endgültig still.

Teresa fand Thomas auf dem Boden kniend, den Blick starr auf den Kopf des toten Cranks geheftet. Randall, den er gut gekannt, aber nie besonders gemocht hatte. Eigentlich gar nicht. Aber das hier hatte der Mann nicht verdient. Niemand verdiente es, so zu enden.

Teresa musste ihn fast zum Wagen tragen. Thomas war am Ende, körperlich und seelisch. Vollkommen erschöpft. Er wollte nur noch schlafen.

Teresa, sagte er auf der Fahrt zum ANGST-Hauptquartier.

Ja?

Er zögerte lange, dann sprach er es endlich aus:

Sie werden nie eine Heilung finden.

13.12.231 | 06:11 Uhr

60

Thomas erwachte, bevor sein Wecker losging. Er wollte Teresa noch nicht aus ihrem wohlverdienten Schlaf reißen und zwang sich zu warten. Vorsichtig inspizierte er seine Verletzungen, tastete eine bandagierte Stelle nach der anderen ab und zuckte jedes Mal zusammen.

Die Zeit verging im Schneckentempo.

Thomas hatte sich einen vollen Tag zur Erholung genehmigt, hatte seine Gedanken gesammelt und einen genauen Plan gemacht, um Teresa zu überzeugen. Sein Entschluss stand unwiderruflich fest.

Den letzten Anstoß hatte ihm ein Gespräch gegeben, das er

gestern auf der Krankenstation belauscht hatte. Dort war der Ausdruck »wulstiges Wesen« gefallen. Thomas hatte nicht viel verstanden, aber es musste irgendwie mit dem gruseligen glühenden Tank und den von Adern durchzogenen Glibberklumpen zu tun haben, die er mit Newt zusammen im F&E-Labor gesehen hatte. Er schauderte bei dem bloßen Gedanken daran.

Ein weiterer Beweis dafür, dass ANGST nie aufhören, vor nichts Halt machen würde.

Er konnte jetzt nicht länger warten.

Bist du wach?, fragte er Teresa endlich.

Es vergingen nur drei, vier Sekunden.

Ja, antwortete sie. Kein Vorwurf, dass er sie aufgeweckt hatte, was ein guter Anfang war.

Wir treffen uns zum Frühstück, sobald die Cafeteria aufmacht, okay? Und wir setzen uns ganz dicht nebeneinander, flüstern nur. Er wusste nicht, wie weit ANGST ihre telepathische Kommunikation überwachen konnte, und wollte auf keinen Fall riskieren, dass sie ihr Gespräch belauschten.

Okay. Teresa war sehr einsilbig an diesem Morgen, was ihm nur recht sein konnte.

Super. Dann bis bald. Er wälzte sich aus dem Bett und humpelte in die Dusche.

In der Cafeteria suchte er sich eine ruhige Ecke, weit genug entfernt von den wenigen Angestellten und Probanden, die schon beim Frühstück saßen. Er stocherte in seinem Essen herum und wartete auf Teresa. Trank drei Gläser Wasser. Schob schließlich sein Tablett weg, verschränkte die Arme, nahm sie wieder auseinander, rutschte unruhig auf seinem Stuhl herum.

Als Teresa endlich auftauchte, ging sie nicht zur Essensausgabe, sondern kam direkt zu ihm und setzte sich neben ihn.

Was ist los?, fragte sie in seinem Kopf.

»Nein«, sagte er leise. »Wir reden normal.«

Sie saßen Schulter an Schulter, Thomas' Tablett mit Rührei und Speck vor ihnen auf dem Tisch. Thomas holte tief Luft und beugte sich näher zu Teresas Ohr.

»Also hör mir zu, ohne gleich zu urteilen, okay?«, flüsterte er. »Lass mich erst ausreden.«

Teresa sah ihn fragend an, dann nickte sie und schaute wieder auf sein Essen.

»Tut mir leid, dass ich dich aus dem Bett geholt habe, aber ich muss dir was Wichtiges sagen. Also … bei mir ist Ende der Fahnenstange, verstehst du? Mir reicht es, aber so was von. Die Säuberung, die Lügen, die Grausamkeiten im Labyrinth. Und nach allem, was ich in den letzten Tagen aufgeschnappt habe, plant ANGST eine neue Testphase – in der Brandwüste und wer weiß, wo sonst noch. Hast du davon gehört?«

Teresa schüttelte heftig den Kopf. Sie sah ehrlich entsetzt aus. »Ich meine, ich hab was vermutet … diese Expedition in die Brandwüste, die neuen Unterkünfte, die sie bauen, der Flat Trans. Aber mir hat niemand was gesagt.« Sie hielt inne und schüttelte wieder den Kopf. »Hast du das wirklich gehört?«

»Ja, klar.«

»Manchmal machen sie es einem verdammt schwer, an ihre Mission zu glauben, was?«

Thomas atmete auf. Sie hörte ihm zumindest zu.

»Ja, genau«, sagte er. »Und ich war dort. In der Brandwüste.

Ich hab auch diese Wulstdinger gesehen, die im F&E-Labor gezüchtet werden. Das muss aufhören, Teresa. Alles. Ich meine es ernst.«

Teresa antwortete nicht gleich und ihre Gefühle waren unlesbar. Als sie endlich redete, bebte ihre Stimme ein bisschen.

»Aber was sollen wir dagegen machen, Tom? ANGST ist einfach zu mächtig. Und sie haben zumindest eine Rechtfertigung für ihre Aktionen.«

»Die Heilung?«, schnaubte Thomas. »Vergiss es. Daran glaube ich nicht mehr. Zehn Jahre! Sie haben so viel Zeit und Arbeit investiert und es gibt noch nicht mal eine vorläufige Therapie, keine Testläufe für Medikamente, nichts. Stattdessen denken sie sich immer härtere Variablen aus und jagen ihrem idiotischen Masterplan nach, von dem sie ständig reden.«

»Glaubst du im Ernst, dass sie die Leute in die Brandwüste schicken?«, fragte Teresa.

»Ja. Du nicht?«

»Doch, wahrscheinlich schon«, gab sie seufzend zu.

»Das sind unsere *Freunde*, Teresa. Hast du vergessen, wie viel Spaß wir miteinander hatten? Und falls das nicht reicht, dann denk doch mal an Chuck. Wie würdest du es finden, wenn sie ihn in die Brandwüste schicken oder den Monstern in Crank City vorwerfen?«

Damit hatte er offenbar ins Schwarze getroffen. Teresas Augen wurden feucht.

»Trotzdem«, sagte sie. »Was können wir schon tun? Du und ich gegen die mächtigste Organisation der Welt mit all ihren Wächtern und Waffen?«

Das war der Moment: Jetzt musste er Farbe bekennen.

Thomas nahm seinen ganzen Mut zusammen und sprudelte los:

»Also pass auf, Teresa – und lass mich ausreden, okay? Ich hab mir alles genau überlegt. Als Erstes lassen wir uns von Dr. Paige ins Labyrinth schicken: Wir erzählen ihr einfach, dass es an der Zeit ist, die Lichter ein bisschen aufzumischen. Aber wir müssen mit intaktem Gedächtnis reinkommen. Das ist der Knackpunkt. Wir ködern sie mit den hautnahen Beobachtungen, die wir auf diese Weise machen und an sie weitergeben können. Für die Psychologen wäre das wie Ostern und Weihnachten zusammen – eine ungeahnte Bandbreite von neuen Variablen! Wir müssen voll engagiert rüberkommen, damit sie uns das Ganze abkaufen. Vielleicht könnten wir vorschlagen, dass wir erst mal für einen Monat reingehen und dann zurückkommen. Ist ja ganz egal, was wir sagen, Hauptsache, sie lassen uns rein.«

»Und dann?«, fragte Teresa. Aber zumindest hatte sie seinen Plan nicht sofort für hirnrissig erklärt.

»Wir bereiten uns sorgfältig vor, ehe wir reingehen. Wir organisieren die Schlüssel zu einer der Waffenkammern oder verstecken Waffen beim Labyrinth-Ausgang. Und wir müssen möglichst viel über die Griewer herausfinden, damit wir wissen, wie wir sie ausschalten können. Außerdem suchen wir uns eine Stadt in der Nähe, in die wir fliehen können, wenn wir alle rausgebracht haben. Wenn wir drin sind, lassen wir uns ein paar Tage Zeit, um die Lichter von unserem Projekt zu überzeugen, dann arbeiten wir einen Fluchtplan aus und schlagen los.«

»Das klingt so einfach«, sagte Teresa. »Aber sie werden jede unserer Bewegungen überwachen und alles abhören, was wir sagen.«

»Dann müssen wir eben die meiste Zeit flüstern. Viel im Dunkeln sprechen, Käferklingen meiden, was auch immer. Sie vertrauen uns, das ist unser Joker.«

Teresa beugte sich noch weiter vor, kam ganz dicht an sein Ohr. Ihr Atem strich warm über seine Haut. »Glaubst du wirklich, wir können einfach ins Labyrinth gehen, uns die Lichter schnappen und mit ihnen rausspazieren? Ohne ein paar Leute umzubringen? Oder selber getötet zu werden?«

Thomas atmete aus. »Ich weiß, es klingt total verrückt. Aber was ist unsere Alternative? Sollen wir uns einfach zurücklehnen und das hier weiterlaufen lassen, ohne es wenigstens zu versuchen?«

Teresa seufzte, sagte aber nichts.

»Ich sag dir was, Teresa: Chuck war für mich der letzte Auslöser. Er ist wie ein kleiner Bruder für mich, verstehst du? Ich kann nicht … Ich kann und will einfach nicht zulassen, dass ANGST ihm etwas antut. Ganz zu schweigen von den anderen … Ich kann nicht, ehrlich. Bitte, bitte sag, dass du mitmachst!«

So hatte er noch nie mit Teresa gesprochen. Er hatte ihr sein ganzes Herz zu Füßen gelegt.

Teresa sah ihn müde an. »Du meinst das wirklich ernst, was?«

»Absolut. Und jetzt erst recht, nachdem ich es dir erzählt habe.«

Teresa blieb lange stumm.

Schließlich stand sie auf. »Gib mir vierundzwanzig Stunden, Thomas, okay? Ich muss darüber nachdenken.« Dann ging sie und Thomas blieb mit seinen Ängsten allein zurück.

Am Ende brauchte sie nur ungefähr vierzehn Stunden.

Thomas hatte die Zeit bis dahin genützt und neben seinem üblichen Tagesprogramm Informationen über die Griewer in den ungeschützten Dateien seines Forschungstablets gesammelt. Für ihren Fluchtplan war es enorm wichtig, diese Kreaturen aufzuhalten. Viel herausgefunden hatte er nicht, nur die Kopie eines Schaubilds ihres biomechanischen Aufbaus, eingebettet in eine riesige Sammlung unterschiedlichster Informationen aus früheren Jahren.

Thomas lag auf seinem Bett und studierte das Schaubild auf mögliche Schwächen hin, als Teresa ihn anfunkte.

Okay, sagte sie. *Ich bin dabei.*

Er sprang fast an die Decke vor Erleichterung. *Wirklich? Du machst mit?*

Für dich. Für Chuck. Für unsere Freunde. Ich werde dir helfen.

Super. Mann, bin ich froh! Jetzt müssen wir nur noch Dr. Paige überzeugen.

Keine Sorge. Die wird begeistert sein von der Idee, uns in Gruppe A einzuschleusen und Aris und Rachel in Gruppe B. Lass mich das regeln, okay?

Wirklich?

Wirklich. Ich gehe morgen früh gleich zu ihr.

Thomas stand im Beobachtungsraum, in eine Nahaufnahme von Newt vertieft, der neben dem hohen Fahnenmast auf der Lichtung gerade sein Abendessen verspeiste. Aus irgendeinem Grund war er allein. Vielleicht wollte er nur mal seine Ruhe haben. Bestimmt hatte Chuck ihm den ganzen Tag die Ohren vollgequasselt. Aber Newt saß einfach da, schob sich das Essen in den Mund, kaute, schluckte und starrte ins Leere, tief in Gedanken versunken.

Thomas dachte an Newts Schwester Lizzy, die irgendwo im Labyrinth von Gruppe B sein musste. Vielleicht konnte er alle beide retten? Der Gedanke ließ sein Herz schneller schlagen.

»Ich hol euch raus, Newt«, wisperte er so leise, dass ihn niemand hören konnte. »Ich komme und hole euch alle raus, bis auf den Letzten.«

Am nächsten Tag kam der offizielle Bescheid.

Dr. Paige war einverstanden, ihre vier Elite-Kandidaten in die beiden Labyrinthe einzuschleusen.

19.12.231 | 10:37 Uhr

61

Dr. Paige stand am Kopfende des Tischs, während ihre vier Lieblingskandidaten einander gegenübersaßen – Thomas und Teresa auf der einen Seite, Aris und Rachel auf der anderen. Ein paar Psychologen und Techniker hatten weiter unten am Tisch Platz genommen und blieben die meiste Zeit stumm. Aber hin und wieder warf Dr. Paige ihnen einen fragenden Blick zu, als wartete sie darauf, dass sie ihre Worte bestätigten.

Die Pläne für das Einbringen der Elite-Kandidaten waren bereits besprochen worden, jetzt ging es um die Einzelheiten. Thomas zwang sich, geduldig zu bleiben und mitzuspielen, als hätte er sich mit Leib und Seele den geplanten Tests verschrieben. Dabei war er fest entschlossen alles zu tun, damit nichts davon jemals in die Tat umgesetzt wurde.

»Wenn ihr mal einen Blick hierauf werft«, sagte Dr. Paige jetzt und deutete auf einen Bildschirm an der Wand hinter ihr, auf dem eine lange Reihe von Informationen erschien, »dann seht ihr, wie viele einzigartige Variablen unsere Psychologen in Verbindung mit diesem neuen Labyrinth-Zugang entwickelt haben. Wir sind weit über deine ursprünglichen Vorschläge hinausgegangen, Teresa. Für uns ist es eine ideale Gelegenheit – ein Katalysator, könnte man auch sagen –, um viele neue Todeszonenmuster zu stimulieren, die wir bisher noch nie messen konnten.«

Thomas hatte mit zusammengekniffenen Augen auf den Bildschirm gestarrt, um sich einen Überblick über die einzelnen Punkte zu verschaffen. Aber die Schrift war einfach zu klein. Und plötzlich, auf ein Zeichen von Dr. Paige hin, wurde der Bildschirm wieder dunkel.

Die Kanzlerin fuhr fort: »Schon die ersten vierundzwanzig oder achtundvierzig Stunden werden Ereignisse auf der Lichtung hervorrufen, die es bisher noch nicht gegeben hat. Was die Alltagsroutine, die sich dort inzwischen etabliert hat, empfindlich stören und zu vielen neuen Empfindungen und Gedanken führen wird. Man stelle sich nur vor: zwei neue Versuchspersonen, die an zwei Tagen hintereinander auf der Lichtung auftauchen, und dann noch ein Vertreter des jeweils anderen Geschlechts! Wir versprechen uns viel von den Möglichkeiten, die sich dadurch eröffnen. Ich bin Teresa sehr dankbar für ihre Idee.« Sie lächelte Thomas und seine Freunde strahlend an.

Thomas hatte kein Problem damit, dass Teresa die ganzen Lorbeeren erntete. Der Plan hätte vielleicht nie funktioniert, wenn er sich an Dr. Paige gewandt hätte. Aber das alles zählte sowieso nicht. Wenn das hier vorbei war, wollte er Dr. Ava Paige nie wiedersehen, geschweige denn die anderen ANGST-Leute.

Er sah Aris an, dann Rachel. Beide wirkten nicht gerade glücklich. Sie hatten in letzter Zeit kaum miteinander geredet und Thomas zögerte immer noch, die beiden in seinen Plan einzuweihen. Auch Teresa hatte ihre Zweifel. Es war alles kompliziert genug, die Risiken viel zu hoch. Allerdings brachte Thomas es auch nicht fertig, sie *nicht* einzuweihen. Er musste auf jeden Fall Gruppe B befreien, genauso wie seine Freunde in Gruppe A.

»Thomas?«

Er schreckte aus seinen Gedanken hoch und stellte fest, dass Dr. Paige – und alle anderen – ihn anstarrten.

»Entschuldigung«, murmelte er und rutschte auf seinem Stuhl herum. »Ich war gerade mit meinen Gedanken woanders. Hab ich was verpasst?«

Dr. Paige warf ihm einen strengen Blick zu. »Ich habe dich nach deiner Meinung zur Gedächtnisblockade gefragt.«

Thomas brach der Angstschweiß aus. »Warum? Ich versteh nicht …«

»Das ist der einzige Punkt, der mir noch Kopfzerbrechen macht. Alle anderen Probanden, die vor euch ins Labyrinth gekommen sind, haben eine Gedächtnisblockade über sich ergehen lassen und mir ist nicht wohl dabei, diese Regel zu brechen. Ich würde gern deine Meinung dazu hören.«

Thomas riss sich zusammen, versuchte seine Gedanken zu ordnen. Das hier war der vielleicht wichtigste Moment in seinem Leben. »Ja, das versteh ich natürlich, auch Teresa und ich haben viel darüber gesprochen.« Es konnte seine Position nur stärken, wenn er Teresa mit einbezog. »Wir sind der Meinung, dass es sich positiv auswirken wird, vor allem hinsichtlich der vielen neuen Möglichkeiten, von denen Sie gesprochen haben. ANGST hätte dann zwei Verbindungsleute dort drinnen, die alles hautnah miterleben und darüber berichten können. Das hat es noch nie gegeben. Ich sehe es als neuen Observations-Level, nachdem das Labyrinth zwei Jahre lang nur von außen analysiert wurde.«

»Das ist ein Argument«, gab Dr. Paige zu. »Aber wird es wirklich so viel anders sein?«

Thomas bezähmte seine Ungeduld. »Das ist ja nicht der einzige Vorteil, Dr. Paige. Denken Sie mal an die Analysen, die Sie von Teresa, Aris, Rachel und mir anfertigen können. Sie dürfen nicht vergessen, dass wir ja selbst Probanden sind. Auf diese Weise können Sie unsere Muster *ohne* Gedächtnisblockade im Inneren des Labyrinths studieren statt *mit*, was bisher noch nie möglich war.«

Dr. Paige nickte, was aber nicht bedeuten musste, dass sie zustimmte.

»Und es gibt noch viele andere Punkte, die gegen eine Gedächtnisblockade sprechen, aber das hier sind die wichtigsten.« Thomas hörte an diesem Punkt auf, statt ewig weiterzuschwafeln. Er hoffte, dass die angedeuteten Vorteile Dr. Paige überzeugten.

»Gut, Thomas«, sagte die Kanzlerin. »Es wird dich freuen,

dass die meisten von uns hier mit dir einig sind.« Sie lächelte – fast als sei diese Frage ein Test gewesen.

Super, Tom, sagte Teresa in seinem Kopf.

Danke, funkte er zurück. *Bin ganz schön ins Schwitzen gekommen, Mann.*

Das Meeting dauerte noch mindestens eine Stunde. Aber am Ende war Thomas überzeugt, dass es nicht besser hätte laufen können. Die Pläne waren abgeschlossen und genehmigt.

Thomas würde als Erster ins Labyrinth gehen. Am Tag darauf würde Teresa folgen. Beide mit intaktem Gedächtnis. Rachel und Aris würden parallel dazu in das Labyrinth von Gruppe B eingebracht werden. Thomas hatte bekommen, was er wollte.

Und jetzt wartete Arbeit auf ihn.

31.12.231 | 23:24 Uhr

62

Endlich war es so weit.

Thomas hatte sich mit den Vorbereitungen total verausgabt.

Er hatte so viel wie möglich über die Griewer in Erfahrung gebracht, einschließlich ihrer technischen Schwächen und Powerquellen. Zusammen mit dem Wissen, das er sich durch seine Mitarbeit bei der Errichtung des Labyrinths angeeignet hatte, gab ihnen das eine gute Chance, die Sache durchzuziehen und lebend aus dem Labyrinth herauszukommen. Teresa hatte ihm geholfen die Codes zu einem Waffenversteck beim Labyrinth-Eingang zu knacken, durch den sie mit den Lichtern entkommen würden. Außerdem hatten sie eine Stadt in Alaska gefunden, in die sie fliehen konnten, nur dreißig Meilen vom ANGST-Hauptquartier entfernt. Aris und Rachel wussten von dem Plan, würden aber nichts unternehmen, bis Thomas und Teresa in das Labyrinth von Gruppe B kamen, um sie zu holen. Alles war genau geplant und sie mussten nur noch den Tag abwarten, bis man sie ins Labyrinth einschleuste, wo ihre alten Freunde sie unterstützen würden. Vorher würde nichts passieren.

Jetzt endlich war es so weit.

Thomas saß auf seinem Bett, an das Kopfende gelehnt. Teresa saß auf dem Schreibtischstuhl, den sie zu ihm ans Bett gezogen hatte. Sie beugte sich zu ihm herüber, das Gesicht nur zentimeterweit von ihm entfernt. Sie redeten schon seit Stunden – seit sie vom Abendessen zurückgekommen waren –, und das hatte es seit der Säuberung nicht mehr gegeben.

»Schwörst du mir, dass du nicht kneifst?«, fragte Thomas. »Und dass du auch deine Meinung zur Gedächtnisblockade nicht änderst?«

»Hey, du hast unsere Abmachung gebrochen, Dummi.«

Sie hatten ausgemacht an diesem Abend nicht mehr über den Fluchtplan zu reden. Und die meiste Zeit hatten sie sich auch daran gehalten, hatten über ihre Kindheit gesprochen, über die guten alten Zeiten mit Newt und den anderen Lichtern, hatten über die Zukunft der Welt philosophiert, ja sogar über Zeit und Raum, über die Wissenschaft, über die Geschichte. Über irgendwelche berühmten Verschwörungstheorien. Die großen Kriege. Wie das Leben einmal gewesen war. Sie hatten geredet und geredet.

Bis Thomas den Bann gebrochen hatte und sie in die raue Wirklichkeit zurückriss.

»Ja, ich weiß«, sagte er. »Aber mir sind die Themen ausgegangen.«

»Okay. Ich schwöre dir beim Leben aller Menschen, die ich je geliebt habe, dass ich genau vierundzwanzig Stunden nach deiner Ankunft bei dir auf der Lichtung sein werde – so wie wir es geplant haben, mit intaktem Gedächtnis. Okay? Ich verspreche es.«

»Gibst du mir deinen Finger darauf?«

Teresa lehnte sich zurück. »Hey, jetzt wird's aber dramatisch!«

Er hielt ihr seinen kleinen Finger hin, Teresa schlang ihren darum, dann schüttelten sie sich die Finger.

»Uff«, sagte Thomas. »Jetzt bin ich beruhigt.«

Teresa hatte seinen Finger noch nicht losgelassen. Ihre Hände lagen auf seiner Matratze.

»Manchmal vergesse ich ganz, wie süß du sein kannst. Schade, dass du diese Seite nicht öfter zeigst.«

»Ähm, ich wusste gar nicht, dass ich so eine Seite überhaupt habe. Aber ich nehme es als Kompliment.«

»Ja, nimm es als Kompliment.« Sie ließ ihn los, schob aber den Stuhl noch näher heran, bis sie ganz dicht bei ihm saß. »Ich weiß, dass ich in den letzten Monaten ziemlich zickig war.«

»Schon gut«, murmelte Thomas nicht sehr überzeugend.

Teresa lachte. »Es ist nur … Irgendwie glaube ich immer noch, dass die Heilung möglich ist. Geht's dir nicht auch so? Wenigstens ein bisschen?«

»Ja, klar«, gab er zu, etwas betroffen von der versteckten Zurechtweisung. »Aber es muss doch andere Möglichkeiten geben. Eine Heilung, für die meine Freunde gefoltert werden, kann einfach nicht richtig sein.«

»Und es wird nur noch schlimmer«, sagte Teresa.

Thomas wurde auf einmal ganz euphorisch. Er setzte sich auf, schwang seine Beine über die Bettkante und setzte seine Füße auf den Boden. Dann schaute er Teresa an, sein rechtes Bein gegen ihres gepresst.

»Komisch«, sagte er. »Irgendwie bin ich glücklich. Oder vielleicht auch nur erleichtert. Dieses ewige Warten hat mich ganz krank gemacht. Warten, warten, immer nur warten. Und jetzt ist es endlich so weit, jetzt gibt es kein Zurück mehr. Jetzt bleibt mir nur noch eins: auf die Lichtung gehen und es durchziehen. Verrückt, was?«

»Nein, mir geht es genauso.« Sie lächelte, stand auf und setzte sich neben ihn aufs Bett. Dann zog sie ihn an sich und legte ihren Kopf an seine Schulter. »Wenn du wüsstest, wie viel du mir bedeutest«, murmelte sie.

Thomas erstarrte. Eine Welle von widersprüchlichen Gefühlen stieg in ihm auf. Alles, was sich in dieser ganzen Zeit in ihm aufgestaut hatte, das Schlimme wie das Gute, brach urplötzlich aus ihm heraus und er fing an zu schluchzen, zitterte am ganzen Leib. Teresa hielt ihn noch fester und weinte jetzt auch. Ein paar Minuten blieben sie so, ließen alles heraus. Und trotz allem Schweren, das auf ihnen lastete, fühlte es sich gut an. Beglückend. Thomas wurde ganz warm ums Herz.

»Sag mir, dass wir das hier überleben«, murmelte er, als er

endlich die Sprache wiederfand. »Sag mir, dass wir da reinkommen und unsere Freunde befreien.«

»Wir werden überleben«, sagte Teresa. Sie hob ihre Hände und umfasste sein Gesicht, schaute ihm tief in die Augen. »Ich verspreche es dir.«

Thomas nickte, weil er Angst hatte, dass ihm die Stimme versagte. Eng umschlungen sanken sie auf sein Bett. So blieben sie die ganze Nacht, bis der Morgen kam und das Labyrinth sie rief.

01.01.232 | 09:03 Uhr

63

»Alles okay?«, fragte Dr. Paige. »Wie fühlst du dich – normal, gut?«

Thomas saß auf einem Stuhl in einem der Untersuchungsräume und hatte gerade ein letztes Check-up über sich ergehen lassen. Dr. Paige war hereingekommen, um noch einmal nach ihm zu sehen. Sie hielt eine dampfende Tasse in der Hand.

»Ja, alles gut.«

In Wahrheit war er noch nie so nervös gewesen. In ein paar Stunden würde er bei den Lichtern sein, was ihm plötzlich undenkbar erschien. »Ein bisschen aufgeregt, wenn ich ehrlich sein soll.«

»Deshalb hab ich dir das hier mitgebracht.« Sie reichte ihm die Tasse.

Thomas nahm sie und schnupperte daran. Es roch nach Beeren. »Was ist das?«

»Ein spezieller Tee, den ich extra für dich gemacht habe. Er wird deine Nerven ein bisschen beruhigen.«

»Danke.« Thomas nippte vorsichtig daran. »Mann, das ist gut.« Er trank noch einen Schluck und beschloss ihr ein bisschen Theater vorzuspielen, um sie von seinen Plänen abzulenken. »Und? Wie läuft es so von Ihrer Seite? Haben Sie ein gutes Gefühl?«

»Du bist jetzt ein Teil des Versuchs, Thomas. Wir können dir keine Informationen mehr geben. Wir brauchen eine klare Trennlinie, damit alles funktioniert.«

»Aber ich liefere euch doch Berichte.«

»Ich weiß. Aber wie du ganz richtig gesagt hast, dürfen wir nicht vergessen, dass du ja selbst ein Proband bist. Wir würden die Resultate verfälschen, wenn wir dir zu viel verraten.«

Thomas hatte schon die Hälfte des Tees getrunken, obwohl er sich fast den Mund daran verbrannt hatte, aber für die wohlige Wärme, die in ihm aufstieg, hatte es sich gelohnt. So ein verheißungsvolles Kribbeln, er schwebte jetzt beinahe. »Können Sie mir nicht wenigstens einen Hinweis geben? Mir einen Knochen hinwerfen? Haben Sie vielleicht ein großes Finale für den Labyrinth-Versuch geplant?«

»Du kennst alle Details, die du wissen musst«, erwiderte Dr. Paige kurz angebunden.

»Sie werden mich vermissen, oder?«, fragte er.

Er erwartete, dass sie lächelte, aber ihr Gesicht blieb unbewegt.

»Wehr dich nicht dagegen, Thomas. Am Ende wird alles gut.«

»Wieso? Wie meinen Sie das?« In seinem Kopf drehte sich jetzt alles.

»Deine unberechenbare Fähigkeit, anderen zu vertrauen, hat mich immer gerührt«, sagte Dr. Paige mit einem traurigen Lächeln. Ihr Gesicht verschwamm vor seinen Augen. »Und es tut mir so leid, dass ich das so oft ausnützen musste. Ich hab einfach nur getan, was getan werden musste.«

Sie stand auf, aber Thomas sah jetzt drei oder vier Dr. Paiges, die sich verzerrten, ausdehnten, wieder zusammenzogen.

»Was …« Er versuchte zu reden, aber sein Mund gehorchte ihm nicht.

»Ich war das, Thomas. Ich weiß, du wirst dich nicht erinnern, aber ich will es dir trotzdem sagen. Mich erklären. Ich habe Kanzler Anderson und seine engsten Mitarbeiter infiziert. Sie wollten das Projekt nach den Labyrinth-Versuchen beenden. Sie wollten aufgeben. Und das konnte ich doch nicht zulassen, oder? Die Heilung ist einfach zu wichtig.«

»Was …«, versuchte Thomas es erneut, aber auch diesmal brachte er keinen Ton heraus. Er sackte bereits auf seinem Stuhl zusammen, konnte sich kaum noch aufrecht halten. Die Tasse fiel ihm aus der Hand und zerschepperte am Boden. Es war, als hätte man ihm Zuckerwatte in die Ohren gestopft.

»Du warst immer mein Lieblingsproband«, sagte Dr. Paige. Er spürte, wie sie ihre Aufmerksamkeit jemand anderem zuwandte. »Also, bereiten wir ihn vor.«

Verraten.

Thomas lag flach auf der Operationsliege und driftete immer weiter weg. Er konnte keinen Finger rühren und schaute auf das seltsame Gerät, das wie die Maske eines durchgeknallten Robomonsters aussah. Das Gerät würde die Gedächtnisblockade bei ihm auslösen und seinen Erinnerungsverlust erleichtern. Er spürte, wie sein Bewusstein erlosch, wusste, dass er bald völlig weg sein würde. Dann würden sie die Maske herabsenken und der Prozess würde beginnen. Sein Leben, wie er es kannte, würde in wenigen Minuten, ja, vielleicht Sekunden vorbei sein. Panik stieg in ihm auf, explodierte in seinem Kopf wie ein schreckliches Gewitter, rüttelte seinen Körper und Geist durch.

Aber er konnte sich nicht bewegen.

Bald würden die Erinnerungen, die ihn verfolgt und oft so traurig gemacht hatten, verschwunden sein.

Er wollte das nicht. ANGST hatte ihn ausgetrickst. Na klar doch. Wie konnte es auch anders sein? Das war doch genau der Grund, warum er gegen sie rebelliert hatte. Weil sie alle nur skrupellose, verlogene Fanatiker waren. Wahre Monster. Und Dr. Paige hatte ihm das alles bestätigt.

Wenn er doch nur Teresa ein letztes Mal sehen könnte! *Dann bis morgen*, hatte sie zu ihm gesagt, Worte, die entsetzlich wehtaten. Ja, es stimmte. Morgen würden sie sich wiedersehen, aber ohne Gedächtnis. Er würde sie nicht mehr erkennen.

ANGST hatte sie bis zum bitteren Ende an der Nase herumgeführt.

Eine unerträgliche Angst stieg in ihm auf.

Dann überwältigte ihn der Schlaf wie eine Erlösung und riss ihn ins Dunkel.

Er öffnete die Augen, aber er wusste, dass er träumte. Er lag auf einer Wiese, die in einem überirdischen Grünton schimmerte, ruhte im hohen Gras, das um ihn herum sachte im Wind schwankte. Ein leuchtend blauer Himmel dehnte sich über ihm aus, mit flauschigen weißen Wölkchen gesprenkelt, die zum Greifen nah schienen. Wahrscheinlich erlebten das alle so nach der Gedächtnisblockade, jeder auf seine unverwechselbare individuelle Weise. Und da war er, mit intaktem Gedächtnis, eingehüllt in so viel Schönheit.

Wieder stieg die Angst in ihm auf.

Aber er konnte sich nicht rühren. Nicht schreien. Er wollte Teresa rufen, aber sie war ja gar nicht hier.

Eine große Blase schwebte von rechts in sein Blickfeld, nur wenige Meter von ihm entfernt. Die Blase zitterte, war von einem öligen Schimmer umhüllt, der die Welt dahinter verzerrte, während sie immer näher driftete und direkt vor ihm verharrte. In der Blase erschien ein Bild, ein bewegtes Bild. Ein komplexes dreidimensionales Bild. Obwohl ihm seine Sinne deutlich sagten, dass dieses Bild *in* der Blase war, schien es ihn gleichzeitig zu verschlingen, einzuhüllen. Das Ganze wirkte beruhigend auf ihn, als hätte man ihm ein Opiat in die Adern gepumpt.

Er war wieder ein kleiner Junge. Saß auf einer Couch, sein Dad neben ihm, ein offenes Buch über ihren Knien. Die Lippen seines Dads bewegten sich, seine Augen leuchteten in gespielter Aufregung, während er dem kleinen Thomas offenbar eine spannende Geschichte vorlas. Ein Glücksfünkchen blitzte in seiner Brust auf. Er wollte nicht, dass es aufhörte. *Nein,* dachte er. *Bitte nehmt das nicht weg. Ich mache alles, was ihr wollt, aber bitte tut mir das nicht an.*

Die Blase platzte.

Winzige Tröpfchen sprühten heraus und schwebten magisch in der Luft, fingen das Licht in kleinen Blitzen ein, die Thomas blendeten, so dass er die Augen zukneifen musste. Er blinzelte verwirrt. Was hatte er da gerade gesehen? Etwas von seinem Dad. Und ein Buch. Es war verschwommen, aber noch da. Er versuchte sich genauer zu erinnern, aber da erschien schon die nächste Blase.

Sie schwebte näher, die Oberfläche schillerte in allen Regenbogenfarben und verzerrte die Wolken dahinter. Direkt über ihm verharrte sie. Ein bewegtes Bild erschien, das seine ganze Welt ausfüllte, obwohl es so winzig war.

Thomas ging eine Straße entlang, seine kleine Hand in der seiner Mutter. Blätter wehten über den Gehsteig. Die Szene war so lebendig, als wäre er wirklich dort. Die Welt war bereits von den Sonneneruptionen zerstört, aber kurze Aufenthalte im Freien waren noch möglich. Thomas hüpfte fröhlich herum, obwohl er die Angst seiner Eltern spürte, denn selbst diese paar Minuten im Freien stellten ein hohes Strahlungsrisiko dar. Thomas war so glücklich gewesen in solchen …

Die Blase platzte. Wieder sprühten Flüssigkeitströpfchen durch die Luft, drifteten zu den vorigen und glitzerten in der Sonne. Thomas' Verwirrung nahm zu. Mit der Gedächtnisblockade musste etwas schiefgelaufen sein – er wusste, dass ihm diese Erinnerungen genommen werden sollten.

Aber sie verblassten nur, statt ganz zu verschwinden. Trotz des namenlosen Glücksgefühls, das ihn ihm aufstieg, kämpfte er gegen den Verlust seiner Erinnerungen an. Er schrie lautlos, im Geist.

Immer neue Blasen drifteten heran.

Und platzten.

Thomas beim Fangenspielen. Beim Schwimmen. Baden. Frühstück. Abendessen. Gute und schlechte Zeiten. Emotionen. Dr. Paige hatte es ihm gesagt. Er hätte am liebsten geschrien, als er mit ansehen musste, was Der Brand aus seinem Dad machte.

Dann platzte die Blase.

Neue Blasen kamen, und nicht mehr nur einzeln. Ganze Schwärme fegten vorbei und überfluteten ihn mit so vielen Eindrücken, dass er wie betäubt davon war. Musik. Filme. Tanzen. Baseball. Essen. Sachen, die er liebte (Pizza, Hamburger, Karotten), und solche, die er nicht ausstehen konnte (Bœuf Stroganoff, Kartoffelbrei, Erbsen). Die Gesichter in diesen Erinnerungen verschwammen, die Stimmen wurden undeutlich. Die Blasen strömten jetzt so schnell vorbei, dass Thomas kaum noch mitkam. Die Tröpfchen, die beim Platzen versprüht wurden, füllten den ganzen Himmel über ihm, es waren Millionen, woraus immer sie bestanden.

Thomas hatte vergessen, warum er sich so aufgeregt hatte.

Dann kam Wind auf, ein heftiger, wirbelnder Wind. Er peitschte die Tröpfchen in einem großen Kreis herum, einem Tautropfenzyklon, der über ihm herumwirbelte. Die Blasen platzten jetzt, bevor sie ihn erreichten, und die Überreste ihrer Vorgänger schossen durch sie hindurch, trübten sie, bevor

Thomas die freigesetzten Erinnerungen aufnehmen konnte. Das alles wirbelte über ihm herum, immer schneller und schneller. Dann verschwamm es miteinander, ein wogender Tornado aus grauem Dunst, bar jeder Farbe.

Thomas kam sich vor wie eine Blume, die welkte, weil sie nicht genügend Sonne bekam. Er war noch nie so verwirrt gewesen, so … leer. Die Welt wirbelte über ihm herum und sein Geist wurde aus ihm herausgesaugt, verlor sich in dem himmelhohen Tornado, der ihn gestohlen hatte. Der alles stahl, was Thomas ausmachte.

Weg.

Alles weg.

Er schloss die Augen und weinte ohne Tränen. Eine tiefe Schwärze verschlang seinen Körper und Geist. Die Zeit dehnte sich vor ihm aus wie ein grenzenloses Meer, weit und breit kein Horizont. Nichts vor ihm und nichts hinter ihm. Alles wie weggeblasen.

Stunden später öffnete er die Augen.

Er war wach.

Er stand aufrecht.

Eingehüllt in Dunkelheit und Kälte und staubige, abgestandene Luft.

EPILOG

ANGST-MEMORANDUM, DATUM 01.01.232, ZEIT 03:12 UHR
AN: Vorstandsgremium
VON: Kanzlerin Ava Paige
BETREFF: Gründe

Zunächst möchte ich mich bei allen ANGST-Mitarbeitern bedanken. Nach zehn Jahren sind unsere Vorversuche nun endlich abgeschlossen. Ihr habt unsere Elite-Kandidaten hervorragend ausgebildet und wir sind jetzt bereit die letzten Tage der Labyrinth-Versuche – die wichtigsten, wie wir immer wussten – zu bestreiten.

Thomas und Rachel wurden in vollem Umfang präpariert. Ohne die unermüdliche Arbeit von euch allen wäre es nie zu diesem Moment – ihrer Einbringung ins Labyrinth – gekommen. Es hat uns viele Stunden sorgfältigster Planung und Vorbereitung gekostet, um das hier zu erreichen. Danke für die Opferbereitschaft, mit der ihr eure schwere Aufgabe im letzten Jahrzehnt erfüllt habt.
Wir wussten nie, wer die Auserwählten sein würden, aber heute können wir zu unser aller Freude Teresa und Aris präsentieren und ihnen für die Loyalität danken, mit der sie unserem Projekt gedient haben. Phase Zwei steht kurz bevor und ich kann sagen, unsere Zukunft strahlt heller denn je.
Danke noch einmal, danke euch allen.

ANGST-MEMORANDUM, DATUM 01.01.232, ZEIT 14:01 UHR
AN: Mitarbeiter
VON: Teresa Agnes
BETREFF: Ein letztes Wort

Ich habe Thomas soeben Lebwohl gesagt. Er ist jetzt heil und unversehrt auf der Lichtung. Morgen bin ich an der Reihe. Dr. Paige hat mich gebeten ein Schlusswort an Sie alle zu richten. Dieser Bitte komme ich gerne nach.
Ich bin froh, dass Aris' und mein Gedächtnis intakt bleiben werden. ANGST braucht Verbindungsleute in jeder Gruppe, mit denen Sie in der Versuchsphase kommunizieren und planen können. Auch Aris und ich werden die gesamte Zeit über zusammenarbeiten.
Ich verspreche Ihnen meine Rolle geheim zu halten. Ich

werde alle meine Fähigkeiten mobilisieren, um von den Lichtern als ihresgleichen akzeptiert zu werden, und ich werde niemals in ihre Handlungen und Entscheidungen eingreifen, es sei denn, ich werde dazu aufgefordert.

Ich bin seit über zehn Jahren bei ANGST, also den weitaus größten Teil meines Lebens. Ich habe kaum Erinnerungen an die Zeit davor. Die meisten Menschen auf der Welt würden mich um das Luxusleben beneiden, das ich hier geführt habe – saubere Kleider, Wärme, Sicherheit, Essen. Ich bin dankbar für alles, was ANGST für mich getan hat. Ich bin dankbar für die Freunde, die ich gewonnen habe, Freunde, die zu den besten Menschen der Welt zählen. Ich würde all das hier niemals tun, wenn ich nicht mit jeder Faser meines Herzens daran glauben würde, dass meine Freunde mich eines Tages verstehen und mir dankbar sein werden. Ich bin dankbar für alles, was ich gelernt habe, für die Entwicklung, die ich durchgemacht habe, für die vielen Experimente, die mich zu dem gemacht haben, was ich jetzt bin. Ich bin dankbar, dass ich lebe.

Und ich glaube fest an die Heilung, an der ANGST arbeitet. Ich werde drei Worte auf meinen Arm schreiben, bevor ich in die Box komme, damit diese einfache Botschaft wie ein Saatkorn in den Lichtern aufgeht, die sie lesen. Damit sie immer im Blick behalten, und sei es auch unbewusst, wofür wir kämpfen. Diese drei Worte haben sich mir in einer kalten, dunklen Nacht, als um mich herum die Cranks tobten, unauslöschlich ins Gedächtnis eingeprägt. Worte, an die ich trotz allem Schlimmen von ganzem Herzen glaube.

Ich denke, ihr wisst, welche Worte ich meine.

DANKSAGUNG

Ich weiß, ich wiederhole mich, aber das aus gutem Grund. Die folgenden Menschen haben mein Leben zu dem gemacht, was es ist, und ein einfaches Dankeschön reicht niemals aus, um ihnen gerecht zu werden, geschweige denn, ihnen etwas zurückzugeben. Ich werde also – in der Hoffnung, niemanden damit zu kränken – nur ein paar wenige auflisten, um ihnen an dieser Stelle zu zeigen, wie viel sie mir bedeuten und wie wichtig sie für meine Arbeit sind.

Krista Marino, meine Lektorin. Dieses Buch war nicht einfach und wir haben manchmal hart miteinander gerungen. Was aber nichts daran ändert, dass wir uns lieben – wie Geschwister, die jeder Streit nur noch mehr zusammenschweißt. Fazit: Krista hat immer Recht.

Michael Bourret, mein Agent. Ich kann gar nicht sagen, wie froh ich bin einen Agenten zu haben, der zugleich mein Freund ist – der beste Freund aller Zeiten. Ich will mich nicht in Klischees ergehen, aber Michael ist wirklich ein Fels in der Brandung.

Lauren Abramo, meine internationale Agentin. Dieser Frau verdanken Sie es, dass Sie mein Buch in einer anderen Sprache lesen können. Dank ihrer unermüdlichen Bemühungen ist es in über vierzig Sprachen übersetzt. Außerdem liebt sie Fußball, was sie für mich fast zu einem höheren Wesen macht.

Kathy Dunn, meine Verlegerin. Mein Leben ist in letzter Zeit ein bisschen aus den Fugen geraten, wie man sich denken kann. Und Kathy hat dafür gesorgt, dass ich nicht komplett übergeschnappt bin oder hoffnungslos überfordert war. Es kommt nicht oft vor, dass ein Verleger sich mehr um einen Autor sorgt als um den Erfolg seiner Bücher.

Aber vor allem danke ich meiner Familie: Lynette, Wesley, Bryson, Kayla und Dallin, die mich in den letzten paar Jahren so großartig unterstützt haben. Ich liebe sie mehr, als ich je sagen könnte, und wenn ich noch so viele Thesauren durchscrollen würde.

Und natürlich danke ich meinen Lesern, denen ich dieses Buch hier widme. Danke, euch allen.

Von James Dashner bereits erschienen:
Die Auserwählten – Im Labyrinth (Maze Runner Teil 1)
Die Auserwählten – In der Brandwüste (Maze Runner Teil 2)
Die Auserwählten – In der Todeszone (Maze Runner Teil 3)
Die Auserwählten – Kill Order (Maze Runner Prequel Teil 4)

MIX
Papier aus verantwortungsvollen Quellen
FSC® C083411

Ein *Chicken House*-Buch im Carlsen Verlag

In Great Britain published 2016 by The Chicken House,
2 Palmer Street, Frome, Somerset, BA11 1DS

Originaltitel: The Fever Code
Umschlagbild: Fotolia / mik38
Umschlaggestaltung: Henry's Lodge, Vivien Heinz
Aus dem Englischen von Ilse Rothfuss
Layout und Herstellung: Tobias Hametner
Satz: Dörlemann Satz, Lemförde
Gesetzt aus der Palatino
ISBN 978-3-551-52103-3

www.chickenhouse.de